KB274993

1994년
어느
늦은 밤

1994년 어느 늦은 밤

유현산 장편소설

네오픽션

차례

1
시작과 끝 · 9

2
떠나지 못한 종이비행기 · 33

3
이세종 · 103

4
기표와 다윗 · 165

5
조연들 · 311

6
종의 비명 · 367

작가의 말 · 381

눈에는 눈으로 이에는 이로
피에는 끓어오르는 피로
총에는 총으로 칼에는 칼로
어설픈 정의론은 저기 뒤로
―Gate flowers, 〈Ghost〉

1

시작과 끝

"행복하고 좋은 날들만" 김영삼 대통령 취임식 표정

새벽 5시 10분, 김영삼 대통령이 침실을 나섰다. 상도동 자택 주변은 묽은 어둠에 잠겨 있었다. 아침 최저기온 영하 8도, 바람이 매서웠다.

전경 여섯 개 중대 900여 명이 상도동 자택 앞 골목과 야호산으로 이어지는 조깅 코스에 1미터 간격으로 늘어서서 행인들의 신분증을 검사했다. 민주조기회 회원들이 새벽 4시 30분부터 하나둘씩 골목 어귀에 모여들더니, 5시 즈음에는 30여 명으로 불어났다.

5시 15분, 하얀색 아디다스 조깅화를 신고 붉은색 체크무늬 모자를 쓴 대통령이 거실로 나왔다. 파란색 방한 조깅복은 솜을 덧댄 듯 두꺼워 보였다. 거실에 대기하고 있던 정치부 기자들이 일제히 일어섰다.

"강추위가 온다고 해서 걱정했는데, 적당히 긴장할 만한 날씨군요. 우리 국민들도 이제 긴장해야지요."

김영삼 대통령이 대문을 나섰다. 환호성이 들렸다. 사진기자단의 카메라에서 스트로보라이트가 터지고, 발을 구르던 전경들이 부동자세를 취했다. 대통령은 주민들과 일일이 악수를 나누고 전경들에게도 손을 내밀었다.

5시 20분, 대통령과 주민들이 뛰기 시작했다. 야호산 기슭에 대기하고 있던 주민 70여 명이 대열에 합류하여, 자택 어귀부터 야호산 승용사까지 다섯 차례 왕복하는 5킬로미터의 조깅 코스를 여느 날과 다름없이 한 시간 동안 달렸다.

6시 20분, 자택으로 들어가는 대통령을 주민들이 만세 삼창으로 환송했다. 야호산 정상부터 상도동의 거미줄 같은 골목들에까지 여명이 어둠을 쪼개며 내려앉았다. 카메라를 든 사진기자들의 손등이 추위에 퍼렇게 질렸다.

아침 7시, 대통령은 아버지 김홍조 씨, 부인 손명순 씨, 장남 김은철 씨 부부와 함께 충현교회 김창인·신성종 목사의 인도로 가족 예배를 드리고 아침 식사를 했다. 식사 후 대통령은 2층 내실에서 감청색 양복에 감청색 코트를 걸치고 갈색 넥타이를 맸다. 손명순 씨는 분홍색 한복 저고리와 치마, 분홍색 두루마기를 입었다. 치마 하단과 저고리 소매에 붉은 무궁화 무늬를 수공으로 수놓은 정갈한 의상이었다.

8시 40분, 대통령이 대문을 나섰다. 500여 명으로 불어난 환송 인파가 작은 태극기를 흔들었다. 골목에 걸린 색색의 플래카드에는 상도동의 자부심을 보여주는 글귀가 적혀 있었다.

'상도동의 영광이 신한국 건설로!'

9시 5분, 금색 봉황 번호판을 단 전용 리무진이 청와대 본관 현관 앞에 도착했다. 김영삼 대통령을 안내하여 2층 집무실로 들어간 노태우 전 대통령이 철쭉꽃 화분을 가리켰다.

"오시는 날에 맞춰서 꽃이 활짝 피도록 제가 손수 물을 주고 가뀠습니다."

김영삼 대통령은 취임식장으로 떠나는 노 전 대통령을 전송하고 황인성 국무총리, 이회창 감사원장, 천경송 대법관 내정자의 국회 임명 동의 요청서에 서명했다.

"이것이 첫 일이지요."

대통령이 고개를 들고 말했다. 박관용 비서실장이 고개를 끄덕였다.

"역사적인 순간입니다."

이 시각, 여의도 일대는 축제 분위기였다. 취임식에 초청된 하객 3만여 명을 실은 버스 1160대가 새벽부터 여의도 광장에 몰려들었고, 의사당 맞은편에 있는 금산빌딩의 다방과 식당가엔 빈 좌석을 찾을 수 없었다. 금산빌딩과 기아빌딩 앞에 진을 친 시민 300여 명이 도로 진입을 막는 경찰들과 몸싸움을 벌였다. KBS 아나운서들은 의사당 맞은편 공터에 설치된 야외 스튜디오 안에서 유리를 내다보며 취임식 상황을 생중계했다.

취임식장은 검소하게 단장됐다. 전임 대통령들의 취임식과 달리 이날은 공휴일로 지정되지 않았고, 풍선 날리기와 꽃가루 뿌리기도 금지됐다. 단상 밑의 맨 앞줄에 마련된 국회의원석에는 민주당 의원들의 자리가 모두 비어 있었다. 대선 기간에 김대중 후보에게 퍼부은 용공음해를 사과하지 않았다는 이유로, 민주당은 취임식 전날 밤 최고위원회를 열어 국회의원 95명 전원의 취임식 불참을 결정했다. 국회의원석 뒷줄에 문민정부가 '신한국인'으로 선정한 기업인, 대학생, 농민 등이 앉았다.

9시 10분, 식전 행사가 열렸다. 의사당 밖에서 사진사들이 한 장에 8천 원을 받고 기념사진을 찍었다. 아침 7시부터 입장한 하객들은 식전 행사 도중 바깥의 식당으로 몰려가 몸을 녹였다. 의사당 부근의 화장실마다 긴 줄이 이어졌다. 문민정부는 다를 것이라는 생각에 주민등록증만 갖고 식장에 들어가려던 시민들이 경찰과 실랑이를 벌였다. 거제도에서 온 70세 김복례 할머니는 경찰에 주민등록증 주소를 보여주며 말했다. "대통령 고향 사람인 나한테 이럴 수 있어?"

9시 50분, 단상에 귀빈들이 올라왔다. 단상 앞줄 왼쪽에 국회의장, 대법원장, 헌법재판소장, 국무총리 등 3부 요인들이 앉았고 오른쪽에 노태우, 최규하, 전두환 전 대통령이 앉았다.

9시 59분, 김영삼 대통령이 단상에 올랐다. 국민의례와 국무총리의 식사가 끝나고 하객 전원이 일어섰다. 김영삼 대통령이 취임 선서문을 낭독했다. "나는 헌법을 준수하고 국가를 보위하며……."

14대 대통령을 상징하는 비둘기 1400마리가 파란 의사당 하늘 위로 날아올랐다. 하객들의 박수와 함성, 스물한 발의 축포가 터졌다. 비둘기 떼가 소리에 놀라 갈지자로 허공을 선회하며 어디론가 사라졌다. 단상 정면에 걸린 프롬프터가 취임사의 첫 문장을 토해 냈다. 연단 앞에 선 김영삼 대통령은 상기된 표정이었다.

"오늘 우리는 애타게 바라던 문민 민주주의 시대를 열기 위하여 이 자리에 모였습니다."

박수갈채가 쏟아졌다.

"저는 신한국 창조의 꿈을 가슴에 품고 있습니다. 우리 모두 이 꿈을 가집시다."

다시 박수갈채가 쏟아졌다. 이날 하객들은 스물한 번이나 박수를 쳤다.

"그런데 지금 우리는 병을 앓고 있습니다. 한국병을 앓고 있습니다. 이대로는 안 됩니다. 친애하는 국민 여러분, 개혁은 먼저 세 가지 당면 과제의 실천으로부터 시작해야 합니다. 첫째는 부정부패의 척결입니다. 둘째는 경제를 살리는 일입니다. 셋째는 국가 기강을 바로잡는 일입니다."

대통령이 주먹을 불끈 쥐었다. 전례가 없는 과격한 퍼포먼스였다. 땅에 떨어진 도덕을 일으켜 세워야 합니다! 대통령은 손을 펴서 손날로 연단을 가격하는 자세를 취했다.

"다 함께 고통을 분담합시다."

대통령이 주먹을 들었다. 박수 소리가 단상을 휩쓸고 의사당 지붕을 흔들었다. 대통령은 의사당 중앙 통로를 따라 국회 정문 앞까지 10여 분 동안 걸어가며 하객들과 인사를 나누었다. 기수단이 추켜올린 노란 깃발은 봄꽃처럼 보였다.

대통령 전용차가 한강대교를 건너 시청 앞에 이르렀다. 서울 화곡동 우장국민학교 2학년 학생이 꽃다발을 들고 차로 뛰어들어 경호원들을 긴장시켰다. "대학교 졸업하는 외삼촌한테 주려던 건데 대통령 할아버지께 드려요."

12시 30분, 김신조 일당이 잠입한 지 25년 만에 청와대 앞길과 인왕산을 막고 있던 철제 바리케이드가 철거됐다. 청와대 동쪽 팔판로 사거리에서 미리 대기하던 자가용과 택시 100여 대가 청와대 앞길을 관광했다. 인왕산 정상도 발 디딜 틈이 없었다. 시민들은 왼쪽의 북악산에서부터 오른쪽으로 청와대와 경복궁, 광화문 거리, 종로를 차례로 굽어보며 '야호'를 외쳤다. "혈기왕성했던 청년이 반백의 노인네가 돼서 다시 여기 왔어요." 등산복 차림의 50대 교사 일행이 기자들에게 말했다.

저녁 7시, 서울 남산에서 15분 동안 취임 축하 불꽃놀이가 벌어

졌다. 남대문 시장에 모여 있던 시민들이 텔레비전 카메라를 향해
손을 흔들었다.

"즐겁고 행복한 날들만 계속될 거예요. 좋은 날들만."

시장의 한 상인이 기자에게 말했다. 그의 얼굴 위에 오색의 빛이
일렁였다.

"인간 도살장이었다" 세종파 아지트 수색 동행기

추석 연휴 마지막 날인 지난 21일, 경찰은 무고한 시민 네 명을 살
해한 세종파 일당의 아지트를 수색했다. 두목 이세종의 이름을 딴
세종파는 1993년 7월 귀가하는 여공을 성폭행한 뒤 살해하고 한
달 뒤 조직을 배신한 동료를 살해했다. 공사판 등을 전전하며 범행
자금을 모은 뒤 1994년 8월 한 중견 기업 사장의 아들을 납치하여
살해했다. 같은 해 9월 양평 국도변에서 중소기업 사장 부자를 납
치하여 현금 8천만 원을 갈취하고 아지트 지하실에서 토막 살해했
다. 상도동 달동네 주민들은 이들이 어릴 때부터 가난한 환경을 비
관하여 흉포한 성격을 보였으며 고등학교를 자퇴하고 소년원과 구
치소를 들락거리는 등 비뚤어진 성장 과정을 거쳤다고 증언했다.

오전 10시, 서울 서대문경찰서 형사계 강력3반 형사들과 서울경
찰청 과학수사계 요원들이 한강 건너 여의도를 마주 보고 있는 상

도동 달동네로 출발했다. 길이 자주 막혔다. 며칠 밤을 새운 형사들은 끝없이 이어지는 차량 행렬을 보다 지쳐 눈을 감았다.

오전 11시, 하얀 미니밴 두 대가 상도4동 파출소와 불과 100여 미터 떨어진 이면도로의 거주자 우선 주차 구역에 도착했다. 미니밴의 옆구리에서 사복 차림의 형사들과 남색 조끼를 입은 감식 요원들이 쏟아져 나왔다.

날은 더웠다. 미지근한 미풍이 불었고 행인들의 정수리 위에 뙤약볕이 쏟아졌다. 형사와 감식 요원들은 산기슭에 난 샛길을 따라 다섯 걸음 정도 올라갔다. 우둘투둘한 시멘트길 위에 음식 찌꺼기가 섞인 구정물이 흘렀다. 형사 한 명이 길가에 가래침을 뱉었다. 가래침을 얻어맞은 들풀이 후줄근한 이파리를 흔들었다. 어디선가 아카시아 향이 피어올랐다.

2층 양옥집의 청록색 철제 대문 앞에 구경꾼들이 들끓었다. 동네 꼬마들과 주민들과 각지에서 몰려온 관광객들이 폴리스 라인 밖에서 대문 너머를 흘깃거렸다. 집을 지키고 있던 파출소의 젊은 순경은 형사들이 올라오는 것을 보고 군중을 밀어냈다. 선두에 서 있던 형사가 사람들의 어깨를 헤치며 대문으로 다가갔다. 저리 가요, 저리! 순경에 쫓겨 뒤로 물러나던 군중이 형사들에 밀려 갈팡질팡했다. 실직자로 보이는 40대 구경꾼이 담벼락에 어깨를 부딪쳤다.

군중이 정리되자 집 앞에서 잠복근무를 하고 있던 기자들이 형사들을 에워쌌다.

"범인들이 체포된 지 사흘짼데, 왜 이제야 수색하는 거죠?"

"나중에, 나중에."

형사들은 기자들의 질문을 뿌리치고 대문 안으로 들어갔다.

경사지에 세워진 상도동 산기슭의 집들은 대문을 열어도 현관이 보이지 않는다. 눈앞에 60도 각도의 이끼 긴 계단이 나타났다. 형사들은 폐지 뭉치와 쓰레기봉투가 늘어선 계단을 큰 보폭으로 올라갔다. 2층처럼 보이는 1층 현관문이 그들을 기다리고 있었다. 문을 열자 남자들의 군내가 기어 나왔다.

널찍한 거실에 안방이 한 개, 건넌방이 한 개, 창고로 쓰이는 듯한 쪽방이 한 개 있었다. 거실 왼편에 버려진 가재도구들이 처박힌 좁은 베란다와 큰 창문이 있었다. 창문 건너편에 바로 옆집 안방이 있어서, 마음만 먹으면 양쪽 식구가 합동 가족회의를 열 수도 있었다. 머리를 산발한 아주머니의 얼굴이 옆집 창문에서 튀어나와, 수상한 그림자들이 돌아다니는 베란다 너머를 두리번거렸다.

거실에서 감식 요원들이 지문과 혈흔을 탐색했다. 강력3반 고영춘 반장은 무전기를 들고 수시로 지휘 계통에 보고했다. 형사들이 1층 뒷방에서 서울 강서농협 등촌지소 발행의 1만 원권 1백만 원 다발 묶음띠 네 개와 공기총 구입 영수증을 찾아냈다. 감식 요원이 그것들을 증거물 보관용 비닐봉투에 집어넣고 밀봉했다. 안방에선 국배판 크기의 스프링으로 제본된 노트 한 권이 발견됐다. 노트가 뒹굴던 비키니 옷장에는 세탁소 꼬리표가 달려 있는 구형 양복 한 벌이 걸려 있었다. 꼬리표의 이름은 낯선 사내의 것이었다. 그 양복 밑에 강남백화점의 우수 고객 명단이 놓여 있었다. 이름과 주소와 구매액이 상세히 기재된 이 명단에 누군가 세모, 동그라미, 가위 등 의미를 알 수 없는 표식을 해놓았다.

그리고 사소한 것들이 있었다. 방과 거실에 이불과 옷, 텔레비전이 나뒹굴었고 부엌에는 식용유, 간장, 멸치젓, 쇠고기맛 다시다가 뽀얀 먼지를 뒤집어썼다.

형사들은 거실에서 나와 다시 계단을 내려갔다. 계단 밑에 높이 1.5미터의 검은 철문이 숨어 있었다. 형사들이 철문을 열자, 가을이 다가왔다. 가을의 냉기가 지하 어딘가에 고여 있다가 형사들의 얼굴로 달려들었다. 가래침을 뱉던 형사가 기침을 했다. 쿨럭쿨럭, 기침 소리가 철문에서 지하실의 음부로, 시야가 닿지 않는 어둠 속으로 퍼져 나갔다. 지하실로 내려가는 계단은 좁고 가팔랐다. 형사들은 이마를 찧지 않기 위해 허리를 잔뜩 굽혔다. 선두에서 손전등을 비추고 내려가던 정영래 형사가 발을 헛디뎠다. 두툼한 정 형사의 등판이 뒤따라오던 형사들의 눈앞에서 휘청거렸다.

지하실 계단 밑에 축축한 콘크리트 바닥이 드러났다. 곰팡이 냄새가 낮게 깔려 있어서 허리를 굽히면 재채기가 났다. 토막 난 시체를 운반할 때 쓴 것으로 보이는 40리터짜리 등산용 배낭이 바닥 한 구석에 쓰러져 있었다. 정면에 두 개의 철문이 또 나타났다. 형사들은 왼쪽 문을 먼저 열었다.

문 뒤에 경찰서 유치장과 같은 쇠창살이 나왔다. 철창 가운데에 낮은 문이 있고, 여기에도 빗장과 자물쇠가 달려 있었다. 유치장 안에는 인질이 앉거나 몸을 누일 수 있는 나무 침상이 있었다. 천장에 달린 백열등이 깨져 있었다. 고영춘 반장이 손전등을 모두 켜라고 형사들에게 지시했다. 침상 옆의 콘크리트 바닥에 검은 핏자국이 선명했다. 핏자국은 바닥에 머무르지 않고 벽면과 천장에까지 튀어 있었다. 살아 있는 자를 둔기나 도끼로 가격했을 때 생길 수 있는 직선상의 날카로운 핏자국이었다. 침상 위에는 지상의 거실과 연락할 수 있는 인터폰이 설치돼 있었는데, 인터폰의 수화기에도 작은 핏자국이 보였다.

형사들은 유치장을 나와 오른쪽의 철문 앞에 섰다. 엄지손가락 굵기의 빗장에 주먹만 한 자물쇠가 달려 있었다. 누군가 예리한 도구로 철문 표면을 긁어 종 세 개를 그렸다. 페인트칠을 찢고 들어간 굵은 선마다 붉은 녹이 슬어 있었다.

형사들이 문을 열 때 삐꺽삐꺽, 금속성의 비명이 벽을 따라 울려 퍼졌다. 문 뒤에서 썩은 생선 냄새 같은 피비린내가 흘러나왔다. 차가우면서도 끈적끈적한 공기가 얼굴에 들러붙었다. 형사들이 숨을 멈추고 밀도가 높아진 공기 속으로 걸어갔다.

대여섯 평 정도의 작은 방이었다. 입구 근처에 낡은 수도꼭지가 서 있었다. 꼭지 끝에 매달린 파란색 호스 끝에서 아직도 물방울이 똑똑 떨어졌다. 방 한가운데에 나무 의자가 모로 누워 있었다. 의자 받침대, 다리, 등받이에 검붉은 핏자국이 보였다. 고무호스로 미처 쓸어버리지 못한 혈류가 수챗구멍까지 검은 사행천을 그렸다. 수챗구멍 근처의 벽 모서리에 작은 핏덩이, 살점, 머리카락이 끼여 있었다. 감식 요원들이 핀셋으로 증거물들을 수집했다.

의자 뒤에 유씨 부자의 옷이 쌓여 있었다. 아버지의 큰 트렁크 팬티와 아들의 작은 삼각팬티가 땀과 체액에 젖은 채로 옷 무더기 위에 누워 있었다. 환풍기는 아직도 헐떡거렸다. 환풍기로는 감당이 안 되는 비린내가 온 방 안에 자욱했다. 이곳에서 희생자들은 죽음을 맞고, 배낭에 담을 수 있는 크기로 해체됐다. 두 인간의 일생을 고무호스와 환풍기로 치워낼 수는 없었다. 사진 요원의 스트로보가 번뜩였다. 섬광이 비칠 때마다 지하실이 비명을 질렀다. 옷, 살점, 머리카락, 나무 의자, 핏자국이 섬광의 각도에 따라 울고 웃고 화내는 것 같았다.

"말세야, 말세."

젊은 형사가 속삭였다. 속삭임은 낮게 깔려 있는 어둠을 타고 모두의 귀로 흘러들었다. 형사들은 아무도 대꾸하지 않았다. 누군가가 또 기침을 했다.

편지

고속버스가 출발한 뒤에야 크리스마스가 얼마 남지 않았다는 것을 느꼈다. 성탄 인사가 쓰인 광고판들이 차창을 스치며 빠르게 후퇴했다. PVC 트리와 눈 모양의 젤리 스티커가 서울을 벗어날 때까지 번쩍였다. 대로변엔 코트 깃을 세운 사람들이 무질서하게 걷고 있었다. 나는 현기증을 느꼈다. 오와 열을 맞추지 않고 집에서 일터로, 일터에서 집으로 제멋대로 걷는 사람들에게 나는 아직 적응하지 못했다. 아직도 밤이 영원히 지속되길 바라며 잠들었고 기상나팔의 환청을 들으며 일어났다. 잠에서 깨면 한참 동안 부동자세로 서서, 등판에 식은땀을 흘리며, 거실에서 나오려고 안달하는 재소자들의 환영을 보았다. 그들의 발 냄새, 땀 냄새, 구린내까지 맡았다. 10년 동안 내 감각은 점점 졸아들었다. 그렇게 퇴화한 감각 위로 쏟아지는 도시의 소음들, 색상들, 온갖 냄새들과 사연들은 나를 아프게 했다. 나는 도시가 아프다.

서울을 벗어나자 나는 조금 진정되었다. 버스가 고속도로의 무뚝뚝한 어둠 속을 달릴 때, 그제야 왜 혜진을 만나러 가야 하는지 떠올렸다. 왜 내가 교도소에서 출소하자마자 그녀의 전화번호를 찾으려 안달했는지, 왜 전화통을 붙들고 한 번만 만나달라고 울부짖었는지 알 수가 없었다. 나는 그냥 혜진이 보고 싶었다. 그것은 10년 전에 나를 설레게 했던 맹랑한 미소 때문인지도 모르고, 아니면 같은 상처를 가진 사람을 만나서 서로의 상처를 찔러대며 쾌감을 느끼고 싶었는지도 모른다. 어쨌든 나는 혜진을 만나고 싶다는 욕망을 감춘 채, 구실을 둘러대기 위해 편지 이야기를 꺼냈다.

기표는 죽기 전에 내게 편지를 보냈다. 기표가 쓴 편지가 아니라 1994년 12월, 혜진이 기표에게 보낸 마지막 편지였다. 그해 겨울부터 기표와 혜진은 연락을 끊었다. 기표는 내게 자신의 성경책과 편지를 남겼다. 동진아…… 날 기억해줘…… 난 무서워……. 기표와 다윗은 내게 기억을 강요했다. 혜진의 편지를 보낸 것도 그런 이유일 것이다. 그 편지를 읽고 난 후 나는 왜 기표가 제 아이를 위해 장기 기증을 하겠다는 생각을 버렸는지 알 수 있었다. 기표는 첫 공판 때부터 장기 기증 서약을 하겠다고 떠들다가 1994년 겨울 이후 1년 동안 아무 언급도 하지 않았다. 기표는 마지막 순간에 하느님께 용서를 빌었지만 혜진과 그녀의 배 속에 있는 아이를 언급하지는 않았다. 혜진의 마지막 편지는 뚝뚝 끊어지는 단문 몇 줄이었다.

아직 서울이야. 떠나고 싶었는데 떠나지 못했어. 지난주에 화엄사에 다녀왔어. 사람이 싫어서 떠났어. 버스 안에서 중이나 될까 생각도 했어. 그런데 중도 사람이잖아.

손목을 많이 그었어. 동맥까진 아직도 멀었어. 내 손목엔 얇은 금들이 많아. 굵은 금 하나로 목숨을 끊는 인간은 완전히 미친 인간이야.

이게 내 마지막 편지야. 오빠한테 이 말을 하고 싶었어. 나한테
고마워할 필요 없어. 생각해보니까 오빠를 사랑한 적이 한 번도
없어. 그냥 오빠가 불쌍했을 뿐이야. 오빠를 보면 차바퀴에 깔려
죽은 고양이가 생각나. 그래서 울고 싶어져. 혹시라도 애를 위해
장기 기증 서약을 하진 마. 난 애를 뗄 거야. 죽으려면 그냥 죽어.
곱게 죽어, 제발.

나는 이 편지의 행간에 숨어 있는 슬픔을 안다. 그러나 왜 마지
막 순간에 혜진이 이렇게 모진 말을 뱉었는지는 아직 모른다. 서울
구치소의 미결수 사동에서 저녁 기도를 끝낸 후 애인의 편지를 읽
는 기표를 나는 떠올렸다. 기표는 그 단문들 사이에서 길을 잃었을
것이다. 하느님이라도 기표 곁에 있었으니 다행이었다.

버스는 저녁 4시에 충북 괴산군 영흥읍에 도착했다. 영흥읍 터
미널에서 군내 버스로 갈아타고 가역면으로 갔다. 나는 면내의 다
방에 앉아 혜진을 기다렸다. 커피 자국으로 얼룩진 소파는 지린내
를 풍겼다. 촌부들이 검은 가죽 미니스커트를 입은 아가씨들과 시
시덕거렸다. 건너편 소파에서 머리가 벗겨진 중년 남자가 혼자 볶
음밥을 먹었다. 새시 선반에 놓인 20인치 텔레비전에서 러시아 볼
쇼이 서커스단의 공연이 중계되고 있었다. 반짝이 의상을 입은 금
발 여자가 긴 다리로 안전그물도 없는 외줄 위를 걸었다. 까마득한
허공과 붉은색 카펫을 간 바닥이 그녀의 추락을 기다리고 있었다.

5시를 간신히 넘겼는데도 다방 안은 어둑했다.

커피를 반 잔 정도 마셨을 무렵 혜진이 들어왔다. 빨간색 오리털 파카에 청바지를 입었다. 푸석푸석해 보이는 단발머리였다. 얼굴이 새카맣게 탔고 눈 밑에 기미가 있었다. 그녀가 다가오는 짧은 순간에 나는 그녀의 피부에서 멜라닌 색소를 빼고 기미를 지우고 쌍꺼풀진 동그란 눈에 마스카라를 그리고 뒷머리를 어깨 밑에 찰랑거리게 하고 앞머리를 고데기로 부풀려 10년 전의 전혜진을 그려보았다. 그녀는 조금의 두리번거림도 없이 어제 본 사람을 보는 것처럼 내게 직진으로 다가왔다.

"그래, 이 시골까지 꼭 와야 했어?"

혜진이 파카를 벗었다. 청바지 벨트 밑으로 튀어나온 아랫배가 보였다.

"오랜만이다."

"내 전화번호는 어떻게 알았어?"

"그냥."

"이건 중요한 문제야. 오빠가 그냥 알 정도면 세상 사람들도 그냥 알 거 아냐. 경찰도, 기자도, 그리고 그때…… 그 사람들…… 가족들도."

"술집 친구 있잖아. 효연이던가, 하는 애. 걔는 요즘도 술집 다니더라. 몇 다리 거치니까 만날 수 있더라고."

"미친년. 입도 싼 년."

　혜진은 내게 어떤 감정도 표현하지 않았다. 10년 만인데 말이다. 그 10년 동안 가슴에 담아왔던 말들, 우리의 실수와 뒤늦은 후회와 영원한 이별에 관한 말들을 나는 혜진에게 꺼낼 수 없었다. 단 한마디도 생각나지 않았다.

"어떻게 살아?"

"시부모 모시고 남편이랑 농사짓고 그러고 살아."

"소원 성취했구나."

"오빠는?"

"청과물 도매상에서 트럭으로 과일 날라주는 일을 해. 지난주부터. 새벽 3시에 일어나."

"오빠는 예전이랑 그대로야. 하나도 안 변했어."

　시간이 멈춘 곳에서 살았으니까, 라고 말하려다 나는 입을 다물었다. 침묵이 흘렀다. 나는 창밖을 내다보았다. 거리에는 어둠이 찰랑거렸고 맞은편 식육점의 함석 간판이 칼바람에 흔들리고 있었다. 나는 창문에 시선을 고정시킨 채 혜진에게 물었다.

"애는?"

"없어."

"떼길 잘했다. 낳았으면 둘 다 힘들었을 거야. 꼭 너만 그런 것도 아니야. 서진룸살롱 사건 때도 애인 한 명이 임신 중이었는데 결국 뗐다지."

　혜진이 웃었다. 아주 차가운, 경멸에 가까운 웃음이었다.

"모르는 소리 마. 애, 를, 뗐, 다, 이렇게 말처럼 간단한 게 아니야. 한겨울에 옥탑방에서 연탄값을 아껴서 쌀을 샀어. 얼음장 같은 방 안에서 이불을 뒤집어쓰고 밥을 간장에 찍어 먹었어. 마지막 한 톨 이 떨어질 때까지 꾸역꾸역 먹었어. 먹어야 애가 크니까. 결국은 어 쩔 수 없는 상황까지 갔어. 5개월 된 애를 야매로 뗐어."

나는 혜진의 글씨가 적힌 편지봉투를 꺼냈다. 법무부 검열 마크 옆에 동그란 얼룩이 배어 있었다. 발신자와 수신자, 둘 중 누군가의 눈물인 듯했다.

"그거 집어넣어. 보고 싶지 않아."

"네 거잖아."

"오빠 거야. 기표 오빠가 오빠한테 준 거잖아."

"하나만 묻자. 이걸 물으려고 여기까지 온 거야. 왜 썼어?"

혜진이 한숨을 쉬었다.

"난 말이야, 기표 오빠나 다윗 오빠가 환상에서 깨어나길 바랐 어. 잡히면 달라질 줄 알았는데 그것도 아니었어. 하느님 때문이야. 살인범들이 순식간에 광신도가 돼버렸어. 구원이 어쩌고 거듭남이 어쩌고 지랄 나발…… 지들이 무슨 선지자라도 되는 것처럼. 나는 제발 마지막 순간만이라도 오빠가 꿈에서 깨길 바랐어. 자기들이 벌레 같은 인간이란 걸 인정하길 바랐단 말이야. 나는 그게 오빠들 이 떠들던 구원이라고 생각했어. 이제 됐어? 인제 그것 좀 집어넣 어. 아님 찢어버리든가."

나는 편지를 접어 배낭에 넣었다. 혜진이 엉뚱한 질문을 했다.

"요즘도 글 써?"

"아니. 한 자도 안 썼는데 인제 써볼까 해."

어머니가 교도소로 신간 소설들을 보내주곤 했다. 나는 소설의 내용을 거의 이해할 수 없었다. 그것들은 내가 알거나 알고 싶어 했던 세계에서 어느 날 갑자기 순간이동을 하여, 내가 닿을 수 없는 세계의 이야기를 하고 있었다. 나는 소설을 집어던지고 교도소에 구비된 법회용 불교 경전을 읽었다. 주요 구절을 암송할 때까지 반복해서 읽었던 것 같다. 출소하면 중이 될까 생각했지만, 중도 사람이었다. 나는 혜진에게 말했다.

"혹시 다른 공범이 있었던 거 아닐까? 기표나 다윗이 어떻게 그런 생각을 할 수 있었지? 누군가 걔들을 가르친 게 아니냔 말이야."

혜진이 눈을 동그랗게 떴다. 비로소 10년 전의 얼굴이 돌아왔다.

"무슨 소리야? 기표 오빠를 가르친 건 오빠잖아. 허무맹랑한 생각을 집어넣은 것도 오빠고."

"나?"

"그래. 다들 오빠 말이라면 껌벅 죽었다고. 기억 안 나? 위대한 한 걸음이 어쩌고, 선택받은 사람이 어쩌고, 모든 게 허용된다느니, 지강헌의 선언이 어쨌다느니, 외국 철학자가 말했다는 개 풀 뜯어먹는 소리, 그거 다 오빠가 말한 거잖아."

"아냐. 그건 술 취했을 때나 했던 개소리들이야."

"기표 오빠는 믿었어."

나는 머리를 쥐어뜯었다.

"세종파에 대해 쓰고 싶어."

"그게 무슨 소용이야?"

"써야 돼. 나를 위해서."

교도소에 있던 10년 동안 나는 써야 한다는 생각만 했다. 써야 한다는 사명, 그것은 폐허가 된 내 삶에 우뚝 서 있는 비석이었다. 개방, 빈부 격차, 소비자본주의, 한국병, 철없는 신세대, 반사회적 인격 장애, 도덕적 타락, 그것이 무엇이든 나는 우리를 파멸시킨 이름들에 대해 쓰고 싶었다. 나는 만나야 할 사람은 모두 만나겠다고 결심했다. 이유는 모르겠지만 그래야 끝난다고 생각했다. 내가 끝내야 한다.

혜진이 파카를 입고 일어섰다.

"죽을 사람은 다 죽었어. 이제 와서 헤집는다고 그 사람들이 살아 돌아와? 오빠 죄가 용서돼? 오빠는 자기 책임을 회피하고 싶어서 그러는 거잖아. 인정해. 오빠는 죄인이야. 난 이제 가봐야 돼. 남편이 기다려. 나한텐 그게 제일 중요해."

혜진의 집은 가역면에서 한 시간가량 걸어야 하는 하양리에 있었다. 추운 날이었는데도 혜진은 버스를 타지 않겠다고 고집을 부렸다. 나는 길 중간까지 혜진을 바래다주기로 했다. 날은 이미 어두워졌다. 칼바람이 불었다. 길가의 잔설들이 바람을 타고 날아올라

유리 조각처럼 뺨을 찔렀다. 길에는 아무도 없고 머리가 하얀 키다리 산들만이 우리를 굽어보고 있었다. 혜진은 말없이 빠르게 걸었다. 길 중간에 다다를 때까지 우리는 한마디도 하지 않았다. 헤어질 순간이 되었을 때 혜진이 말했다.

"나도 공범이야."

나는 멈춰 섰다. 혜진은 계속 걸었다.

"재판 때 다들 날 감싸줬잖아. 나는 아무것도 몰랐다고 말이야. 하지만 난 다 알았어. 알면서도 도와줬어."

바람이 미친 듯이 불었다. 귀, 코, 입, 살갗이 드러난 곳이면 모두 찌르고 베고 마비시켰다. 길가의 나무들이 마른 가지를 부딪치며 따닥따닥 신음했다. 나와 혜진 사이의 거리는 점점 멀어졌다. 혜진은 계속 중얼거렸지만 나는 바람에 실려 온 몇 마디만을 들었을 뿐이다.

"지겨웠…… 죄를 끊어버리고…… 죄의 새끼도…… 나도 벌을……."

어둠이 혜진의 형체를 잡아먹었다. 나는 돌아섰다.

2

떠나지 못한
종이비행기

신정동의 아이들

1984년에 서울 서도국민학교 4학년 3반 담임이었던 서영주 교사
는 5년 전 은퇴하여 분당 수내동 푸른마을에 살고 있다. 약속된 시
간이 20분이나 지나도록 그녀는 오지 않았다. 2월의 오후는 축축
하고 고요했다. 어제까지 싸락눈을 몰고 다니며 행인의 뺨을 때리
던 매운바람은 증발하고, 시멘트 포석 틈에서 느닷없는 아지랑이
가 일어났다. 서현역 2번 출구 앞에 있는 스타벅스의 원목 탁자에
앉아 나는 10년 전 신문의 복사본을 읽었다. 종합 일간지는 물론이
고 타블로이드판 주간신문과 스포츠신문에 이르기까지 '악마의 유
년기' 같은 소란스러운 제목 아래 한 아이의 사진이 실렸다.

 하얀 체육복을 입은 아이가 시소에 엉덩이를 걸친 채 누군가를
노려보고 있다. 체육복 왼쪽 무릎에 천을 덧대 기운 자국이 보인다.

화창한 대낮에 정면으로 달려드는 직사광선은 역광만큼이나 인물 사진에 적합하지 않다. 아이는 미간을 찌푸렸다. 카메라의 고도가 아이의 얼굴과 정확하게 일치하여 정수리나 턱 밑이 드러나지 않는다. 사진을 찍은 누군가는 키 작은 피사체를 위해 무릎을 굽혀야 했을 것이다. 사진의 심도가 깊어 아이의 얼굴에서 멀리 떨어진 운동장 담벼락까지 선명하다. 촬영자의 엉성한 프레임이 정글짐과 철봉을 지저분하게 잘랐다. 그렇게 난자당한 쇠 쪼가리의 음영들 사이로, 하얗고 파란 모자를 쓴 아이들이 갈잎나무 낙엽을 밟으며 지나간다. 가을운동회다.

아이는 머리를 둥글게 깎아 계집애처럼 보인다. 입이 작고 턱 선이 갸름하며, 오똑한 코 옆에 짧은 그림자가 붙어 있다. 아이는 눈을 잔뜩 찌푸린 채 누군가를 향해 도전적인 시선을 보내고 있다. 나는 물론 이 얼굴을 알고 있다. 이 운동장과 블록 담장과 넓적한 낙엽들도 기억하고 있다. 이 예쁘장한 사내아이는 지금 뭔가 불쾌한 자극을 받은 상태이고, 그의 눈과 입이 더 구겨지는 순간, 방심한 누군가를 향해 도발을 감행할 것이다. 아이의 이름은 이세종이다.

"미안하지만 자네 얼굴을 기억 못 해."

서영주는 약속 시간보다 30분 늦게 카페로 들어왔다. 나는 사진에서 묻어나오던 기억의 불결한 잔재들을 씻어내려고 눈을 깜박였다. 나도 서영주의 얼굴을 알아볼 수 없었다. 내 기억의 지층에 남아 있던 광대뼈, 깡마른 어깨, 지독하게 큰 뿔테 안경과 신경질적인 눈빛 같은 것들은 이제 그녀 안에 남아 있지 않았다. 그녀는 살이 쪘다. 그녀의 굴곡과 모서리들은 세월에 닳아버렸다. 20여 년 전 어느 날 시골 학교 운동장만큼이나 넓은 서도국민학교 교무실에서 우리가 처음 만났을 때, 그녀는 책상 앞에서 마른 어깨를 웅크리고 있었다. 어머니가 목례를 하고 교무실을 빠져나간 뒤에도 그녀는 서류 더미를 정리하며 나를 내버려두었다. 나는 한참 동안 그녀의 등 뒤에 서서 책상에 놓인 그녀의 소소한 책임들을, 서울시 교육청 로고와 숫자와 도표들을 노려보았었다.

"어쨌든 반가워. 그때의 신정동, 목동 애들은 날 찾지 않아. 개발되기 전 말이야."

우리는 사소한 추억을 나누었다. 그때 서도국민학교는 살굿빛 벙커 같은 건물이었고 아이들이 월담하지 못하도록 담장에 가시철조망이 둘러져 있었다. 한 학년에 열네 개의 반이 있었고 각 반에는 예순다섯 명의 아이들이 북적였다. 쉬는 시간이 되면 예순다섯 마리의 기괴한 새들이 더러운 날개를 퍼덕이며 쉰 목소리로 지저귀곤 했다.

"솔직히 말해서 그땐 지겨웠어. 슬럼프였어. 서도국민학교에서 내 유일한 낙이 산세비에리아와 베고니아 화분이었어. 교무실 창틀에 화분을 늘어놓고 아침저녁으로 그놈들 잎사귀에 광을 내면서 버텼지. 창문 너머로 하교하는 아이들을 보면 외로움 같은 것이 밀려왔어."

"그때도 지겹다고 자주 말씀하셨죠."

"그래. 미안했어. 애들을 때리기도 많이 때렸어. 4학년 반에도 국어책을 잘 못 읽는 아이들이 수두룩했어. 박달나무 몽둥이가 부러지면 쇠 자로 엉덩이랑 손바닥을 때렸어. 애들을 독하게 다룰수록 이별 뒤에도 후회가 없을 거라고 믿었지."

나는 세종파 애기를 꺼냈다. 서영주가 한숨을 쉬었다.

"결국 그거 때문에 온 거야? 뭐 쓰려고?"

"그냥 알고 싶어서요."

나는 서영주의 기억을 착취하고 싶지 않았다. 그녀가 한숨을 쉬는 순간 나는 입가에 버짐이 피어 있던 코흘리개 제자로 돌아가 감사의 인사를 전하며 자리를 파하고 싶었다. 이런 예쁜 작별은, 그러나 이 상황에선 코미디였다. 나는 서영주의 어깨 너머로 비스듬히 시선을 흘려가며 무심한 듯 그때의 일을 물었다. 그녀는 10년 전 가을 일간지 사회면에 내 사진이 실린 일을 모르는 모양이었다. 점퍼를 머리에 뒤집어쓴 채 호송차에 오르고 있는 사진이었다.

"세종파 아이들 전부 기억 안 나. 오직 한 명, 이세종만 기억나. 우리 반도 아니었는데 말이야. 공부를 잘했기 때문에 기억하는 건 아냐. 그런 건 관심도 없었어. 걔가 공부를 잘했다는 건 신문을 보고서야 알았어."

당시 서울시 교육청의 지침에 따라 담임교사들은 지정된 요일에 교실에서 아이들과 함께 도시락을 먹어야 했다. 1984년 1학기가 시작된 지 얼마 안 되어 서영주는 교실에서 점심을 먹다가 이세종이 들어오는 모습을 보았다. 교사가 있는데도 4학년 교실에 들어와 거드름을 피우는 6학년 아이는 처음이었다.

"내 눈치를 보면서 한 아이와 얘기를 하는데, 교실에서 제일 덩치 큰 아이가 이세종이 앉아 있는 의자를 밟고 지나갔어. 근데 이세종이 말야, 아무 말 없이 그 아이에게 걸어가서 니들이 아구창이라고 말하는 그 지점을 주먹으로 후려치는 거야. 그 아이는 이세종보다 키가 커 보였는데 한마디도 못 하고 제자리로 돌아가더라고."

이세종과 얘기를 하던 아이는 기표나 다윗, 혹은 나였을 것이다. 덩치 큰 아이는 시구였을 것이다. 그런 일은 서도국민학교에서 너무나 익숙한 장면이었지만 담임이 있을 때도 그랬으리라고는 상상하지 못했다.

"그래서 혼내주셨어요?"

"아니, 그냥 나가라고만 했어. 몽둥이는 들지 않았어. 자네도 알 거 아냐. 아이들에게는 아이들이 만들어놓은 질서가 있어. 아이들의 나라는 군부독재 국가랑 비슷하지. 독재자가 있어. 바람직하지는 않지만 질서 정연해. 어른들이 아이들 나라에 개입하면 혼란만 생겨."

그때부터 서영주는 이세종을 관찰했다. 저 작은 몸과 예쁘장한 얼굴 어디에 서도국민학교 아이들을 굴복시키는 에너지가 숨겨져 있는지 서영주는 궁금했다. 이세종의 싸움 기술이 훌륭하다는 것은 서도국민학교의 학생과 교사 모두가 인정하는 바였다. 서영주는 싸움 외에도 다른 교사들이 눈여겨보지 않던 재주가 이세종에게 있다는 사실을 발견했다.

"이세종은 말을 잘하는 아이였어. 4학년, 5학년 아이들을 모아놓고 허풍 떠는 데 일가견이 있었지. 걔가 나타나면 코흘리개들이 우르르 몰려들었어. 하는 얘기는 황당하기 이를 데 없어. 어제 연예인 누구를 봤는데 버스에서 옷을 갈아입더라, 국회의원이 사인을 해주더라, 하는…….."

나도 그때 이세종의 얘기에 빠져들던 코흘리개였다. 이세종의 얘기는 서영주가 아는 것보다 더 기괴하고 잔인한 것들이 많았지만 허풍이긴 마찬가지였다. 서영주는 폭력을 휘두르는 이세종은 참을 수 있어도 허풍을 치는 이세종은 참을 수 없었다. 신정동 아이들에겐 현실이 중요했다. 그 동네에서 허영심만큼 치명적인 흉기는 없다고 서영주는 생각했다. 서영주는 이세종을 불러 텅 빈 교실에 앉혀놓고 물었다. 너 연예인 알아? 정치인 알아? 왜 뻥을 쳐? 이세종은 대답하지 않았다.

이놈의 새끼 무릎 꿇어! 서영주는 이세종의 뺨을 갈겼다. 운동장에 노을이 깔릴 때까지 이세종은 한마디도 하지 않았다. 서영주는 관엽식물 화분이 기다리는 교무실로 돌아가고 싶었다. 서로의 얼굴을 분간하기 힘들 정도로 교실에 어둠이 차올랐을 때 이세종이 입을 열었다. 알면 되잖아요. 커서 연예인도 알고 정치인도 알면 되잖아요.

그날 가방을 메고 운동장을 가로지르는 이세종을 보며 서영주는 섬뜩함을 느꼈다. 서영주는 이세종의 몸에 깃든 선과 악의 양극단을 처음 목격한 어른이었다. 어른이 아이를 이해하는 데에는 긴 과정이 필요하다. 어른은 나름의 편견과 사회학으로 아이를 재단하고, 수많은 사실의 계단을 오른 뒤에야 그것들에서 벗어난다.

"한참 동안 어두운 교실에 서 있었어. 그때 난 이세종이 선의 세계에서든 악의 세계에서든 한 번쯤 큰일을 칠 아이라는 걸 깨달았어. 물론 악의 세계가 가능성이 더 높겠지."

"이세종이 첫 공판 때 한 얘기를 신문에서 계속 보도했는데, 읽으셨어요? 미술 수업 시간이 제일 싫었다고. 준비물을 안 가져오면 선생님이 막 때렸다고. 그건 학교가 도둑질하라고 가르친 거라고……."

"읽었어. 하지만 어쩔 수 없었다고 생각해. 예순다섯 명의 괴물들을 앞에 두고 우리가 뭘 어쩔 수 있겠어?"

"그건 이세종의 투정이었죠. 늘 자기 실수를 남의 탓으로 돌렸어요."

우리는 카페를 나섰다. 서영주가 악수를 청했다. 나는 작별 인사 대신 질문을 던졌다.

"비 기억나세요?"

"비?"

"비, 홍수……."

서영주가 고개를 끄덕였다.

1984년 9월 1일, 비가 내렸다. 일주일째 오락가락하던 비가 지난밤부터 쏟아졌다. 세상은 투명한 커튼에 갇혔다. 비가 오기 전까지, 우리 가족이 김을 간장에 찍어 먹던 저녁때까지 안양천은 구린내를 풍겼다. 대기가 무거워지면 지방 2급 하천과 하수가 섞여 만들어낸 사타구니 냄새가 증발하지 못하고 뚝방 동네의 골목을 기어 다닌다. 이 불륜의 냄새는 담장을 타고 창틀을 넘어 가족의 안방까지 침투한다. 그런 날에는 저녁 반찬으로 쓰레기를 씹는 것 같다. 그러나 비가 내리기 시작하면 모든 냄새와 먼지가 지워지고 이끼 낀 지붕들과 녹슨 대문과 썩어가는 화장실 문짝들이 울부짖는다. 빗속에서 뚝방 동네는 맨얼굴로 오열한다.

그해 4월 우리 가족은 전라남도 고흥에서 서울 신정동으로 이사 왔다. 가재도구를 잔뜩 실은 용달차 조수석에서 나는 어머니의 무릎을 여동생에게 양보한 채 아버지의 허벅지 사이에 끼어 있었다. 고속도로를 그때 처음 보았다. 끝이 보이지 않는 검은색 타르의 바다에 뜬 채로 나는 졸다 깨기를 반복했다. 휴게소에서 우동을 먹은 뒤로는 속이 불편해 잠이 오지 않았다. 서울이라는 곳은 낯선 만큼이나 멀리 떨어져 있었다. 고속도로 위로 내가 상상조차 하지 못한 긴 시간들이 흘러가고, 내 마음은 공포심으로 가득 차고, 내 속은 계속 부글거리고, 마침내 참지 못해 어머니에게 비명을 지르기 시작할 무렵 톨게이트가 보였다. 저것이 서울의 입구라고 어머니가 말했다.

우리는 오후 늦게 신정동 뚝방 동네에 도착했다. 슬레이트와 기와 지붕이 다닥다닥 붙어 있는 뚝방 속으로 더럽고 좁은 골목들이 흘렀다. 뚝방 너머에는 안양천이 있었다. 잔뜩 졸아 검은 바닥을 드러냈고 부유물로 가득한 점액질의 물이 흘렀다. 무엇보다 나를 놀라게 한 것은 황토 먼지였다. 그것은 저녁의 붉은 대기를 날아다니며 슬레이트와 기와 지붕, 이끼로 가득한 블록 담벼락, 눈에 보이는 모든 사물 위에 내려앉았다. 비를 맞기 전까지 뚝방 동네의 피부는 1밀리미터 두께의 먼지 막에 덮여 있다.

그날 아침 나는 슬레이트 지붕을 두드리는 빗소리에 잠을 깼다. 투둑투둑, 둔탁한 소음이 잠에 젖은 내 의식을 긁었다. 머리 위에서 벌어지는 이 난타의 축제와 더불어 나는 공기의 가벼운 진동을 느꼈다. 우리 집에는 방이 세 개 있었다. 가장 큰 방은 주인네가 썼고 가장 작은 방은 목수 일을 하는 아저씨 혼자 썼고 우리는 중간 크기의 방을 썼다. 세 개의 방을 이어주는 지붕이 비의 타격을 받아 흔들리고 있었다. 빗줄기가 거세지거나 바람에 밀려 사선으로 요동치면 벽은 더 크게 흔들렸다.

그때 나는 검은 비닐봉지를 쓰고 있었다고 기억한다. 한밤중에 바스락거리다가 벗겨지기 일쑤였던 그 봉지는, 습기 찬 날에는 접착력으로 머리를 조이며 악몽을 속삭였다. 장마철에 나는 밤새도록 북소리가 들리는 어둡고 긴 동굴을 통과하여, 아침에 봉지를 벗는 순간 해방감을 느끼곤 했다. 그즈음 어머니는 밤마다 나와 여동생의 머리에 에프킬라를 뿌리고 봉지를 씌웠다. 8월에 접어들면서 머리가 자주 근질거렸는데 어느 날 머리를 긁다가 손톱에 전갈처럼 생긴 검은 곤충이 끼였다. 손톱 밑에서 통통한 배와 수많은 다리를 버둥거리던 악마를 나는 기억한다. 엄마 이게 뭐야? 머릿니야. 어머니는 한 마리씩 손톱 사이에 담아 으깼다. 피가 튀었다. 이게 머리도 파먹어? 그냥 피 빠는 벌레야. 아침에 일어나 머리를 감으면 검은 곤충들이 세숫대야에 떠올랐고 나는 그들의 통통한 배에 담긴 뇌수를 상상했다. 그해에는 머릿니가 서울 변두리 아이들에게 유행이었다. 개학하자마자 담임은 서캐 검사부터 했다. 여동생을 포함해 귀밑이 드러나는 단발머리로 자른 여자아이들이 서캐를 지적받을 때마다 울먹였다. 나는 어린아이답게 수많은 사물을 비유로 받아들였는데, 머릿니와 그것의 놀라운 전염력은 내가 처음으로 접한 악마의 현현(顯現)이었다.

나는 머리를 긁으며 아궁이에서 아침 준비를 하는 어머니에게 달려갔다. 어머니는 성냥으로 석유곤로에 불을 붙이고 있었다. 매연과 달콤한 석유 냄새가 아궁이 바닥에 깔렸다.

"엄마, 무서워."

"무섭긴 맨날 뭐가 무서워, 느작바리 없는 놈아. 머리나 감아."

나는 대문을 열었다. 마당이 없는 우리 집은 방문을 열면 바로 대문이고 대문을 열면 바로 골목이었다. 나는 기름기로 번들거리는 머리에 비를 맞으며 뚝방 동네의 지붕들을 올려다보았다. 슬레이트든 기와든 비에 얻어맞는 수천만 개의 타점마다 물방울이 터졌다. 안양천이 손에 잡힐 듯 가까이 다가왔다. 폭우가 만들어낸 소음과 경련이 나와 세상 사이의 거리를 한 발짝 더 좁혔다.

봄에 바닥을 드러내던 안양천은 여름에 뚱뚱해졌다. 급류 위에 고양이와 쥐의 시체, 세간들, 똥 덩어리, 비닐이 떠다녔다. 비가 소강상태일 때 어떤 어른들은 천변에서 등 굽은 붕어를 낚았다. 비가 계속되면 안양천은 점점 비대해지며 제방 바로 아래까지 넘실거렸다. 그날 아침 안양천은 천변을 다 집어삼키고도 배가 고픈 듯 괴상한 소리를 내고 있었다.

아버지와 어머니는 비에 관심이 없었다. 그들은 비는 물론이고 세상의 어떤 일에도 시선을 주지 않았다. 내 기억 속에 있는 신정동 시절의 어머니와 아버지는 늘 정지된 모습으로, 어떤 극적인 장면에서도 손가락 하나 꼼지락거리지 않는다. 아버지는 과일 장사를 하다 시골에서 가져온 돈을 거의 날렸는데 그것은 앞으로 이어질 아버지의 무수한 패배의 시작에 불과했다. 시골에서부터 손재주 좋기로 유명했던 어머니는 집에서 한복을 만들었지만 여름에 접어들면서 일감이 줄었다. 여름부터 동네는 불길한 소문에 휩싸였다. 벽보가 붙었고 통장들이 집집을 돌아다니며 서명을 받았다. 며칠 전에는 양화교 밑과 목동사거리에서 사람들이 큰 시위를 벌였다고 했다. 어머니와 아버지는 그런 일에 관심이 없었다. 그들은 몇 계절 뒤면 발각될 이 침묵의 은신처를 힘겹게 지키고 있었다. 우리 가족의 아침 밥상은 침묵이 지배했다.

나는 구운 김 위에 밥 한 공기를 쏟아붓고 김치와 간장을 넣어 김밥을 만들었다. 그렇게 하면 소풍 가는 기분이 났다. 나는 여동생의 손을 잡고 골목으로 나섰다. 빗줄기는 조금도 가늘어지지 않았다. 같은 골목에 사는 기표가 대문 앞에서 나를 기다렸다. 이발사인 기표의 아버지는 집주인이어서 넓은 안방을 썼다. 나는 토요일 오후에 기표네 집에서 〈타잔〉을 보곤 했는데 어른들의 욕을 먹지 않아도 되는 넓은 방에서 괴성을 지르며 뛰어다니는 것이 좋았다.

"기표야, 비가 이렇게 와도 되는 거야?"

"찬 공기년과 더운 공기년 때문이야."

"공기가 뭐?"

"두 년들이 가끔 맞장을 뜬단 말야. 그러면 가래떡 같은 구름이 생겨. 이런 날에는 학교 문 닫아야 되는 거 아냐?"

우리는 우산을 들고 골목을 나섰다. 기표의 등에서 쓰리세븐 가방이 덜그럭거렸다. 시골 읍내에서 산 내 가방에는 후광이 노랗게 구불거리는 태양 마크가 달려 있었다. 여동생은 우산을 쓰지 않는 대신, 노란 병아리 무늬들이 구겨진 비닐에 붙어 있는 비옷을 입었다. 그것도 읍내에서 산 옷이었다. 기표는 실내화 주머니도 새것이었고 실내화 밑창도 내 것처럼 너덜거리지 않았다. 나는 기표만 보면 주눅이 들었는데, 그것은 쓰리세븐이나 조다쉬 때문만은 아니었다. 나는 기표의 속력이 부러웠다. 기표는 이 작고 추레한 동네의 자극에 내가 상상할 수 없는 속도로 반응했다. 기표는 즉각적으로 덤벼들고 반항하고 화를 내고 욕설을 퍼붓는 아이였다. 기표에 비하면 어머니와 아버지는 무생물에 가까웠다.

골목 어귀에서 다윗과 병수가 우리를 기다렸다. 김다윗은 중학생처럼 덩치가 컸다. 김다윗은 그 부피뿐 아니라 팔뚝과 어깨에 울퉁불퉁 솟아 있는 근육의 밀도마저 이미 아이의 것이 아니었다. 짧고 굵은 목 위에 달려 있는 정사각형의 머리는, 그의 떡 벌어진 어깨가 아니라면 지탱하기 힘들었을 것이다. 병수는 마르고 작은 아이였다. 팔다리가 가늘고 긴 데다 눈이 움푹 꺼져 ET를 연상케 했다. 본명은 신정수였지만 모두들 병신이라는 뉘앙스를 담아 병수라고 불렀고, 본인마저 정수라고 부르면 어색해했다. 나는 병수의 몸에 다윗의 머리가 달린 악몽을 꾼 적 있다. 그 괴물은 네모난 머리를 바닥에 끌며 네발로 기어 내게 다가왔다.

다윗과 병수는 3분단 맨 뒷줄에 앉았다. 다윗은 의자가 비좁아 보였고 병수는 책상이 높아 보였다. 나는 전학 온 첫날 왜 맨 앞줄에 앉아도 모자랄 병수가 다윗의 짝이 되었는지 기표에게 물었다. 간단해. 다윗이 보호자야. 다윗은 어릴 적부터 병수의 옆집에 살며 함께 놀았다. 다윗이 없으면 병수는 어디에도 갈 수 없었다. 병수에게 다윗이 어떤 존재인지 보여주는 사건을 나는 전학 온 지 일주일도 안 되어 목격했다. 그날 국어 시간에는 유독 책을 못 읽는 아이들만 일어났고 담임은 한 시간 내내 지겹다고 투덜거렸다. 수업이 끝날 때쯤 3분단 맨 뒷줄의 병수가 손에 코를 잔뜩 푼 채 담임에게 달려갔다. 선생님, 어, 어떡해요……. 담임은 병수의 얼굴을 쳐다보지도 않고 뒷줄을 향해 고함을 질렀다. 김다윗! 다윗은 병수의 손바닥에 찰랑거리는 놀랄 만한 양의 액체가 쏟아지지 않도록 받쳐 들고 병수를 화장실로 데려갔다. 그때 기표가 속삭였다. 병수 저 새끼, 담임 일부러 엿 먹인 걸지도 몰라…….

"다윗아, 너네 하느님더러 오줌 좀 그만 싸라 그래."

기표가 말했다.

"하느님은 오줌 안 싸. 이건 마귀가 싸는 거야."

"아멘이다."

다윗은 어머니 배 속에서부터 천주교 신자였다. 점심시간에 도시락을 열고 성호를 긋는 다윗을 아이들은 경이롭게 쳐다보곤 했다. 녹슨 쇠파이프 같은 다윗의 손가락이 십자가를 그으면 하느님이라도 당황할 것 같았다.

우리는 뚝방 동네를 내려갔다. 빗물이 길가에 개울을 만들었다. 개울 위로 뾰족한 이파리를 내민 잡풀들이 몸뚱이를 흐느적거렸다. 번개가 두 번이나 치고, 곧바로 천둥이 터졌다. 여동생이 내 팔에 달라붙었다. 덩치 큰 먹구름들이 우리 머리 바로 위에서 드잡이를 벌이고 있었다.

우리는 신정시장에 다다랐다. 어둠에 잠겨 있는 시장 안쪽에서 할머니 몇 명이 좌판을 펼쳐놓고 있었다. 시장은 유혹의 간판을 단 생물이었다. 신정시장의 그 관능성은 시간에 마모되지 않은 채 오히려 더 커져서, 지금도 나는 눈을 감으면 신정시장의 냄새를 맡을 수 있다. 그것은 쓰러져가는 블록 집들 사이에 철제빔을 박고 파란색 천막을 씌운 동굴이었다. 떡볶이 좌판과 만두 가게가 있는 시장의 입구에선 달콤한 수증기가 나왔다. 시장 바닥은 늘 축축하고 음식 찌꺼기와 구정물이 섞인 작은 도랑이 흘렀다. 구정물을 따라 시장의 아랫도리로 들어갈수록 생선 좌판과 젓갈 좌판에서 나오는 비린내가 진동했다. 이 구린 냄새 역시 묘하게 매혹적이었다.

다윗이 말했다.

"아, 떡볶이 먹고 싶다."

우리는 어제도 기표가 가진 500원으로 떡볶이를 사 먹었다. 떡볶이 할머니는 설탕과 물엿을 듬뿍 넣어 끈적거리는 떡볶이를 인심 좋게 퍼주었다. 떡볶이 좌판 옆에는 핫도그 기름통이 있었다. 나무젓가락에 꿰인 핫도그가 청량한 거품을 내뿜으며 흰색에서 갈색으로 변할 때면 우리는 그 바삭바삭한 껍데기에 예배를 드리고 싶었다.

떡볶이 할머니는 미장일을 하는 장씨 아저씨의 어머니였다. 시장은 아줌마와 할머니들의 천국이었고, 그들은 모두 신정동 누군가의 어머니였다. 두부를 파는 김다윗의 어머니도 시장에 있었다.

다윗이 늦둥이였기 때문에 그의 어머니는 꼬부랑 할머니였다. 김다윗의 두 형들은 고등학교를 중퇴하고 서울 인근의 공장을 돌아다녔다.

일주일 전에 채소 좌판 앞에서 한 할머니가 죽었다. 할머니는 김치찌개에 밥을 비벼 점심을 먹고 시든 채소 앞에서 웅크려 앉아 졸았다. 손님이 흥정을 붙여도 대답이 없자 옆에 있던 할머니가 어깨를 건드렸다. 할머니는 웅크린 자세 그대로 쓰러졌다. 그때 이미 숨이 끊겨 있었다. 나는 지금 내리는 비가 죽은 할머니의 눈물이 아닐까 생각하며 생선 좌판을 펼치는 할머니에게 인사했다. 다윗이 말했다.

"우리 동진 군은 인사성이 참 밝아."

기표가 말했다.

"전학 올 때부터 알아봤어."

전학 온 첫날 나는 4학년 3반 아이들에게 사투리 억양을 최대한 억누르며 인사를 했다. 여러분, 만나서 반갑습니다아아. 담임은 나를 2분단 다섯째 줄에 앉혔는데 짝이 남자아이였다. 남학생이 여학생보다 훨씬 많아 남학생끼리 짝을 이룬 책상도 많았다. 내 짝은 동남아 아이처럼 눈이 컸다. 연필을 줍는 척하며 여자아이들 종아리를 훔쳐볼 때면 가뜩이나 큰 눈이 눈구멍에서 쏟아질 듯 불룩해졌다. 첫 수업이 끝나고 아이들이 몰려와 어디서 왔느냐, 왜 왔느냐, 엄마 아빠는 뭐 하냐, 싸움 잘하냐, 자지는 크냐, 질문을 쏟아낼 때도 짝은 내게 한마디도 하지 않았다. 3교시가 끝나고 나는 짝에게 말을 걸었다. 넌 참 눈이 크다잉. 짝이 웃음을 터뜨렸다. 크, 크다잉, 아하하하, 아 웃겨…… 반갑습니다아아아, 점잔 빼던 새끼가 크다잉이래……. 그게 기표였다.

다윗이 말했다.

"니가 반갑습니다, 할 때 아주 반갑게 까주고 싶어서 벅차오르더라."

기표가 말했다.

"넌 아무도 못 까. 넌 신정동의 좆밥이잖아."

다윗은 덩치에 맞지 않게 온순했다. 반에서 서열 2위인 기표가 다윗의 서열을 올려주려고 애를 썼지만 소용없었다. 다윗은 키가 제일 작은 아이가 투덜거려도 벌벌 떨었다. 걸음마를 배우기 전부터 형들한테 두들겨 맞아서 좆밥이 되었다고 기표는 말했다.

빗줄기는 여전히 굵었다. 우산대가 휘어질 정도로 굵었다. 나는 우산을 치우고 비를 맞아보았다. 빗방울이 눈두덩을 아플 정도로 두드렸다. 이렇게 오랜 시간 동안, 이렇게 무자비하게 하늘 위에서 물방울을 퍼붓는 자가 하느님인지 마귀인지 죽은 할머니인지 나는 궁금했다.

우리는 시장을 지나 큰길로 다가갔다. 큰길 너머에 서도국민학교 정문이 아파트를 등지고 서 있었다. 수령이 오래된 버즘나무와 은행나무가 담장 위로 시퍼런 잎사귀들을 흔들었다. 학교 건물은 비에 젖어 회색으로 보였다. 전학 오던 날 이 학교는 나를 공포에 빠뜨렸다. 굵은 모래로 덮인 운동장, 연분홍색 페인트칠이 벗겨진 건물, 수많은 아이들, 수많은 반, 왁스 광택을 뽐내며 끝없이 뻗어 있는 복도의 널빤지, 그 널빤지 사이마다 끼여 있는 침 자국과 껌 자국, 교실에서 풍겨 나오는 지린내와 땀내, 이런 것들이 날 주눅 들게 만들었다. 기표가 없었다면 나는 적응하지 못했을 것이다.

"야, 좀 있다 가자. 앞에 시구 새끼 있다."

기표가 말했다. 4학년 짱인 시구의 엉덩이가 횡단보도를 가로지르고 있었다. 서도국민학교 누구라도 단박에 알아볼 만큼 거들먹거리는 걸음걸이였다. 시구는 몸이 아프다는 석연찮은 이유로 한 학년을 꿇어 우리보다 한 살 많았다. 4학년은 시구 앞에서 무조건 덕철이 형이라고 존대를 해야 했다. 전학 온 날 시구는 내가 반말을 했다는 이유로 시비를 걸었다. 허, 이게 반말을 하네? 너 몇 살이야? 뭐 열한 살? 난 열두 살이야. 이 대가리에 피도 안 마른 새끼가, 씹새끼가, 죽을래?

우리는 시구의 엉덩이가 사라질 때까지 큰길 앞에서 기다렸다. 자동차들이 물에 잠긴 배수로를 스치며 물보라를 일으켰다. 작은 아이들이 길가에서 서로를 물보라 속에 떠밀며 깔깔댔다. 노가리를 구워 팔던 건널목 앞의 문방구는 셔터를 내리고 있었다. 나는 기표에게 물었다.

"존경하는 덕철이 형님은 왜 별명이 시구야?"

"원래는 씹구였어. 하다 보니 시구가 된 거지. 발정 난 개새끼라는 뜻이야. 아, 저기 부리사 지나간다. 부리사! 오랜만이야, 부리사 군! 이 궂은 날에 왜 나오셨나? 시동 꺼지면 어쩌시려고?”

나는 계속 물었다.

“시구가 병수는 안 건드리는 거 같더라. 제일 만만할 텐데 왜 그러지? 아, 저건 포니투. 많고 많은 포니투!”

그해에는 차종을 맞추는 것이 유행이었다. 다윗이 말했다.

“우리 병수는 꼴통이야, 꼴통. 언젠가 시구의 손가락을 물어버린 적 있어. 몸이 아작이 나는데도 손가락 물고 안 떨어지더라고. 시구 새끼가 울면서 사정을 하더라. 손가락 살이 벗겨져서 뼈가 보였다니까. 저건 포니원, 존나 구린 포니원. 아 잠깐, 오오오오 슈퍼살롱이다! 난 슈퍼살롱이 좋아. 왜냐고? 슈퍼자지니까.”

다윗은 존경하거나 경탄할 만한 대상을 슈퍼자지라고 불렀다. 병수가 신통력을 발휘해 분수 문제를 푼다든가 하는 기적이 일어나면 울트라 그레이트 슈퍼자지라고 외쳤다. 기표가 말했다.

“시구는 우리 반에서 나랑 병수만 못 건드려. 나는 세종이 형이랑 친하니까. 어렵쇼, 프린스네! 프린스가 제일 멋져! 포니는 부리사랑 놀아라! 스텔라도 맵시나도 꺼져버려!”

6학년 9반 이세종은 서도국민학교 전체의 짱이었다. 그가 처음 우리 교실에 들어왔을 때 나는 명성답지 않은 작은 체구와 곱상한 얼굴에 놀랐다. 그는 4학년 3반의 미닫이문을 열고 〈창밖에 잠수교가 보인다〉를 흥얼거리며 들어와 ‘보인다 보여’라는 대목에서 무릎을 탁 쳤다. 시구야, 우리 아가, 오늘은 애들 안 괴롭혔지? 또 그러면 형이 맴매해준다. 기표야, 전학생 왔대매? 누구냐? 너야? 넌 얼굴이 왜 이렇게 길어? 얼굴 위로 기차가 지나갔냐?

나는 며칠 뒤 소각장 뒤에서 이세종의 본모습을 보았다. 그는 자신보다 머리 하나가 더 큰 6학년과 맞짱을 뜨고 있었다. 상대를 쓰러뜨리기 전까지 이세종의 표정은 평온하고 냉정했다. 상대의 움직임에 리듬을 맞춰 제자리 뛰기를 하거나 주변을 맴돌았다. 상대가 전진하면 물러서고 물러서면 전진했다. 상대의 긴 팔다리에 당하지 않을 만큼 거리를 유지하며 기다리다가, 조급해진 상대가 뛰어들 때 몸을 틀어 돌려차기를 했다. 이세종의 운동화가 허공을 가르며 휘파람 소리를 내는 순간 상대의 턱이 흔들리며 침과 피를 튀겼다. 이세종은 거리를 주지 않고 달려들어 연타를 날렸다. 그의 표정이 변한 것은 상대가 쓰러진 후였다. 균형을 유지하던 눈과 입이 구겨졌다. 순식간의 일이었다. 이세종은 아이들이 뜯어말릴 때까지 쓰러진 상대의 목과 얼굴을 계속 짓밟았다. 그 맹렬한 폭격은 대여섯 명의 덩치 큰 아이들이 헹가래를 치듯 이세종의 몸을 들어 올린 후에야 멈췄다. 아이들이 말리지 않았다면 쓰러진 아이를 죽였을지도 모른다. 나는 그때 알았다. 이세종의 마음속에는 검은 구멍이 있다. 이세종이 일단 그 구멍으로 빠져들면 자기 힘으로는 기어 나올 수 없다.

우리의 우정은 이세종의 후광을 빌려 시구에 대항하기 위한 동맹이었던 것 같다. 서도국민학교의 모든 아이들은 자신의 반에 어떤 역관계가 교차하고 있으며 자신을 지키려면 어디에 줄을 서야 하는지 알고 있었다. 기표, 다윗, 병수, 내 정치적 동반자들의 머리 위로 비가 내렸다. 비는 지치지 않았다. 우리는 문방구 앞에 서서 시구의 엉덩이가 교문 속으로 사라지길 기다렸다. 여동생이 계속 징징거렸다. 우리는 천천히 횡단보도를 향해 걸음을 옮겼다.

단축 수업 따위는 없었다. 담임은 아침 조회 시간에도 비에 관해 말하지 않았다. 아침부터 기표는 발밑에 침을 뱉고 실내화로 비벼댔다. 그해에는 차종을 맞추는 것과 함께 침을 뱉는 것이 유행했다. 앞니 사이로 물총처럼 침을 쏘면 멋있다는 평가를 받았다. 기표의 발밑에는 하루 종일 거품이 부글거렸다.

"10분 뒤에 수업 시작할 테니까 교과서 펴놓고 있어. 요즘 교실이고 복도고 침 뱉는 놈들이 많은데 아주 더러워 죽겠어. 이따 바닥 검사해서 걸리기만 해봐라, 이 지겨운 것들아. 침 자국 세서 뱉은 횟수대로 맞을 줄 알아."

침을 비비던 기표의 실내화가 멈췄다. 담임이 교실 문을 열고 나가자 기표가 중얼거렸다.

"씨발년."

나는 수업에 집중할 수 없었다. 비라면 시골에서도 서울에서도 신물 나게 겪어봤다. 불과 한 달 반 전에 장마전선이 중부지방을 통과했다. 그러나 지금 이 순간 교실 창밖에 걸린 저 비의 거미줄들은 나를 불안하게 했다. 이렇게 세력을 잃지 않고 충만한 굵기를 유지하는 빗줄기는 처음이었다.

나는 운동장 너머 안양천변에 널려 있는 억새밭을 그리워하고 있었다. 봄과 여름 내내 우리는 안양천변에서 놀았다. 건조한 날에 억새들은 파도 같은 소리를 냈다. 쏴아아아, 파도가 밀려오고 빠져나갈 때마다 방아깨비와 여치가 튀어 올랐다. 우리는 개구리와 방아깨비를 잡으며 오목교에서 양화교까지 돌아다녔다. 머리가 굵은 형들은 억새 속에 몸을 감추고 본드를 불기도 했다.

놀다 지치면 우리는 어른들만 입장할 수 있는 특권의 세계, 남자의 고추가 지나다니는 여자 몸속의 좁은 길에 대해 이야기했다. 대체 남자의 고추가 어떻게 그 안으로 들어갈 수 있는지 우리는 수많은 추측을 내놓았다. 여자의 밑에는 구멍이 세 개 있는데 한가운데 구멍에 넣지 못하고 다른 구멍에 넣으면 거기가 꽉 끼어서 밤새도록 빠지지 않는다고 다윗이 말했다. 다윗이 하는 말이면 무조건 맞장구를 치는 병수가, 거시기를 빼지 못해 병원에 간 아저씨, 아줌마를 본 적이 있다고 말했다. 신이 난 다윗이 자기도 봤다고 주장했다. 한밤중에 시장에서 일하는 아저씨가 아줌마를 이상한 자세로 안고 어기적어기적 걸어가더라는 이야기였다. 의사가 아침까지 빠지지 않으면 아저씨의 거시기를 잘라야 한다고 말했는데 아줌마가 기침을 하다가 기적적으로 빠졌다고 했다.

그러나 기표와 나는 진실을 알고 있었다. 여름방학이 시작된 날 밤, 기표가 우리 집 대문 앞에서 나를 불렀다. 얼굴이 땀에 젖어 있고 엄청난 갈증을 느끼는 표정이었다. 빨리 와, 끝나기 전에 봐야 돼! 우리는 억새밭으로 뛰어갔다. 동네에서 흘러나오는 불빛과 달빛 외에는 아무런 조명이 없었다. 어둠 속에서 개구리와 풀벌레가 울었다. 우리는 억새밭 한가운데까지 낮은 포복으로 전진했다. 나이 든 남녀가 뒤엉켜 누워 있었다. 아저씨의 바지는 발목까지 내려갔고 아줌마의 치마는 허리까지 올라갔다. 그렇게 어두운데도 아줌마의 허벅지가 허옇게 빛났다. 아저씨가 숨을 몰아쉬며 엉덩이를 움직였다. 아줌마가 아저씨의 엉덩이를 한 움큼 쥐었다. 아저씨가 아줌마의 블라우스에 손을 넣어 가슴을 만졌다. 우리는 10분 동안 그 광경을 지켜보고 두 사람이 떨어지자마자 집으로 달려갔다. 그 장면은 설명할 수 없는 여운을 남겼다. 그것은 흥분보다 두려움에 가까운 감정이었다. 나는 여자의 허벅지와 젖가슴이 남자에게 어떤 의미인지 몰랐지만, 그날 밤 아줌마를 향한 아저씨의 움직임은 무섭도록 진지한 것이라고 느꼈다. 기표와 나는 그 일을 입 밖에 꺼내지 않기로 약속했다. 우리는 세계의 비밀을 보았고, 그것을 지켜주고 싶었다.

여름방학 동안 억새밭에 앉아 우리는 이세종의 이야기를 자주 들었다. 그가 하는 얘기라면 무엇이든 재미있었다. 연예인이나 국회의원 얘기도 나왔지만 싸움 얘기가 더 많았다. 이세종은 3학년 때 처음 싸움을 배웠다고 했다. 이세종의 아버지는 알코올중독자였다. 어느 날 동네 중학생 세 명이 이세종의 바지를 벗기고 고추를 만졌다. '니네 아버지는 술에 취해서 바지에 오줌을 질질 싼다매?' 하고 대장인 듯한 중학생이 말했을 때 이세종은 길가의 돌멩이를 들어 그의 앞니 두 개를 부러뜨렸다. 절대 물러서면 안 돼. 한 걸음 물러서면 열 걸음 물러서게 돼. 힘으로 안 되면 돌이라도 들어. 여러 명하고 싸울 땐 제일 힘센 놈만 작살내면 돼. 죽기 살기로 달려들어서 피똥 쌀 때까지 패버리는 거야.

이세종은 사람을 죽였다는 얘기도 자주 했다. 나랑 내가 존나 좋아하는 친구랑 까치산에 놀러 갔다가 사고를 쳤어. 친구가 그냥 사람을 죽여보자는 거야. 우리는 산 밑에서 아이 하나를 꼬셔서 산속에 들어갔어. 구덩이를 파고 산 채로 파묻을까 했는데 존나 힘들고 재미도 없는 거야. 친구가 가져온 식칼로 가슴을 찔렀어. 피가 분수처럼 튀는데 말이야, 굉장했지. 비명을 지르던 애가 죽을 때가 되니까 웃더라. 행복하게 웃으면서 죽었어. 사람이 죽는 얼굴은 다 그래. 물론 우리는 이세종이 허풍을 떨고 있다는 것을 알았다. 그러나 이세종의 이야기는 우리의 가슴 밑바닥을 휘저어 침전돼 있던 뭔가를 떠오르게 만들었다. 우리는 이세종의 허풍에 쾌감을 느꼈다. 안양천변의 억새밭은 이세종의 음험한 꿈이 펼쳐지는 극장이었다.

3교시는 사회 시간이었다. 나는 이날 3교시의 수업 내용만은 뚜렷이 기억하고 있다. 그것은 바로 뒤이어 터질 사건에 우연히 달라붙어 세월의 풍화작용에도 지워지지 않았다. 우리는 촌락의 생활 모습에 대해 배웠다. 농촌과 산촌과 어촌의 차이점에 대해 담임이 필기를 시작했지만 나는 아직 억새밭의 추억에서 헤어나오지 못했다. 기표가 속삭였다.

"야, 운동장이 움직여."

"졸았냐?"

"진짜야. 운동장이 꿈틀거린다니까."

나는 창 너머를 보았다. 운동장은 흔들릴 뿐 아니라 색이 변하고 있었다. 수를 헤아릴 수 없는 황토색 곤충들이 교문부터 국기게양대까지 천천히 진군했다. 그것들은 굵은 모래를 삼키며 운동장의 거의 절반에 끈적거리는 분비물을 토해냈다.

"저거 뭐지? 지구 종말이야?"

뒷자리의 아이들부터 수군거렸다. 속삭임이 중간 줄과 맨 앞줄로 순식간에 전염되며 교실에 깔려 있던 정적을 밀어냈다. 담임이 돌아섰다.

"이 새끼들, 왜 떠들어?"

"선생님, 밖을 보세요!"

담임이 창가로 다가가는 순간 아이들도 몰려나왔다. 우리가 빗물이 흐르는 창문을 통해 본 것은 곤충이 아니라 구정물이었다. 검은 건더기들이 잔뜩 떠 있는 구정물은 운동장을 점령하자마자 무서운 속도로 차올랐다. 모래밭에 박아놓은 타이어들이 사라졌다.

시소가 한쪽 다리 끝을 간신히 물 밖으로 내밀었다. 철봉과 정글짐과 축구 골대가 무르팍까지 물에 잠겼고 밑동이 보이지 않는 나무들이 가지를 휘저었다.

"얼씨구, 수영장이 생겼어."

"우리 텔레비전에 나올까?"

"책상 뜯어서 배 만들어."

담임은 몇 분 동안 말을 하지 않았다. 창문 쪽으로 고정된 그녀의 어깨가 더욱 앙상해 보였다. 나는 담임의 뿔테 안경과 그 오목렌즈에 비친 운동장의 갈색 풍경을 보았다. 구정물은 가운데가 움푹 파인 괴물의 형상으로 담임의 안경알에도 차오르고 있었다. 우리는 우아아아 함성을 질렀다. 담임은 만신창이가 된 운동장보다 우리의 함성에 더 놀랐다는 듯 진저리를 치며 몽둥이로 교탁을 때렸다.

"교무실에 다녀올 테니까 조용히 하고 있어."

교실은 이미 난장판이었다. 담임이 나간 후 우리는 창문을 다 열어놓고 들이치는 비를 맞으며 아무 말이나 떠들었다. 창가에 끼어들지 못한 아이들은 책상 위로 올라가 발을 굴렀다. 스피커에서 교감의 목소리가 나왔다. 물이 빠질 때까지 교실에서 자습을 하고, 지시가 있을 때까지는 절대 운동장에 나가지 말라고 교감이 지시했다. 그동안에도 구정물은 40센티미터 정도의 수위를 유지하며 쏟아지는 비를 흡수하고 있었다. 기표가 말했다.

"나가자."

다윗의 등 뒤에 붙어 있던 병수가 말했다.

"나가지 말랬잖아."

"그 말을 어떻게 믿어. 물이 더 많아지면 어떡할래? 우린 헤엄도 못 치잖아."

나는 시골 마을의 개울과 바닷가를 떠올리며 중얼거렸다.

"난 수영 잘해."

"잘났다, 씨뱅아. 넌 나중에 동생이랑 배영으로 헤엄쳐서 나와라. 우린 간다."

다윗이 말했다.

"엄마가 밖에 와 있을까?"

기표가 말했다.

"너네 엄마는 두부 챙겨서 집에 가고 계신단다. 너보다는 두부가 비싸잖아. 쫄지 마, 새끼야. 물은 무릎 정도밖에 안 와. 저길 보라고."

벌써 아이들이 하나둘씩 운동장을 가로지르고 있었다. 교사들이 현관을 막지 않는 모양이었다. 아이들의 다리가 물살을 가르며 황톳물에 빗살무늬를 그렸다. 나는 교실 밖으로 달려 나갔다.

"동생 데리고 나올게."

기표가 등 뒤에서 소리쳤다.

"현관에서 기다릴게."

나는 울음소리가 진동하는 1학년 8반 교실에서 여동생의 얼굴을 찾아냈다. 여동생은 계속 징징거리며 가지 않겠다고 떼를 썼다.

나는 여동생의 뺨을 때리고 비옷을 입혀 끌고 나왔다. 현관 복도에도 물이 찰랑거렸다. 그때쯤 이미 교실의 절반이 비어 있고 운동장에 우산을 쓰거나 비옷을 입은 아이들의 긴 대열이 생겼다. 우리는 운동장에 입수했다. 나는 기표와 다윗의 뒤에서 여동생의 손을 잡고 구정물 속을 걸었다.

물은 차가웠다. 다리에 물의 미세한 흐름이 느껴졌다. 물은 정지한 것처럼 보이는 그 껍데기 밑에서 출구를 찾아 끊임없이 어딘가로 흐르고 있었다. 생각보다 수심이 깊었다. 4학년인 우리들은 걷는 데 지장이 없었지만 여동생은 허리 바로 아래까지 물에 잠긴 채로 내 재촉에 끌려 흘러 다녔다. 나는 내 손에 전달되는 여동생의 체중이 버거웠고 그것이 한순간 사라져버릴까 봐 무서웠다. 지난달에 산 내 타이거 운동화 안으로 돌멩이나 정체를 알 수 없는 물컹한 것들이 들어왔다. 다리를 움직이면 크고 작은 건더기들이 정강이를 때렸다. 온몸이 흠뻑 젖은 아이들이 우산을 물속에 던져버렸다. 나는 『공룡백과』에서 본 고생대의 늪지대를 떠올렸다. 그때 나는 학급문고에 꽂혀 있는 『공룡백과』와 『우주백과』에 반쯤 미쳐 있었다. 그 옛날에는 어른 팔뚝만 한 잠자리들이 지금보다 산소 농도가 세 배나 높은 대기를 날아다니고 사람 반 토막만 한 전갈이 낙엽 속을 기어 다녔다. 고생대의 늪에는 웅덩이마다 괴물 물고기가 헤엄치며 물속에 들어오는 모든 것을 물어뜯었다. 건더기가 징그러워서 발을 크게 내딛는 순간 나는 비닐을 밟아 미끄러졌다.

기표의 등짝과 여동생의 어깨가 사라지고 구정물이 콧속으로 들어왔다. 물에서 역한 비린내가 났다. 속이 매슥거리고 입안에 모래가 씹혔다. 여동생이 뒤따라 엎어졌다. 여동생의 비옷 위에서 파닥거리던 병아리들이 황톳물에 익사했다. 나는 균형을 잡고 여동생을 일으켜 세우며 침을 뱉었다. 내가 뱉은 허연 침이 구정물 위에 둥둥 떠서 뒤에서 걸어오는 아이들의 다리에 걸렸다. 누군가가 내 목덜미를 잡았다. 이세종이었다.

"정신 차려, 새끼야. 이 물 먹으면 3박 4일 설사해."

이세종은 싸움을 시작할 때처럼 냉정하고 평온한 표정이었다. 멀리 교문이 보였다. 이세종은 내 손에서 여동생을 빼앗아 번쩍 안고 교문으로 갔다. 기표와 다윗이 병수를 끌었다. 병수는 입을 반쯤 벌린 채 쏟아지는 빗물을 마시고 있었다. 바람이 불자 병수의 튀어나온 앞이마가 드러났다.

교문 앞에서부터 수위가 낮아졌다. 목동과 신정동 일대가 다 잠겨버린 것은 아니고, 어쩌다가 길을 잃은 물이 학교 운동장으로 쳐들어온 것 같았다. 어머니들이 교문 앞으로 몰려오기 시작했다. 교문 앞에서 아이를 찾아가는 어머니도 있고, 아이의 이름을 부르며 운동장과 건물을 헤매는 어머니도 있었다. 우리 중에 어머니가 마중 나온 아이는 기표뿐이었다. 기표가 어머니의 손을 잡고 먼저 집으로 돌아갔다.

우리는 큰길로 걸어갔다. 그제야 빗줄기가 가늘어졌다. 새벽부

터 점심때까지 한 치도 물러서지 않고 서울의 숨통을 조이던 폭우
가 시들해졌다. 큰길에 나서자 물은 운동화 밑에서 찰박거릴 정도
로 줄어들었다.

"아…… 벌써 끝났나……."

이세종이 하늘을 보며 말했다. 폭우가 끝나서 아쉬운 듯 보였다.
우리 모두 우산 따위는 잊어버린 지 오래였다. 병수가 몸을 떨었다.

"추워, 추워. 입에서 김 나."

이세종이 병수를 노려보았다.

"병수야, 병수야, 병신 짓 좀 하지 마라. 동진이 여동생도 너보다
는 낫다. 신정동 이 씨발것은 물에 한 번씩 잠겨줘야 직성이 풀려.
올해는 한 번도 안 잠겨서 불안했다고."

이세종은 두 손을 벌려 빗방울을 잡는 시늉을 했다.

"난 말이야, 한 번쯤은 온 세상이 물에 다 잠겼으면 좋겠어. 먼저
신정동이 물에 잠기고, 이 씨발 동네는 물을 좋아하니까, 그다음에
서울이 다 잠기고 한국이 잠기고 미국까지 잠기는 거지. 아파트 꼭
대기까지 물이 차는 거야. 난 진짜 그런 꿈도 꿨어. 뗏목을 타고 바
다까지 나갔어."

다윗이 물었다.

"형, 그러면 뭘 먹고 살아?"

"상어를 잡아서 점심으로 먹는 거지."

나는 상어에게 돌려차기를 하는 이세종을 상상했다. 우리는 횡

단보도를 건너 시장에 다다랐다. 시장 바닥에도 물이 찰랑거렸다. 아줌마와 할머니들이 물건들을 꾸러미에 넣느라고 정신이 없었다. 채소를 파는 이세종의 어머니가 가장 바빴다. 그녀는 시장 바닥의 검버섯투성이 얼굴들 중에서 돋보이게 예뻤으며, 마흔이 넘었는데도 막내로 불렸다. 막내야, 이것 좀 치워봐라! 막내야, 니 미친 남편 좀 말려봐라! 우리는 시장에 올 때마다 이세종의 어머니를 찾는 할머니들의 목소리를 듣곤 했다. 그녀는 지금 빗자루로 시장 바닥의 물을 쓸어내고 있었다.

이세종의 어머니는 이세종을 실패작이라고 불렀다. 그녀가 할머니들에게 떠든 서도국민학교 독재자의 탄생 설화는 곧 동네 꼬마들에게 퍼져 나갔다. 시골 읍내의 다방에서 맞선 볼 남자를 기다리며, 이세종의 어머니는 키가 큰 사람이 오면 바로 결혼할 거라고 결심했다. 태어날 아이에게 자신의 작은 키만은 물려주기 싫었기 때문이다. 그때 그녀의 자리로 걸어온 이세종의 아버지는 178센티미터였다. 시골에서 신정동으로 올라온 뒤 이세종의 아버지는 술독에 빠져버렸고 온 동네에 방뇨를 했다. 알코올중독자의 아이를 둘이나 키우고 싶진 않았던 어머니는 아들을 낳자마자 불임수술을 받았다. 남편의 반대에도 그녀는 외아들에게 조선왕조 최고 성군의 이름을 주었다. 왜 이순신이 아니고 이세종이었을까. 나는 이세종이 이순신이라는 이름을 얻었다면 운명이 뒤집혔을지도 모른다는 엉뚱한 상상을 한 적 있다. 이름은 미신이다. 미신은 늘 신도

들을 배반한다. 이세종은 어릴 때부터 작았고, 성장을 마친 뒤에도 어머니가 성공작과 실패작의 기준선으로 정한 170센티미터를 넘지 못했다. 이세종은 어머니의 작은 키뿐 아니라 곱상한 얼굴과 악착같은 성격마저 물려받았다. 이세종이 아버지에게 물려받은 것은 비참한 최후뿐이다.

이세종은 어머니에게 눈도 돌리지 않고 집으로 달려갔다. 우리는 천천히 걸었다. 뚝방 동네는 다행히 물에 잠기지 않았다. 우리 집도 아궁이에 물이 약간 고여 있을 뿐이었다. 아버지가 아궁이의 석유곤로와 냄비들을 방에 쌓고 있었다. 내가 '만두 아저씨'라고 부르는 옆방 목수 아저씨가 방문을 열고 아버지에게 물었다.

"도와드려요?"

"됐어요, 됐어."

아버지가 손을 휘휘 저었다. 만두 아저씨는 당뇨병에 걸려 다리가 썩어가는 아버지와 나만 한 나이의 딸이 고향에 있었다. 아줌마는 어디 있냐고 물으면 대답하지 않았다. 딸에게 줄 크레파스나 연필을 사 모으는 취미가 있었는데, 내가 몰래 아저씨의 방에 들어가 연필 몇 개를 훔쳐가도 모른 척했다.

아버지의 줄무늬 반팔 남방이 이사 오던 날처럼 땀에 젖어 있었다. 이사 오던 날 아버지는 복덕방에서 준 약도를 들고 똑같이 생긴 뚝방 동네의 골목들을 헤매었다. 아버지의 등에서 작은 얼룩으로 시작된 땀방울은 이내 거대한 대륙이 되어 온 등판을 뒤덮었다. 나는 리어카 위에 밥솥을 붙들고 앉아, 사방을 두리번거리는 아버지의 얼굴을 보았다. 아버지의 표정이 그때와 똑같았다. 침묵의 장막 뒤에 숨어 있던 아버지는 세상의 습격을 받은 뒤에야 뒤늦게 놀란 표정을 지었다. 방에 들어오는 나를 보고 아버지가 말했다.

"내일 가양동 고모 집에 가자."

어머니는 아궁이 옆에 앉아 왼쪽 턱을 잡고 있었다. 등을 구부린 채 한없이 움츠러들어 누군가 툭 차면 아궁이 속으로 굴러 들어갈 것 같았다. 어머니는 서울에 올라온 뒤부터 치통에 시달렸다. 며칠 전 아버지가 어디서 들었는지 연탄불로 젓가락을 달구고 그 끝에 참기름을 묻혀 어머니의 충치를 지졌다. 그날만큼은 고소한 냄새가 온 집 안을 가득 메웠다. 부서진 어금니 틈으로 잇몸까지 파고들어간 젓가락 덕택에 어머니는 치주 질환을 앓았다. 아버지는 야매로 이를 뽑을 수 있는 곳을 묻고 다녔다.

밤에 폭우가 다시 내렸다. 뚝방 동네가 으르렁거렸다. 나는 잠들지 못했다. 창문으로 들어온 가로등 불빛이 아버지가 쌓아놓은 세간 밑에 긴 그림자를 그렸다. 비가 굵어지거나 바람이 불면 그림자는 몸을 뒤틀며 방바닥을 기어 다녔다. 엄마, 무서워……. 어머니는 말이 없었다. 빗줄기가 가늘어진 새벽녘에야 나는 눈을 붙였다.

아버지가 불을 켰다. 창밖에서 주민들의 고함 소리와 발소리가 들렸다. 어머니가 아궁이로 난 쪽문을 열었다. 황톳물이 찰랑거렸다. 수챗구멍에서 쏟아져 나온 물이 아궁이를 다 삼키고 방문 앞까지 차오르기 시작했다. 아버지가 말했다.

"나가자."

어머니가 세간들을 끌어내리며 말했다.

"아무리 그래도 밥솥이랑 쌀은 가지고 나가야지."

아버지가 방을 뛰쳐나가 대문을 열고 누군가에게 외쳤다.

"이봐, 이봐, 뭔 일이야?"

"빨리 도망쳐. 동네가 잠긴다고."

"짐은 안 싸?"

"정신없는 양반아, 동네가 자빠지는 건 순식간이야. 살고 싶으면 빨리 나와."

집 안에 물이 차오르고 있었다. 눈을 감았다 뜨면 1센티미터씩 수위가 높아졌다. 물은 벌써 방문 앞까지 점령하고 방바닥을 핥았다. 아버지가 소리쳤다.

"가자!"

"여보…… 그래도…….."

"이 미친 여편네야, 죽고 싶어?"

아버지가 여동생의 팔과 어머니의 목덜미를 잡고 방문 밖으로 끌어냈다. 나는 어머니의 뒤를 따랐다. 대문을 나설 때 물은 방바닥까지 차올랐다. 골목에도 물이 찰랑거렸다. 비에 흠뻑 젖은 주민들이 골목 밖으로 뛰었다. 우리 가족은 사람들의 어깨에 치여 우왕좌

왕하며 갈 곳을 물었다.

"어디로 가야 돼?"

"뚝방 위로! 빨리빨리!"

우리는 뚝방 위로 달렸다. 아버지는 여동생을 업고, 어머니는 내 손을 잡고 달렸다. 이리저리 고함을 치며 서로의 안부를 묻는 사람들 틈에 섞여 우리는 쉬지 않고 뛰었다. 아버지의 등 위에서 여동생의 단발머리가 어지럽게 흔들렸다. 숨이 턱까지 차올라 물에 잠기기도 전에 질식할 것 같았다. 저 아래에 두고 온 것들, 똥물에 잠기는 쌀통과 김칫독을 생각할 틈도 없이 우리는 어둠이 옅어지는 머리 위를 향해 질주했다. 동네에서 뚝방에 이르는 짧은 거리가 지루할 정도로 길었다. 나는 이 장면을 생각하면 긴 터널이 떠오른다. 사후에 삽입된 내 기억 속의 이 어두운 공간에는 모든 것이 슬로모션으로 흐른다. 물이 뚝뚝 떨어지고, 아우성의 메아리가 울리고, 동네를 향한 입구도 뚝방을 향한 출구도 아득하다. 있는 힘껏 다리를 놀려도 출구와의 거리가 좁혀지지 않는다. 출구를 나서면 슬로모션의 저주가 풀리고 세상이 빠른 걸음으로 들이닥친다.

뚝방에 올라선 뒤엔 서 있을 힘도 없었다. 모두 뚝방에 주저앉았다. 여동생이 울었다. 가는 빗물이 눈물과 섞여 여동생의 턱 밑으로 떨어졌다. 추리닝에 반팔 티 차림이 대부분이었지만 그 와중에 가을 점퍼를 꺼내 입은 사람들도 있었다. 모두 입을 반쯤 벌리고 허공을 쳐다보았다. 나는 『우주백과』에서 본 별을 떠올렸다. 그 별은 너무 크고 뜨거워서 철이나 구리마저 하늘에 구름으로 떠 있다. 쇠로 된 구름이 가끔 쇠로 된 비를 퍼붓는다. 빗물이 지표면에 남아 있는 모든 것을 꿰뚫는다.

날이 밝아왔다. 하늘을 덮은 구름이 드러났다. 어두울 땐 느끼지 못했던 먹구름의 압력이 우리 정수리를 짓눌렀다. 안양천이 손에 닿을 듯 가까이 흐르고 황톳물에 잠긴 동네가 선명해졌다. 골목도 담벼락도 보이지 않고 색색의 지붕만 물 위에 떠 있었다.

정신을 차린 사람들이 삼삼오오 모여 떠들기 시작했다. 어떤 가족은 비닐을 덮어쓰고 비를 피했고 등산용 텐트를 친 집도 있었다. 공포에서 벗어난 사람들은 동장, 구청장, 시장, 배수펌프장 관리인, 떠오르는 사람 누구에게나 욕을 퍼부었다. 아버지와 어머니는 또 말을 잃었다. 나는 친구들을 찾아 돌아다녔다.

기표, 다윗, 병수가 한구석에 앉아 있었다. 병수는 여전히 몸을 떨었다. 내가 다가가자 기표가 손을 흔들었다.

"빨랑 와, 새끼야. 넌 저 아래에서 잘난 체하면서 수영하고 있는 줄 알았다."

"조금만 늦었으면 그럴 뻔했어. 여름엔 맨날 이래?"

"배수펌프장이 생긴 뒤로는 몇 년 동안 안 그랬어."

"그 잘난 배수펌프장이 오늘은 펌프질을 안 했어?"

"몰라, 씨발. 아빠 말 들으니까 배수펌프장 지키는 아저씨가 술 먹고 꼴아 있다가 물 들어오니깐 도망쳐버렸대."

"진짜야?"

"모른다니까. 암튼 아빠 말은 그래. 어른들이 그 아저씨 잡아다가 거꾸로 매달아서 구워 먹을 분위기야."

사람들이 분노하고 있었다. 물에 잠긴 동네를 가리키며 침을 튀기는 아저씨들이 여러 명 보였다. 어디서 들어왔는지 방패와 투구를 갖춘 전경들이 뚝방에 진을 치고, 세간을 건지기 위해 동네로 내려가려는 주민들을 방패로 밀어냈다. 아저씨들이 전경에게 욕을 퍼부었다.

"야, 이 개새끼들아! 펌프장이나 지킬 것이지, 그땐 가만히 있다가 동네가 다 잠기니까 나타나서 막어?"

안개비가 깔렸다. 조금 전까지 흙바닥을 때리던 빗방울이 작은 알갱이로 쪼개져 허공으로 떠올랐다. 중력과 시간이 정지했다. 전경에게 삿대질을 하는 아저씨들도, 방패를 치켜올린 전경들도, 그들의 분노와 적개심도 안개에 가려 정지했다. 나는 숨을 들이켰다. 희미한 비린내가 났다. 나는 고향 마을을 떠올렸다. 전남 고흥군 사영면 점안 부락은 사방이 산으로 둘러싸여 건너편의 바다가 보이진 않았지만 해 질 녘이면 비린내가 났다. 자갈로 뒤덮인 성추해변에서 사영산의 서남쪽 계곡을 타고 비린내 섞인 바람이 불어왔다. 비라도 오는 날엔 하늘에서 꽁치나 청어의 노랫소리가 들리는 것 같았다. 뚝방 위에서 나는 바다의 환영과 환청에 시달렸다.

다윗이 물었다.

"근데 죽은 사람은 없을까?"

기표가 말했다.

"왜 없어? 몇 명 뒈졌겠지. 좀 있으면 시체가 떠오를걸."

물 위에 퉁퉁 불은 시체가 떠오르는 장면을 나는 상상했다. 물 위를 떠다니는 검은 얼룩들이 다 시체로 보였다. 얼굴이 농구공만큼 부풀어 있고 눈알 하나가 막 빠져나온 시체가 우리 집 지붕에 걸려 움직이지 못했다. 자세히 보니 검은 비닐봉지였다. 나는 아이들에게 물었다.

"니들 시체 본 적 있어?"

기표가 고개를 저었다.

"난 있어. 시골에 살 때 두 번이나 봤어."

"뻥치지 마."

"우리 막내삼촌이 시골에서 제일 공부를 잘했어. 성격은 존나 안 좋았지만 머리는 천재였다니깐. 근데 할머니가 고등학교를 가지 말라고 했대. 돈 없으니깐 땅 파먹고 살라고. 선생님이 집에 와서 사정을 해도 할머니가 안 보낸다고 그랬대. 사람들이 우리 할머니더러 거품병에 걸렸다고 그랬어. 평소에는 멀쩡하다가 돈이랑 학교 얘기만 나오면 거품을 물고 쓰러지는 병이래."

"거품병 짱이다. 나도 걸렸으면 좋겠다."

"그런데 막내삼촌이 가출해서 며칠 동안 안 들어왔어. 서울에 갔다 왔대. 어느 날 집에 와서 선린상고 야간에 갈 수 있을 거 같으니

간 도장만 찍어달라고 그랬대. 돈은 안 줘도 되니깐 도장만 찍으라고. 할머니가 어쨌는지 알아? 또 거품 물고 쓰러졌어. 그날 밤에 막내삼촌이 농약을 먹고 저수지에 뛰어들었어. 아빠가 아침에 저수지에 떠오른 삼촌을 건져서 거적때기에 싸갖고 돌아왔어. 그땐 내가 학교 가기도 전이었는데 말야, 엄마가 애들은 보는 거 아니라고 막 눈을 가려도 나는 손가락 틈새로 봤어. 삼촌 시체를.”

“어떻게 됐어?”

“그게…… 물이 뚝뚝 떨어지고…… 눈알이…… 퉁퉁 불어서 막 빠져나올라 그랬어.”

“뻥치시네.”

나는 아직도 삼촌의 눈을 기억한다. 진짜 삼촌의 시체를 봤는지는 확신할 수 없다. 진짜 시체가 아니라 공포영화의 한 장면에서 도려낸 것일지도 모른다. 이 출처를 알 수 없는 썩은 눈알의 이미지는 내 일부분이 되어 가슴 깊이 박혀 있다.

“시체 두 번 봤대매? 또 한 번은 뭐야?”

“누나야. 원래 나는 누나가 있었어. 내가 애기 때부터 날 업고 다녔대. 지금도 누나가 코 닦아주고 밥 먹여주던 거 기억해. 근데 서울로 이사 오기 전에 누나가 막 아팠어. 계속 토하고 머리 아프다고 울고 그랬어. 아빠가 큰 병원에 데려가려고 했는데 내일, 내일 하면서 계속 미뤘어. 할머니가 막 화를 냈거든. 별거 아닌데 호들갑 떤다고. 누나는 며칠 동안 이불에 누워 있다가 갑자기 오후에 일어나서 거울을 보면서 머리를 빗었어. 엄마가 다 나았냐고 물어보니깐 괜찮다 그러더래. 그리고 인절미를 먹고 싶다고 그랬어. 엄마가 내일 장에서 사다 주겠다고 했는데 그날 밤에 죽어버렸어.”

나는 울 것 같아 말을 멈췄다. 아랫입술을 씹으며 눈물을 참았다. 누나는 이불에 누워 하루하루 말라갔고 종이 한 장의 두께로 이불에 눌어붙어버렸다. 모든 사람은 죽는 순간 평안한 표정을 짓는다는 이세종의 말은 거짓이었다. 누나는 새벽에 고통에 일그러진 얼굴로 숨을 거뒀다. 누나의 죽음이 장남이던 아버지를 서울로 내몬 계기였을 것이다. 누나가 죽고 난 후 얼마 되지 않아 아버지는 할머니와 싸웠다. 징글징글해서 못 살겠소! 내 기억 속의 어느 밤, 아버지의 목소리는 안방의 창호지를 뚫고 사립문을 지나 막내삼촌이 죽은 저수지에 작은 파문을 만들었다. 누나가 있었다면 물에 잠긴 운동장을 나설 때 나 대신 동생의 손을 잡아주었을 것이다. 죽을 때 누나의 얼굴이 어땠냐고 아이들이 물어도 나는 대답하지 않았다.

“나도 본 적 있어, 시체.”

다윗이 말했다. 우리는 다윗의 네모진 얼굴을 보았다. 안개비가 달라붙어 번들거렸다.

“우리 아빠가 죽을 때. 니들도 알잖아. 우리 아빤 위암이었어. 아니, 간암이었나? 아냐 아냐, 위암이었을 거야. 아빠는 살이 빠져서 허벅지가 내 팔뚝보다 가늘어졌어. 사람 해골이 어떻게 생겼는지 아빠 보고 알았다니깐. 암튼 아빠는 무지무지하게 아파했어. 일단 씨발 아프기 시작하면 입에서 피가 나올 때까지 베개를 깨물고 난리를 쳤어. *끄억끄억* 이상한 고함을 막 지르고 손톱이 빠질 정도로 방바닥을 긁었어. 엄마가 약국에 달려가면 약사가 진통제는 안 들으니깐 병원에 데려가라고 막 화를 냈어. 근데도 엄마는 아빠가 정말 미친 지랄을 할 정도로 아파야 가끔 병원에 데려갔어. 아빠도 어차피 죽을 거 병원에 갈 필요 없다고 그랬고. 그리고 죽어버렸어."

죽을 때 아버지의 얼굴이 어땠냐고 기표가 물어도 다윗은 대답하지 않았다. 말하기 싫은 것이 아니라 말이 나오지 않는 것이다. 나는 다윗의 심정을 이해할 수 있었다. 죽음은 겪은 자만이 알 수 있는 형벌이다. 그것을 통과하든, 그것을 참관하든, 일단 다가가본 자만이 죽음이 무엇인지 알 수 있다는 사실을 우리는 어렴풋이 깨달았다. 알 수는 있지만 어떤 언어로도 표현할 수 없었다. 우리는 모두 물에 잠긴 동네를 바라보았다. 몇 시간 전까지 우리가 누워 잠을 자던 동네는 안개비에 가려 아득했고, 보이지 않는 심연에 죽음을 간직하고 있었다. 나는 죽음의 암시에 붙들렸다.

아저씨들의 목소리가 높아졌다. 이 새끼들이 뭔 장난을 치는 거야? 배수펌프장으로 가보자! 저리 비켜 개새끼들아! 아저씨들이 전경의 방패를 밀어냈다. 목동 신시가지 개발계획이 고시되고 양화교 시위가 일어난 뒤로는, 뚝방 동네가 물에 잠기는 평범한 사건도 분노의 표적이 될 수 있다는 것을 그때 나는 알지 못했다. 나는 사람들이 안개비에 미쳐버렸다고 생각했다. 전경들이 방패를 들어

한 아저씨의 목덜미를 찍었다. 아줌마들이 비명을 지르며 아저씨를 끌어냈다. 그때 술에 취한 이세종의 아버지가 걸어왔다. 시장 주변을 비틀거리며 돌아다닐 때처럼 위태로운 모습이었다.

이세종의 아버지는 평상시엔 순한 남자지만, 술에 취하면 칼을 들고 동네를 돌아다니며 아무에게나 시비를 걸었다. 이 새끼, 배때기 한번 찔러볼까! 그의 입에서 배때기라는 말이 나오면 아무도 다가가지 않았다. 동공이 풀어져 어디를 쳐다보는지, 어디를 향해 가는지 알 수가 없었다. 술에 취한 이세종의 아버지가 무서워하는 사람은 단 하나, 이세종의 어머니였다. 막내야, 남편 좀 말려라! 시장 할머니들의 말이 떨어지기 무섭게 이세종의 어머니는 칼을 든 남편에게 달려들었다. 이세종의 아버지는 동공이 풀린 상태에서도 아내의 모습만 보면 안방으로 도망가 문을 잠갔다. 나는 딱 한 번 이세종의 아버지와 대화한 적 있다. 어느 날 아침 그는 집 앞의 봉숭아 화분에 물을 주고 있었다. 입에서 술 냄새가 나지 않았다. 나는 질문을 던졌다. 아저씨 뭐 하세요? 시골 생각이 나서 그런다, 시골 생각……. 그가 웃으며 내 머리를 쓰다듬었다. 환한 미소였다. 술을 마시지 않을 때 그가 늘 화분을 끼고 도는 이유를 나는 그때 깨달았다.

그날 뚝방 위에서 이세종 아버지의 동공은 완전히 풀려 있었다. 집을 나올 때 술병을 챙겼지만 칼은 챙기지 못한 모양이었다. 그는 맨주먹을 전경에게 흔들어댔다. 야 이 씨발 새끼들아, 배때기를 칵! 이세종의 어머니가 달려왔다. 그날만큼은 그도 아내에게 굴복하지 않았다. 나는 또 안개비 때문이라고 생각했다. 이세종의 어머니가 목덜미를 잡자 그는 돌아서서 뺨을 때렸다. 놔둬, 이 미친년아! 이세종의 어머니는 바닥에 쓰러지자마자 용수철처럼 튕겨 일어섰다. 모두들 큰 싸움이 날 거라고 생각했다. 시장에서 손님이나 단속반과 싸울 때 이세종의 어머니는 힘으로 안 되면 돌로, 돌이 없으면 이로라도 상대를 물어뜯는 여자였다. 이세종의 어머니가 포장마차를 개시한 날이 기억난다. 동네 깡패들이 자릿세를 안 낸다고 포장마차를 때려 부수자, 그녀는 깡패들의 손등을 물어뜯으며 몇 시간 동안 싸웠다고 한다. 그녀가 부서진 포장마차를 끌고 돌아왔을 때 우리는 이세종과 함께 식은 오뎅과 떡볶이를 먹었다. 니들이 오늘 잔치 벌였구나! 그녀는 머리를 산발하고 눈두덩과 뺨에 멍이 든 채로 껄껄 웃었다. 이세종의 투견 본능은 어머니의 것이었다.

아줌마들이 이세종 어머니의 어깨를 붙들었다. 그녀는 손짓 한 번으로 아줌마들을 뿌리치고 남편 앞에 섰다. 이세종의 아버지가 또 손을 치켜들었다. 그녀는 남편을 물어뜯는 대신 꽉 끌어안았다. 괜찮아, 괜찮아……. 남편의 귀에 대고 그녀는 그렇게 속삭이는 것 같았다. 이세종의 아버지가 어깨를 들썩였다. 우는 건지 숨을 몰아쉬는 건지 알 수 없었다. 안개비 속에서 나는 그녀의 손을 보았다. 작은 손가락들이 남편의 넓은 등판을 꽉 붙들고 있었다. 그 손가락들 사이로 남편의 비에 젖은 티셔츠가 울퉁불퉁 튀어나와 있었다.

나는 그녀가 이전과 다른 방식으로 혼신의 힘을 다해 싸우고 있다는 것을 알았다. 그리고 손등을 물어뜯는 것보다 이 형체 없는 안개비와 싸우는 것이 훨씬 힘든 일이라고 생각했다.

어머니와 함께 있던 이세종이 우리에게 걸어왔다. 풀 죽은 표정이었다. 신정동을 점령한 물이 뚝방을 넘어 서울로 미국으로 전 세계로 퍼졌다면 이세종은 기뻐 날뛰었을 거라고 나는 생각했다. 이세종이 다윗 옆에 앉아 중얼거렸다.

"물에 빠져 칵 뒈져버렸으면 좋겠다."

이세종의 어머니가 남편을 안고 있는 동안 전경과 주민들의 충돌이 더 격해졌다. 한 아저씨가 배수펌프장으로 가자며 주민들을 선동했다. 아저씨와 아줌마들이 합세하여 전경 방패를 밀어붙였다. 스크럼 한쪽이 뒤로 밀렸다. 마침내 스크럼이 찢어져 동네로 길이 트이려는 순간, 전경들은 선두에 있던 아저씨 몇 명을 포위하고 곤봉으로 때렸다. 뒤에서 밀던 아줌마들이 놀라 흩어졌다. 스크럼 후미의 체포조가 아저씨들을 끌고 어디론가 사라졌다.

갑자기 날카로운 비명이 들렸다. 이세종의 어머니가 지르는 비명이었다. 비명은 안개비 속으로 퍼져 나가며 끔찍한 여운을 남겼다. 나는 시장 할머니의 시체, 외삼촌의 시체, 누나의 시체, 그날 하루를 지배하고 있던 불길한 이미지의 파편들이 한꺼번에 쏟아져 나오는 느낌을 받았다.

이세종의 어머니가 전경에게 붙들린 채로 손을 휘둘렀다. 우리는 일제히 그녀의 손가락이 가리키는 곳을 보았다. 전경 스크럼이 벌어진 틈을 비집고 이세종의 아버지가 동네로 달려가고 있었다. 조금도 비틀거리지 않고 황톳물 속으로 뛰어드는 그를 보며 우리는 곧 물에 잠겨 있는 부엌에서 식칼을 꺼내올 거라고 생각했다. 그의 큰 그림자 뒤에 작은 그림자가 보였다. 이세종도 뚝방을 달려 내려가고 있었다. 우리는 놀라 주위를 둘러보았다. 조금 전까지 다윗 옆에 앉아 있던 이세종이 어느새 아버지의 뒤를 쫓고 있었다. 이세종의 뒤를 네 명의 전경들이 쫓았다. 이세종의 어머니는 전경들에게 붙들린 채로 뚝방 위에서 계속 기괴한 비명을 질렀다. 무언가 다급하고 무언가를 호소하는 비명이었다.

날이 완전히 밝았다. 안개비가 서서히 물러갔다. 동네로 내려간 이세종 부자는 금세 우리 시야에서 사라졌다. 우리는 얼어붙어 있었다. 전경 중대장이 대피소인 서도국민학교로 가라는 방송을 했다. 나는 기표에게 물었다.

"학교도 잠겼잖아?"

"병신아, 학교는 벌써 물이 빠졌을 거야. 거긴 뚝방이 아니니까."

우리는 전경들에 밀려 국민학교로 갔다. 이세종 어머니의 비명은 울음으로 변했다. 가는 동안 우리는 계속 동네를 돌아보았다. 여전히 물과 지붕만 보였다.

서도국민학교는 이불 천지였다. 교실에도 복도에도 수재민들이 가져온 이불과 구청에서 나눠준 군용 모포가 널려 있었다. 곳곳에 아기 우는 소리가 들렸다. 국민학생들은 모포를 건너뛰며 돌아다니다가 어른들의 발목을 밟고 꿀밤을 맞았다. 텔레비전, 라디오, 밥통, 보온병, 책가방, 언제 챙겨왔는지 색색의 세간들이 모포 위에 어지럽게 쌓여 있었다. 자원봉사자들이 빵과 우유를 나눠주었다. 우는 아기를 안고 있던 아줌마가 분유를 달라고 했다. 자원봉사자는 상부에 보고하겠다며 돌아섰다. 여러분이 입은 피해에 심심한 위로를 드리고, 현재 민관군이 합심하여 재난을 극복하기 위해 노력 중이며, 정부는 목동과 신정동 일대를 특별재해구역으로 선포할 예정이라는 안내방송이 흘러나왔다.

나는 기표, 다윗, 병수와 함께 4학년 3반 교실에 있었다. 간간이 학교 아이들이 눈에 띄었지만 알은체하지 않았다. 그들도 우리도 쑥스럽긴 마찬가지였다. 우리는 책상 몇 개를 붙여놓고 그 위에 양반다리를 하고 앉았다. 운동장에 찰랑거렸던 물은 진흙 묻은 시소와 정글짐을 남겨놓고 빠져나갔다.

"동네엔 물이 빠졌을까?"

"소방차가 와서 물 다 퍼냈대."

"그놈의 소방차는 왜 새벽에 안 오고 이제 와?"

"원래 그런 건 나중에 짠 하고 나타나는 거야."

우리는 이세종이 동네로 내려가다 전경들에게 잡혔다는 소문을 들었다. 그와 어머니는 경찰서에서 조사를 받고 내일쯤 학교로 올 거라고 했다. 이세종의 아버지는 실종자가 되었다. 통반장들이 주축이 된 대책위가 꾸려져 실종자 수색을 당국에 건의했다고 한다. 그 얘기를 듣자마자 나는 물에 퉁퉁 불은 시체가 지붕에 걸려 있는 모습을 상상했다. 아버지가 물에 빠져 뒈졌으면 좋겠다던 이세종이 왜 그렇게 쏜살같이 달려 내려갔을까. 아버지를 구하기 위해서였을까, 물에 처넣기 위해서였을까. 전경들이 이세종을 붙잡았을 때 그는 마음속의 구멍에 빠져 있었을 것이다. 주변에 돌이 있었다면 가장 덩치 큰 전경의 앞니가 세 개 이상 부러졌을 것이다. 기표가 말했다.

"자, 다 손 내밀어. 칼이 있으면 더 좋겠지만, 씨발. 상황이 안 좋다."

"손은 왜?"

"다들 손 포개. 손바닥에 피를 내서 합쳐야 되는데, 칼이 없다."

다윗이 말했다.

"칼 가져올까?"

"됐어, 돼지 새꺄. 침이라도 뱉어서 합치자."

우리는 손에 침을 뱉고 포갰다. 내 손은 병수의 손 위에 있었다. 병수는 아직까지 손을 덜덜 떨고 있었다.

"아까 봤지? 이 동네는 우리를 못 잡아먹어서 안달이야. 경찰도 소방차도 어른들도 다 필요 없어. 우리는 우리가 지킨다. 우리 중 누군가가 세종이 형 같은 일을 당하면 목숨을 걸고 구해야 된다. 이제부터 우린 형제다."

세상은 우리를 잡아먹지 못해 안달이었다. 세상은 우리의 허술한 방어선 밖에서 주기적으로 물을 토해내며 으르렁거렸다. 우리는 서로의 손을 잡고 흔들었다. 의형제가 된 기념으로 우리는 세상에 작은 복수를 하기로 결정했다. 서도국민학교의 화장실은 변기마다 똥이 차올라 만신창이였다. 수재민들은 아무 데서나 신문지를 깔고 똥을 눴다. 우리는 신문지에 쌓인 똥 뭉치들을 4학년 3반으로 가져왔다. 책상이 엉망으로 흩어져 어느 것이 시구의 책상인지 알 수 없었다. 할 수 없이 우리는 모든 책상에 똥 뭉치를 한두 개씩 구겨 넣었다.

우리는 3일 동안 학교에 있었다. 둘째 날에 3분 컵라면이 배급됐다. 다윗은 집에서 먹는다며 컵라면 몇 개를 더 챙기다가 배식 담당 아주머니에게 귀를 잡혔다. 이놈아, 여기가 호텔 뷔페인 줄 알아? 컵라면을 국물까지 마시며 우리는 세상에 이렇게 맛있는 음식이 있다는 사실에 놀랐다. 이세종이 학교에 있다는 소식을 들었지만 어디에서도 그를 볼 수 없었다. 보이지 않는 곳에 갇혀 있거나 우리를 피하는 것 같았다. 집으로 돌아갔을 때 우리는 부모가 신정동에서 일군 모든 것들이 단숨에 사라져버렸다는 것을 깨달았다. 나는 하루 세 끼 삼양라면만 먹었다. 학교는 수해 다음 주에 문을 열었다. 우리가 책상 서랍에 집어넣은 똥 덩어리들을 주번들이 집게로 집어 화장실에 버렸다.

1984년 9월 1일, 중부지방에 버티고 있던 더운 공기가 대륙에서 남하하는 찬 공기와 충돌했다. 한반도 중부지역을 가로지르는 가래떡 같은 먹구름이 발생했다. 일일 강우량 서울 267밀리미터, 인천 282.5밀리미터였고 서울 52개 지역이 침수됐다. 공사 중이던 지하철 3, 4호선 일부 구간이 매몰되어 개통이 2개월가량 지연됐다. 서울과 경기 지역에 47명의 사망자 및 실종자가 발생한 것으로 집계됐다. 이세종의 아버지도 그중 한 명이었다. 그날 오후에 소방관들이 그의 시체를 발견했다.

신정동의 모든 기억은 그해의 홍수에 가려 있다. 신정동에 대해 떠올리면 나는 조건반사적으로 9월 1일의 황톳물에 잠긴다. 내 유년의 벌판에는 1984년 9월 1일의 홍수라는 기차가 지나간다. 굉음을 울리며 달려가는 기차의 차창에 부모와 친구들과 죽은 할머니와 죽은 이세종의 아버지와, 추억에만 존재하는 얼굴들이 다닥다닥 붙어 있다. 그다음은 정적뿐이다.

가을이 지나고 겨울이 왔다. 이세종은 아버지가 죽은 날부터 학교에 잘 나타나지 않았다. 나타나더라도 우리와 말을 섞지 않았다. 언젠가 그가 당시의 심정을 이야기한 적 있다.

"주정뱅이를 구하려고 달려갔어. 그 새끼가 좋아서가 아냐. 뒈졌으면 좋겠다고 했는데 진짜 뒈지려고 뛰어가니까 아찔하더라. 주정뱅이가 죽은 건 무섭지 않았어. 진짜 무서운 건 그다음이야. 엄마가 화장터에서 주정뱅이 뼛가루를 한 움큼 손수건에 싸서 날 줬어.

이건 니가 갖고 있어라, 하면서. 그러고는 한마디 했어. 니, 가, 가, 장, 이, 다. 니미 씨팔. 그 말이 진짜 무서웠어. 그 말이 내 발목을 붙들고 아버지가 돼진 똥물 속보다 더 깊은 데로 끌고 가는 것 같았어. 무서워서 덜덜 떨었다.”

우리는 이세종이 아버지의 뼛가루를 공장으로, 탄광으로, 심지어 아지트의 안방까지 들고 올 거라고는 상상도 하지 못했다. 그것이 이세종에게 어떤 의미였는지 물어볼 겨를도 없었다.

겨울이 가고 봄이 왔다. 몇 차례의 격렬한 시위가 있었다. 주민들이 부구청장을 납치해 영남유리 가게와 숙현 엄마네 집에 가뒀다. 포클레인이 1통과 3통에 들어와 주인이 떠난 집을 부쉈다. 3월 14일에는 아줌마들이 교문 앞에 바리케이드를 치고 우리의 등교를 막았다. 교장이 설득한 끝에 2교시가 끝날 때쯤 교문이 열렸다. 어른들이 아무리 발버둥 쳐도 쫓겨날 사람은 쫓겨난다는 것을 우리는 본능적으로, 또 경험적으로 알고 있었다.

1985년 4월에 우리는 흩어졌다. 우리 가족은 화곡4동에 문을 연 어머니의 한복 가게 골방으로 들어갔다. 기표와 다윗과 병수네는 상도동 달동네로 이사 갔다. 기표네는 그곳에 석 달 있다가 큰길 건너에 있는 빌라촌으로 옮겼다. 방이 세 개나 딸린 25평짜리 빌라였다. 기표의 아버지가 그즈음 수상한 아가씨들을 데리고 수상한 서비스를 제공하는 이발소를 차려 성공을 거두었기 때문이다. 이세종네는 상도동 달동네에서도 가장 꼭대기에 있는 블록 집으로 이

사 갔다.

나는 전학 온 학교에 적응하지 못했다. 부모 몰래 한 달에 한 번쯤 상도동에 있는 기표네 집으로 놀러 갔다. 다윗과 병수는 기표의 방에서 살다시피 했는데, 그렇게 놀려면 기표 아버지의 욕설을 견뎌야 했다. 저런 애들하고 놀면 낙오자 되는 거야! 어느 날 쫓겨나다시피 기표의 집을 나설 때 나는 기표 아버지가 기표에게 하는 말을 들었다.

중학교 때 목동 4단지에 있는 친구 아파트에 놀러 간 적 있다. 그 아파트가 서 있는 땅은 몇 해 전까지 우리가 방아깨비를 잡던 벌판이었다. 친구의 아파트는 14층에 있었다. 몇 해 전까지 그곳은 새와 구름이 돌아다니던 허공이었다.

우리는 친구의 형이 감춰놓은 포르노 만화책을 보며 놀았다. 그즈음 남자의 성기가 어떻게 여자의 몸속으로 들어가는지 모르는 아이는 병수뿐이었다. 우리는 라면에 막걸리를 타서 먹었다. 고소하지만 뒷맛이 아릿했다. 놀다 지쳐 우리는 창밖을 구경했다. 육중한 콘크리트 거인들이 우리의 시야가 닿는 곳 어디에나 어깨를 맞대고 서 있었다. 그들의 머리 위에는 창공과 구름밖에 아무것도 없었다. 까마득한 아래 세상에서 개미만 한 인간들이 도로를 걸어 다녔다. 우리는 그들의 머리 위에 침을 뱉으려고 했다. 친구가 말렸다.

"아파트에선 그러면 안 돼. 여긴 아파트라고, 아파트."

“그럼 비행기 날리는 건 이 엄청나신 아파트에서도 되냐?”

다윗이 종이비행기를 접었다. 비행기는 베란다를 도약하여 해저무는 창공을 날았다. 비행기가 상승기류를 받아 콘크리트 거인의 이마 위로 솟아오를 때 석양이 왼쪽 날개에 물들었다. 힘차게 날던 비행기의 앞부분이 난기류를 만나 흔들렸다. 아파트 때문에 바람의 방향이 수시로 바뀌는 모양이었다. 비행기는 조금씩 하강하며 선회했다.

“어어, 저 새끼가 방향을 트네. 돌아오려고 그러나?”

“에이, 설마.”

비행기는 우아한 곡선을 그리며 360도 회전했다. 비행기의 앞부분이 우리를 정면으로 노려보았다.

“어어, 돌아오는데?”

비행기는 날개를 좌우로 흔들며 우리에게 다가왔다. 보이지 않는 누군가가 조종간을 돌려 연착륙을 시도하는 것 같았다. 비행기는 베란다의 열려진 창문 틈으로 들어와 우리 품에 안겼다. 우리는 배를 안고 굴렀다.

“와하하하, 이 새끼, 이 미친 새끼 좀 봐.”

“뭐 주워 먹을 게 있다고 도로 기어들어와?”

“완전 노예 새끼네. 놔줘도 돌아와.”

“닥쳐. 의리 있는 종이비행기님이야.”

“임무 마치고 귀환했다 오버. 존나 힘들었다 오버.”

기특한 놈이니까 금고 같은 데 넣어두라고 기표가 친구에게 말했다.

상도동의 청춘들

이세종은 중학교를 자퇴했다. 이웃 아저씨가 그를 근처 타이어 공장에 '시다'로 넣어줬다. 이세종은 비위가 약했다. 하루 종일 공장에서 고무 냄새와 접착제 냄새를 맡고 돌아오면 머리를 싸매고 누워 토했다. 어머니는 게보린 두 알을 아들에게 먹여 재우고 아랫목 이불에서 스테인리스 통을 꺼냈다. 막걸리와 소다를 넣은 밀가루 반죽이 그 안에 부풀어 있었다. 어머니는 반죽을 찜통에 쪄서 풀빵을 만들었다. 아침에 풀빵 도시락을 든 이세종이 골목을 돌아 사라질 때까지 어머니는 감시하는 것처럼 대문 앞에 서 있었다. 열여섯 살 때 이세종은 공사판에서 십장으로 일하는 외삼촌을 따라 집을 나섰다. 떠나기 전날 이세종은 돈 많이 벌어 프린스를 몰고 돌아오겠다고 기표와 다윗에게 말했다.

이세종은 외삼촌을 따라 전국 공사판을 돌아다녔다. 상도동에 올 때마다 이세종의 팔뚝은 더 검고 굵어졌다. 이세종은 '단까'를 혼자 짊어진다고 자랑했다. 외삼촌은 이세종의 얼마 안 되는 임금을 자기가 보관할 테니 큰돈이 모이면 어머니에게 드리라고 말했다. 이세종이 잡역부 합숙소에서 라면을 먹을 때 외삼촌은 방석집을 돌아다녔다. 그래도 이세종은 돈이 차곡차곡 모이고 있다고 어머니에게 말했다.

1988년 가을에 이세종 어머니의 심장병이 도졌다. 서울에 올라온 후부터 그녀는 가슴 한가운데를 바늘로 콕콕 찌르는 듯한 통증을 느꼈는데, 생가슴이 아린 이유가 위장병 때문이라며 생쌀을 한 줌씩 먹곤 했다. 그해 가을의 발작은 심각했다. 그날 밤 이세종은 술에 취해 돌아온 외삼촌에게 모은 돈을 다 달라고 했다. 외삼촌은 돈을 밥값으로 다 썼다고 말했다. 외삼촌과 이세종은 잡역부 합숙소 앞에서 싸웠다. 이세종은 검고 윤기 나는 팔뚝으로 삼촌의 목을 조이고 머리털이 듬성듬성 빠진 정수리를 깨물었다. 돈 내놔, 돈, 돈, 돈! 아저씨들이 말리지 않았다면 외삼촌을 죽여버렸을 거라고 이세종은 말했다. 그날 새벽 이세종은 차비밖에 안 되는 돈을 들고 부산으로 떠나, 상가 건물을 지을 때 봐두었던 운동화 전문 업체 '화영상사'에 입사했다. 그곳 담벼락에는 늘 구인 공고가 붙어 있었다.

이세종은 하루 열여섯 시간씩 일했다. 한 달 만에 발바닥 모양만 봐도 구역질을 느꼈다. 무엇보다 견디기 힘든 건 본드 냄새였다. 잘 때는 뇌가 본드 통에 담겨 걸쭉하게 녹는 꿈을 꿨고 일어나면 저녁밥을 게워냈다. 그땐 걸쭉한 뇌가 변기통으로 쏟아져 나오는 느낌이라고 했다.

1989년 열아홉 살이 된 이세종은 강원도 도계 탄광으로 갔다. 위험 수당이 많고 본드나 고무 냄새가 나지 않는 일자리였다. 이세종은 1일 3교대로 하루 여덟 시간씩 막장에서 일하며 한 달에 52만 원을 벌었다. 갱내에서는 붕락, 탄차 일주, 가스 폭발, 가스 질식, 출수, 화재 사고가 끊이지 않았다. 하루 종일 반질반질한 괴탄들이 실려 나가고 내장을 비운 탄차가 다시 들어갔다.

이세종은 탄광 생활을 아무 생각 없는 생활이라고 말했다. 입갱하여 갱도 사무실에서 작업 지시를 받고 나면 작업복과 안전모와 장화를 착용한 뒤 동발을 짊어졌다. 갱의 지지대로 쓰이는 동발은 사람 키만 한 통나무나 철제 빔이었다. 동발이 어깨에 실리는 순간 땀이 쏟아지고 분진 마스크가 헐떡였다. 무게 때문에 발밑이 움푹 패었다. 공기마저 무거워진 듯, 있는 힘껏 숨을 쉬어야 간신히 폐에 닿았다. 갱도로 깊이 들어갈수록 분진 가루가 날리고 어둠이 탁해졌다. 갱도에선 어둠 너머를 짐작할 수 없었다. 안전등도 어둠의 위엄을 뚫을 수는 없었다.

그렇게 이세종은 날마다 40도 경사의 갱도를 내려갔다. 한 발만 미끄러지면 추락이었다. 한 발만 긴장을 풀면 통발이 목을 부러뜨리고 암석들이 흉골을 파고든다. 죽음이 한 발 옆에 있었다고 이세종은 자주 말했다. 이세종은 죽음의 숨결과 죽음의 손길과 죽음의 속삭임을 매일 느꼈다. 갱도를 내려갈 때 천장이 이따금 흔들렸다. 쏟아진 탄가루가 작업복 속으로 들어가 등판을 찔렀다. 지하 채탄 막장에서는 새 갱도를 뚫는 굴진 작업이 계속됐다. 기관총처럼 생긴 착암기가 압축공기의 힘을 받아 총신을 암반에 꽂았다. 고생대의 탄층이 드러나고 분진이 안전등 불빛에 반짝였다. 뿌연 공기를 천공 소리와 발파음이 휘저었다. 이세종은 쉴 새 없이 막장탄이 실려 나간 자리에 통발을 조립했다. 하루 중에 제일 좋을 때가 언제였는 줄 알아? 퇴갱하러 나가면서 장화 씻을 때야. 그때 가슴속까지 후련해지는 느낌이 온다고 이세종은 말했다. 장화에 묻은 탄가루와 함께 죽음의 그림자도 씻겨 나갔다.

탄광촌의 모든 것은 검었다. 냇물도 검었고 빨래도 검었고 사택 앞의 포석마저 검었다. 독신자 합숙소의 굴뚝에서 나오는 연기도 검었고 슬레이트 지붕을 투두둑 때리며 포석으로 떨어지는 빗방울도 검었다. 신기하게도 분진은 구토나 두통을 일으키지 않았다. 작업이 끝나면 분진을 씻어내기 위해 돌판에 돼지 삼겹살을 구웠다. 이세종은 이런 생활이 마음에 들었다. 피 묻은 가래침을 뱉는 노인들만 아니었다면 평생 탄광에 있었을 거라고 이세종은 말했다.

탄광촌의 노인들은 늘 숨을 헐떡였다. 수십 년 동안 분진이 폐조직을 섬유화한다. 섬유화된 조직이 쌓여 결절이 된다. 결절은 후퇴를 모른다. 숨을 순환시킬 수 없는 껍데기 폐가 될 때까지 결절은 전진한다. 이세종은 막걸리를 마시며 신세를 한탄하는 결핵, 속발성 기관지염, 속발성 폐기흉, 폐기종 환자들을 만났다. 그들은 병원에 가서 엑스레이를 찍으면 폐가 하얗게 보인다고 했다. 까만 분진이 들어갔는데 어떻게 그렇게 하얘지는지 모르겠다고 했다.

이세종은 갱도 끝에서 작열하는 태양 같은 순간을 원했다. 국민학교 때 받은 상장이나 코흘리개들의 존경심 따위로 꿈을 이룬다는 것은 불가능했다. 이세종은 서울로 돌아가기로 결심했다. 서울에는 운명을 바꿀 사다리들이 있을 것 같았다. 탄광을 떠나기로 결심한 뒤 이세종은 굴진 작업으로 어수선한 막장에서 다이너마이트를 훔쳤다. 합숙소로 돌아갈 때면 이세종의 도시락 통에서 다이너마이트와 전기식 뇌관이 달그락거렸다. 언젠가는 그것들이 쓸모가 있을 거라고 이세종은 믿었다.

이세종은 1991년 3월 부천에 있는 합판 공장 '태광목재'에 입사했다. 그 무렵 태광목재는 중국산 합판에 밀려 사그라지기 직전의 전성기를 맞고 있었다. 이세종은 2년 동안 그곳에서 자재 운반부로 일했다. 부천에 올라오면서 우리와의 만남도 잦아졌다. 두어 달에 한 번쯤 이세종은 기표의 방에서 우리와 술판을 벌였다.

다윗과 병수는 상도동에서도 동네 꼬마들에게 맞고 다녔다. 아이들이 오락실 뒤편 공터에 다윗과 병수를 세워놓고 돌 조각으로 금을 그었다. 자, 우리 신사적으로 말할게. 하지만 이 금을 넘어가면 화가 많이 날 것 같아. 아이들은 다윗이 건네준 500원으로 갤러그나 바스타 같은 오락을 했다. 돈이 나오지 않으면 다윗과 병수의 주머니를 뒤졌다. 우린 니 말을 믿지만 그래도 확실한 게 좋잖아? 센터 까서 돈 나오면 10원에 아구창 한 대씩인 거 알지? 다윗과 병수는 필통 안이나 양말 속에 동전을 숨겨놓곤 했다. 아이들의 손끝이 500원에 새겨진 학 대가리를 더듬는 순간 병수는 오줌을 지렸다. 그 아슬아슬한 순간에 기표가 돌멩이나 대걸레 자루를 들고 나타나서 아이들에게 돌진했다.

넌 대체 때릴 줄 몰라! 기표는 상도동에서도 늘 다윗에게 투덜거렸다. 거대한 덩치와 울퉁불퉁한 주먹을 제대로만 쓴다면 다윗은 단숨에 서열을 서너 단계 올리고도 남았다. 상도동의 학교에서 짱을 먹고 있던 기표는 가끔 적당한 상대를 물색해 다윗과 싸우도록 했다. 아무 생각 할 거 없어! 그냥 발로 아구창을 돌려버려! 아니면 그 우람한 팔로 목을 조여! 다윗은 아주 천천히 서열을 올렸다. 다윗이 싸움에 이기면 기표는 기뻐 날뛰었다.

고등학교에 입학하자마자 기표는 다윗 때문에 소년원에 갔다. 노량진 학원가 뒷골목에서 숙명의 라이벌인 두 고등학교가 일전을 치렀다. 해 질 녘 양교의 선수들이 청인학원 후문과 이름도 없는 허름한 상가 사이에 진을 쳤다. 기표는 병수를 집에 있게 하고 다윗만 데리고 나갔다. 아이들은 다윗이 끼어든 걸 못마땅해했다. 그가 참가한 것만으로도 이만저만한 전력 손실이 아닐뿐더러, 행동대장들이 공격과 방어의 임무를 동시에 져야 했다. 하지만 기표는 다윗이 그 싸움을 통해 경험을 쌓고 서열을 더 올리길 바랐다.

무기를 쓰지 않기로 약속한 싸움이었다. 식권을 든 재수생들과 가죽 가방을 든 학원 강사들이 아이들을 피해 다른 골목으로 들어갔다. 다윗보다 한 뼘이나 작은 상대 고등학교 아이가 다윗의 얼굴을 때렸다. 기표의 말에 따르면 오락실에서 100원짜리를 넣고 두더지 잡기를 하는 것 같았다. 병신아, 니가 여길 왜 왔냐? 때리기도 귀찮다. 꺼져라, 꺼져. 아이는 다윗이 돌부리에 걸려 넘어지자 길가에 있던 철제 의자를 던졌다. 거기서 그거 덮고 누워 있어! 기표는 반쯤 미쳐서 이단 옆차기로 놈의 옆구리를 걷어차고 쓰러진 아이의 온몸을 짓밟았다. 마지막으로, 다윗의 등에 놓인 의자를 들어 뒤통수를 후려쳤다. 아이는 코뼈가 함몰되고 갈비뼈 두 개가 골절되고 가벼운 뇌출혈을 일으켰다. 그 사건 때문에 기표는 6개월 동안 소년원 생활을 했다.

다윗을 때리는 새끼를 보고 눈에 불이 켜진 게 사실이야. 하지만 더 열 받은 건 개가 무기를 사용했다는 거야. 무기를 쓰면 일이 복잡해지고 경찰서에 갈 확률이 커진단 말이야. 정정당당하게 주먹으로 붙기로 했는데, 그 새끼가 그걸 어긴 거야. 존나 비열한 놈이었어. 기표는 그렇게 말했다.

기표가 소년원에 들어간 뒤 다윗과 병수는 고등학교를 자퇴했다. 다윗은 병수를 데리고 형들이 소개해준 문래동 공장에서 선반공 일을 시작했다. 다윗 혼자라면 어느 공장에서도 대환영이었다. 다윗은 힘이 세고 덩치에 비해 손재주가 좋았다. 그러나 병수를 데려가면 공장 주인들의 인상이 구겨졌다. 병수는 어디에서든 사고

뭉치였다. 절삭기 앞에서 넋 놓고 있다가 손목이 잘릴 뻔한 적도 많았다. 그래도 다윗은 병수를 버리지 않았다.

문래동 '마찌꼬바' 골목에는 식민지 시대의 주거지역을 개조한 공장들이 벌집처럼 늘어서 있었다. 골목 끝에 화장실이 하나씩 달려 있어, 지린내가 철근을 뚫고 공장 안으로 흘러들었다. 다윗과 병수는 근방에서 가장 큰 '한영특수강'에서 일을 시작했다. 우람한 이빨을 가진 '샤링머신'이 공장 한가운데에 있고 주변에 검푸른 광택의 금속 판재들이 나뒹구는 곳이었다.

몇 달 뒤 다윗과 병수는 공장을 옮겼다. 한영 특수강 옆의 샛길로 들어가 오른쪽으로 방향을 틀면 나오는 '태양절단'이었다. 함석지붕을 얹은 초라한 공장이었는데 내부가 후끈했다. 긴 쇠파이프 위에 용접으로 붙인 공업용 선풍기가 윙윙거렸다. 끝에 빨갛고 파란 페인트를 칠한 금속 봉재들이 울타리처럼 쌓여 있고 그 안에서 고속 절단기가 불꽃을 튀겼다.

김다윗은 습관처럼 눈을 비볐다. 불꽃 때문에 각막이 상처투성이였다. 병수의 오른손 엄지손가락은 뒤틀려 있었다. 공장을 옮긴 다음 날 병수는 소형 연삭기로 손가락을 갈아버렸지만, 공장 주인의 눈치가 보여 붕대로 싸매고 일을 계속했다. 다음 날 새벽에 그 손가락은 방바닥에 피를 한 대접이나 쏟아냈다. 정상적으로 출근을 한 뒤 점심 때 짬을 내 병원에 갔다. 의사가 서둘러 봉합했지만 손가락은 이미 뒤틀려 있었다.

여긴 신세계야! 태양절단에 놀러 갔을 때 다윗은 그렇게 말했다. 건물 2층의 깨진 유리창 위에 '임대'라고 적힌 종이가 붙어 있었다. 밤이 되면 그곳에서 늙은 창녀들이 늙은 삐끼가 물어준 늙은 손님을 받았다. 신세계백화점까지 쭉 뻗은 공장촌 뒷골목에는 불 꺼진 집창촌 가게들이 이어졌다. 흰색 유리문에 빨간 차양을 쓴 가게들은 유럽의 노천카페처럼 보였다. 우리에게 그 골목은 말 그대로 멋진 신세계였다.

기표는 소년원에 다녀온 뒤 가출을 반복했다. 아버지와의 관계가 회복될 수 없을 정도로 벌어졌다. 기표는 고등학교 2학년 때 강진웅이라는 무서운 아이를 만났다. 잘 곳이 없어 방황하던 기표가 신림동에 있는 가출 청소년 쉼터에서 하루 묵었을 때였다. 쉼터는 가정집을 개조한 2층 건물이었는데 전도사 몇 명이 아이들을 관리하고 있었다.

쉼터에는 중학생들이 날마다 들락거렸다. 기표가 거실로 들어서자 머리를 노랗게 물들인 땅딸막한 아이가 소파에 앉아 있었다. 허벅지가 너무 두꺼워서 다리를 꼬지도 못했다. 왼쪽 눈가에 퍼런 멍이 들어 있고 눈알이 빨갛게 충혈돼 있었다. 맹수의 눈이었다. 강진웅을 처음 보았을 때 기표는 악마를 떠올렸다. 형씨 왜 왔어? 방도 좁은데. 강진웅이 기표에게 물었다. 저는 조용히 잠만 자고 가렵니다, 기표가 대답했다.

그날 밤 기표는 전도사와 면담하고 2층에 이불을 폈다. 잠이 들려는 순간 강진웅이 올라왔다. 알고 보니 쉼터에서 대장 노릇을 하는 고등학교 1학년 아이였다. 쉼터의 다른 아이들이 강진웅에게 물을 떠다 바치고 이불을 펴고 베개까지 가져다 놓았다. 아이들이 밤마다 가슴을 쥐어뜯으며 악마의 자식 강진웅을 내쳐달라고 통성기도를 할 것 같았다. 강진웅은 자리에 눕기 전에 기표의 머리를 손가락으로 톡톡 쳤다.

형씨, 내일 바로 나가는 게 좋을 거야. 나이도 많아 보이는데, 일을 해야지, 일을. 기표가 씩 웃었다. 웃어? 한판 떠볼까? 기표가 고개를 저었다. 아니, 하루만 자게 해줘.

기표는 강진웅 같은 놈들을 수도 없이 겪어봤다. 그런 놈들하고는 맞서지 않는 게 상책이다. 좀더 크면 솜털이 보송보송한 얼굴로 조폭 행동대장을 하다가 배에 회칼을 꽂고 인생을 마감할 아이였다. 이런 놈은 몇 대 쥐어패는 걸로 굴복시킬 수 없다. 그런 짓을 했다간 밤길에 칼침 맞기 딱 좋다. 강진웅 같은 맹수를 발밑에 두려면 어설프게 때려선 안 되고, 죽기 직전까지 밟아버려야 한다. 골로 보내버려야 한다. 저놈이 진짜 날 죽이는구나, 인생 여기서 하직하는구나, 하는 생각이 들게 저승 문턱까지 데려다 놓아야 한다.

기표는 잠을 이루지 못했다. 강진웅이 이 좁은 집구석에서 왕 노릇을 하고 불쌍한 아이들이 그 앞에서 벌벌 떠는 꼴을 보니 부아가 치밀었다. 새벽 2시쯤 기표는 코를 고는 강진웅에게 다가가서 손바닥으로 눈을 때렸다. 강진웅이 눈을 떴다. 기표는 비명 소리가 나지 않도록 강진웅 얼굴에 이불을 씌우고 온몸이 땀에 젖을 때까지 두들겨 팼다. 함께 자던 아이들이 구석으로 도망쳤다. 이불을 들추자 이를 가는 맹수 한 마리가 웅크리고 있었다. 기표는 강진웅의 목을 팔로 감아서 힘껏 조였다. 숨이 넘어갈 때쯤 팔을 풀었고 얼굴빛이 돌아오면 다시 조였다. 그렇게 서너 번을 되풀이하자 강진웅의 몸이 풀어졌다. 손가락 하나 들어 올릴 힘도 없어 보였다. 기표는 강진웅의 귀에 대고 속삭였다. 내일 아침에 갈 거다. 그때까지 한판 더 붙자고 하면 받아준다. 하지만 그땐 우리 둘 중 하나가 죽는 거야. 진짜로.

기표는 아침까지 꿈도 안 꾸고 잘 잤다. 일어나보니 강진웅이 목을 돌리지도 못하고 끙끙댔다. 사연을 들을수록 불쌍한 놈이었다. 강진웅은 가출한 지 1년도 넘었다. 가난한 어머니가 재혼을 했다. 가출한 뒤 일주일 만에 돌아가니 새아버지가 문을 열어주지 않았다. 강진웅은 놀이터에서 파출부 일을 끝내고 올 어머니를 기다렸다. 어머니는 강진웅에게 4만 원을 주고 다시는 찾아오지 말라고 했다. 이게 오늘 번 전부야. 이제 니 인생은 니가 어떻게 해봐.

기표는 강진웅에게 전화번호를 적어주고 쉼터를 나왔다. 기표의 만류로 조폭에 들어가지 않은 강진웅은 도둑질을 하거나 공사판을 돌아다녔다. 기표의 방에서 강진웅을 볼 때면 나는 소름이 돋았다. 강진웅은 주인도 물어뜯는다는 도사견을 연상시켰다.

가출을 밥 먹듯이 하던 기표는 결국 고등학교를 때려치웠다. 1992년 봄에는 구치소까지 갔다. 공사판 일을 그만두고 심심풀이로 노량진에서 전단지를 돌리던 때였다. 전단지에도 '나와바리'가 있고 텃세가 있었다. 아줌마들이 쫓아낼 때는 웃으며 넘어갔지만 나이가 비슷한 젊은 놈이 쌍욕을 퍼붓자 쌓인 울분이 폭발했다. 기표는 녀석의 목덜미를 끌고 상가 건물의 화장실로 가서 머리를 벽에 짓이겼다. 녀석은 쓰러지면서 화장지 걸이에 머리를 부딪쳐 피를 흘렸다. 살인자가 되기 싫었던 기표는 119에 전화를 넣었다. 보험 판매를 하던 녀석의 어머니는 합의고 뭐고 콩밥을 먹여야 한다며 기표를 궁지로 몰았다. 기표는 집행유예를 받고 두 달 만에 구치소에서 나왔다.

기표는 호적에 그어진 빨간 줄만 생각하면 숨이 막혔다. 상도동에서 그것은 갈 데까지 가버린 자식이라는 낙인이었다. 그때 마침 소년원 동기에게서 전과 기록을 지워준다는 변호사의 소문을 들었다. 기표의 어머니가 대출 받은 1500만 원을 변호사에게 주었다.

처음에 변호사는 갈 때마다 기표를 만나주었다. 이의신청을 하네, 가처분 신청을 하네, 알아들을 수 없는 말들을 지껄이다 일이 바쁘다며 나가버렸다. 두 달이 지나자 변호사는 늘 사무실을 비웠다. 기표는 사무실의 소파에서 오후 2시에 시작하는 라디오 프로의 1부부터 4부까지 듣고 돌아갔다. 마침내 기표는 사무실에서 나가는 변호사의 팔목을 붙들었다. 기표가 경찰에 고발하겠다고 하자 변호사는 간만에 재미있는 농담을 들었다는 듯 껄껄 웃었다. 1500만 원은 기표의 과거를 지우고 새로운 삶을 시작하기 위한 밑천이었다. 기표는 인간 말종이라고 욕하는 아버지에게 당당한 모습을 보여주고 싶었다. 변호사에게 당한 뒤 기표는 다시는 일자리를 찾지 않았다. 기표는 그때 한 푼 두 푼 벌어서 착실하게 인생을 산다는 것이 얼마나 쓸데없는 짓인지 깨달았다. 변호사한테 인생을 제대로 배웠어! 기표의 말버릇이었다.

기표는 집에서 돈을 훔쳐내 유흥비로 탕진했다. 1992년 여름 그는 신림동에 있는 '순정'이라는 단란주점에 갔다. 전혜진이 그곳 접대부로 일하고 있었다. 혜진을 처음 봤을 때 기표는 깜짝 놀랐다고 한다. 혜진은 중학생의 얼굴이었다. 아무리 얼굴에 분을 칠해도 아이는 아이였다. 단란주점은 그렇게 어린아이가 나올 수 있는 곳이 아니었다. 나중에 주민등록증을 확인한 후에야 기표는 혜진이 자신보다 두 살 아래라는 사실을 믿을 수 있었다.

기표는 혜진을 옆에 앉혀놓고 살아온 이야기를 들었다. 허벅지를 지분거리지도 않고 가슴에 손을 넣지도 않았다. 전혜진은 중학교 3학년 때 자퇴하고 가출했다. 교도소에서 출소한 아버지가 매일 술에 취해 혜진을 때렸다. 혜진은 가출 소녀들의 메카라고 불리는 부평을 떠돌다가 거기서 만난 삐끼의 소개로 매춘을 했다. 그 삐끼는 새벽에 돌아와 곯아떨어진 혜진에게 친구들을 안겨주기도 했다. 혜진이 부평을 탈출한 이유는 친한 언니 때문이었다. 그녀는 돈이 떨어지면 단돈 만 원에 원조교제를 하기도 하고 50대 아저씨를 방에 끌어들이기도 했다. 그 모습이 자신의 미래라고 생각하니 미칠 것 같았다.

혜진은 부평에서 인천으로, 인천에서 신림동으로 떠돌았다. 기표를 만날 때쯤에는 부평에서 봤던 언니와 비슷한 길을 가고 있었다. '순정'은 가출 소녀의 막장이었다. 혜진은 그곳에서 1600만 원의 빚에 묶여 있었다. 기표는 술집 소파에 앉아 혜진의 애기를 다 들었다. 지금은 힘이 없지만 앞으로 네가 또 그런 놈들을 만난다면 가만히 있지 않겠다고 기표가 약속했다.

기표는 혜진의 움푹 들어간 곳이 다 좋다고 말했다. 혜진과 잘 때 기표는 뺨에 파인 보조개, 턱 밑의 쇄골, 엉덩이 사이의 굴곡을 정성스럽게 쓰다듬었다. 기표가 그렇게 소중하게 여자의 몸을 만진 적은 처음이었다. 혜진의 몸을 함부로 다룬 놈들은 물건을 잘라버려야 한다고 기표는 떠들고 다녔다. 혜진과 사귄 뒤 기표는 세상의 술집 여자를 모두 풀어주겠다는 꿈을 꾸었다.

우리는 기표의 방에서 화장도 안 한 맨얼굴의 혜진을 처음 보았다. 눈이 동그랗고 피부가 맑아 실핏줄이 보였다. 누가 보아도 혜진은 중학생의 얼굴이었다.

고등학교 때부터 우리는 자주 상도동에서 술을 마셨다. 우리는 직감적으로 서로를 이해했고 입을 다물고 있어도 서로의 가슴 밑바닥까지 내려갈 수 있었다. 우리는 몸에 고무줄을 묶은 것처럼 세상으로 달려 나갔다가 제자리로 튕겨 돌아왔다. 우리는 모두 떠나지 못하는 종이비행기들이었다. 우리는 서로에게 무덤이었다.

3
이제종

그해 봄날의 한 걸음

1994년 세종파 사건 당시 상도동 달동네에 살았던 김정순 할머니는 동네에서 벌교댁으로 통했다. 20대에 서울로 올라온 벌교댁은 1964년 박정희 정권이 도심 판자촌 재정비 사업을 시작할 때 대방동에서 쫓겨나 안양천 뚝방으로 이주했다. 1985년 목동 신시가지 건설 작업이 시작되자 상도동 달동네로 이사했고, 상도동 일대가 주택재개발정비사업 대상지로 지정될 때 남산 해방촌으로 이사했다. 벌교댁은 지금 용산2가 동사무소 옆에 있는 한 다세대주택 반지하방에서 아들 부부와 함께 살고 있다.

"니가 세종파 친구였다는 그놈이냐? 얼굴이 기억 날랑 말랑 한다잉."

벌교댁이 말했다. 사람을 만나면 이목구비부터 조목조목 뜯어

보는 습관을 그녀는 아직도 간직하고 있었다. 벌교댁은 동네의 참견꾼이었다. 신정동에서든 상도동에서든 어느 집의 사돈댁에 무슨 변고가 생겼는지까지 다 알고 있었다. 벌교댁은 세종파 사건 이후 기자들에게 가장 말을 많이 한 주민이었으나, 기자들은 한마디도 기사에 적지 않았다. 사건 1년 뒤 상도동에 찾아온 기자에게 구정물을 뿌린 후에야 그녀의 멘트가 신문에 실렸다. 왜 또 그 얘기를 꺼내? 핵교 댕기는 애기들이 세종파 동네라고 얼매나 곤욕을 치렀는디. 뭘 더 할 야그가 있었어? 다시는 찾아오지 말드라고! 벌교댁의 분노를 떠올리자 나는 우울해졌다.

"죄송합니다. 저희 때문에 고생이 많으셨죠?"

"괜찮다. 니는 죄두 없는디 뭘."

벌교댁이 한숨을 쉬었다. 굽은 등뼈가 드러났다. 나는 비로소 그녀의 늙음을 확인했다. 벌교댁은 내가 어릴 때부터 할머니였고 지금도 주름살이 몇 개 더 늘어난 할머니였다. 그녀의 튀어나온 늙음을 확인하고 나는 안도했다. 출소한 뒤 나는 세상이 10년 동안 한 치도 변하지 않은 채 시간 단위로 반복되는 것 같은 기시감에 시달렸다. 세계가 변해가고 사람이 늙어간다는 표지를 발견할 때마다 나는 편안해졌다.

"달동네 애들이 손가락질을 당했다고……."

"괜찮다니께. 그 말 헐라고 찾아왔냐."

사건 뒤 주민대책위가 꾸려졌다. 세종파 사건으로 달동네에 대한 편견이 악화되는 데 심각한 우려를 표하며, 세종파의 아지트를 조속히 철거해야 한다고 대책위는 성명을 발표했다. 아지트는 시세의 20퍼센트 가격에 매물로 나왔지만 구매자는커녕 구매를 문의하는 사람도 나타나지 않았다. 하루 500여 명씩 몰리던 구경꾼들은 곧 사라졌고 1년 만에 집이 흉가로 변했다. 베란다에 쥐들이 들끓자 주민들이 집을 철거해달라는 민원을 구청에 넣었다. 구청은 현행법상 주인의 동의 없는 철거가 불가능하다고 답변했다. 서복음교회 전도사가 아지트를 사들여 복음 전파의 터로 만들겠다고 나섰다. 살인 공장이 교회로 변하면 악명으로 더럽혀진 동네 이미지를 씻을 수 있다고 그는 주민들을 설득했다. 주민들의 동의를 받으면 서울구치소로 가서 이세종과 계획을 논의할 작정이었다. 그러나 주민들은 교회를 원하지 않았다. 철거만을 원했다. 1995년 10월, 여론에 밀린 집주인이 구청 건설관리과에 철거동의서를 제출했다. 그 집은 상도동에서 가장 먼저 부서졌다. 벌교댁이 말했다.

"모든 게 이세종 때문이여. 그 찢어 죽일 노무 새끼."

"이세종은 잘 아시죠?"

"알지, 알다마다. 신정동허고 상도동은 내 손바닥 안이여. 거그 애기들이 다 내 새끼 같어. 이세종이, 그놈은 어릴 적부터 찌깐헌 게 강단이 있었제. 낯바닥은 훤해가지고 말벌맹키로 톡 쏘는 디가 있었당께. 공부도 곧잘 혔어. 인제야 허는 말이지만 나는 고놈이 일을 저지를 거라고 진즉부터 알고 있었제."

벌교댁은 이세종이 부천의 공장을 때려치우고 집에 틀어박힐 때부터 불길한 예감을 느꼈다. 이세종의 어머니가 마지막 심장 발작을 일으킨 1993년 4월 무렵이었다. 어머니가 봉제 공장에서 일하다가 쓰러지자 이세종이 응급실로 달려왔다. 수술비만 몇천만 원이 들 거라고 의사가 말했다. 어머니의 잦은 병치레로 이세종의 수중엔 남아 있는 돈이 없었다.

"그때 응급실서 이세종이 지 엄니 귀에 대고 뭐라고 뭐라고 속삭였다는디, 뭔 말인진 몰라도 이세종이 나가니께 펑펑 울드란다."

나는 이세종이 무슨 말을 속삭였는지 알고 있다. 이세종은 술에 취하면 그 얘기를 떠들었다. 그때 응급실에서 이세종은 어머니에게 속삭였다. 엄마, 우리 이제 그만하자…….

"링거 하나 맞히고 퇴원시켜부렀는디 기적이 일어났어야."

동네 사람들은 이세종의 어머니가 죽을 거라고 믿었다. 이세종은 수의를 맞추고 장의사까지 알아보았다. 그러나 며칠 뒤 이세종의 어머니는 쌀을 한 움큼 입에 넣고 우물거린 뒤 저녁밥을 지으러 아궁이로 갔다. 천성이 워낙 독해서 저승사자도 건드리지 못한 거라고 동네 사람들이 수군거렸다. 저승에 가면 염라대왕 상투를 틀어쥐고 돌아와서 자기가 벌어온 돈을 치료비로 빨아먹으며 살 거라고 이세종도 말했다. 이세종은 어머니가 지어준 저녁밥을 먹고 공장으로 돌아갔지만, 며칠 만에 돌아와 방에 처박혔다. 일주일 가까이 방에서 나오지 않고 우리와도 만나지 않았다. 밤새도록 깡소주를 마시고 오후 늦게까지 잠을 잤다. 이세종은 어머니에게 속삭인 대로 이제 모든 걸 그만할 작정이었다. 그때 이세종의 가슴에서 꿈틀거리던 것은 무엇이었을까.

"이세종이 살인을 저지르러 가는 걸 봤다고 기자들한테 말씀하셨죠?"

"잉. 실은 살인인지 뭔지는 몰러. 암튼 뭔가를 저지르러 가는 거 같았어. 젊은 놈이 워째 매칠 동안 집 안에만 틀어박혀 있나 싶었는디, 그날 밤에 머리는 떡이 돼가지고 슬그머니 나가드라고. 4월 그날 밤에 말여. 고놈 눈을 내가 봤어. 시방이라도 뭔 일을 저지를 거 같았단 말여. 딱 감이 와부러."

1993년 4월 그날 밤, 이세종은 살인을 저지르지 않았다. 이세종은 세종파를 결성했다.

고등학교 때 아버지가 왼쪽 다리를 잃었다. 공사장 외벽이 무너지며 콘크리트 잔해물이 아버지의 무릎 아래를 으깼다. 아버지는 허벅지에 의족을 끼우고 장애 연금으로 소주를 마시며 세월을 버텼다. 어머니의 한복 가게는 날로 번창했다. 1997년 외환 위기로 문을 닫기 전까지 어머니는 봄가을 결혼식 성수기마다 박카스를 마시며 밤을 새웠다. 어머니가 번 돈으로 우리 가족은 신월동 네거리에 있는 15평짜리 연립주택에 입주했다. 나는 아버지의 권태가 무서웠다. 아버지는 수축하는 블랙홀이었고 가끔은 폭발하는 초신성이었다.

　나는 서울에 있는 중위권 대학 불문과에 턱걸이로 합격했다. 어머니가 여동생을 상고에 보내는 대신 내 등록금을 위한 저축을 들어놓았다. 운 좋게 과외 자리 두 곳을 구해, 그 돈으로 남가좌동에 자취방을 얻었다. 나는 아버지의 권태로부터 최대한 멀리 달아날 생각이었다. 대학에서도 나는 평범한 학생이었다. 나는 눈에 띄지 않을 정도로 적당히 공부했다. 과의 대부분을 차지하는 여학생들과 형식적인 관계를 유지했지만 연애를 하지는 않았다. 나는 그들을 유치하다고 생각했던 것 같다. 돌아보면 나는 그 나이 때 학생들이 겪는 불안과 충동을 최악의 방식으로 돌파하고 있었다. 나는 외부와 가깝지도 멀지도 않은 거리를 유지하고, 내가 세운 질서의 틀에 머무르며, 그것이 현명한 삶의 방식이라고 믿었다. 누군가 내게 냉소적이라고 말했을 때 나는 아버지의 권태가 남긴 그림자를 느꼈다. 가끔은 학생 식당에서 함께 밥 먹을 친구가 없어 곤란했다. 수업이 없는 날에는 자취방 근처 구립도서관에서 '아내가 샤워를 하면 두려운가' 따위의 기사를 찾아 읽는 아저씨들 옆에서 낡은 소설을 읽었다.

　자주 기표의 방에서 술을 마셨다. 나는 대학교와 상도동으로 분열돼 있었다. 내 일상에서 상도동은 대학교의 공백 밑에 건설된 피난처였다. 기표의 방에서 나는 형체 없는 말들을 맹렬하게 떠들었다. 그때만큼은 일시적으로 반짝거리는 실존을 느꼈다. 그때만큼은 지성이 날카로워지고 세상을 향한 분노가 최대치로 고양되는 것을 느꼈다. 나는 우정을 믿었다. 우리의 우정은 신정동의 홍수와 이산(離散)을 겪어본 자들만이 가질 수 있는 일종의 동지 의식이었다. 우리의 아버지들은 불문과 여학생들의 아버지와 차원이 다른, 괴물 같은 인간들이었다.

1993년 4월 30일, 나는 학교 앞 버스 정류장에서 영등포행 버스를 탔다. 영등포역 앞은 행인들로 북적였다. 나는 담배 한 대를 피우고 기표에게 전화를 걸었다.

"다 모였어?"

"아니 아직. 너라도 빨리 와."

"니 아버진?"

"새벽에나 들어올걸."

"좀 이따 갈게."

"응."

한동안 방구석에 틀어박혀 있던 이세종이 술을 먹자며 우리를 불러 모았다. 그날만은 기표네 집에 가기가 꺼려졌다. 이세종이 우리를 불러 모았다면 뭔가 할 말이 있는 것이고, 그런 망설임 끝에 하는 말이 안부 인사에 그칠 리 없었다. 나는 영등포 역전을 서성댔다.

그날의 모든 것을 기억할 수 있다. 나는 백금색 버스 토큰 다섯 개와 매실방 사이다를 샀다. 사이다를 마시며 트림을 여러 번 했다. 공중전화기로 과외를 받는 학생의 삐삐에 음성 메시지를 남겼다.

토큰은 250원이었고 공중전화 요금은 3분당 30원이었다. 작년에 공공요금이 한국병에 걸려 무더기로 올랐다. 문민정부가 들어서도 한국병은 치유되지 않았다. 사람들이 일을 하기 싫어해서 외국인 노동자를 수입하는 지경에 이르렀다고 신문들이 한탄했다. 문민정부가 인수위 시절부터 계획했던 휴일 감축과 임금 상승의 발목을 묶는 총액임금제가 구체적으로 논의되었다. 서쪽 하늘에서 먹구름이 몰려왔고, 여의교와 문래고가가 아지랑이의 장막 뒤에서 일렁였다. 포장마차의 수증기가 보도블록 위를 기어 다녔다. 지하상가에서 지린내가 올라오고, 역전의 노숙자들은 담배 한 개비 때문에 멱살잡이를 했다. 저녁 무렵 나는 상도동행 버스를 탔다.

우리는 기표의 방으로 동시에 들어왔다. 다윗과 병수가 대문 앞에서 나를 만났다. 한동안 기표의 방에서 살다시피 하던 강진웅은 지방에 내려가 나타나지 않았다. 지방에 내려간 게 아니라 시흥 일대에서 코흘리개 몇 명을 데리고 퍽치기를 한다는 소문도 있었다. 이세종은 아직 오지 않았다. 우리는 새우깡을 안주로 소주를 마셨다.

기표의 방엔 영화 〈첩혈쌍웅〉 포스터와 하희라의 브로마이드가 붙어 있었다. 최수종과 하희라가 결혼 발표를 한 뒤에도 기표는 의리가 중요하다며 사진을 떼지 않았다. 하희라 브로마이드 바로 밑에 24인치 대우전자 텔레비전이 놓여 있었다. 이 방에서 가구라 할 만한 것은 텔레비전 하나뿐이었다. 내가 물었다.

"야구는 안 하냐?"

기표가 대답했다.

"금요일인데 야구 중계 하겠냐?"

"해태는 또 이겼냐?"

"전라도 촌닭아, 기뻐해라. 6연승이야. 오늘 이기면 7연승. 하도 이기니까 재미가 없어. 어제는 선동열이 만루 홈런을 맞았는데도 이겼어."

"선동열이 만루 홈런? 내가 아는 그 선동열이?"

"홈런을 600일 만에 처맞았대. 600일이 말이 되냐? 2년에 홈런 한 방씩 맞는 거야. 그 새끼가 삼진 잡는 게 지겨웠는지 밋밋한 직구를 한가운데 넣더라고. 존나 심심한데 한번 쳐봐라 하니까 친 거지."

우리는 이세종을 기다리며 무의미한 대화를 나눴다. 최수종이 하희라를 건드렸을까, 가수 양수경은 눈만큼 가슴도 큰 걸까, 떠오르는 신인 이상훈이 선동열의 아성을 넘을까. 신해철과 이현우가 대마초로 구속됐다는 얘기가 나오자 다윗이 병수를 가리키며 말했다.

"이 새끼가 요즘 '후링가'를 먹어. 공장에서 몰래 먹는 거 봤어."

"후링가가 뭔데?"

"다이어트 약. 많이 먹으면 뿅가. 예전엔 진해거담제가 인기였는데 그게 판매 금지된 뒤에 후링가가 떠."

병수가 말했다.

"아퍼서 먹는 거야."

"아퍼서 다이어트 약을 처먹냐? 니 꼴을 봐라. 니가 비만이냐? 그거 먹고 해롱해롱하다가 손목 자를 거야? 뭐, 후링가? 후려쳐줄까?"

내가 말했다.

"병수야, 그거 먹으면 머리가 닭대가리로 변해."

기표가 고개를 저었다.

"더 나빠질 머리는 없지."

병수가 후링가를 먹는 것이 우리는 안쓰러웠다. 병수는 문래동에서든 구로동에서든, 어느 공장에서도 몇 년 이상 버틸 수 없을 것 같았다. 병수의 이야기를 계기로 우리는 최근 야타족이 사용한다는 신종 최음제에 대해 떠들었다. 술이 오르기 전까지 우리는 그저 그런 이야기를 나눴다. 술이 오르면 한 명씩 어릴 적 상처, 공사판과 공장에서 당한 폭력, 불거지는 부정부패, 오렌지족과 야타족에 대한 증오, 이 미친 세상에 대한 분노를 꺼내놓았다. 기표의 방은 욕설로 흥건해졌다. 나는 그래서 이곳이 좋았다. 술이 잔뜩 오르면 세상은 우암상가아파트 붕괴 현장처럼 기괴해졌다. 세상은 검은 콘크리트 덩어리들이 쌓여 있고, 부실시공의 증거라는 가는 철근들이 엿가락처럼 휘어 있고, 우리의 으깨진 시체가 깔려 있는 곳이었다.

나는 떠들었다. 누군가 폭력을 써야 한다. 누군가 세상을 뒤엎어야 한다. 인간에게 정해진 도덕이란 없다. 도덕은 선택과 행동을 통해 사후적으로 만들어가는 것이다. 인간들이 가장 두려워하는 것은 새로운 한 걸음이다. 그 한 걸음은 처음엔 악이라 불리고 머지않은 미래에 선이라 불리게 될 것이다. 나는 질문의 계열을 만들었다. 무엇이 선이고 무엇이 악인가. 안중근이 히로부미를 죽인 건 선인가 악인가. 지강헌의 인질극은 선인가 악인가. 오렌지족을 죽이는 건 선인가 악인가. 이세종이 오기 전까지 우리는 모두 얼큰해져 있었다.

밤 9시 30분, 이세종이 기표의 방 창문을 두드렸다. 기표가 이세종을 데리고 들어왔다. 그때 나는 그해 초 불거져 김영삼 대통령이 취임할 때까지 세상을 뒤흔들었던 부정 입시 사건에 대해 이야기를 꺼내려던 참이었다. 이세종은 우울한 표정으로 앉아 소주를 홀짝거렸다. 떡진 머리가 형광등 불빛에 반짝였다. 나는 하던 이야기를 계속했다.

"니들 부정 입시 사건이 뭔 줄 아냐? 들어봐. 올해 광주대 후기 입시를 보는데 교문 앞에 이상한 새끼들이 핸드폰을 들고 설치는 거야. 이상하잖아. 그 비싼 핸드폰을 몇 명씩이나 왜 들고 있어? 알고 보니까 시험 보는 애들이 삐삐로 정답을 보내는 거였어. 그 새끼들이 그걸 받아서 다른 학생 삐삐로 보낸 거야. 경찰이 그 사건을 계기로 수사에 나섰는데, 이게 장난이 아닌 거야. 다른 수법이 많아. 고등학교 교사들이 자기 반 학부모들한테 돈을 받고 대학 들어간 제자들 시켜서 대리 시험을 보게 했어. 한 학생당 1~2억씩 받아먹었어. 교사들하고 브로커들하고 짜서 대리 시험을 볼 애들을 모집

하려고 신문 광고까지 냈어. 후기대만 그런 게 아니고 전기대까지."

"너도 그거 한번 해보지 그랬냐?"

"더 들어봐. 경찰이 수사하다 보니까 이상한 거야. 이건 대학 쪽에서도 장난을 치지 않으면 안 되는 거거든. 수험표에 사진과 이름을 바꿔치기해야 되니까. 그래서 대학에서 한자리씩 하는 교직원들이 걸려들었어. 한양대, 광운대, 그 밖에도 많아. 광운대에서는 내신 성적 조작까지 했어. 이게 끝이 아니야."

"또 뭔데?"

"교무처장을 족치니까 지 혼자 해먹은 게 아니더라고. 교수에 총장에 줄줄이 걸려들었어. 대학 담당 안기부 직원까지 끼어들었어. 올해만 그런 것도 아니고 작년에도 재작년에도 그랬어. 군 장성, 재벌 임원, 하여간 한자리한다는 놈들이 전부 지 돌대가리 자식들을 그렇게 대학에 보냈어. 부정 입학 사례만 100건이 넘어. 경찰서 유치장에 모피 코트를 입은 강남 사모님들이 가득 들어앉아서 기자들한테 막 삿대질을 했어. 니들도 자식 낳아보라고. 니들은 깨끗하냐고. 사식으로 스테이크 정도는 들어갔을걸."

"그거 볼만했겠는데?"

"김영삼이 취임식 때문에 수사를 대충 덮어서 그 정도야. 아마 돈 있는 집 새끼들은 다 돈을 처발라서 대학에 갔을 거야. 걔들 부모들은 벌금 몇 푼 내고 나올 거야. 그러는 동안 자식이 미역국 먹었다고 자살한 엄마도 있어. 이거는 정말 중요한 사건이야. 존나 존나 존나의 세제곱 존나만큼 중요한 사건."

"뭐가 중요해? 대학이 별건가."

"이런 일들이 계속되면 나 같은 놈은 아예 대학을 못 가. 예전에는 없는 집 자식들이 엉덩이가 짓무르도록 공부해서 좋은 대학 갔어. 출세할 길이 그거밖에 없으니까. 근데 이제 그것마저 막혀버린 거야. 있는 놈들과 없는 놈들 사이에 두꺼운 장벽이 쳐졌어. 만리장성보다 더 길고 높은 장벽. 누구도 그걸 뚫을 수 없다고."

부정 입학이 소수의 사례라는 것을 알고 있었지만 나는 대중의 궤변을 과장해서 떠들었다. 부정 입학이 세상을 뒤집어놓을 거라는 종말론이 당시에 인기를 끈 이유는, 부정 입학을 하지 않은 잘나고 똑똑한 놈들에 대한 질투심 때문이었다. 나는 아직도 그 질투심의 정체를 알 수가 없다. 사람들은 어느 날 갑자기 한국을 지배해온 명문대 출신의 엘리트들을 질투하기 시작했고, 그들에게 오렌지족, 야타족, 부정 입학의 오명을 뒤집어씌우고 싶어 했다. 민주주의는 질투심과 함께 도착했다. 나는 이야기를 과장할수록 논리의 구멍이 더 커진다는 사실을 깨닫고 당황했다. 이세종이 피식 웃었다. 이세종은 얼굴에 평정을 유지한 채 입꼬리만 살짝 움직여 상대에 대한 경멸을 드러내곤 했다. 나는 횡설수설했다. 내 이야기는 이 주제 저 주제를 방황하다가 지강헌의 인질극에 이르렀다.

올림픽의 열기가 식지 않은 1988년 10월 16일, 이세종은 공사판을 떠돌고 있었고 기표와 다윗은 고등학교를 때려치울 준비를 하고 있었다. 그때 지강헌이 동료 죄수 몇 명을 데리고 호송차에서 탈출했다. 지강헌은 경찰서나 방송국을 점령하고 싶어 했지만 무슨 이유에선지 가정집에 들어가 인질극을 벌였다. 아마 실수였을 거라고 인질로 잡혀 있던 여자가 말했다. 지강헌은 창가에 서서 〈휴일〉이라는 노래를 틀어달라고 했다. 노래를 들으며 그는 권총을 자기 관자놀이에 대고 왼손에 든 유리 조각으로 목을 그었다. 미친 사람은 아니었으므로 한 번에 동맥을 끊을 순 없었을 것이다. 한 번, 두 번, 마침내 유리 날이 경동맥을 끊었다. 피가 분수처럼 튀었다. 사람들이 비명을 질렀고 군인들이 들어와서 총을 쏘았다. 새끼손톱만 한 총알이 옆구리와 허벅지로 들어가서 근육과 내장을 휘저으며 밖으로 나오려고 기를 썼다. 그는 죽기 전에 방송국 카메라를 향해 외쳤다. 유전무죄, 무전유죄.

지강헌은 1954년에 태어나 1988년에 죽었다. 숨이 끊어지는 순간에도 지강헌은 자신이 뱉은 말이 얼마나 엄청난 것인지 깨닫지 못했을 것이다. 유전무죄, 무전유죄. 그것은 선언이었다. 세상의 많은 일들은 선언으로 시작된다. 선언은 팽팽하게 부푼 시대의 공기를 찢고 무언가를 흘러나오게 만든다. 선언이 있었다면 무언가가, 누군가가 흘러나와야 한다. 지강헌의 선언은 최소한 6·29 선언보다는 진실했다.

"내가 제일 존경하는 사람이 지강헌이야."

이세종이 말했다. 그때 그는 웃지 않았다. 이세종은 마지막 잔을 털고 일어섰다.

"나가자. 노량진 가서 한잔하자. 내가 쏜다."

우리는 이세종의 말을 거역할 수 없었다. 어릴 적부터 그의 말을 거역하는 법을 배운 적이 없었다. 우리는 이세종을 따라 노량진으로 내려갔다. 학원가의 작은 호프집에서 우리는 구운 오징어를 안주로 소주와 맥주를 마셨다. 이세종은 다시 입을 닫았다. 그렇게 말이 없는 이세종이 우리는 낯설고 당혹스러웠다.

우리 대화의 주제는 입시 부정으로 돌아갔다. 건너편 테이블에 재수생으로 보이는 아이들이 앉아서 소주를 마시며 우리 쪽을 흘 깃거렸다. 우리 이야기를 엿들으며 자기들끼리 웃기도 했다. 기표가 그들을 향해 소리쳤다.

"야, 이 좆만 한 것들아. 웃어? 우리가 웃겨?"

마르고 키 큰 아이가 눈을 동그랗게 떴다.

"왜요?"

"니들은 에미 애비가 돈 처바르고도 떨어졌냐? 이 좆밥들아."

"술이나 드세요."

재수생들이 등을 돌렸다. 계속 시비를 걸어도 그들은 돌아보지 않았다. 기표가 자리에서 일어섰다.

"내 말 안 들려? 귓구멍에 좆대가리를 처박았어?"

나는 기표에게 속삭였다.

"됐다, 됐어. 애들이다."

내 손에 이끌려 기표가 자리에 앉았다. 이세종이 웃었다. 충치로 반쯤 부서진 어금니가 드러나고 눈가에 주름이 잡혔다. 우리는 남은 맥주에 소주를 타서 마셨다. 식어서 딱딱하게 굳은 오징어 대신 서비스로 나온 팝콘을 씹었다. 천장의 백열등이 빙글빙글 돌기 시작했다. 재수생들이 계산을 마치고 나갔다. 이세종이 맥주잔을 탁자에 내려놓았다. 탕 소리와 함께 거품이 탁자에 쏟아졌다.

"나가자. 빨리 나와."

"술이 남았는데요."

"안 들려? 나오라고. 계속 말해야 돼?"

잔뜩 흐린 밤이었다. 축축한 거리의 냄새가 밀려왔다. 우리의 얼굴은 땀과 습기에 젖어 미끌거렸다. 술에 약한 다윗이 비틀거렸다. 걸음이 빠른 이세종이 무슨 이유에선지 느리고 조심스럽게 걸었다. 술집에서 본 재수생들의 배낭이 곧 우리 눈앞에 드러났다.

"기표야, 따라와."

청록학원 후문이 있는 골목은 어둑했다. 가로등 불빛이 두꺼운 어둠 위로 부서졌다. 재수생들은 기숙학사나 자취방으로 가는 모양이었다. 이세종과 다윗이 그들을 따라잡았다.

"어이, 형씨들. 좀 멈춰봅시다."

이세종이 말했다. 술잔 대신 배낭을 든 그들의 얼굴은 술집에서보다 앳되어 보였다. 둘 다 광택이 나는 남색 바람막이 점퍼를 입었다.

"왜 이래요?"

“잠깐 얘기 좀 하자고, 얘기.”

“이거 놔요.”

“아이 씨발, 얘기 좀 하자니까. 기표야, 애 좀 잡아.”

이세종과 기표가 가로등 불빛이 닿지 않는 막다른 골목 깊숙이 재수생들을 끌었다. 어둠의 장막이 내렸다. 이세종은 이렇게 유치한 장난을 즐기는 사람이 아니었으므로, 우리는 그의 의도를 짐작하지 못해 어리둥절했다. 다윗과 병수와 나는 그렇게 당황한 채로 재수생들의 멱살을 잡은 이세종과 기표의 등 뒤에 서 있었다.

“왜 그러세요?”

키 크고 마른 아이가 술집에서 한 질문을 되풀이했다. 이세종보다 머리 하나가 더 컸지만 이세종의 악력에 붙들려 움직이지 못했다.

“좆만 한 것들이 하라는 공부는 안 하고 술이나 처먹고…… 어른들이 묻는데 말대답이나 따박따박 해?”

“아, 예, 죄송해요. 그러니까 놔주세요.”

“공부를 하고 싶어도 못 하는 애들이 얼마나 많은 줄 알아?”

이세종이 아이의 멱살을 더 세게 쥐었다. 어둠 속에서도 우리는 이세종의 팔뚝에서 튀어나오는 힘줄과 정맥의 윤곽을 느낄 수 있었다. 아이가 숨을 몰아쉬었다.

“아 진짜, 누구신데 이래요?”

이세종이 아이의 얼굴을 올려 보았다. 아이의 파마머리가 헝클어지고 옆머리에서 식은땀이 흘렀다. 이세종은 아이가 매달려 있는 단단한 바위 같았다. 이세종이 말했다.

"우린 말이다, 지옥에서 온 사람들이야. 니들이 산 거에 비하면 우리는 하루하루 숨 쉬는 순간이 다 지옥이었어. 탄광에 들어가서 갱도가 흔들리는 거 본 적 있어? 공장에서 절단기에 손가락 갈아봤어? 그게 지옥이야. 알아? 이 씨팔놈들아. 우리가 밑바닥에서 박박 기어줬으면 니들은 공부를 해야지. 공부해서 우리를 도울 생각을 해야지. 안 그래? 니들 부모가 우리를 개처럼 부려서 번 돈으로 술이나 처먹고 기집년들 따먹을 궁리만 하면 억울하지 않겠어? 죽이고 싶지 않겠냐고, 응?"

이세종이 손에 더 힘을 주었다. 아이의 얼굴이 벌겋게 부풀었다. 기표에게 붙들려 있던 땅딸막한 아이가 소리쳤다.

"놔, 놔, 놔달라고! 이 그지 새끼들아!"

이세종이 키 큰 아이를 담장에 던졌다. 아이가 머리를 쿵 하고 담장에 부딪히며 쓰러졌다. 아이는 머리를 감싼 채 웅크렸다.

"야, 누워 있는 새끼 붙들어!"

우리는 이세종의 얼굴을 보았다. 미간에 주름이 잡히고 입꼬리가 올라갔다. 이목구비의 균형이 무너졌다. 이세종은 제 마음속의 구멍으로 빠져들고 있었다. 기표와 다윗이 쓰러진 아이의 팔을 붙들었다.

"그래 좋아. 그지 새끼한테 죽고 싶다 이거지?"

이세종이 땅딸막한 아이를 담벼락으로 밀어붙였다. 가슴을 눌린 아이가 숨을 헐떡였다. 아이의 점퍼와 스웨터가 올라가며 한 방울의 어둠이 고인 배꼽이 드러났다. 아이가 소리를 지르려 하자 이세종이 왼손으로 목울대를 잡았다. 아이는 꺽꺽대며 말을 하지 못했다. 이세종이 주먹으로 아이의 얼굴을 때렸다. 어둠 때문에 우리는 쏟아지는 주먹과 흔들리는 머리통의 윤곽만을 볼 뿐이었다. 이세종이 아이를 난타했다. 우리는 울퉁불퉁 부어오르고 피투성이가 된 아이의 얼굴을 상상했다. 어둠, 비명, 아이의 배꼽, 주먹과 광대뼈가 부딪힐 때 나는 둔탁한 소음이 술에 취한 우리를 각성시켰다.

이세종이 아이를 쓰러뜨렸다. 우리는 가로등의 희미한 빛이 기어 다니는 골목 바닥에서 아이의 피에 젖은 입술을 보았다. 아이는 숨을 몰아쉬며 빨간 거품을 토했다. 이세종이 아이의 배 위에 올라타고 주위를 두리번거렸다. 나는 그가 돌멩이를 찾는다고 생각했다. 이세종은 돌멩이 대신 담벼락 옆에 세워진 소주병을 잡고 담에 부딪혀 깨뜨렸다. 소주병의 파편들이 희미한 광택을 튕기며 흩어졌다. 이세종은 깨진 소주병을 아이의 목에 들이댔다.

"그래, 죽여줄게. 이 좆만 한 새끼야."

소주병이 아이의 목으로 조금씩 전진할 때 나는 달려갔다. 입을 벌린 채 골목 반대편을 보고 있는 병수의 얼굴, 키 큰 아이를 붙든 채 눈을 동그랗게 뜨고 있는 기표와 다윗의 얼굴이 순식간에 내 옆을 스쳐 지나갔다. 나는 이세종의 두 팔을 붙들었다.

"형, 그만해요. 형."

이세종이 나를 보았다. 이세종은 초점이 흔들리지 않는 눈으로 내 손을 응시했다.

"너 지금 뭐 하는 거냐?"

이세종이 내 뺨을 때렸다. 딱딱하고 거친 이세종의 손바닥이 내 눈앞을 스치며 불꽃을 튀겼다. 나는 길바닥에 손을 짚었다.

"지금 뭐 하는 거냐고, 이 건방진 새끼야."

이세종이 내 가슴팍을 찼다. 나는 재수생의 배 위로 쓰러졌다. 재수생이 신음했다. 나는 다시 일어나 이세종 앞에 무릎을 꿇었다.

"형, 경찰들이 돌아다녀요. 그만해요, 제발."

이세종이 두 손을 허리에 짚었다. 그때까지 기표와 다윗과 병수는 얼어붙어 있었다.

"재수생 하나 손보지도 못하면서, 말로만 행동이고 나발이냐? 말로는 못하는 게 없지? 이 입만 나불대는 쥐새끼야."

나는 무릎을 꿇은 채 고개를 숙였다. 그제야 통증이 찾아왔다. 턱관절이 얼얼했고 침이 턱 밑으로 떨어졌다. 나는 무릎에 떨어지는 침방울들을 보며 이세종이 새삼스레 면전에서 나를 모욕하는 이유를 생각했다. 이세종의 말은 내가 아니라 기표와 다윗을 겨냥하고 있었다. 말로만 떠드는 것이 얼마나 비굴한 짓인지 이세종은 기표와 다윗에게 가르치려 했다.

"너도 정신 차리고 공부나 해라. 양복 입고 사장놈들 똥구멍이나 핥아. 행동은 우리가 할 테니까."

이세종이 기표와 다윗과 병수를 데리고 골목 밖으로 사라졌다. 그들의 발소리가 멀어지자 재수생들이 가방을 챙겨 골목을 나섰다. 목을 찔릴 뻔했던 아이의 어깨를 키 큰 아이가 부축했다. 가서 신고해버리자. 조용히 해, 저기 한 명 남아 있잖아……. 아이들의 속삭임이 사라지고 골목에는 정적만 남았다. 나는 무릎을 꿇은 채로 숨을 들이켰다. 축축하고 차가운 공기가 오한을 일으켰다. 나는 외로웠다. 이세종은 애초부터 자신의 계획에 나를 포함시킬 생각이 없었다. 나는 비굴한 쥐새끼였다. 이세종은 가볍게 손을 뻗어 내 절반의 자아를 무너뜨렸고, 상도동의 친구들에게 가는 길을 봉쇄했다. 그때 이세종의 가슴속에는 무엇이 꿈틀거리고 있었을까. 나는 그것이 결단이었다고 생각하지 않는다. 술집에서 기표가 재수생들에게 시비를 걸었을 때, 마지막 잔을 탁자에 내려놓을 때, 재수생의 목에 깨진 소주병을 겨눌 때, 이세종의 표정에는 고통스런 결단의 흔적이 없었다. 이세종은 쾌감을 느끼는 표정이었다.

그날 밤 이세종은 세종파를 결성했다. 세종파는 모든 결정을 전원 합의에 따르기로 하고 가진 돈을 털어 한 통장에 넣었다. 가진 자의 돈을 빼앗고 증거를 남기지 않는다, 여자를 믿지 않는다, 절대 배신하지 않는다, 라는 강령을 정하고 조직원 한 명당 10억 원을 모을 때까지 사업을 계속하기로 했다. 만일의 사태에 대비해 삐삐의 비밀번호를 정했다. 3번은 어느 한 명이 체포됐으니 대비하라는 뜻이고, 4번은 모든 게 탄로 났으니 아무도 모르는 곳에 잠수하

라는 뜻이고, 5번은 자폭하라는 뜻이었다. 강령과 삐삐 번호 외에
는 아무것도 준비된 것이 없었으나, 이세종은 조직원들의 목에 공
범 의식의 쇠사슬을 채우기 위해 연습 삼아서라도 범죄를 저지르
자고 주장했다. 취객의 호주머니를 터는 정도로는 달성할 수 없는
목표였다. 그해 7월과 8월에 한 건씩, 세종파는 부천과 봉원동에서
이세종의 명령을 실행했다.

나는 1년 후 세종파의 아지트에서 그들의 범행 사실을 들었다.
그러나 노량진 뒷골목의 정적 속에 무릎 꿇고 있을 때, 파국을 예
감했다는 느낌이 든다. 나는 그들의 죽음마저 예감했던 것 같다. 모
든 기억은 사후적이다. 돌아보면 병수가 후링가를 먹고 기표가 변
호사에게 사기당하고 내가 세상에 대한 불만을 털어놓던 그때, 파
국은 이미 당도해 있었다. 1년 후 벌어진 사태들은 내가 느낀 불길
함이 하나둘씩 형체를 얻는 과정이었다. 나는 이제 모든 것이 정해
진 운명에 따라 착착 진행되었다고 느낀다. 기표와 다윗은 벼랑 끝
에 서서 추락의 유혹을 간신히 참고 있었다. 이세종이 아니었더라
도 다른 계기가 그들에게 손가락을 내밀었을 것이다. 당시 우리는
매 순간 파국과 함께 숨 쉬고 시시덕대고 잠들었다. 나는 절망에 빠
져 골목을 나섰다.

세종파가 두 건의 살인을 저지르고 범행 자금을 모으는 1년 동
안 나는 기표의 집을 찾지 않았다. 가끔 전화를 걸면 기표는 바쁘다

고 했다. 그것은 세종파가 차지한 신대륙에서 나를 완강히 밀어내는 말이었다. 세상은 변함없이 돌아갔다. 세르비아군의 대량 학살과 강간 사태 이후에도 보스니아 내전은 해결의 실마리를 찾지 못했다. 양도성 예금증서 발행 잔액이 떨어지는 등 은행들은 금융실명제 이후 자금이 6천억 이상 줄었다고 엄살을 떨었다. 전두환, 노태우 측근 비리 수사가 강도를 높여가며 전임 대통령들의 숨통을 죄었다. 신신애의 〈세상은 요지경〉이 히트한 뒤 세태 풍자 가요가 우후죽순 쏟아졌고, 서태지의 〈난 알아요〉가 가요계의 지각변동을 예고했다. 선동열은 8월 말까지 시즌 최다 기록인 29세이브를 기록했다. 중국집과 분식집 사이에 끼어 있는 남가좌동의 자취방에는 바퀴벌레가 들끓었다.

내 일상은 좀더 쓸쓸해졌다. 강의실, 학생들, 늘 내 시험지에 B학점을 매기는 교수들, 가끔 들러 확인하는 아버지의 우울한 얼굴, 주위의 모든 것이 내가 설정한 거리 밖에 안전하게 서 있었지만 나는 그들에게서 현실감을 느낄 수 없었다. 나는 일찍 일어날 필요도 없으면서 탁상시계의 알람을 아침 7시에 맞춰놓고 잠들었다. 더는 참을 수 없을 때까지 알람의 비명을 듣고 다시 잤다. 나는 유령과 같은 시간을 버티고 있었다. 기표와 다윗이 등장하는 악몽을 꾸거나 그들에 대한 불길함이 치솟을 때 현실감이 갑자기 번쩍였다. 그럴 때면 그들과 내가 서울 하늘 아래에서 숨 쉬고 있는 유일한 인간들처럼 느껴졌다. 그들이 사라진 뒤에도 내 일상의 방어선 안으로 쳐들어오는 것은 그들뿐이었다. 네 계절이 지나는 동안 나는 그들과 어떤 식으로든 다시 마무리를 지어야 한다는 것을 깨달았다. 마땅히 매듭지어야 할 결말을, 나는 노량진의 어느 뒷골목에 놔두고 왔다.

첫번째 살인

시사주간지 『시사리뷰』 사회팀 정인환 기자는 아직도 현장을 뛰는 민완 기자였다. 2005년 3월, 봄이 왔는데도 검은색 오리털 파카를 입고 있었다. 출장을 다녀왔다고 했다. 1994년 가을 우리의 호송 버스에 뛰어들던 기백이 그 완전무장한 차림새에 남아 있었다.

"아, 호송 버스…… 기억나요."

사람을 관찰하는 눈빛, 머리를 쓸어 올리고 말끝을 올리는 버릇마저 그대로였다. 팀장으로 승진한 것 외에는 변한 것이 없었다. 세상의 모든 변화를 관찰하고 기록하는 사람은, 그 변화의 물결에 자신을 실을 수 없는 것 같았다. 그는 물결 옆을 달리며 끊임없이 기록하고 보고하고, 그대로 남아 있었다.

10년 전인 1994년 9월 19일 아침, 전국 언론사 경찰서 출입 기자들의 삐삐가 일제히 울렸다. 데스크들은 회사마다 정해놓은 약호의 최고 등급을 기자들에게 전송했다. 999나 111이나 0000 같은 숫자들은 하늘이 무너져서 지금 네 머리통을 부수고 있다고 해도 편집국으로 즉시 전화하라는 뜻이었다. 한 수습기자는 공중전화 부스를 향해 무단 횡단을 하다 차에 치여 갈비뼈에 금이 갔는데도, 엉금엉금 기어 수화기를 들었다. 이날부터 서대문경찰서 기자실에는 하루 50~60명의 기자들이 진을 쳤다. 『한영일보』가 무기밀매상 이씨의 정체를 단독 보도하자 타사의 물먹은 기자들이 경쟁에 뛰어들었다. 형사 책상 밑의 쓰레기통은 말진 기자들이 털고 형사과장실에 쌓여 있던 자료들은 일진 기자들이 훔쳤다. 형사과장이 도둑맞았다는 우스갯소리가 나왔다.

정인환은 그때 김일성 사망으로 무산된 남북 정상회담과 향후 남북관계에 대한 전망을 정치팀과 함께 준비하고 있었다. 그해 7월, 김영삼 대통령 내외는 청와대 오찬 행사를 준비하던 중 의전비서에게 김일성의 사망 소식을 들었다. 청와대 사진기자단이 찍은 사진에서 대통령 내외의 표정은 어두웠다.

『시사리뷰』는 커버스토리 아이템을 바꾸고 사회팀 다섯 명을 세종파 취재에 총동원했다. 무엇을 쓸 것인가. 정인환은 택시를 타고 편집국으로 오며 이 질문을 떠올렸다. 무엇을 쓸 것인가. 여기에는 어떤 변명이나 회피도 용납되지 않았다. 일간지는 공장식 분업 시스템으로 움직인다. 일간지는 사건의 도살장이다. 사건이 부위별로 잘게 찢어져 데스크에 올라오고, 데스크는 그것들을 누벼 한 마리 동물로 그려낸다. 세종파처럼 일간지를 도배해버리는 큰 사건이 터지면 시사주간지는 신문 기사의 빈틈을 노려야 한다. 시사주간지는 일간지와 달리 사태를 넓고 깊게 조망해야 한다. 그런데, 무엇을 쓸 것인가.

"저는 그때 세종파가 너무 많은 말을 하고 있다고 생각했어요. 백화점 우수 고객들을 다 죽인다, 별장에 침입해 오렌지족들을 죽인다, 러브호텔을 싹쓸이한다, 쏟아낸 혐의만 해도 수십 개가 넘었죠. 경찰은 경찰대로 미제 사건들을 세종파와 연결 짓고 있었어요. 그런데 세종파가 결성된 건 1년 반밖에 안 되고, 1993년 가을부터는 9개월 가까이 공사판에서 일했어요. 저는 세종파가 자포자기 상태에서 막말을 하고 있다고 믿었어요."

"호송 버스에서 기자님 얼굴을 보고 놀랐어요."

"제가 할 일은 세종파의 혐의를 열거하는 게 아니라 하나씩 지워가는 거라고 생각했어요. 그러면 세종파의 핵심에 도달할 수 있다고 믿었죠. 여러 기사를 읽어보고 저는 이미 세종파의 진짜 리더가 이세종이 아니라 서기표라는 걸 간파하고 있었어요. 기사를 읽을수록 서기표나 김다윗과 만나고 싶었어요. 아주 간절했죠. 세종파는 심리가 매우 불안정한 상태였기 때문에 몇 가지 핵심을 찌르는 질문만 던지면 진실이 튀어나올 거라고 믿었죠. 그래서 1차 현장 검증을 가는 호송 버스에 뛰어든 거예요."

9월 22일 정인환은 1차 현장 검증을 위해 출발하는 호송 버스에 올라탔다. 그때는 갈색 사파리 점퍼를 입고 있었다. 우리는 모두 수

갑과 포승에 묶여 조는 체하고 있었다. 나는 눈을 가늘게 뜨고 더벅머리를 한 젊은 기자가 유일하게 눈을 뜨고 있던 다윗 옆자리에 앉는 것을 보았다.

살인범 옆에 앉아도 무섭지 않나 보죠? 다윗이 물었다. 다윗이 악에 받쳐 무슨 말이든 되는대로 지껄이던 때였다. 다윗은 자신에게 씌워진 혐의들을 부인하지 않고, 그것만으로는 성에 차지 않는다는 듯 더 악랄한 혐의를 떠들어댔다. 전문 킬러가 되고 싶었다고 다윗은 정인환에게 말했다. 안 해본 일이 없어요. 사람들이 나를 부르는 호칭 중에 '야, 인마'가 최고의 호칭이었어요. 맞기도 많이 맞았고……. 없는 사람을 멸시하는 자들을 다 죽이고 싶었던 거죠. 그놈들을 못 죽이고 잡힌 게 한입니다. 후회하진 않느냐고 정인환이 물었다. 가장 후회되는 일은 유씨와 아들을 죽인 거라고 다윗이 말했다. 잡은 다음에는 더 큰 일을 위해서 놔줄 수가 없었어요. 부인과 딸이 아버지 없이 살아가는 게 불쌍해서 나중에 데려다 고통 없이 죽일 생각도 했죠. 화창한 날이었다. 도로에는 추석 연휴를 마친 귀경 차량들이 줄을 이었다. 선글라스를 낀 젊은 남녀가 차창을 열고 호송차 옆을 스쳐 지나갔다. 저 차는 무슨 차죠? 정인환이 포텐샤라고 대답하자 다윗이 중얼거렸다. 저놈들 운 좋은데……. 더 큰 일이 뭐죠? 정인환이 물었다. 다윗이 눈을 크게 떴다. 뭘 위해서 죽였죠? 왜 다이너마이트를 꺼냈죠? 목표가 있었죠? 그걸 가지고 자폭하려고 했죠? 그렇죠? 대체 뭘 위해서? 누구도 다윗에게 그런 식의 질문을 던지지 않았다. 다윗은 지강헌과 세종파의 꿈에 대한 이야기를 꺼냈다. 체포된 뒤 그렇게 청산유수처럼 악행을 쏟아내던 다윗이 진실 앞에서는 말을 더듬거렸다. 다윗의 이야기가 끝나자 정인환은 한숨을 쉬었다. 다윗의 눈이 충혈되고 물기가 고였다. 다윗은 금방이라도 기자 앞에 무릎을 꿇고 고해성사를 할 것 같았다. 나는 기표도 흔들리는 것을 보았다. 여전히 눈을 감고 있었지만 등받이에 기댄 뒷목이 경련을 일으켰다. 10년 전, 세종파는 호송 버스 안에서 처음으로 흔들렸다. 나는 정인환에게 말했다.

"그때, 버스 안에선, 정말 대단했습니다."

정 기자가 어깨를 으쓱했다.

"잘 기억도 안 나요."

호송 버스는 그린벨트가 펼쳐진 부천과 서울의 경계에서 멈췄다. 정인환이 가장 먼저 차에서 내렸다. 서울지검 강력3부 김광휘 검사가 지휘하는 첫 현장 검증은 사체 발굴과 동시에 진행됐다. 가을볕이 따가운 날이었다. 서대문경찰서 강력반 형사들이 대부분 출동했고 각종 매체의 기자들도 30여 명 가까이 따라붙었다. 근처 주민과 구경꾼 400여 명이 몰려왔다. 부천서의 순경 두 명이 그들을 통제선 밖으로 밀어내려고 기를 썼다. 유족만 빼고 사건에 관련된 모든 사람이 그곳에 있었다. 희생자의 아버지는 충격에 빠져 천안시에 있는 월세 15만 원짜리 단칸방에서 링거를 맞고 있었다.

범행 시간이 밤이었고 너무 흥분해 있었기 때문에 기표와 다윗은 암매장 장소를 잘 찾지 못했다. 그들의 머릿속에 수십 킬로미터로 저장돼 있는 거리는 수백 미터에 지나지 않았다. 그들은 있지도 않은 도랑을 찾아 헤매고 오르지도 않은 산길을 더듬었다. 저녁이 다 되어서야 정확한 지점을 찾아냈다. 그때쯤 구경꾼은 반으로 줄어 있었다.

시신은 그날 처음 햇빛을 본 게 아니었다. 이미 다섯 달 전에 경찰이 현장을 파헤쳤다는 사실이 언론 보도로 밝혀졌다. 1994년 5월 한 가족이 어머니의 무덤을 벌초하기 위해 마적산에 올랐다. 서쪽 능선의 양지바른 곳에 자리 잡은 봉분은 사방에 뻗은 아카시아 나무뿌리의 압력에 뒤틀려 있었다. 대학생인 맏손자가 봉분 근처를 팠다. 세 번의 삽질 만에 두개골과 갈비뼈 일부가 흙에서 나왔다. 순경 두 명이 현장에 출동했다. 나이 많은 순경이 유골을 다시 흙으로 덮고 땅을 다진 뒤, 지난번 폭우에 봉분이 없어진 무덤 같다고 서에 보고했다.

경찰이 그 자리를 다시 팠다. 소란이 일었다. 사진기자들이 좋은 자리를 차지하기 위해 통제선 안쪽으로 몰려들었다. 300밀리미터 망원렌즈들이 현장을 향해 반사광을 쏘았다. 내가 뒤를 돌아보았을 때 통제선 최전방에서 사격 자세를 취하고 있던 40대 사진기자 한 명이 뒤에서 미는 기자들 때문에 앞으로 고꾸라지고 있었다. 그 순간 다윗이 어깨를 들썩거렸다. 저 새끼 봐, 웃는 거 아냐? 군중들이 동요했다. 돌로 쳐 죽이자는 외침이 곳곳에서 터져 나왔다. 경찰이 시신을 발굴하자 사위가 조용해졌다. 너덜너덜한 옷가지, 두개골, 갈비뼈, 허벅지 뼈가 차례로 나왔다. 군중이 으악, 하고 소리를 질렀다. 다윗이 눈을 비볐다. 사진기자들의 스트로보가 폭발했다. 다음 날 한 조간신문은 고개를 숙이고 있는 다윗과 눈을 비비는 다윗의 사진을 나란히 싣고 '울고 웃는 살인자'라는 제목을 달았다. 그날의 일을 떠올리던 정인환이 내게 물었다.

"김다윗이 진짜 웃다가 울었나요?"

"다윗이 헛기침을 한 게 웃는 것처럼 보인 거예요. 그리고 다윗은 용접 일을 하다가 각막을 다쳐서 눈을 비비는 습관이 있어요."

"그렇군요."

"다윗이 어머니를 죽이지 못해 한이라고 말했다는 기사도 잘못된 거예요. 다윗은 어머니를 보지 못해 한이라고 말했는데, 말이 헛나오거나 기자가 잘못 알아들은 거예요."

그땐 세상이 김다윗이나 서기표의 일거수일투족에 과도한 의미를 부여했다. 악마로라도 사람들의 기억에 남길 원했던 다윗과 기표는 소원대로 세상의 관심을 한 몸에 받았다. 10년이 지난 지금, 세상은 그들을 기억하지 않는다. 세종파의 추종자들이 더 잔인한 연극을 벌일 때조차 세종파에 관해 말하는 것은 금기시됐다. 나는 이 금기가 불안하다.

내가 아는 한 『시사리뷰』는 세종파의 범행 목표에 관해 가장 진실에 가까운 보도를 했다. 지강헌의 유훈을 앞세워 파렴치한 범행을 영웅주의로 끌어올리려 했던 세종파의 의도를 정인환만큼 이해한 사람은 아무도 없었다. 그러나 정인환의 보도는 누구의 관심도 끌지 못했다. 진실 따위와 상관없이 어느 매체가 더 선정적인 팩트를 찾아내느냐 경쟁하던 때였다. 기표와 다윗이 어떤 목표를 향해 뛰어들었는지는 대중의 관심사가 아니었다. 대중의 관심은 누가 무엇으로 사람을 죽였고, 누가 누구의 인육을 먹었는지에 머물러 있었다. 진실은 결코 대중적일 수 없다. 정인환이 물었다.

"왜 그때 일을 들춰내는 거죠? 잊고 싶지 않아요?"

어떤 답으로도 이 질문을 통과할 수 없었다. 출소한 뒤 큰고모의 소개로 도매시장에서 일하며, 5일에 한 번 쉬는 날이면 수첩과 자료를 들고 사방을 돌아다녔다. 내 안에서 자발적으로 솟구치는 이 욕망을 나조차 설명할 길이 없었다. 나는 대답했다.

"저도 모르겠습니다."

2005년 4월, 나는 상도동 달동네로 오르는 산길을 걷고 있다. 오후의 봄 햇살이 조금씩 기울고 산길에 걸리는 내 그림자는 점점 길어진다. 언젠가는 와야 할 곳임을 알면서도 나는 바쁘다는 핑계로 이 방문을 미뤄왔다.

이 산에는 능선마다 아카시아 나무가 울창했다. 아카시아 나무들이 처음으로 뽑히기 시작한 것은 1960년대였다. 한국전쟁 이후 강북 도심까지 파고들었던 판잣집들이 5·16 이후 철거되었다. 빈민들이 가재도구를 짊어지고 강을 건너, 한강 이남의 산등성이마다 동네를 만들었다. 달동네라는 단어가 한국사에 최초로 등재되었다. 한강 기슭에서 신림동과 흑석동을 마주 보고 있는 상도동은, 서울에서 가장 가난한 자들과 가장 부유한 자들이 공존하는 지역이었다. 강남과 가까운 산의 동쪽은 수유리 등지에서 내려온 부자들이 차지했고, 서쪽과 북쪽은 도심에서 쫓겨난 빈민들이 차지했다. 김영삼 전 대통령의 집도 상도동 부촌에 있다. 기나긴 가택 연금 시절, 정치 1번지에서 날아온 유인물들이 바람을 타고 빈민들의 동네까지 날아들었다. 주민들은 그걸 삐라라고 불렀다. 달동네의 안주인들은 삐라를 장롱에 숨겨놓았다가 밤중에 연탄아궁이에서 태웠다.

달동네의 산기슭에는 집 장사들이 두어 달에 한 채씩 날림으로 뽑아낸 양옥집들이 있었다. 단열이 안 되고 균열이 심했지만 외양만은 그럴싸했다. 산 위로 올라갈수록 블록으로 바람만 막은 집들이 나타났다. 상도동 일대가 재개발지구로 지정된 뒤 그 집들의 절반이 으깨졌다.

어느 성한 집의 담벼락에 전국철거민연합회의 플래카드가 걸려 있다. 정상으로 오르는 계단은 가파르고 미끄럽다. 정상에는 부서진 집들의 잔해만 쌓여 있다. 나는 이세종의 집이 있었을 법한 자리에 앉아 숨을 고른다. 아직 뽑히지 않은 아카시아 나무가 비탈에 비스듬하게 서서 봄에 새로 난 가지를 흔들고 있다. 정상에서 기슭까지, 도미노 게임이라도 한 듯 부서진 지붕과 담장들이 보인다. 나는 세종파의 아지트에서 기표와 다윗에게 들은 첫번째 살인의 동선을 따라, 과거의 환영들을 좇아 흘러갈 계획이다.

1993년 7월 20일 밤 9시, 이세종은 집을 나섰다. 1센티미터 두께의 베니어합판이 골방 하나를 둘로 나눈 집이었다. 어머니가 잠에 취해 뒤척이거나 아궁이로 향하는 문을 열면 이세종의 방도 함께 흔들렸다. 이세종이 공장을 때려치우고 집에 틀어박힌 뒤부터 어머니는 새벽까지 베니어판 앞에 웅크리고 앉아 아들의 거동을 살폈다. 그날 이세종은 검은색 쫄쫄이 티셔츠와 청바지를 입고, 어머니가 눈치채지 못하도록 조심조심 정면에 난 여닫이문을 열었다. 방문이 곧 대문이었다. 이세종은 발꿈치만 들면 양옆의 안방을 훔쳐볼 수 있는 폭 1미터의 골목에 내려섰다. 블록에 시멘트를 바른 담벼락들은 우둘투둘하고 홈마다 이끼가 잔뜩 끼어 있었다. 어떤 집은 벽의 전면이 진녹색이었다. 이세종은 골목을 나와 산 정상에 섰다. 달동네를 가로지르는 계단식 골목이 뻗어 있는 이곳에 서면, 다닥다닥 붙어 있는 블록 집들과 멀리 63빌딩까지 보였다. 밤중에는 비탈을 따라 수많은 불빛들이 반짝거렸다.

이세종은 계단을 내려갔다. 큰길에 접어들자 가로등이 달려 있는 전봇대가 나타났다. 달동네의 관문인 '행복슈퍼'가 전봇대 뒤에 있었다. 파란색 기와지붕이 묘하게 왼쪽으로 기울어 있는 구멍가게였다. 처마 밑에 우그러진 함석 간판이 달려 있고 왼쪽 담벼락에

〈서편제〉나 〈흐르는 강물처럼〉 같은 철 지난 영화의 포스터가 붙어 있었다. 계산대 앞에 있는 라디오에서도 철 지난 팝송이나 가요가 흘러나왔다. 하도4동 주민은 누구라도 이 가게를 피해 갈 수 없었다. 동네의 온갖 소문이 모이고 증폭되고 다시 퍼져 나가는 곳이었다. 여름이면 주인 장씨는 가게 문 앞에 의자를 놓고 앉아 졸았다. 큰길 왼쪽엔 하도4동 동사무소와 파출소가 있었다. 이세종은 노량진행 국도와 만나는 큰길 오른쪽으로 방향을 틀었다.

나도 계단을 내려간다. 이세종은 다리를 작은 보폭으로 재게 놀려서 늘 종종걸음을 치는 것처럼 보였다. 키가 큰 사람이라도 그를 따라가려면 긴장해야 했다. 이세종을 앞세우기라도 한 듯, 나는 뛰다시피 계단을 내려간다. 무너지지 않은 담벼락 하나에 '11-23'이라는 숫자가 파란색 스프레이로 적혀 있다. 산기슭에 집터만 남아 있는 공터가 보인다. 사람 대신 포클레인이 차지한 이 공터는 1994년 세종파의 아지트가 있던 곳이다. 안채를 가리던 높은 담장도, 대문 옆에 숨어 있던 지하실 철문도, 상도동에서 가장 먼저 부서졌다. 나는 큰길로 내려간다. 큰길의 전봇대는 아직 남아 있지만 가로등의 백열전구는 깨져 있다. 알맹이를 잃어버린 녹슨 전등갓이 전선에 매달려 대롱거린다. 행복슈퍼의 기와지붕은 완전히 주저앉았다. 깨진 대문에 담배 포스터가 붙어 있다. 행복슈퍼 건너편 2층집 옥상에 황구가 어슬렁거린다. 담장과 대문을 떼버리고 흰색 시트지를 바른 유리문을 달았는데, 시트지 위에 '상도 제11지구 재개발조

합 사무실'이라고 적혀 있다. 집 앞에는 지붕에 확성기를 단 전국
철거민연합회의 흰색 봉고차가 주차돼 있다.

　이세종은 국도변에서 기표, 다윗, 병수를 만났다. 기표는 청바지
에 흰 티를 입고 야구 모자를 썼다. 머리가 큰 다윗과 두상이 기괴
한 병수에게는 맞는 모자가 없었을 것이다. 밤송이처럼 짧게 깎은
다윗의 머리와 정수리 부근에 벌써 탈모가 시작되는 병수의 머리
가 자동차의 전조등에 드러났다. 이세종은 그들을 이끌고 노량진
역 쪽으로 걸었다. 상도동에서 노량진까지는 바삐 걸어도 20분이
걸렸다. 세종파는 아무 말도 하지 않고 구청 앞 언덕바지를 넘고,
몇 개의 육교를 지나치고, 장승백이 네거리를 건너 계속 내려갔다.
정신이 하나도 없어서 어떻게 갔는지 기억도 나지 않는다고 다윗
은 말했다. 이세종의 등만 바라보며 걸었고 고개를 들어 보니 버스
안이었다고 했다. 갈 때는 찰나였고 돌아올 때는 영원이었을 거리
였다.

　나는 세종파를 따라 노을이 깔리기 시작하는 대로변을 걷는다.
버스 정류장이 있는 언덕바지에 멈춰 서서 달동네를 바라본다. 이
곳에선 달동네의 전경을 한눈에 조망할 수 있다. 무너진 집과 뽑혀
나간 아카시아에 나는 작별을 고한다. 내가 다시 이곳에 올 일은 없
을 것이다. 저곳, 포클레인의 캐터필러가 밟고 있는 저 산기슭의 지
하실에서 내 나머지 인생이 무덤으로 변했다. 아직도 눈을 감으면
10년 전 그날 강진웅의 속삭임을 듣는다. 나는 영원히 거기서 벗어

나지 못할 것이다. 나는 도망이라도 치듯 노량진을 향해 걷는다.

세종파는 노량진역 앞의 육교를 건넜다. 버스 정류장에서 신월동행 122번 버스를 탔다. 버스는 대방역과 신길역을 돌아 영등포역 앞을 지나쳤다. 끈적끈적한 한여름 밤이었다. 시큼한 에어컨 냄새, 취객이 나르는 영등포 유흥가의 비린 냄새, 땀 냄새와 발 냄새가 버스 안에 가득했다. 좌석에 앉은 승객들은 머리통을 차창에 부딪치며 졸았다. 세종파는 승객들이 자신을 보는 눈길에 두려움 섞인 감탄이 들어 있다고 믿었다. 현대차 노사분규에 공권력이 투입됐다는 뉴스가 라디오에서 흘러나왔다. 뉴스가 끝나자 말초동맥 혈액순환에 좋다는 약 광고가 시작됐다. 가수 조영남이 외쳤다. 역시 기넥신!

나는 육교를 건넌다. 전철이 역사를 통과할 때마다 육교 바닥과 발밑에 누운 시가지가 떨린다. 상도동 아이들이 '좆데리아'라고 부르던 역 앞의 롯데리아는 화장품 가게로 바뀐 지 오래다. 예전에는 그곳에서 재수생들이 소개팅을 했었다. 내가 지금 내려다보고 있는 보도블록에는 10년 전보다 늙은 얼굴의 수험생들이 수능 참고서 대신 공무원 시험 문제집을 들고 걷는다. 고등학생과 재수생을 대치동 학원가에 뺏긴 노량진은 먼지를 뒤집어쓴 채 늙어가고 있다. 나는 버스 정류장에서 신월동행 버스가 몇 번으로 바뀌었는지 두리번거린다.

세종파는 신월동 네거리 공수부대 앞에서 부천행 70번 버스로 갈아탔다. 버스는 가로등이 드문 도로를 과속으로 달렸다. '안녕히 가십시오, 서울입니다'라는 표지판과 '어서 오십시오, 부천입니다'라는 표지판이 머리 위로 지나갔다. 세종파는 부천의 첫 정류장에서 내렸다. 그들이 지나온 서울과 부천의 경계에는 그린벨트가 펼쳐져 있었다. 논밭과 비닐하우스, 들풀로 어수선한 공터가 거름 냄새를 풍기며 어둠에 잠겨 있었다. 비닐하우스 뒤에는 수목원이 있었다. 가끔 공터나 수목원에서 족제비가 튀어나와 도로변에서 창자를 드러낸 채 객사하기도 했다. 세종파는 그린벨트 앞에 있는 연립주택 단지로 갔다. 부천역과 상동 근방의 공장 노동자들이 이곳에 많이 살았다. 골목 어귀의 포장마차에서 그들은 야근의 피로를 소주와 우동으로 달랬다. 세종파는 포장마차 맞은편에서 담배를 피우며 희생자를 골랐다.

나는 그린벨트 앞을 서성인다. 10년 전 밀림을 연상케 했던 이곳을 고등학교 건물, 주유소, 오리고기 집이 야금야금 파먹었다. 나는 건물 틈에서 얕은 도랑이 흐르는 풀밭을 발견한다. 마적산 기슭까지 뻗은 신도시의 고층 아파트 너머로 해가 떨어진다. 나는 풀밭 속으로 들어가 웅크린다. 건너편 오리고기 집에서 구수한 연기가 흘러나온다. 봄날의 온기는 허망하다. 해가 떨어지기 무섭게 어둠과 한기가 지면을 적신다. 나는 이곳이 아예 어둠에 잠기기를, 그 어둠 위로 1993년 여름 세종파의 환영이 떠오르기를 기다린다.

희생자를 고르는 일은 쉽지 않았다. 어떤 여자는 덩치가 너무 컸고 어떤 여자는 남자들과 함께였다. 풀숲에서 날아온 모기가 달라붙었다. 김다윗이 투덜거렸다.

"모기가 왜 나만 빨지? 암컷인가?"

기표가 말했다.

"피 빠는 모기는 다 암컷이야."

그때 포장마차의 빨간 차양이 열렸다. 흰 민소매 티와 흰 핫팬츠를 입은 여자가 나왔다. 긴 생머리에 바싹 마른 몸매를 가진 스물세 살의 여공이었다. 충남 부여가 고향인 여자는 열여덟 살 때 아버지가 당뇨병으로 쓰러지자 부천의 한 완구 공장에 취직하여 월 35만 원을 받으며 일했다. 당시 15평 연립주택에 전세를 얻어 함께 살던 선배는 남자친구의 집에 가서 돌아오지 않았다고 증언했다. 여자는 혼자 자취방으로 돌아가고 있었다.

"안녕하세요?"

여자가 고개를 들었다. 이세종의 갸름한 턱선, 짙은 눈썹, 작고 도톰한 입술이 나타났다.

"공장에서 뵌 것 같은데…… 어디 다니세요? 전 태광목재 다녀요."

"태광목재요? 저 거기 경리 보는 언니 알아요. 김미자라고."

"살찌고 주근깨 많은 누나죠?"

"예, 맞아요. 전 거기 옆에 옆에 미호실업에 다녀요. 장난감 공장이요."

"아, 거기 잘 알죠. 아침마다 지나치니까요."

"예. 장난감 공장 치고는 크죠."

"몇 살이세요?"

"스물세 살이요."

"그래요? 저랑 동갑이네요. 근데 정말 동안이에요. 고등학생 같아요."

"그쪽도 뭐……."

"저 뒤에서 친구들이랑 술 먹고 있는데 짝이 안 맞아요. 오래 안 붙잡을게요. 딱 한 잔만 하고 가시죠."

"아…… 너무 늦었는데."

"가요. 한 잔만 해요. 딱 한 잔만."

여자는 아무 생각 없이 걸음을 옮겼다. 외로움 때문이거나, 이세종의 잘생긴 얼굴 때문이거나, 태광목재 경리 김미자 때문이었다. 여자는 골목을 돌아 그린벨트의 경계에 이를 때까지 무언가에 홀린 듯 걸었다. 공터 앞에서 이세종이 여자를 노려보았다. 사람을 기겁하게 만드는 표독스러운 얼굴이 드러났다. 여자가 물었다.

"왜, 왜 이러세요?"

"잔말 말고 따라와. 죽이진 않아."

뒤를 밟던 기표와 다윗이 여자의 양팔을 붙들었다. 여자는 허공에 반쯤 들린 채로 풀밭 속으로 끌려갔다.

"소리치면 죽여버린다!"

여자는 인적이 끊긴 어둠 속으로, 억새와 강아지풀이 허리께까지 솟아 있는 공터의 중심부로 끌려갔다. 어둠이 그녀에게서 전의를 빼앗았다. 풀벌레 소리가 그녀의 신음을 지워버렸다. 네 개의 그림자가 여자를 에워쌌다. 여자는 무릎을 꿇었다.

"왜 이러세요?"

여자는 울었다. 앙상한 어깨와 등판이 들썩였다. 이세종이 여자의 민소매 티 앞섶을 잡아 찢었다. 흰 브래지어가 드러났다.

"놔, 놔!"

여자가 이세종의 손등을 할퀴었다. 놔! 여자는 자신에게 다가오는 모든 것을 향해 이빨을 드러냈다. 이세종이 여자의 뺨을 때렸다. 여자가 풀숲 위로 쓰러졌다. 기표와 다윗과 병수가 움찔했다. 듣기 좋은 말과 거창한 결의로 시작된 이 사업이 실제로는 얼마나 역겨운 짓인지, 그들은 그제야 어렴풋이 깨달았다. 이세종은 그런 상황이 싫었다.

"야, 뭐 해? 구경해?"

이세종은 여자의 뺨을 계속 때렸다. 여자가 축 늘어졌다.

"빨리 안 붙들어?"

이세종은 여자의 민소매 티와 핫팬츠를 벗겼다. 여자의 마른 몸 위로 네 사내의 몸이 지나갔다. 한여름의 들판이 그들을 지켜보고 있었다. 송충이처럼 생긴 얼굴에 자주색 분 같은 꽃을 칠한 강아지풀, 온몸에 털이 복슬복슬한 괭이밥, 좁쌀 같은 흰 꽃을 주렁주렁

매단 질경이가 바람에 흔들렸다. 아무도 눈여겨보지 않는 꽃들이 서로의 머리채를 붙들고 바스락거렸다. 기표, 다윗, 병수는 서로에게 자신의 잔악성을 과시하기 위해 움츠려 있는 성욕을 끌어냈다. 마지막으로 병수가 일어섰다. 그들은 탈진한 여자의 나신으로부터 한시라도 빨리 도망치고 싶었다.

"어딜 가? 일루 와, 새끼들아."

이세종이 말했다. 그들은 여자 주위에 다시 모였다. 바지가 이슬과 풀물에 젖어 얼룩덜룩했고 티셔츠는 땀에 젖어 달라붙었다. 여자는 정신을 잃은 채 가늘게 숨을 쉬었다.

"목격자는 죽여야 돼. 끝을 내."

이세종은 세종파에게 후퇴의 여지를 만들어주기 싫었다. 세종파의 퇴로를 끊어야 했다. 이세종은 다윗이나 병수가 소름 끼치도록 진지해지기를 바랐다.

"병수, 니가 해. 목 졸라."

가장 만만하고 겁이 많고 고분고분한 상대를 이세종이 지목했다. 병수는 다윗을 쳐다보았다. 걸음마를 배울 때부터 병수는 다윗의 말만 들었다. 이세종이 뭐라건 다윗이 고개를 저었다면 병수는 하지 않았을 것이다. 병수는 다윗의 응답을 기다렸다.

"안 돼."

나는 허공을 향해 손을 젓는다. 작고 납작한 달을 향해, 달을 에워싼 어둠을 향해, 기도하듯 손을 모은다. 내가 앉은 작은 풀밭은 더 차가워진다. 이슬이 운동화 틈으로 스며들고 냉기에 등이 시리다.

"안 돼, 다윗아."

나는 환영을 향해 중얼거린다. 시간을 단 한 번 돌릴 수 있다면 나는 1993년 7월 20일 밤으로 돌아갈 것이다. 이 풀밭 속에 서서 지금과 똑같은 말을 다윗에게 외칠 것이다. 안 돼, 다윗아, 안 돼. 고개를 끄덕이지 마. 다윗에게 주사위가 굴러온 순간, 세종파는 마지막 기회를 쥐었다. 다윗이 고개를 저었다면 기표도 병수도 이세종에게서 물러났을 것이다. 우리는 그때 스물한 살이었다. 스물한 살은 무엇에든 극단에 이를 수 있지만, 그 극단에서 쉽게 돌아올 수도 있다. 나는 땀에 젖은 다윗의 얼굴과 왼쪽 뺨에 풀잎 쪼가리가 붙은 병수의 얼굴을 본다. 다윗의 망설임을 본다. 안 돼, 다윗아.

다윗이 고개를 끄덕였다. 어릴 적부터 병수의 보호자를 자처했던 다윗이, 마지막 순간에 병수를 배신했다. 다윗은 기표와 병수와 내 운명을 그 순간 지옥에 처박았다. 병수는 연삭기에 갈려 뒤틀린 엄지손가락을 보았다. 한 달 뒤면 자신에게 닥쳐올 재앙을 상상하지도 못한 채 여자의 목을 향해 손을 뻗었다. ET처럼 가늘고 긴 손가락이 여자의 목을 파고들었다. 미주신경을 자극받은 여자가 심장마비를 일으켰다. 여자는 몇 초 만에 숨을 멈췄다. 사람을 죽이는 게 그렇게 쉬울 줄은 몰랐다고 다윗은 내게 말했다. 어이가 없었어. 여자애 몸이 꿈틀하더니 그냥 늘어져버리는 거야. 너무 어이가 없어서 숨소리를 들어보고 발로 차보기도 했어. 죽은 게 맞더라고.

"개새끼들."

나는 중얼거린다. 어둠이 깊어진다. 오리고기 집에 손님들이 북적인다. 고기 굽는 냄새가 퍼져 나간다. 도랑의 하수 냄새가 고기 냄새와 섞인다. 10년 전부터 도랑을 지키고 있는 억새들이 바람에 나부낀다. 세종파가 찾아왔던 그 밤엔 공터를 무성하게 뒤덮고 있었을 것이다. 나는 강아지풀을 뜯어 씹어본다. 떫은 맛이 난다. 개새끼들……. 나는 고개를 젓는다.

세종파는 시체를 어떻게 처리할지 몰랐다. 기표가 여자를 업었다가 도로 내동댕이쳤다.

"뭐야 이거? 열이 나."

"거짓말하지 마."

"만져봐요, 형. 진짜 열이 나요."

이세종이 시신을 만졌다. 체온이 높았다. 세종파에게 죽음은 딱딱하고 차가운 것이었는데 여자의 죽음은 말랑말랑하고 뜨거웠다. 이세종이 여자의 목을 다시 졸랐다. 경동맥의 맥박이 없고 코에서 숨이 나오지 않는다는 사실을 확인한 후에야 세종파는 이 죽음을 받아들였다.

시신은 30분 동안 그 자리에 놓여 있었다. 피부가 더 창백해졌다. 길을 잃고 풀밭에 떨어진 달의 한 조각 같았다. 기표가 시신을 다시 업었다. 야음에 몸을 숨기고 세종파는 논두렁, 밭두렁을 따라

일렬로 늘어서서 걸었다. 마적산 기슭까지 그들은 조금씩 걷고 길게 쉬었다. 병수는 쉴 때도 걸을 때도 입을 벌리고 있었다. 마적산은 죽어서야 다다를 수 있는 곳 같았다.

"삽이랑 곡괭이가 없잖아."

이세종이 말했다. 다윗이 수목원으로 뛰어가 매장 도구를 가져왔다. 산길을 오를 때부터 기표의 등 위에서 시신이 사후경직을 시작했다. 오그라들고 딱딱해지는 여자의 근육을 기표는 피부로 느꼈다. 여자가 살려달라고 바둥거리는 것 같았다. 세종파는 산기슭의 아무 데나 파서 시신을 묻었다. 여자의 몸이 땅속으로 사라지는데도 세종파는 무감각했다. 어서 이곳을 벗어나라고 뇌 속의 무언가가 난리를 치고 있었다. 먼동이 터올 때 매장이 끝났다.

나는 일어난다. 이슬에 젖은 바지 밑단이 축축하다. 나는 풀밭을 나와 버스 정류장으로 걷는다. 온몸이 오한으로 떨리고 내일 새벽 일을 나갈 수 있을지 장담할 수가 없다. 나는 마지막으로 그린벨트의 잔해를 바라본다. 우리 모두를 지옥에 처박았던 저 공터도 언젠가는 사라질 것이다.

두번째 살인

연세대학교 정문에서 독립문 방향으로 직진하면 이화여대 후문 건너편에 가파른 고갯길이 나타난다. 봉원동은 그 고개를 따라 걸려 있는 동네다. 고개 정상에는 태고종의 총본산인 봉원사가 있고 그 뒤엔 연세대학교 후문으로 이어지는 야산이 있다. 1993년 당시 고개의 중간까지는 여학생들을 위해 최신식 설비를 갖춘 하숙집들이 있었으나, 중간부터 정상까지는 허름한 한옥에 공동 화장실을 쓰는 집들이 많았다. 정상으로 올라갈수록 하숙비나 월세가 내려갔다. 술을 마시다 마을버스가 끊기면, 정상에 사는 자취생들은 땀에 범벅이 된 채 걸어서 고개를 올라갔다.

"복덕방 아저씨가 그러더군요. 그 가격대에 방을 얻기는 어려운데…… 여기는 어때요? 공기는 참 좋은 곳이죠, 하고. 말씀대로 공기는 좋았어요. 한여름이나 한겨울에 술에 취한 채 고개를 걸어 올라가면 죽을 맛이긴 했지만."

지금 광고대행사에서 카피라이터로 일하고 있는 정만용은 1993년부터 군에 입대하는 1994년 겨울까지 봉원동 정상에서 살았다. 정만용이 그곳에서 살던 날들은 불면증이 지배했다. 그의 골방에는 스티븐 킹, 토마스 해리스, 존 그리샴, 마이클 크라이튼, 톰 클랜시의 책들이 소주병 너머로 쌓여갔다. 1993년에 정만용은 시인이자 로커이자 자연주의 화가인 선배와 같이 살았다. 선배는 이제 막 운동권에서 음악 평론가로 진로를 바꾸기 시작한 지식인들의 칼럼을 열심히 읽었다. 특히 헤비메탈 계열에 정통했다. 선배는 잘 때도 유럽 어딘가에서 굴러먹는다는 헤비메탈 그룹의 노래를 작게 틀어놓았다. 서태지 1집도 부담스러워하던 정만용에게는 곤혹스러운 일이었다. 새벽 서너시쯤에는 봉원사에서 스님들이 종을 치고 고함을 질렀다.

"한밤중에 봉원사 미륵전과 칠성각 사이의 돌계단에 앉아서 술판을 벌이다가 경을 칠 뻔한 적이 있어요. 그때 스님들 목청이 좋다는 걸 처음 알았죠. 그 목청으로 새벽마다 고함을 지르시니……."

매일 밤 방 안에선 메탈 그룹의 노래가 웅웅거리고, 옆방에선 정체를 알 수 없는 동거 커플이 헐떡이고, 창틈으로 스님의 고함 소리와 종소리가 들어왔다. 아무리 거나하게 취해도 잠을 잘 수 없는 '스티븐 킹스러운' 상황이었다.

1993년 8월 23일 새벽, 정만용은 창문을 열었다. 습기가 방 안으로 흘러들었다. 산 그림자가 가는 비에 젖어 있었다. 어김없이 종이 울렸다. 이날은 종소리와 스님의 고함 소리에 이질적인 소음이 끼어 있었다. 산속에서 누군가가 욕을 했다. 스님의 발성이 아니었다. 개새끼야, 씹새끼야, 하는 것 같기도 하고 스님을 향해 그만하라고 소리치는 것 같기도 했다. 종소리가 그치자 욕설도 잦아들었다. 정만용은 어둠을 향해 귀를 기울였다. 몇 사람이 산길을 헤치며 내려가는 소리가 들렸다.

"이 새벽에 누구일까, 오싹한 느낌이 들었어요."

정만용은 세종파의 현장 검증 보도를 보고서야 그곳이 암매장 장소라는 것을 알았다. 세종파의 두번째 현장 검증에는 관객이 많지 않았다. 검찰 관계자와 변호인단과 규모가 반으로 줄어든 구경꾼들이 있었다. 발굴된 시신은 두 손이 묶여 있었다. 얼굴이 형체를 알아볼 수 없을 만큼 부패했고 몸통에 허연 뼈가 드러나 있었다. 다윗이 혼자 스트로보 세례를 받으며 묶인 손으로 곡괭이를 휘둘렀다. 기자들이 움찔하며 물러났다.

정만용은 두번째 살인의 유일한 목격자였지만 그의 진술은 증거 능력이 없었다. 그는 세종파를 보지 못했고 종소리에 섞인 소음을 들었을 뿐이다. 그러나 신문 이곳저곳에 그의 멘트가 실렸다. 그는 나중에 '세종파의 추억'이라는 글을 블로그에 띄웠다. 정만용의 블로그에 들어가면 '앵두를 문 입술처럼 섹시한 저 LG2300 전동 청소기의 흡입구' 같은 카피 문구 밑에 세종파와 관련된 자료를 정리한 카테고리를 볼 수 있다. 그는 아직도 세종파와 동년배로 같은 시대를 살았다는 것에 묘한 감정을 느낀다고 했다.

"그때 우리는 신세대라고 불렸죠. 386 다음이 신세대였어요. 제멋대로 하는 신세대. 세종파도 나도 신세대 중에 가장 누추한 신세대였어요. 솥바닥에 눌어붙은 누룽지 신세대였죠. 저는 그날 스님들이 종을 아주 크게 울려줬길 바래요. 세종파의 심장을 두드릴 만큼 세게."

병수는 살인을 저지른 지 사흘 만에 여자를 다시 만났다. 자취집 마당에서 세수를 하던 때였다. 병수의 어머니는 재작년에 뇌졸중으로 죽었고 아버지는 시골로 내려간 뒤 연락을 끊었다. 병수는 다윗의 집과 멀지 않은 집의 골방에 살았다. 그날 아침 병수는 세숫대야에 물을 뜨고 손과 얼굴을 세 번 씻었다. 여자를 죽인 다음 날부터 병수는 결벽증을 앓았다. 처음에 병수는 자신이 가진 모든 것을 태우려 했다. 풀물로 얼룩진 바지뿐 아니라 그날 입지도 않은 옷가지와 벽시계도 태웠다. 병수의 방에는 사는 데 꼭 필요한 옷 몇 벌을 담은 비키니 옷장만 남았다. 증거물을 다 태운 뒤엔 사람들을 의심했다. 누가 말을 걸면 왜 이상한 걸 묻느냐고 큰 소리를 쳤다. 사람들이 그에게 말을 걸지 않자 병수는 자신을 의심하기 시작했다. 자기 살갗에도 보이지 않는 풀물이 들었을 거라고 믿었다. 집주인 아주머니가 아무리 잔소리를 해도 병수는 30분 이상 세수를 했다. 혼자 앉아도 꽉 차버리는 마당을 점령하고 씻을 때마다 물을 갈았다.

세번째 얼굴을 씻은 후 병수는 수건을 집기 위해 몸을 돌렸다. 눈에 물이 들어가 잠시 동안 사물이 뿌옇게 보였다. 뿌연 안개 뒤에 하얀 것이 웅크리고 있었다. 밀도가 낮아 하얗게 어른거리며 앙상한 허벅지와 긴 생머리만 간신히 드러낸 생물이 문지방에 앉아 있었다. 병수는 눈을 비볐다. 안개가 걷히고 여자의 모습도 사라졌다. 병수는 세수를 한 번 더 하고 웃통을 벗어 목과 가슴을 닦았다.

이틀 뒤 병수는 다윗과 노량진 사육신묘 안에서 소주를 마셨다. 병수가 하루 종일 세수를 하고 누군가 자기 이름을 부르면 소스라치게 놀란다는 사실을 세종파 모두 알고 있었다. 이날 다윗은 철사와 알루미늄 철판으로 만든 비행기를 병수에게 주었다. 보잉747을 닮은 그 비행기는 창문과 바퀴까지 달고 있었다.

"다시 공장에서 일할 순 없지만 손을 녹슬게 놔둬선 안 돼. 너도 이런 거 만들어봐. 우리 손재주가 어딘가에 쓸모가 있을 거야."

다윗이 병수를 다독였다. 병수의 증세가 심해지면 심해졌지 나아질 리 없다는 것을 다윗도 잘 알고 있었다. 주민들이 눈치챌까 봐 이세종이 불안해한다는 것도 알고 있었다. 돈을 모아 병수를 요양 시설에 보내겠다고 다윗은 결심했다. 돈을 모을 때까지만 병수가 참아주기를 다윗은 기도했다. 병수에게 다윗은 아버지였다. 그러나 병수를 벼랑 끝에서 어둠 저편으로 떠민 것도 다윗이었다. 그날 이후 병수는 영원히 헤어나올 수 없는 다른 감각의 세계에 붙들렸다. 다윗은 병수를 떠올릴 때마다 여자를 자기가 죽였어야 했다고 한탄했다. 병수가 말했다.

"만약에 말이야…… 만약에…… 아주아주 만약에…… 그 여자애가 살아 있다면 기분이 어떨까?"

"쓸데없는 소리 마."

"만약에, 만약에 말야."

"정신 차려. 여자는 죽, 었, 어. 죽, 었, 다, 고. 골, 로, 갔, 어."

"알았어."

"착한 애라서 천당으로 갔어. 살아 있는 것보다 훨씬 나아. 없는 것들이 살면 고생만 하지."

“응.”

다윗과 병수는 비틀거리며 상도동으로 올라갔다. 한 시간 후 병수는 다시 동네를 내려왔다. 다윗과 계단을 올라올 때 눈앞에 스친 물체가 마음에 걸렸던 병수는 담벼락을 짚으며 조심조심 걸어 행복슈퍼 앞의 가로등으로 다가갔다. 가로등은 바람이 불 때마다 깜박거렸다. 손바닥만 한 나방의 그림자가 전봇대 밑에 어른거렸다. 큰길에 인적이 없다는 것을 확인하고 병수는 불빛을 향해 조금 더 전진했다.

여자가 전봇대에 등을 기댄 채 고개를 숙이고 있었다. 긴 생머리가 그녀의 얼굴을 가렸다. 목 부분이 늘어난 민소매 티와 핫팬츠를 입었다. 이세종이 잡아챌 때 뜯어진 솔기가 보였다. 핫팬츠는 풀물이 들어 얼룩덜룩했다. 뿌연 불빛을 받으며 여자는 어깨를 떨었다. 여자의 긴 그림자가 병수의 발부리까지 닿았다.

병수는 전등갓을 보았다. 광선이 동공을 지지면 여자의 모습도 사라질 것 같았다. 나방 한 마리가 전구에 머리를 부딪치고 있었다. 얼마나 맹렬하게 뛰어드는지 부딪칠 때마다 텅텅 소리가 났다. 날개에서 떨어진 비늘이 불빛 속을 떠다녔다. 여자를 보지 않으려 했지만 보이지 않는 손이 병수의 머리채를 잡고 시선을 끌어내렸다. 여자는 계속 어깨를 떨었다. 머리칼 끝에는 침인지 눈물인지 알 수 없는 체액이 맺혀 있었다. 앙상한 무릎과 종아리가 함께 떨렸다. 병수는 소리쳤다.

"말을 해! 울지 말고 말을 해!"

여자는 대답하지 않았다. 병수는 담벼락에 머리를 찧으며 계속 소리쳤다.

"말을 하란 말이야. 왜 말을 못해. 아니면 칼로 날 찔러버리든가. 아니면 목을 조르든가."

매일 밤 같은 시각 같은 장소에 여자는 서 있었다. 달동네의 불빛들이 꺼지면 병수는 동네를 내려가 가로등이 보이는 담벼락 밑에 주저앉았다. 앉은 채로 잠이 들기도 했다.

보름 뒤부터 여자는 병수를 따라다녔다. 술을 먹거나 밤길을 쏘다니거나 혼자 방에 있거나, 모든 시간과 장소에 병수는 여자와 함께 있었다. 화장실에서도 여자는 변기 앞에 서 있었다. 아무리 애원을 해도 여자는 대답을 하지 않았다. 고개를 숙이고 어깨를 떨며 서 있을 뿐이었다. 병수는 대답 없는 여자에게 떼를 썼다. 병수가 귀신 들렸다는 소문이 상도동에 퍼졌다. 이세종이 다윗을 불러 병수 문제를 상의했다.

"병수, 저렇게 병신 짓 하도록 그냥 둘 거냐?"

"애가 충격을 받아서 그래요. 괜찮아질 겁니다."

"울고 떼쓰는 거 봤어? 그래도 괜찮아?"

"워낙 이상한 애라서 사람들이 신경 안 씁니다."

"저러다가 다 털어놓을 수도 있어."

"기다려보죠."

"뭘 기다려? 우리가 잡힐 때까지 기다려?"

"아뇨, 그건 아니고요."

"안 쓰는 창고 같은 데 가둬놓는 건 어때?"

"걔가 거기 가만히 있겠습니까? 미친 지랄을 하겠죠."

"어쨌든 이대로 두면 안 돼."

"그럼 어쩝니까?"

"잘 들어. 병수는 이제 세종파가 아니야. 세종파가 아닌 병수는 목격자야. 증인이라고."

"조금만 기다려보죠. 제가 지켜볼게요."

다윗은 혼잣말을 하며 동네를 돌아다니는 병수를 자취방에 가뒀다. 방문을 닫고 돌아서면 어느새 뛰쳐나갔다. 다윗은 지쳐갔다. 병수가 어디 가서 무슨 짓을 하는지 보려고 뒤를 밟기도 했다.

"여기야. 여기서 이렇게 내려왔어."

병수는 누군가에게 손짓 발짓으로 설명을 하며 동네를 내려갔다. 산 정상의 이세종 집부터 큰길 너머 빌라촌에 있는 기표 집까지, 병수는 세종파가 살고 있는 집들을 하나씩 손가락으로 가리켰다. 병수는 행복슈퍼로 내려가서 전봇대에 손을 짚고 섰다. 한여름 밤인데도 땀 한 방울 흘리지 않았다. 다윗은 병수의 목덜미에 솟은 소름을 보았다. 10분 뒤 병수는 국도변으로 걸어갔다. 차들이 전조등을 휘두르며 질주했다. 병수는 보도블록에 무릎을 꿇었다.

"미안해."

병수가 오열했다. 미안해, 미안해, 미안해. 눈물과 침을 흘리며 병수가 울부짖었다. 병수의 외침은 차량 소음에 섞여 금방 사라졌다. 다윗이 다가가 병수의 등을 안았다.

"괜찮아. 넌 괜찮아질 거야."

1993년 8월 21일 낮 2시, 병수는 이세종의 방에 몰래 들어갔다. 어머니가 봉제 공장에 나가서 이세종의 집은 비어 있었고 방문도 잠겨 있지 않았다. 달동네에서 대문이나 방문을 잠그고 다니는 주민은 한 명도 없었다. 병수는 이세종의 옷장 문을 열었다.

"알았어. 재촉하지 마."

여자가 이불 속을 가리켰다. 여자의 목에는 병수의 뒤틀린 엄지손가락 지문이 찍혀 있었다. 다리가 흙먼지로 지저분했다. 무릎 밑에 2센티미터의 생채기가 있고 그 주변에 작은 풀씨 알갱이들이 묻어 있었다. 여자는 고개를 숙인 채로 생머리를 가슴까지 늘어뜨리고 어깨를 떨었다.

"알았어. 알았다니까."

병수는 위에서 세번째 이불 밑으로 손을 집어넣었다. 세종파가 모은 800만 원이 든 통장과 이세종의 도장이 그 속에 있었다. 병수는 통장을 주머니에 넣고 동사무소 건너편에 있는 새마을금고로 달려갔다. 세종파는 만일의 사태를 위해 통장의 비밀번호를 공유했다. 병수는 입출금 창구 앞에 줄을 서면서도 누군가에게 묻고 불평하고 애원했다. 사람들이 그를 피해 물러섰다. 병수는 300만 원을 찾아 봉투에 넣고 이세종의 집에 통장과 도장을 갖다 놓았다. 병수는 허공에게 물었다.

"이제 만족해?"

허공은 대답하지 않았다.

병수가 300만 원을 훔쳐 사라진 뒤 하루도 지나지 않아 세종파는 그가 봉원동 친구 자취방에 있다는 것을 알았다. 공장에서 알게 된 친구인데, 며칠만 재워달라고 애걸을 한 모양이었다. 병수는 이제 손쓸 수 없는 지경에 이르렀다. 기표가 말했다.

"겨우 거기 숨었어? 아예 광고를 하지."

다윗이 말했다.

"걘 우리가 자기를 찾지 않을 거라고 믿은 거야."

친구의 방에서도 병수는 알 수 없는 말을 중얼거렸다. 여자가 한 명 생겼다고도 하고, 지금 옆에 있는데 안 보이냐고도 하고, 시골로 내려가 살림을 차릴 거라고도 했다. 병수가 찾아온 지 한 시간 만에 친구는 그가 미쳐버렸다는 것을 알았다. 다윗이 전화를 걸지 않았다면 친구가 먼저 전화를 걸었을 것이다. 다윗은 조만간 병수를 데려가 병원에서 치료를 받게 하겠다고 약속했다. 그때까지만 어디 가지 못하게 붙들어달라고 부탁했다.

다윗은 마지막까지 두번째 살인에 저항했다. 마지막까지 돈을 모으면 요양 시설에 병수를 가둘 수 있다고 이세종에게 사정했다. 이세종 대신 기표가 다윗의 멱살을 잡고 소리쳤다.

"이 새끼야, 병수를 끝내줘야 돼. 우리가 병수를 못 끝내면 우리가 끝나버려. 병수 때문에 우리가 다 돼질 수는 없잖아!"

1993년 8월 22일, 세종파는 완벽한 준비를 했다. 봉원동 뒷산을 탐방하여 인적이 드문 장소를 고르고 밤나무 밑에 삽과 곡괭이를 가져다 놓았다. 밤 12시, 세종파는 봉원동 자취방으로 갔다. 친구는 공장에서 야근을 하고 있었다. 병수는 불 꺼진 방에 무릎을 꿇고 앉아 두 손을 벽에 짚고 혼자 무언가를 중얼거렸다. 벽지를 쓰다듬거나 보이지 않는 사람을 안기도 했다. 기표가 불을 켰다. 병수는 눈을 껌벅거리며 기표와 다윗의 얼굴을 보았다. 기표와 다윗의 얼굴이 아니라, 그들 뒤에 있는 어둠을 보는 듯했다. 기표와 다윗이 병수의 팔짱을 꼈다. 병수는 오랫동안 헤어져 있던 친구를 보듯 반갑게 웃었다. 세종파는 병수를 끌고 밖으로 나왔다. 가랑비가 내리는 밤이었다.

산길을 오르며 세종파는 한마디도 하지 않았다. 병수 혼자서 떠들었다. 기표야 나 결혼한다, 다윗아 우리 집에 놀러와, 세종이 형도 같이 와. 야야야 빨리 따라와. 비가 오니까 미끄러지지 않게 조심해……. 다윗은 비만 오면 그때 병수의 목소리가 들린다고 했다.

세종파는 큰 밤나무 앞에서 멈췄다. 기표가 병수의 손과 발목을 밧줄로 묶었다. 이세종은 한 걸음 뒤에서 담배를 피웠다. 자식처럼 품고 다닌 친구가 포박되어 밤나무에 서 있는 장면을 다윗은 멍하니 지켜보았다. 기표가 주먹으로 병수의 얼굴을 때렸다.

"야 이 새끼야…… 왜 미쳐가지고…… 맞으면 정신 차릴래?"

기표의 말꼬리가 울음으로 흔들렸다. 어릴 적 우리는 수재민 대피소로 쓰였던 학교 교실에서 우리 중 누구라도 위험에 빠지면 목숨을 걸고 구하자고 침을 섞고 손을 잡았다. 기표는 병수의 얼굴과 몸통을 주먹으로 때렸다.

"왜 미쳤어? 정신 차리고 같이 살면 좋잖아."

기표의 숨소리가 거칠어졌다. 화음이라도 맞추듯 병수가 비명을 질렀다. 병수의 얼굴은 피투성이가 되었다. 알 수 없는 분노에 휩싸여 기표는 미친 듯이 주먹을 휘둘렀다. 그것은 한편으로는 병수에 대한, 다른 한편으로는 자신에 대한 분노였다.

이세종이 주머니에서 숫돌로 날을 갈아둔 과도를 꺼냈다. 이세종은 병수에게 다가가 칼날을 옆구리에 집어넣었다. 헉, 병수가 나무 밑에 쓰러지며 소리쳤다.

"살려주세요."

다윗은 울부짖는 병수를 보았다. 다윗에게 받기만 하고 아무것도 해준 것이 없다고 병수는 늘 미안해했다. 지치거나 우울할 때면 다윗은 병수에게서 위로를 받았다. 자기가 병수에게 준 것보다 병수가 자기에게 준 것이 훨씬 많다는 것을 다윗은 알고 있었다. 걸음마를 배울 때부터 자신을 두들겨 패고 이를 부러뜨리던 형들보다 병수가 더 가족 같았다. 시장에서 파는 두부를 자식처럼 생각하는 어머니보다 병수가 더 많은 사랑을 주었다. 공장에서 이곳저곳을 다쳐도 병수는 웃기만 했다. 병수가 속으로는 공장 일을 끔찍하게 싫어한다는 것을 다윗은 알고 있었다. 병수는 고통을 이겨보려고 후링가를 먹고, 다윗을 위해 공장에 나갔다. 연삭기에 엄지손가락이 갈려 피를 한 대접이나 쏟아내고도 병수는 다윗에게 해가 될까 봐 병원에 가지 않았다. 괜찮아, 병원 가면 사장이 또 너한테 뭐라고 할 거 아냐…….

어쩌면 그런 날들이 행복했을지도 모른다고 다윗은 생각했다. 죽을 때까지 병수와 그렇게 살았어야 했다. 그러나 이제는 돌아갈 수 없다. 다시는 돌아갈 수 없는 날들, 돌이킬 수 없는 사건들, 만날 수 없는 사람들, 그런 것들이 사라지고 다윗에게 남은 거라고는 세종파밖에 없었다. 그거라도 지켜야 했다. 다윗은 이제 병수의 고통을 끝내주겠다고 결심했다.

"다 비켜! 씨팔!"

다윗의 목소리는 괴상하게 쉬어 있었다. 이세종과 기표가 뒤로 물러났다. 다윗은 곡괭이를 들고 병수에게 달려갔다. 나무를 붙들고 앉아 있던 병수가 다윗을 보았다. 그때 병수가 희미한 미소를 지었다고 다윗은 주장했다. 다윗은 곡괭이 날을 병수의 목덜미에 꽂았다. 목뼈가 부서졌다. 혼신의 힘을 다한 일격이었다.

병수는 정말 다윗을 보고 웃은 걸까. 혹시 여자를 본 건 아닐까.

여자는 마지막 순간에 고개를 들어 앞니가 튀어나온 귀여운 얼굴을 병수에게 보여주지 않았을까. 여자는 우는 게 아니라 계속 웃고 있었던 게 아닐까. 어깨를 흔들며 깔깔거리면서 병수에게 소리치지 않았을까. 이봐, 슬픈 건 내가 아니라 너야. 지금 네 꼴을 봐.

"잘 가라. 신정수."

다윗의 얼굴은 젖어 있었다. 피부를 덮은 것이 땀인지 가랑비인지 눈물인지 알 수 없었다. 다윗은 병수처럼 허공을 향해 텅 빈 말들을 중얼거렸다. 기표는 목뼈가 부러진 병수를 가지런히 눕혔다. 병수는 무언가에 놀란 듯 얼굴이 일그러져 있었다.

이세종은 병수의 피가 묻은 과도를 노려보았다. 여자를 죽인 뒤 기표는 신경질을 부렸고 다윗은 말이 없어졌다. 병수의 내면을 갉아먹은 괴물이 기표와 다윗에게도 끈끈한 촉수를 뻗고 있었다. 이세종은 세종파를 더 단단히 묶어야 했다. 1996년 막가파와 1999년 영웅파가 따라하게 될 또 하나의 범죄를 이세종은 계획했다. 이세종은 방금 자신이 찌른 병수의 옆구리에서 동전 크기의 살점 세 개를 떼어냈다. 공범의식을 강화하기 위한 의식이었다.

"안타깝지만 병수는 갔다. 어쩔 수 없는 일이다. 우리가 영원히 함께한다는 표시로 이걸 먹자. 이걸 먹으면 우리는 하나가 된다. 앞으로 나는 밤에 가슴을 풀어 헤치고 잘 거다. 배신하려면 날 찌르고 가. 하지만 이걸 먹는 순간 배신을 하면 저주를 받을 거다."

그들은 병수의 살을 먹었다. 씹을 수가 없어서 삼켰다. 다윗은 그때의 느낌을 이렇게 말했다.

"뭉클하고 끈적끈적했어. 그걸 삼키니까 토하기 전에 나오는 신침이 입에 가득 고였어. 그 침도 삼켜버렸어. 토하면 안 되지. 병수거니까. 병수가 식도를 미끄러져서 위에 철퍼덕 들어갈 때, 머리통에 이상한 생각이 스쳐 지나갔어. 순간 번쩍하더라니까. 고기를 먹는 건 죽은 사람의 영혼을 위한 예배야. 내 배 속에서 병수가 쉬고 있다, 이런 생각이 들었어. 하늘에서 내려준 계시 같았어."

세종파는 구덩이를 파기 시작했다. 비에 젖은 땅엔 삽날이 잘 들어갔다. 한 시간 만에 너른 구덩이가 파였다. 병수가 구덩이의 어둠 속으로 들어갔다. 그때 봉원사에서 종이 울렸다.

뎅, 뎅, 뎅. 전선에서 전우의 시체를 덮은 포연 같은 소리였다. 때론 금속성의 마찰음처럼, 때론 짐승의 비명처럼 멀리 퍼져 나가는 파동이었다. 거칠지만 날카롭고, 끔찍하지만 슬펐다. 그것이 빗소리와 섞여 들리면 봉원동의 자취생들은 잠을 잘 수 없었다. 세종파가 봉원사 쪽을 바라보았다. 어둠 속에서 사람을 미치게 하는 울음소리는 그치지 않았다. 다윗이 소리쳤다.

"이 개새끼들아, 그만해!"

이세종이 다윗의 멱살을 잡았다.

"너 미쳤어? 조용히 해."

다윗은 그만두지 않았다.

"그만해. 그만 두드려. 씹새끼들."

다윗은 온몸을 떨며 침을 흘렸다. 이세종이 뺨을 때려도 계속 소
리쳤다.

"그만해!"

갑자기 종소리가 그쳤다. 정적이 내려앉았다. 소란 뒤의 정적은
더 공포스러웠다. 세종파는 서둘러 흙을 덮었다. 삽질 소리 외엔 아
무 소리도 들리지 않았다. 구덩이를 메운 뒤 세종파는 산길을 달려
내려갔다. 온몸이 비에 젖었다. 청바지가 허벅지에 달라붙었다.

4

기표와 다윗

이세종을 넘어 또 한 걸음

하종석은 이세종의 친구였다. 세종파 사건이 터진 뒤 하종석은 기자들에게 이세종의 성장 과정을 지나치게 많이 떠들었다. 그의 현란한 입놀림은 알코올 때문이었다. 기자들은 곧 하종석에게 물려버렸다. 기자들에게 그는 절벽에서 소주 폭포가 쏟아지고 지나가는 배들을 모조리 붙들어 스토킹 계곡에 가두는 암초였다.

10년 뒤 하종석은 알코올에 관해서만큼은 한 단계 더 진보했다. 나는 상도동에서 몇 번 하종석의 얼굴을 본 적 있는데, 그때마다 술에 불콰했다. 10년 뒤 만난 하종석은 얼굴이 흙빛이고 눈이 충혈돼 있었다. 24시간 충혈된 채로 살아가는 것 같았다. 하종석은 지금 구로구 오류동의 단칸방에 살며 막노동을 한다. 술 때문에 공치는 날도 많다. 나는 하종석을 영등포의 한 주점에서 만났다. 그를 만나려면 주점에 약속을 잡아야 했다.

"그러니까 니가…… 뭐시기냐…… 한동진이냐?"

하종석은 맥주잔에 소주를 따라 마시며 대뜸 말을 놓았다. 과거를 떠올리는 표정이었지만 내 얼굴을 기억하지는 못하는 것 같았다.

"오늘은 일 안 나가셨어요?"

"노가다도 이젠 글렀어, 씨벌. 허리가 망가져서 밤일도 못해먹을 지경이라."

"결혼하셨어요?"

"결혼을 어떻게 해. 애인이 있지, 술집에. 일당을 하룻밤에 빨아먹는 년이."

하종석이 소주 한 병을 더 시켰다. 그의 허리는 영원히 그의 혀와 같은 현란한 움직임을 보여주지 못할 것 같았다. 하종석은 내가 더 자세히 알고 있는 이세종의 어린 시절에 대해 떠들었다. 기자들에게 수백 번은 더 이야기했을 줄거리였다.

나는 하종석에게 물어볼 것이 있었다. 기표와 사이가 틀어진 이세종이 아지트 밖을 떠돌던 무렵, 하종석이 종종 그의 술친구가 돼주었다. 나는 이세종과 하종석이 어깨동무를 하고 상도동으로 올라오던 모습을 한두 번 목격했다. 그때 이세종은 하종석에게 무슨 이야기를 했을까. 이세종이 그렇게 허망하게 사라진 뒤 기표는 증거를 없애기 위해 하종석을 죽일 생각까지 했었다.

"세종이 형하고 술 자주 드셨죠?"

“자주는 아니고, 가끔 꺾었지. 가끔.”

“그때 무슨 얘기를 하셨어요? 세종이 형이 큰집에 들어가기 직전에 말이에요.”

하종석의 표정이 진지해졌다. 그는 목소리를 낮추기 위해 의자를 당겨 나와의 거리를 좁혔다.

“내가 주저리주저리 말이 많았다만…… 이것만은 알아둬라. 이세종이는 그렇게 사악한 놈이 아냐. 기표가 훨씬 사악한 놈이야.”

“그게 무슨 말이세요?”

“그날따라 세종이 표정이 이상하더군. 지금 너처럼 내가 씁주그리한 표정으로 가자고 일어서니까 갑자기 내 팔을 잡고 주저앉히더라고. 허 참, 술주정은 없는 놈이었는데.”

이세종은 구청 앞의 호프집에서 혼자 술을 마시다가 하종석을 불러냈다. 우울한 표정이었다. 무슨 일이냐고 다그쳐도 이세종은 술만 마셨다.

“그 새끼가 필름이 끊기니까 갑자기 그러는 거야. 나중에 자기가 끔찍한 일을 했다고 사람들이 떠들어댈 거라고. 그런데 너만은 믿어달라고. 모든 일을 자기가 다 한 건 아니라고. 그냥 애들 데리고 돈이나 벌려고 했는데, 애들이 막 나가기 시작했다고. 특히 기표가 무서운 놈이라고. 걔가 진짜 뭔 일을 낼 놈이라고. 자긴 속으로 말리고 싶었는데 그러지 못했다고. 며칠 뒤에 그게 뭔 소리냐고 물어보니까 무서운 표정을 짓는 거야. 세종이 표정 알잖아. 미쳐버리기 직전의 표정. 자기가 언제 그런 소리를 했냐고, 떠들고 다니지 말라고 그러더군. 나중에 사건 터지고 나서, 떠들고 다녔으면 세종파가 쥐도 새도 모르게 날 없앴겠구나, 싶더라고."

"그런 얘기도 기자들에게 했나요?"

"글쎄…… 내가 안 했나? 그렇지. 안 했나 보다. 그거 말고도 중요한 얘기들이 많으니깐. 아니아니 가만있자…… 얘길 한 것도 같은데? 그놈들이 안 받아 적었나?"

기자들은 그때 세종파의 악마성을 훼손할 수 있는 에피소드를 싫어했다. 따지고 보면 중요한 얘기도 아니었다. 그날 밤 하종석은 의자를 걷어차며 토했다. 나는 지갑을 털어 그의 택시비를 냈다. 내가 기억하는 하종석의 마지막 모습은 절규하는 모습이다.

"이런 씨벌놈의 세상! 다 죽여버릴 거야!"

1994년은 죽음으로 시작됐다. 눈이 펑펑 쏟아지던 1월 22일, 정일권 전 총리의 장례가 사회장으로 치러졌다. 같은 날 문익환 목사의 영결식이 열렸다. 그 며칠 전 문익환 목사의 장례식장에서 정계 은퇴를 선언했던 김대중 전 평민당 총재가 문성근의 손을 잡고 어린애처럼 울었다. 1월 27일, 일민 김상만 동아일보사 명예회장이 세상을 떠났다. 그의 빈소에선 불법 정치자금 수사를 받고 있던 정주영 현대그룹 명예회장과 김영삼 대통령이 만나 어색한 악수를 나눴다.

정초부터 드라마 〈마지막 승부〉가 인기를 끌었다. 김민교가 부른 주제곡이 인기가요 순위에 올랐는데, 진취적인 가사가 돋보였다. 힘이 들면 그때는 멈춰 눈물 흘려도 좋아 / 이게 시작이란 마음만은 잊지 마 / 내 전부를 거는 거야 최후 승리를 위해 / 넌 알잖니 우리 삶에 선택이란 없음을 / 마지막에 비로소 나 웃는 그날까지 / 포기는 안 해 내겐 꿈이 있잖아― 빰빠라밤.

사회 전 부문에 기업식 경영이 화두로 떠올랐다. 새해에 민자당은 기업식 경영을 도입한다며 당사 입구에 미녀 안내원을 배치했다. 백화점에서나 볼 수 있던 유니폼과 모자를 쓴 안내원들이 출근하는 정치인들을 향해 90도로 허리를 굽혔다. 신문들은 신년 사설에서 신한국 건설을 위해 기업식 경영, 시장 개방, 규제 완화를 앞당기자고 제안했다.

남북관계가 악화되기 시작했다. 3월 19일, 남북특사 교환을 위한 실무 접촉에서 북의 회담 대표였던 박영수 조국평화통일위원회 서기국 부국장은 남쪽 대표 송영대 통일원 차관에게 삿대질을 하며 말했다. "여기서 서울은 멀지 않습네다. 전쟁이 일어나면 불바다가 되고 말 것입네다." 북의 170밀리미터 장사정포가 불바다를 만들 개연성이 있는가를 놓고 국방 전문가들이 논쟁을 벌였다. 곡사포는 총알과 달리 최대사거리와 유효사거리의 위력에 차이가 없어 서울을 파괴할 수 있다는 의견이 많았다. 최대사거리가 54킬로미터라 하지만 탄착 정확도를 신뢰할 수 없고 북의 장포신은 고압을 견딜 수 없어서 갈라진다는 반론도 만만치 않았다.

5월 10일, 고려대 정치외교학과 학생 한성주가 명문대 출신으로는 처음 미스코리아에 당선됐다. 한 신문이 『제국주의의 해부』라는 책을 가슴에 안고 대학 교정을 걸어가는 한성주의 사진을 실었다. 당시로서는 진기한 풍경이었다. 며칠 뒤 국회 국방위에서 한 여당 의원과 국방장관이 한성주를 두고 한담을 나누었다. 여당 의원은 주변을 살피며 국방장관에게 역대 미스코리아 중 올해가 최고라고 속삭였다. 국방장관이 여당 의원이 손에 들고 있던 신문을 빼앗았다.

오렌지족 논란이 뜨거운 가운데 박한상 사건이 터졌다. 박한상은 독실한 기독교 신자로 천성이 온순했지만 공부에는 소질이 없었다. 자식이 전문대에 다니는 걸 참을 수 없었던 아버지가 박한상을 미국에 유학 보냈다. 박한상은 아버지에게 복수하는 방법으로 자신의 인생을 파괴하는 길을 선택했다. 술, 여자, 도박으로 빚까지 짊어지자 아버지가 그를 다시 한국으로 불러들였다. 한국에서 박한상은 오렌지족 1세대로 등극했다. 매일 밤 아버지와 충돌했다. 5월 19일 새벽, 짧게 자른 머리를 무스로 세워 올린 스물세 살의 청년 박한상이 강남구 삼성동에 있는 자신의 집 지하 1층에서 아버지와 어머니를 난자하고 집에 불을 질렀다. 박한상은 펑펑 울며 경찰에 화재 신고를 했다. 박한상의 머리카락엔 아버지의 피가 묻어 있었고 발목 부근에 고통에 못 이긴 아버지가 물어뜯은 상처가 있었다.

담당 형사가 박한상을 의심했다. 당시만 해도 아들이 아버지를 죽이는 범행을 상상조차 할 수 없었던 동료와 피해자 가족들이 불쌍한 아이를 괴롭히지 말라고 항의했다. 형사는 혈흔과 치흔을 감정한 뒤에야 박한상의 범행을 확신했다. 마지막 순간에 아들의 발목을 물어야 했던 아버지에게 박한상은 용서를 빌지 않았다. 조사 내내 박한상은 동생의 신변만을 걱정했다. 박한상의 아버지는 부동산으로 떼돈을 번 졸부였다. 오렌지족과 야타족은 졸부 세대의 아랫도리에서 나온 시대의 악당들이었다.

6월 3일, 과천 서울랜드는 수입 오렌지족 입장을 사양한다는 안내판을 정문에 걸었다. "말꼬랑지 머리를 한 남자, 외귀걸이만 한 남자, 일부러 우리말을 서툴게 하는 남자, 뒷주머니에 미국 여권을 찔러 넣고 다니는 사람, 영어 반 우리말 반 섞어 쓰는 사람, 20대면서 외제 고급 승용차를 타고 다니는 사람은 입장을 금합니다." 삼색 네임펜으로 글자의 가장자리에 무늬를 넣은 여직원의 서체였다. 길쭉한 얼굴형에 꽁무니를 묶은 뒤통수, 귀걸이를 단 옆모습, 선글라스를 쓴 앞모습을 그린 세 개의 캐리커처도 들어 있었다.

1994년 상반기는 오렌지족과 북한이 접수했다. 6월에 1차 북핵위기가 터졌다. 핵사찰 문제로 미국과 기 싸움을 하던 북은 영변에 있는 5메가와트 원자로의 가동을 중단하고 폐연료봉을 인출했다. 6월 13일, 북이 국제원자력기구를 공식 탈퇴하자 미국은 6월 15일, 유엔 안보리에 상정할 대북 결의안 초안을 발표했다. 미국은 북의 핵시설을 폭격하기 위한 검토에 들어갔다. 동해안에 조지 워싱턴 호를 포함한 항공모함 2척과 해군 군함 33척이 떴다.

6월 16일, 그레이스백화점은 서울 주요 점포에 방독면, 아트로핀 주사제 등을 진열한 전시 대비 용품 매장을 설치했다. 폴리에틸렌이나 폴리우레탄 재질의 방호복을 입고 강화 플라스틱으로 만든 방독면을 쓴 마네킹이 도열했다. 마네킹은 어깨에 1만 1700원짜리 노란 구급낭도 걸었다. 여기에 들어갈 구급 세트는 거즈, 탈지면, 붕대, 밴드, 삼각건, 반창고, 스테로이드 연고, 과산화수소, 압박붕대, 부목, 핀 등이었다.

6월부터 이른 더위가 기승을 부렸다. 6월 17일, 미국 댈러스에서 1994 월드컵 스페인전이 열렸다. 한국 팀은 북한과 이라크라는 적국들의 어시스트를 받아 최종 예선에서 도하의 기적을 이뤘다. 대표팀 스쿼드에는 젊은 홍명보와 젊은 황선홍이 있었고 적토마 고정운이 있었다. 전반에 고전하던 스페인은 코이코에체아를 투입하여 두 골을 뽑아냈다. 후반 40분에 홍명보가 프리킥으로 한 골을 넣고 후반 45분에 홍명보와 황선홍으로 이어지는 패스를 받아 서정원이 동점골을 뽑았다. 16강 진출을 가름하는 독일전에선 전반이 끝나기 전에 클리스만이라는 말라깽이 선수에게 두 골, 리들레에게 한 골을 헌납했다. 후반에 황선홍과 홍명보가 만회골을 넣었지만 거기가 끝이었다.

6월 23일, 철도공사와 지하철공사 노조는 임금 협상 결렬로 인한 총파업을 선언했다. 지하철 운행이 줄어들자 신문들은 1면에 지옥철의 사진을 실었다. 사진 속의 승객들은 지하철 유리에 뺨과 머리와 팔을 짓눌리며 무언가를 잡기 위해 허우적대고 있었다. 한가운데에 끼여 두 팔을 벌리고 있는 아가씨는 여사제처럼 보였다.

7월의 더위는 살인적이었다. 가뭄과 폭염이 1968년 이후 최악이었다. 7월부터 8월까지 낮 최고기온이 매일 40도 가까이 올라갔고 한낮의 도로는 아스팔트가 녹아 끈적거렸다. 〈9시 뉴스〉에서 기자가 날계란을 도로 위에 깨놓고 계란 프라이가 돼가는 과정을 취재했다. 한강 고수부지에 새벽까지 러닝셔츠 바람의 시민들이 몰려들었다. 해운대 해수욕장을 방불케 했다. 북한의 여름도 뜨거웠다. 7월 11일, 조선중앙통신은 김일성 주석의 사망 소식을 긴급 뉴스로 보도했다. 금수산 의사당 앞과 평양 주요 도로에 수십만의 북한 인민들이 제 가슴을 쥐어뜯으며 울부짖었다. 그의 사망과 함께 북한 헌법에서 주석직이 사라졌다. 영원한 주석 김일성의 시체는 영원히 미라로 남았다.

여름부터 외설 논란이 일어났다. '엉덩이가 예쁜 여자' 정선경이 주연한 영화 〈너에게 나를 보낸다〉가 개봉됐다. 대학로에 벌거벗은 여배우를 내세운 연극들이 호황을 누렸다. 소극장 좌석의 첫째 줄은 말년 휴가를 나온 육군 병장들 차지였다. 외설 시비가 끊이지 않던 연극 〈미란다〉는 결국 법정에 갔다.

배꼽티는 '사회 병리 현상'이었다. 7월 14일, 경찰은 광주시 동구

불로동 그랜드호텔 앞길에서 배꼽티(일명 '보이네' 패션)를 입고 가던 10대 아가씨 두 명을 붙잡았다. 경찰은 상의 밑단부터 허리춤까지의 거리가 10센티미터를 넘는다는 판단 아래 조서를 작성했다. 사건을 맡은 단독 판사는 고심 끝에 무죄판결을 내렸지만 판결문에 여운을 남겼다. "이들이 이미 제조된 옷을 사 입었고 사회적 통념이나 국민 정서, 법 적용의 형평성 등을 감안할 때 미풍양속을 해쳤다고 보기 어렵다. 그러나 이번 판단은 개인적인 것인 만큼 법원 전체의 배꼽티에 대한 판단이나 허용으로 확대 해석해서는 곤란하다." 다음 날 광주 유림들이 판사를 항의 방문했다. 애초 경찰은 구류나 벌금형이 선고될 경우 대대적인 단속을 벌일 계획이었다. 유죄가 선고됐다면 사상 초유의 배꼽티 사냥이 벌어질 뻔했다고 기자가 전했다.

경기는 샴페인 잔을 들고 있었다. 1992년 주식시장이 개방된 뒤 1993년 초 중소기업의 줄도산 사태로 주춤하던 주가는, 김영삼 정부의 경기부양책에 힘입어 주가 지수 1천 포인트를 향해 질주했다. 1997년 외환 위기로 고꾸라질 때까지 주가는 전진을 멈추지 않았다. 그러나 사람들은 불안해했다. 국민 모두가 '잘살아보세'를 합창하던 소박한 시대가 끝나고 있었다. 한 시대를 떠나보내는 건 아픈 일이다. 다가오는 신시대의 쌍두마차에서 마부가 채찍을 휘두르며 '각개약진'을 외치고 있었다. 사람들은 미워할 수 있는 대상을 찾아 헤맸다. 박홍 신부는 한국 사회 전반에 암약하고 있는 주사파(主思派)들을 색출해야 한다고 말했다. 사람들은 주사파보다는 좀더 눈에 보이는 적을 원했다. 1994년 여름의 맹렬한 더위 속에서 오렌지족, 야타족, 배꼽티를 입은 여자들이 증오의 대상으로 떠올랐다. 사람들의 이 비열한 분노는 군복을 입은 부정한 권력이 물러난 자리에서, 뭔가 정당하고 합리적인 질서가 찾아올 것 같은 순간에 터져 나왔다.

1994년 8월 18일 아침, 나는 신월동 연립주택에 있는 우리 집 골방에서 눈을 떴다. 창문으로 아침 햇살이 쏟아졌다. 골목 어딘가, 어린아이들이 떠드는 소리가 먼 곳에서 터진 총성처럼 밀려왔다. 2년 전까지 내가 쓰던 이 방은 침대 하나만 놓으면 발 디딜 곳조차 없었다. 고등학교 때 나는 침대 위에 밥상을 펴놓고 만화책이나 스릴러 소설을 읽다 잠들었고, 아침에 일어나 침대에서 깡충 뛰어 거실로 나왔다. 지금은 아무도 쓰지 않는 이 침대 발치에 여동생의 책상자, 앨범, 잡동사니들이 쌓여 있었다. 나는 일어나 앉았다. 양쪽 벽에 내가 끼적인 자작시들, 어느 소설에서 베꼈는지 기억도 나지 않는 감상적인 구절들, 김지하의 비장한 시구들이 적혀 있었다. 나는 한때 『타는 목마름으로』 뒤표지에 실린 김지하의 필체를 연습했다. 어떤 것은 사인펜으로 어떤 것은 볼펜으로, 내 낙서들은 어른을 모방하는 아이의 꼴불견 그대로, 벽지에 달라붙어 늙어갔다. 방문에는 굵은 매직펜으로 '문밖은 죽음이다'라고 적혀 있었다.

나는 창문을 열었다. 연립주택촌의 골목이 아직 졸린 표정으로 누워 있었다. 책가방을 멘 초등학생들이 떠들었고 비둘기가 날아다녔다. 담장 앞에 전봇대가 서 있었다. 거의 매일 밤 전봇대 발치에는 낯선 사내들의 토사물과 오줌이 흘러내렸다. 나는 숨을 들이켰다. 먼지 냄새, 찌개 냄새, 한낮의 혹서를 예고하는 뜨뜻미지근한 공기엔 전봇대의 지린내도 묻어 있었다. 저 전봇대의 가로등 밑에 미친 사내가 서성이던 때가 있었다. 낮에 온 동네를 돌아다니다가 저녁이 되면 내 방 창문 밖에서 하루의 의식을 마감하곤 했다. 가로등 밑에서 행인들을 손가락질하며 온갖 욕을 쏟아내다가 놀란 행인이 다가가면 비굴한 웃음을 띠며 뒷걸음쳤다. 이런 좆같은 놈들, 좆같은 세상! 그의 육두문자가, 지금 초등학생들의 재잘거림처럼 창문을 넘어 기어오기도 했다. 나는 어느 날 그가 한결같이 단정한 옷을 입는다는 사실을 깨달았다. 여름에는 다림질된 면 남방, 겨울에는 새것이나 다름없는 울 스웨터와 모자가 달린 파카를 입고 있었다. 누가 입혀주었을까. 아내일까, 어머니일까. 그 누군가는 아침에 남자의 광기가 발동할 때마다 새로 다림질한 옷을 입히고 차 조심하라, 사람들이 덤비면 도망쳐라, 속삭였을 것이다.

나는 문득 가슴이 답답했다. 방에 가득한 내 낙서는 세상을 다 알아버린 것처럼 징징대는 어린아이의 모습이었다. 나는 솔직하지도 치열하지도 못했다. 공기가 후텁지근해졌다. 이 방 안의 사물에 깃든 기억들은 어디 한 군데 붙잡을 모서리도 없이 물컹물컹했다.

단단한 기억은 미친 사내뿐이었다. 광인과 새로 다린 옷의 모순에는 사투가 숨어 있었다. 이해될 수 없는 말로 세상을 포획하려는 광인의 사투와 그 사투를 감당해야 하는 아내나 어머니의 사투, 그런 것들만이 진정한 치열함이라고 느꼈다. 광인의 심연이 전봇대 밑에 있었다. 한번 빠지면 나올 수 없지만, 그래서 끈질기게 나를 유혹하는 심연이었다. 나는 이 낯선 감각에 놀라 침대에 주저앉았다.

"오빠, 밥 먹어."

여동생이 문을 열고 말했다. 여동생의 눈은 지난밤처럼 불안에 젖어 있었다. 나는 여동생의 불안을 쫓아내기 위해 서둘러 고개를 끄덕였다. 방을 나서기 전 침대 머리맡에 있는 삐삐를 확인했다. 지난 새벽 이후 새로 들어온 메시지는 없었다. 지난밤에 나는 혜진에게 꼭 만나달라는 음성 메시지를 남겼다. 혜진은 한참 만에 왜 그러냐고 물었다. 나는 무슨 일인지는 만나서 설명할 테니 시간을 내라고 메시지를 보냈고, 혜진은 또 한참 만에 '그럼 그러지 뭐'라고 대답했다. 나는 혜진의 마지막 메시지를 열 번 반복해서 들었다. 그럼 그러지 뭐. 이 말에 묻어 있는 짜증과 망설임마저 나는 그리웠다.

나는 거실로 나왔다. 안방 문이 반쯤 부서지고 손잡이가 빠져 있었다. 손잡이가 있던 구멍과 문틀에 아버지의 피가 묻었다. 너덜거리는 방문 너머로 너덜거리는 장롱 문짝이 보였다. 어제저녁 아버지는 닫힌 문을 사이에 두고 어머니와 대치했다. 그동안 여동생이 내 삐삐에 빨리 와달라는 메시지를 남겼다. 아버지는 기어이 방문을 부수고 안방에 숨어 있던 어머니를 끌어내, 어머니의 머리를 벽에 서너 번쯤 찧은 뒤 거실로 패대기쳤다. 나는 현관문 앞에서 의족으로 어머니를 겨누고 있는 아버지를 보았다.

"나가! 내 집에서 나가!"

"여기가 엄마 집이지 당신 집이야?"

아버지가 내게 달려들었을 때 머리가 혹으로 울퉁불퉁한 어머니가 아버지의 뒷덜미를 붙들었다. 어머니는 질질 끌려가면서도 아버지의 러닝셔츠를 놓지 않았다. 여동생이 내 앞을 가로막았다. 아버지는 식탁에서 남은 소주를 마시고 안방에 들어가 잠들었다. 새벽에 화장실에서 두 번 토했다.

나는 어머니를 근처 종합병원 응급실로 데려가 CT를 찍었다. 뇌출혈은 없었다. 어머니는 온몸에 반창고를 붙인 채 여동생의 방에 누웠다. 나는 여동생에게 물었다.

"자주 이래?"

"요즘 더 심해졌어. 돈 달라고 저러는 거야."

"친구도 없는 인간이 뭔 돈이 필요해?"

"여자가 생겼나 봐."

"여자?"

"응. 동네 사람들이 아빠한테 과부가 들러붙었다고 수군거려. 엄마는 가게에서 살다시피 하니까 감시할 수도 없고."

나는 여동생의 얼굴에 붙은 피로를 보았다. 누구의 얼굴도 자신

있게 정면으로 쳐다보지 못하게 만드는 저 피로의 무게는, 아침에
머리를 감을 때마다 거울에 비치는 내 우울함의 무게와 정확히 일
치했다. 우리는 무기력의 유전자를 받았다. 나는 골방의 침대에 앉
아 밤새도록 기표와 다윗을 생각했다. 그들에게 다가가는 열쇠로
혜진의 얼굴을 떠올렸다.

아침 밥상에 앉은 아버지는 태평스러웠다. 젓가락으로 구운 갈
치의 모양이 흐트러지지 않도록 조심조심 살을 발라내서 입안에
넣고 오물거렸다. 이따금 어머니와 내게 온순한 시선을 보냈다. 한
차례의 폭발을 겪은 뒤 아버지는 다시 블랙홀로 움츠러들었다. 나
는 아버지의 폭력은 참을 수 있지만 비굴함을 참을 수는 없었다. 비
굴함의 압력이 광기를 낳고, 한차례 폭발하고, 다시 움츠러들어 한
동안 권태에 파묻히고, 또 폭발하고, 그렇게 죽는 날까지 우리 가족
을 들들볶게 될 반복이 지긋지긋했다. 우리의 나머지 시간이 지긋
지긋했다. 나는 아버지에게 물었다.

"밥이 넘어가요?"

아버지가 숟가락을 놓았다. 입안의 밥을 삼키고 손가락으로 식
탁을 톡톡 두드리며 계면쩍게 웃었다. 아버지의 부분 틀니에 고춧
가루가 끼어 있었다.

"말버릇이 그게 뭐냐?"

"어젠 왜 그랬어요?"

"화도 나고 술도 먹고 해서 좀 심했다. 근데 니가 아버지한테 따

지는 거냐?"

"요즘엔 일주일에 한 번씩 이런다면서요?"

"내가 오죽하면 그러겠냐."

아버지가 컵에 담긴 물을 단숨에 마셨다. 아버지의 후골이 한참 동안 오르내렸다. 아버지의 목 한가운데에 튀어나온 저 뼈가 나는 어릴 때부터 징그러웠다.

"니 엄마가 어떤 여자인지 아냐? 넌 집에 코빼기도 비치지 않으니까 몰라. 애들 말만 믿지 말란 말이다."

아버지가 손가락으로 어머니와 여동생을 가리켰다. 다음에 튀어나올 말은 뻔했다. 아버지는 내 공격을 받을 때마다 자신이 당하고 있는 무관심과 굴욕을 과장했다.

"니 엄마가 아침에 밥이라도 차려주는 줄 아냐? 오늘은 니가 오니까 갈치라도 구운 거야. 일을 하는지 놀러 다니는지 집에 안 들어올 때도 많고, 안 들어와도 전화 한 통 없어. 잘 있냐, 저녁은 먹었냐 전화 한 통은 해줄 수 있는 거 아니냐? 여태까지 생일날 미역국 한 그릇도 못 얻어먹어봤다."

"그래서 딴 여자를 얻었어요?"

"뭐?"

"모르는 척하지 마요. 동네에 소문이 파다해요."

아버지가 여동생을 노려보았다.

"바람피운 게 아냐. 그냥 심심하니까 얘기 몇 마디 한 거지."

"거짓말 마요. 그래놓고 돈을 달라고 이 난리를 피워?"

식탁에 놓인 아버지의 손이 떨렸다. 손가락들이 천천히 오므라들어 주먹이 되었다. 나는 아버지의 주먹에서 눈을 들어 취기가 가시지 않은 눈동자를 노려보았다. 나는 말했다.

"병신 주제에."

나는 아버지의 거친 숨소리를 들었다. 아버지는 내 기습에 당황한 듯 잠시 침묵했다. 형광등 불빛이 우리 가족의 침묵 위로 쏟아졌다. 아버지가 밥그릇을 들어 내게 던졌다. 밥알들이 내 뺨을 스쳐 베란다 창문 앞까지 떨어졌다. 밥그릇이 바닥에 부딪치는 소리와 함께 아버지의 고함이 터졌다.

"내가 니깟 놈 하나 못 이길 거 같으냐? 응?"

나는 일어났다. 아버지의 팔이 순식간에 내게 달려들었다. 아버지는 팔뚝으로 내 목을 조이며 계속 소리쳤다.

"이 개놈의 자식아! 이 미친놈아!"

숨이 막혔다. 아버지의 팔뚝은 예상 외로 단단했다. 아버지는 내 목을 끌고 현관으로 걸어갔다.

"나가, 이 호로새끼야! 내가 널 그따위로 키웠냐?"

나는 온몸을 비틀어 아버지의 팔뚝에서 벗어났다. 중심을 잃은 아버지가 바닥에 쓰러졌다. 나는 소리쳤다.

"그따위로 키웠지. 니가 그따위로 키웠잖아."

내 눈에 광인의 심연이 보였다. 그것은 점점 반경을 넓혀가며 거

대한 암흑이 되었다. 나는 그 속에 뛰어들어 모든 것을 잊고 싶다는 유혹에 사로잡혔다.

"죽여버릴 거야. 내가 죽여버릴 거야!"

나는 싱크대로 달려가 식칼을 꺼냈다. 식칼 손잡이의 차가운 감촉이 손에 닿을 때, 나는 이 물렁물렁한 무기력, 이 실제도 허구도 아닌 일상, 이 떠다니는 삶에서 벗어날 수 있다는 해방감을 느꼈다. 아버지의 배에 칼날을 넣을 만한 광기가 내게 없다는 것을 알면서도 나는 손잡이의 감촉에 젖어 계속 소리쳤다.

"씨발, 죽여버릴 거야."

"너 왜 그래? 동진아, 정신 차려."

어머니가 날 막아섰다. 어머니는 시퍼렇게 부은 눈으로 내 눈 속에 요동치고 있는 심상찮은 것들을 관찰하고 있었다. 어머니가 칼을 든 내 팔을 잡았다. 나는 고개를 흔들었다.

"비켜. 오늘 끝장내버릴 거야."

"정신 차려!"

어머니가 뺨을 때렸다. 나는 감각을 느낄 수 없었다. 나는 다만, 어머니의 손등과 팔뚝을 뒤덮고 있는 다리미의 화상 자국과 바느질로 닳아버린 손톱을 보았을 뿐이다. 심연의 입구가 사라졌다. 나는 다시 이 빌어먹을 세계로 돌아왔다. 손에 힘이 풀려 식칼이 바닥으로 떨어졌다. 나는 거실 바닥에 있는 아버지를 지나쳐 현관문 밖으로 달려갔다. 신발을 신고 계단을 내려가 골목으로 빠져나왔다.

전봇대에 기대 숨을 고르며 도로 내 어깨에 내리는 무기력과 피로의 감각을 받아들였다. 어머니가 쫓아 나와 내 앞에 섰다. 나는 말했다.

"엄마, 다시는 이 집에 안 올 거야. 죽을 때까지 저 인간 꼴도 안 봐."

"니 아버지도 답답해서 이러는 거야. 니가 이해해야지."

나는 숨이 막혔다. 어머니는 세상의 모든 자극이 그대로 흘러 나가버리는 밑 빠진 독이었다.

"엄마는 왜 살아?"

"무슨 소리야?"

"엄마가 행복했던 때는 언제야?"

"니들 낳아서 키울 때가 제일 행복했지."

나는 어머니의 얼굴을 찬찬히 들여다보았다. 퍼런 멍 밑으로 탄력을 잃어 주름이 잡힌 피부가 보였다. 저 주름이 더 깊어져 생명을 빼앗을 때까지, 어머니는 아버지와 성교하고 우리를 낳아 키우던 기억을 끌어안고 있을 것이다. 어머니에겐 아버지와 나와 여동생이 무덤이었다. 왜 한 번도 어머니는 저항하지 않는 걸까.

"엄마, 왜 저 인간을 끼고 살아?"

어머니는 대답하지 않았다. 어머니에게 답이 있을 리 없었다. 의족을 달고 절뚝거리며 오입질이나 하는 저 죽음을, 어머니는 놓지 않을 것이다. 삶이 죽음에 붙들려 있었다.

"나 간다. 전화할게."

나는 정류장을 향해 걸었다. 어머니는 8월 아침의 끈적한 공기 속에서도 어깨를 떨고 있었다.

오후 2시, 나는 신촌네거리에 있는 커피전문점 쟈뎅에 앉아 있었다. 타는 듯한 한낮이었다. 뙤약볕이 창밖의 세상을 가득 메웠다. 아스팔트와 보도블록과 주점 간판과 행인들이 모두 흐물거렸다. 신촌역으로 이어지는 계단을 내려가는 사람들은 손잡이를 잡지 않았다. 강철로 된 손잡이는 잡는 순간 손바닥에 달라붙을 것 같았다. 온 세상이 액체였다. 저녁이 오지 않으면 세상이 녹아내려 서해로 흐를지도 모른다고 생각했다.

나는 김승옥의 작은 배를 떠올렸다. 김승옥은 1960년대를 피난민의 시대라고 말했다. 피난민은 고향을 잃어버린 사람들, 자신이 누구인지 말할 수 있는 기반을 잃어버린 사람들이다. 김승옥은 방향감각과 도덕성을 잃어버리고 생존을 위해 서로를 물어뜯는 사람들의 시대를 피난민의 시대로 보았다. 당시 청년 작가들은 자신들을 고향을 상실한 첫번째 세대라고 여겼다. 마치 작은 배를 타고 방향도 아무것도 알 수 없는 바다에 나가서 어디로 갈지도 모르는데, 결국은 내가 젓는 방향으로 갈 수밖에 없는 상황, 김승옥은 어느 인터뷰에서 1960년대를 그런 식으로 표현했다. 김승옥의 작은 배가 1994년 여름의 거리 위에도 떠 있었다.

나는 엉망으로 지쳐 있었다. 내 사소한 불행을 시대의 불행으로 비약시키면서도, 그게 엄살이라는 사실을 깨닫지 못했다. 나는 아이스커피를 마시며 돌파구를 생각했다. 출구가 닫힌 세상에서, 문밖은 죽음뿐이다. 나는 그것을 알고 있었지만 기표와 다윗의 돌파구를 계속 생각했다. 그때 나는 지치고 충동적이었다.

나는 워크맨으로 서태지의 〈환상 속의 그대〉를 들었다. 나는 이 노래가 아직 학교에 남아 잔디밭을 어슬렁거리는 혁명가들, 머지않아 386이라 불리게 될 1980년대 운동권의 마지막 세대들에게 바치는 헌정곡이라 생각했다. 환상 속에 그대가 있다, 모든 것이 이제 다 무너지고 있어도, 환상 속에 아직 그대가 있다. 모든 것이 무너지고 있었다. 사회주의가 붕괴하고 냉전이 끝나고, 천년왕국이 올 거라는 믿음이 환상으로 판명되었다. 이 폐허와, 폐허 위에서 떠오르는 새 세상을 직시해야 했다. 냉전시대에 세계는 두 편으로 나뉘어 가면놀이를 했다. 싸우는 척했지만, 실제로는 각자의 사정권 밖에서 으르렁거리는 게임이었다. 이제 세계는 가면을 벗었다. 나는 세계가 보스니아 내전처럼 맨얼굴로 진짜 싸움을 시작할 거라고 생각했다. 이세종의 싸움도 그런 것이다. 그가 내 친구들을 데리고 무슨 짓을 하고 있는지는 몰랐지만, 최소한 가면을 벗고 맨얼굴로 진짜 목소리를 낼 거라고는 생각했다.

혜진이 내 어깨를 쳤다. 나는 이어폰을 뺐다. 혜진은 빨간색 배꼽티와 흰색 핫팬츠를 입고 있었다. 배꼽티 밑으로 드러나는 아랫배에는 군살이 없고 핫팬츠에서 빠져나온 다리는 매끄러웠다. 나는 혜진의 움푹 들어간 모든 곳을 사랑한다는 기표의 말을 떠올렸다. 움푹 들어간 쇄골 윗부분, 배꼽, 치골 위의 곡선, 혜진의 모든 굴곡이 기표와 우리를 유혹했었다. 10년 뒤 농사꾼의 얼굴을 한 혜진을 시골 다방에서 만날 거라고는 상상도 하지 못했다. 나는 그때 스물두 살이었다. 그 나이에는 시간이 사람을 파괴한다는 진리를 받아들일 수 없다.

"아, 더워. 날씨가 완전히 미쳤어."

혜진이 냅킨으로 이마의 땀을 닦았다. 목에도 작은 땀방울이 맺혀 있었다. 땀 때문에 눈 위의 마스카라가 약간 번졌다. 헤어스프레이를 뿌린 앞머리가 아치처럼 둥근 모양으로 고정되어 이마를 덮었다. 한 줌 쥐면 바삭거리며 부서질 것 같았다.

"아까 걸어오다가 하두 더워서 나무 밑에서 쉬었는데, 가만히 서 있는데도 다리에 땀이 쫄쫄 흐르더라."

"이런 날에는 에어컨 나오는 데가 천국이야."

쟈뎅 신촌점은 에어컨을 최대 용량으로 틀었다. 건조하고 시원하고 아이스커피마저 있었다. 커피숍 창밖으로 녹아내리는 세상을 보면 극장에 앉아서 공포영화를 관람하는 것 같았다.

"잘 지냈어?"

나는 뒤늦은 인사를 건넸다.

"내 사는 꼴이야 똑같지 뭐. 오빠는? 연애라도 좀 했어?"

여름방학이 시작되기 직전에 나는 첫 섹스를 했다. 나처럼 과에서 외톨이로 지내는 선배였다. 중앙도서관을 들락거리며 그녀와 여러 번 마주쳤고, 어색함을 참지 못해 내가 먼저 인사했다. 시험도 끝났는데 여긴 왜 와? 내가 처음 말을 건넨 순간 그녀는 이렇게 물었다. 할 일이 없어서요, 라고 나는 대답했다. 나는 신촌의 호프집에서 그녀와 술을 마셨고 술에 취해 그녀에게 좋아한다고 말했다. 그 말이 진심이었는지는 술이 깬 뒤에도 확신할 수 없었다. 아마도 거짓말이었을 것이다. 그날 그녀는 술을 많이 마셨다. 우리는 합정동에 있는 그녀의 자취방으로 가서 섹스를 했다. 나는 브래지어 후크를 벗기지 못해 애를 먹었다. 처음이야? 예. 그녀의 몸에 처음 들어갔을 때의 느낌이 아직도 내 몸 어딘가에 남아 있었다. 따뜻했다. 촉촉하고 포근하고 세계의 기원으로 한없이 빨려들어가는 느낌이었다. 처음인 데다 술에 취해 사정이 잘되지 않았다. 잘 안 돼? 예, 어려워요. 그녀가 킬킬댔다. 그녀 몸속에서 일어난 울림이 내 성기를 타고 온몸으로 퍼져 나갔다. 그제야 나는 전공 서적들로 둘러싸인 그 작은 방에서 내가 뭘 하고 있는 건지 어리둥절해했다. 나는 그녀의 움직임에 몸을 맡겼고 결국 사정했다. 그녀의 유방을 쥐고 잠들었고 아침에 그녀가 해주는 밥을 먹었다. 집을 나올 때 콘돔을 끼지 않았다는 사실을 깨닫고 임신을 걱정했다. 그날 이후 나는 그녀와 연락하지 않았다. 그녀와의 섹스가 어떤 의미인지 이해하기 전까지는 연락을 끊을 생각이었다.

"난 아무것도 안 해. 공부도 안 하고 연애도 안 해."

"아무것도 안 해도 좋겠다."

"오늘 저녁에도 일 나가?"

"당연하지."

혜진은 미모 덕에 신림동을 벗어나 강남에 있는 술집으로 옮겼다. 기표는 혜진이 다니는 술집의 삼촌이란 작자를 죽여버리겠다고 으르렁댄 적이 있다. 혜진이 아무리 일을 많이 해도 빚은 줄지 않았다. 화장품값에 밥값에 혜진이 예전에 일하던 술집에서 진 빚의 이자까지 쉴 새 없이 불어났다. 접대부 중의 한 명이 도망치면 그녀가 진 빚까지 나머지 접대부들이 떠안았다. 기표는 돈을 벌면 혜진을 빼내고 삼촌이라는 작자와 마담이라는 년을 죽이겠다고 말했다.

"무슨 일이야?"

혜진이 물었다. 혜진은 음성 메시지 속의 망설임과 짜증으로 돌아갔다. 나는 혜진의 질문을 정면으로 돌파하겠다고 마음먹었다.

"기표 요즘 무슨 짓 하냐?"

"늘 백수지. 근데 왜 물어?"

혜진이 종이컵을 들었다. 빨대를 물고 아이스커피를 마시면서도 나를 흘깃거렸다. 혜진은 투명한 표정을 가진 여자였다. 혜진의 얼굴은 즉각적으로 놀람과 당황과 두려움을 쏟아냈다.

"세종이 형이 애들 데리고 사업인지 뭔지 한다는 거 다 알아."

"그래? 난 몰라."

나는 한숨을 쉬었다. 혜진의 표정은 거짓말을 하지 못했다.

"혜진아, 기표는 내가 세상에서 제일 좋아하는 친구야."

"알아. 기표 오빠도 오빠를 보고 싶어 해."

"기표가 말하지 말라고 했구나?"

"응. 오빠를 위해서야."

혜진은 무심결에 진실을 발설했다는 것을 깨닫고 당황한 표정을 지었다.

"말해. 어차피 알게 돼."

혜진이 커피잔을 만지작거렸다. 종이컵에 붙은 물방울들이 중력을 이기지 못하고 혜진의 손가락으로 흘러내렸다.

"오빠랑 기표 오빠는 빛과 그림자 같은 관계야."

"무슨 소리야?"

"오빠들을 볼 때마다 그런 생각이 들어. 둘이 이상하게 달라붙어서 떨어질 수가 없어."

"그러니까 말해."

"작년에 세종파라는 걸 만들었어. 오빠도 알아?"

"세종파?"

"난 처음에 세종이 오빠한테 이리저리 끌려다니다가 지치면 그만두겠지, 했거든. 근데 그게 아니야."

"그게 아니면 뭔데?"

"강령도 만들고 통장도 만들었어. 무슨 깃발 같은 것도 만들었어."

"깃발?"

혜진은 냅킨에 볼펜으로 작은 종 세 개를 그리고 그 위에 얼룩을 칠했다. 얼룩은 피를 의미했다. 세종파의 진짜 깃발에는 종 위에 빨간 피가 칠해져 있다고 했다.

"세종이 오빠가 유치하다고 하지 말라고 했는데 기표 오빠가 우겨서 만들었어. 서양의 극좌파인지 무정부주의인지 뭔지 하는 것들도 깃발을 가지고 있다고. 다윗 오빠가 종을 그렸고 기표 오빠가 자기 손가락이랑 다윗 오빠, 진웅이 오빠 손가락을 째서 피를 칠했어."

"진웅이? 강진웅? 기표가 쉼터에서 만난 애? 걔도 들어갔어?"

"응. 기표 오빠가 병수 오빠를 시골로 내려보내고 대신 진웅이 오빠를 데려왔어. 진웅이 오빠더러 같이하자니깐 야호, 그랬대. 그 오빠는 진짜 무서워."

그때 혜진은 병수의 죽음에 대해 알고 있었다. 혜진의 표정에는 내가 이해할 수 없을 정도로 과도한 공포가 묻어 있었다. 나는 병수가 처한 상황을 더 집요하게 캐물었어야 했다. 그러나 세종파에 대한 궁금증 때문에 혜진의 얼굴에 나타난 암시를 지나쳐버렸다.

"기표 오빠가 다 결정한 거야. 오빠, 이게 무슨 뜻인지 알아?"

"기표가 세종이 형보다 한술 더 뜨는구나."

"그래. 기표 오빠가 세종이 오빠보다 더 미쳐간다고."

"무슨 짓을 했는데?"

"작년에는 기표 오빠가 세종이 오빠 말을 잘 들었어. 세종이 오빠 지시대로 분당 신도시 공사장에서 일해가지고 돈도 꽤 모았거든. 그걸로 같이 살 집도 얻었어. 산기슭에 있는 집을 통째로 전세 냈어. 집 청소하고 후로링 장판 깔고 그럴 때도 라면만 먹었어. 내가 그게 안쓰러워서 밥도 해주고 그랬거든. 근데 기표 오빠가 다윗 오빠랑 지하실에 이상한 걸 만들기 시작했어."

"이상한 거?"

"유치장 뭐 그런 거래. 나도 가보진 못했어. 기표 오빠는 별거 아니라고 하는데, 유치장이 왜 별 게 아니야? 그것도 세종이 오빠가 하지 말라는 걸 기표 오빠가 우겨서 한 거야."

나는 창밖을 보았다. 거리의 불지옥은 한 치도 물러나지 않았다. 나는 혜진에게 물었다.

"유치장으로 뭘 하려는 거야? 넌 알고 있지?"

혜진이 내 왼손을 잡았다. 아주 작고 하얀 손이었다. 혜진은 손을 떼지 않은 채 계속 말했다.

"오빠, 더 들을 필요 없어. 오빠는 그냥 공부나 열심히 해. 요새는 취직하려면 공부도 잘해야 된다며."

"요즘은 웬만한 대학 나와선 취직도 안 돼."

나는 혜진에게 잡힌 손을 빼냈다. 손바닥에 혜진의 온기가 남았다. 내가 찾는 것이 어쩌면 이 온기인지 모른다고 생각했다. 혜진은 내 심장을 두드리는 체온을 전하며 이렇게 분명하게, 이렇게 가깝게 앉아 있었다. 내가 간절하게 원하는 모든 굴곡을, 내가 동경하는 밑도 끝도 없는 순수함을 혜진은 가지고 있었다. 나는 선배의 자취 방과 거기에 있는 결핍을 떠올렸다. 나는 혜진과 소통하고 싶었다. 세종파든 뭐든 다 잊어버리고 혜진과 함께 신촌 여관 골목으로 가 서 섹스하고 싶었다.

"말해. 말해야지 기표를 돕든지 말든지 할 거 아냐."

혜진이 한숨을 쉬었다. 자신이 가진 가장 큰 무기인 눈물을 떨어 뜨릴 태세였다. 혜진은 눈물 대신 클러치백에서 구겨진 신문을 꺼 냈다.

"이거 가져오면서도 오빠한테 보여주지 않기를 바랐어. 어쩔 수 없네."

"뭔데?"

"여기 이 작은 기사 읽어봐."

나는 혜진이 가리키는 1단 기사를 읽었다. 중견 섬유업체인 영 화산업 대표 아들이 강남의 한 단란주점에서 술을 마신 후 실종됐 다는 기사였다. 영화산업은 작년에 주식불공정거래 혐의로 물의를 일으킨 적 있다. 영화산업의 자회사인 신발업체 제이스의 주식 5만 여 주를 대표가 부도 직전에 팔아치웠다. 주식 내부 거래 등 말이 많은 회사였으므로 경찰은 일단 원한에 초점을 맞춰 회사 관계자 들을 조사하고 있었다. 그러나 단순 실종이나 돈을 노린 납치 범죄 일 가능성도 배제하지 않았다. 나는 혜진에게 물었다.

"기표가 한 짓이야?"

"맞아."

"어떻게 알고?"

"우리 가게 내 단골이야."

"니가 도왔어?"

"난 정말 몰랐어. 기표 오빠가 가게에 돈 많은 손님 오냐고 물어보길래 혼자 오는 오렌지족이 있다고 했어. 기표 오빠가 또 오면 삐삐 쳐달라길래 그대로 했어."

"기표가 모든 계획을 지 혼자 세웠구나."

"난 그냥 지갑이나 털 줄 알았지. 아니면 몇 대 패거나. 그 오렌지족이 날 좋아해서 2차 가자고 자꾸 졸라댔거든. 안 간다면 뺨을 때리고. 그래서 혼나봐라 하는 심정이었어. 처음엔 납치한지도 몰랐어. 가게에 경찰이 들이닥치는 거 보고 기표 오빠가 마침내 일을 벌였구나 생각했어. 그 오렌지족은 분명히 그 집 지하실 유치장에 갇혀 있을 거야."

"이건 너무 무모해."

"그것도 세종이 오빠 몰래 벌인 일일 거야. 세종이 오빠는 부자들 혼내주는 일에 별로 관심이 없었어. 돈이나 벌려고 했지. 그것 때문에 기표 오빠랑 싸운 적도 있어. 기표 오빠가 어느 날 씩씩거리면서 이세종은 대장이 아니라 사기꾼이라고 막 욕했어."

마침내 혜진이 눈물을 흘렸다. 동그란 눈에 물이 고이고 만수위를 넘은 두어 방울이 뺨으로 흘러내렸다.

"기표 오빠는 잡히겠지?"

"기표가 오렌지족을 그냥 혼내주려고 납치극을 벌인 건 아니겠지. 돈을 요구할 거야. 근데 인질 협상을 어떻게 하는지, 경찰 수사가 어떻게 진행되는지 기표는 모르잖아. 막무가내로 전화 걸어서 돈 내놓으라고 할 게 뻔해. 돈을 요구하는 그날 바로 잡혀."

"그럴까?"

"그래."

나는 얼음 한 개를 입에 넣고 단번에 부쉈다. 내가 기표에게 무엇을 기대한 걸까. 어떤 환상을 투사한 걸까. 밑바닥 인생들의 농촌 공동체 같은 것이었을까. 나는 이상한 배신감을 느꼈다.

"난 가게 가봐야 돼. 내가 기표 오빠한테 혼날 각오를 하고 왜 이런 이야기를 다 했는지 알아?"

"몰라."

혜진이 냅킨으로 눈물을 닦았다.

"난 요즘 술을 안 마셔. 술집 년이 술을 안 마시는 게 말이 안 되는 일인데, 어떻게든 안 마시려고 해. 마시면 바로 화장실 가서 토해버려. 토하고 또 마시고 토하고 또 마시고. 왜 그런 줄 알아?"

"왜 그래?"

"나 임신했어. 기표 오빠 애야."

그 순간 커피숍의 모든 웅성거림이 잦아들었다. 손님들의 시시덕거림과 유치한 농담들이 내 귀에서 멀어지고 에어컨이 윙윙거리는 소리만 남았다.

"아직 애기집도 안 보인대. 완전 초기야. 하지만 떼기 싫어. 무슨 짓을 해서라도 낳을 거야. 오빠한테만 애기하는 거야. 아직은 아무한테도 말하지 마. 기표 오빠한테도."

"어쩔 셈이야?"

혜진이 냅킨에 아지트의 약도를 그렸다.

"기표 오빠한테 나와 애기의 운명이 걸렸어. 이 집에 가든지 말든지 그건 오빠 마음대로 해. 아마 안 가는 게 더 좋을 거야. 하지만 가게 된다면 기표 오빠를 도와줘. 무슨 짓을 하든 살아남게만 해줘."

혜진이 출입문으로 걸어가는 모습이 슬로모션으로 보였다. 그녀가 사라진 뒤 나는 종이컵의 얼음을 하나씩 부숴 먹었다. 종이컵 바닥에 고여 있는 찬물까지 다 마셨다. 뒷목에 소름이 돋았다.

해 질 녘까지 나는 신촌을 돌아다녔다. 그레이스백화점 지하 복도에서 이름도 기억나지 않는 화가의 전시를 구경하고 지상으로 나와, 신촌로터리를 왕복했다. 팬티와 티셔츠가 땀에 젖었다. 비가 오지 않는다면 땀으로라도 온몸을 적시고 싶었다. 나는 창천교회와 독수리다방을 지나 여관 골목을 배회했다. 해가 지고 열기의 고원이 무너진 뒤에야 나는 자취방으로 돌아갔다.

1994년 8월 20일 저녁 6시, 나는 상도동 달동네로 갔다. 세종파의 아지트는 위치만 몇 마디 일러주면 누구라도 찾을 수 있는 곳에 있었다. 큰길에서 샛길로 몇 걸음만 올라가면 대문이 보였고 큰길 왼편의 파출소와 동사무소와도 가까웠다.

나는 대문에 달린 초인종을 눌렀다. 두 번을 눌러도 사람이 나오지 않았다. 다섯 번을 누른 후에야 대문으로 다가오는 더벅머리가 보였다. 강진웅이었다. 안 보는 사이 어깨와 허벅지가 더 두꺼워졌다. 문틈으로 내 얼굴을 확인한 강진웅이 안도하는 표정으로 문을 열었다.

"동진이 형? 여긴 웬일이야?"

강진웅이 내 앞을 가로막고 물었다. 앞니 하나가 반쯤 부러져 있었다. 부러진 이를 드러내며 강진웅은 씩 웃었다. 들여보내줄 기색이 아니었다.

"기표 만나러 왔어."

"기표 형 지금 없는데? 근데 여긴 어떻게 알았어?"

"있는 거 다 알아. 몇 마디만 하고 갈게."

강진웅이 또 웃었다. 가늘게 째진 눈이 계속 나를 노려보고 있었다.

"허허, 그러슈 그럼. 들어가면 여길 어떻게 알았는지도 말해줘야 돼."

나는 강진웅을 따라 계단을 올랐다. 비탈에 비스듬하게 세워진 이 집은 대문 앞의 계단을 올라가야 1층 현관이 나왔다. 나는 계단 밑에 웅크린 철문이 지하실의 입구일 거라고 짐작했다. 강진웅은 일부러 천천히 올라갔다. 그의 넓은 등판을 보며 나는 세종파 가입을 제안받았을 때 그가 했다는 말을 떠올렸다. 야호, 신난다!

강진웅이 현관문을 열었다. 라면 냄새가 제일 먼저 흘러나왔다. 그 뒤로 어느 가정집이나 배어 있을 법한 냄새들, 담배 냄새, 먼지 냄새, 음식 쓰레기 냄새가 흘러나왔다. 더운 날인데도 창문이 모두 닫혀 있었다. 기표와 다윗은 거실에서 선풍기를 쐬었다. 그들은 더 마르고 더 검어져 사우디 공사 현장에 파견이라도 다녀온 사람들 같았다. 다윗이 들고 있던 쇠파이프 비슷한 물체를 뒤로 감췄다. 벨을 누른 사람이 경찰일 경우를 대비해 무기를 꺼내놓은 거라고 나는 생각했다. 나는 거실에 서서, 앉은 채로 나를 노려보고 있는 기표와 다윗의 시선에 맞섰다. 기표의 시선은 적의로 가득했지만, 나는 그 얼굴을 보며 1년 동안 줄곧 기표를 그리워했다는 사실을 깨달았다. 기표가 물었다.

"왜 왔어?"

강진웅이 기표에게 말했다.

"형, 여길 어떻게 알았는지부터 물어봐. 이거 씨팔 이러다가 여기가 관광 명소 되겠어."

강진웅의 말은 한 달 뒤에 실현되었다. 기표는 강진웅을 외면하고 내게 다시 물었다.

"왜 왔냐고? 우리랑 살러 왔어?"

"보고 싶어서 왔지. 그러면 안 되냐?"

나는 주위를 둘러보았다. 벽지도 장판도 새로 바른 듯했다. 가구

랄 것은 텔레비전과 비키니 옷장 하나뿐이었다. 밥을 해 먹기는 하는 모양이었다. 싱크대 위에 전기밥솥과 중고 가스레인지가 놓여 있었다. 거실은 열기로 가득했다. 선풍기 바람이 열기를 휘저으면 열기는 더 맹렬하게 피부에 들러붙었다. 집에 들어와서도 목덜미의 땀이 식지 않았다. 나는 물었다.

"세종이 형은 어디 갔어?"

강진웅이 대신 대답했다. 빈정대는 말투였다.

"대장은 매일 놀러 다녀."

나는 기표에게 말했다.

"다 들었어."

"뭘?"

"혜진이한테 다 들었어."

"이런 씨팔."

강진웅이 주먹으로 벽을 쳤다. 쿵 소리가 거실을 울렸다. 나는 계속 말했다.

"기표야, 너무 큰일을 벌였다. 인질로 잡은 애 아버지가 거물이야. 경찰이 벌써 수사망을 좁히고 있을 거다. 걔한테 100원짜리 동전 하나 빼낼 수 없어. 오렌지족을 혼내줬다 치고 그냥 놔주자. 놔주고, 덜 위험한 일을 생각해보자."

"덜 위험한 일이 뭔데? 농사라도 짓자고?"

"이건 안 돼. 이러면 끝장나."

"안 놔주면 어쩔 거냐? 신고할 거냐?"

"내가 신고하지 않을 거라는 건 니가 더 잘 알잖아."

기표의 눈빛이 흔들렸다. 다윗도 고개를 돌렸다. 나는 기표를 더 흔들고 싶었다. 그렇게 흔들어서 뭘 하겠다는 건지 알 수가 없었다. 이제는 내가 왜 여기에 와 있는지도 생각나지 않았다.

"맹세했잖아. 누군가 위험에 처하면 구해주기로. 그래서 왔어."

기표가 말했다.

"어린애들 장난질이지."

"놔주고 지방으로 도망쳐라. 내가 도울게."

우리는 언쟁을 벌였다. 우리의 대화는 자신의 논리에서 한 발도 물러나지 않고 서로의 말꼬리만 잡는 제자리 뛰기였다. 나는 거실 바닥에 주저앉아 예전처럼 거드름을 피웠다. 우리는 금세 지쳤고 땀으로 후줄근해졌다. 기표가 말했다.

"넌 뭘 착각하고 있어. 우리는 예전의 우리가 아니야."

"이번 건은 포기해. 니들이 뭘 하려는지는 모르지만 조금 돌아가 자. 그래도 돼."

"안 돼. 전진해야 돼."

"왜 안 돼?"

"우리가 무슨 일을 겪었는지 모르잖아. 넌……"

"무슨 일인데?"

기표가 고개를 돌렸다.

“무슨 일이냐고, 씨팔!”

나는 소리쳤다. 기표의 입에서 쏟아질 말이 무서웠지만, 그것을 듣는 것이 내 운명이라고 생각했다. 빛과 그림자처럼 기표와 나의 운명이 달라붙어 있다고 믿었다. 기표 대신 다윗이 대답했다.

“넌 여기 오면 안 돼. 넌 소심해서 진짜 용기를 낼 수가 없어. 그래서 일부러 연락을 끊은 거다. 우리한테 끼지 말라고. 우리는 니가 상상할 수 없는 데까지 가버렸어. 우리가 누군지 알고 싶어?”

“그래.”

“잘 들어. 말해줄게.”

다윗은 두 건의 살인에 대해 얘기했다. 부천 그린벨트의 바람 소리와 곡괭이를 맞기 전 병수가 보였던 미소까지 얘기했다. 다윗이 그렇게 놀라운 기억력을 가지고 있는지 예전에는 몰랐다. 다윗의 이야기를 듣는 동안 팽팽하게 부풀었던 가슴이 찢어지며 바람이 새 나가는 소리가 들렸다. 나는 파국을 이미 예감하고 있었다. 그러나 인간은 예감하고 있던 불행이 눈앞에서 형체를 얻을 때 가장 비참한 절망에 빠진다. 절대 일어날 수 없는 일이라고 믿지만 그러면서도 매 순간 떠올리는 악몽이 가장 무섭다. 나는 토하고 싶었다. 신 침을 삼키고 손을 내두르며 나는 일어섰다.

“니들…… 니들은 정말…… 이런 미친…… 난 간다.”

기표가 말했다.

“넌 인제 못 나가.”

"왜 못 나가? 걸어서 나가면 되지."

나는 현관으로 걸어갔다. 내 뒷덜미를 강진웅이 잡았다.

"어허, 이 형이……."

기표가 달려와 내 가슴을 밀었다.

"니가 뭔데? 니가 뭔데 여기 와서 이러는 거야? 내가 반가워서 눈물 콧물 흘릴 줄 알았냐? 내가 코 찔찔 흘리는 국민학생인 줄 알아? 다 생각이 있고 방법이 있어서 이러는 거다. 너만 잘났고 너만 똑똑해?"

기표가 나를 밀며 거실을 가로질렀다. 나는 싱크대까지 밀리며 소리쳤다.

"너는 뭔데? 니가 뭔 줄 알고 이런 짓을 하는 거야? 니가 독립투사야? 의적이야? 넌 그냥 살인마야."

기표가 주먹으로 내 얼굴을 쳤다. 나는 쓰러졌다. 입에 피가 고였다. 기표가 내 배에 올라타서 주먹을 계속 날렸다. 기표는 때리면서 소리쳤다.

"왜 왔어, 왜, 왜, 왜? 뭐 할라고 여기까지 기어와? 납치가 큰일이 아니라 니가 여기 온 게 큰일이야, 나한테는. 이 씹새끼야, 멍청한 새끼야, 왜 왔냐고, 응? 서울 한구석에 처박혀서 니 방식대로 열심히 살면 좋잖아. 왜 와? 정의의 사도라도 되는 줄 알았냐? 기어이 뒤질려고 왔냐? 우리가 친구 시체를 또 파묻어야 돼? 답답해 죽겠다. 이 개새끼야, 내가 지금 속이 벌렁벌렁 뒤집어진다. 억장이 무너진다고. 알아들어? 왜 왔어…… 왜!”

기표의 침이 눈에 튀었다. 입안이 피로 가득 찼다. 고인 핏속을 날카로운 조각들이 헤엄쳤다. 나는 피를 뱉었다. 송곳니 한 개가 부서져 나왔다. 이렇게 뜨거운 환대를 예상하지는 못했다. 기표가 배 위에서 내려왔다. 강진웅이 내게 다가왔다.

“형, 어떡하죠? 지금 바로 끝내요?”

“닥쳐. 죽여도 내 손으로 죽인다. 넌 손도 대지 마. 알았어?”

강진웅이 고개를 끄덕였다.

“저 새끼 지하실에 가둬놔.”

나는 다윗과 강진웅에게 붙들려 지하실로 내려갔다. 현관에서 가파른 계단을 내려가고 계단 밑에 있는 철문으로 들어갔다. 내 예상대로 철문이 지하실의 입구였다. 지하실 계단은 더 가파른 데다 습기에 젖어 미끄럽기까지 했다. 천장이 낮아 고개를 숙여야 했다. 내려갈수록 곰팡내가 진동했다. 계단 밑에 두 개의 문이 보였다. 다윗이 오른쪽 철문으로 나를 데려갔다. 철문 상단에 종 세 개가 새겨져 있었다. 종의 윤곽을 따라 새겨진 홈이 전등 불빛을 튕겨냈다. 종이 움직이며 번쩍거리는 것 같았다. 다윗이 철문 빗장에 달린 자물쇠를 땄다. 철커덕하는 금속음이 지하실에 울려 퍼졌다. 나는 철문 뒤의 어둠 속에 갇혔다. 다윗과 강진웅이 철문을 다시 잠그고 계단을 오르는 소리가 들려왔다. 그들의 걸음 소리가 사라지자마자 후회와 외로움이 몰려들었다.

지하실은 지상보다 시원했다. 차라리 지상보다 낫다는 생각마저 들었다. 백열전등의 조도가 낮아 어두운 카페에 앉아 있는 것 같았다. 나는 마침내 나를 유혹해온 심연으로 내려왔다. 시멘트 바닥에서 습기가 올라왔다. 오른쪽 귀퉁이에 달려 있는 수도꼭지 외에는 시멘트 벽과 바닥만이 있는 방이었다. 유치장은 옆방에 있을 거라는 생각이 들었다. 나는 지하실 벽에 기대고 앉아 점점 수위가 높아지는 외로움에 적응하려고 애를 썼다.

"누구 있어요…… 대답해요……."

희미한 남자의 목소리가 들렸다. 시공을 넘어 다른 차원에서 흘러나오는 것 같은 목소리였다. 라디오의 볼륨을 최대한 줄여 듣는 듯했다.

"여기요, 여기……."

빛보다 소리가 강하다. 빛이 통과하지 못하는 길을 소리는 통과한다. 소리는 그 울림으로 모든 고체와 액체 위를 흐르고 이리저리 구부러지거나 산개한다. 빛이 희미한 곳에서 소리는 더 강하다. 나는 소리쳤다.

"괜찮습니까?"

소리가 흘러왔다.

"허벅지를…… 찔렸어요……."

"피가 많이 나요?"

"아뇨…… 조금……."

누군가 인질을 제압하려고 허벅지를 찔렀을 것이다. 다행히 동맥은 건드리지 않은 것 같았다. 목소리가 또 물었다.

"괜찮을까요……."

"놈들이 뭘 물어보면 고분고분 대답해요. 괜히 자극하지 말고. 화내지 말고."

"예……."

나는 목소리가 그치기를 바랐다. 목소리가 던지는 질문을 감당할 수 없었고, 거기에 희망적인 대답을 내놓으며 죄의식을 느끼기도 싫었다. 그럴수록 목소리는 더 끈질기게 파고들었다.

"그런데…… 쟤들은…… 누굽니까…….."

"세종파예요."

"세종파…… 뭡니까…….."

대답할 말이 없었다. 나는 기표와 다윗의 가슴속에 똬리를 튼 좌절과 충동을 이해했지만, 그것을 어떻게 설명해야 할지 알 수 없었다.

"몰라요."

나는 무릎에 머리를 처박았다.

지하실에서 나는 곧 감각의 깊이를 잃어버렸다. 내 시각은 사면을 에워싼 시멘트 벽과 희미한 백열등 불빛과 귀퉁이에 한 줌씩 고여 있는 어둠에 붙들렸다. 그것들은 처음 엎질러진 상태 그대로 고정돼 있었다. 차갑고 축축한 공기가 내 주위에 질긴 막을 만들었다.

나는 이유 없이 허공에 주먹질을 했다. 공기의 질긴 막은 내가 달려들면 팽창하고 주저앉으면 수축했다. 무엇으로도 이 점액질의 감옥을 열 수 없을 것 같았다. 가끔 옆방 인질이 신음하는 소리가 정적을 찢으면 나는 화들짝 놀라거나 슬픔에 목이 멨다. 처음엔 두려움으로 미칠 것 같았지만 나는 점점 현실과 비현실의 경계로 이동했다. 친구에게 두들겨 맞고 지하실에 감금돼 있다는 사실마저 비현실적으로 느껴졌다. 그들이 나를 칼로 찌른다 해도 내 의식은 한 발 뒤로 물러나 공포영화를 보듯 그 장면을 즐길 것 같았다.

시간이 얼마나 흘렀을까. 지하실의 철문이 열리는 소리가 났다. 내 의식의 몽롱한 안개가 걷혔다. 누군가 계단을 내려오고 있었는데, 막대기로 바닥을 끄는 소리가 났다. 정신을 차림과 동시에 공포가 몰려왔다. 발소리는 철창이 있는 방을 지나 내가 있는 방 앞에 멈췄다. 빗장이 풀리고 문이 열렸다. 다윗이었다. 다윗은 오른손으로 연기가 나는 냄비를 들고 왼손으로 등산용 지팡이를 짚었다. 방 안의 어둠에 적응하기 위해 눈을 깜박거렸다.

"맞은 데는 괜찮냐?"

다윗이 물었다. 나는 손으로 얼굴을 쓸었다. 광대뼈 밑과 턱 주위가 울퉁불퉁했다. 시퍼런 멍이 들어 있을 것 같았다. 다윗의 질문이 통증을 일으켰다. 지하실의 어둠에 가려 있던 통증이 다윗이 일깨워주기 무섭게 쏟아져 나와 내 얼굴을 가격했다. 혓바닥으로 부러진 이 끝을 쓰다듬었다. 날카로운 단면에 혀를 베었다. 볼 안쪽의 살이 찢어져 너덜거렸다.

"너라면 괜찮겠냐?"

"그래도 기표가 사정 봐준 거야. 진짜 열 받아서 때렸으면 잇몸만 남았을 거다."

"황송하다."

다윗이 내 앞에 냄비를 내려놓았다. 라면이었다.

"먹어라. 먹고 힘내라."

"먹고 힘내서 뭐 하게?"

"짜식…… 일단 먹어봐. 그래야 잠이라도 잘 거 아냐."

나는 라면을 몇 가닥 집어 입에 넣었다. 입안이 쓰려서 씹을 수가 없었다. 나는 몇 가닥씩 입에 넣고 그냥 삼켰다. 내가 다 먹을 때까지 다윗은 버티고 있을 태세였다. 전등 불빛이 사각의 얼굴에 그림자를 그렸다. 라면을 삼키며 나는 물었다.

"그 지팡이는 뭐냐? 도망가면 두드려 패려고?"

다윗이 웃었다.

"이건 그냥 지팡이가 아냐. 무기야. 지팡이 끝을 봐."

지팡이 끝에 칼이 달려 있었다. 휴대용 나이프보다는 두껍고 날카로운 단검이었다.

"도망가면 찌르려고?"

"당연히 찔러야지. 내가 찌르지 않아도 도망갈 순 없어. 진웅이가 늘 밖을 감시하고 있거든."

"니가 만들었냐?"

"여기서 나 말고 이런 거 만들 사람이 누가 있냐? 어디 팔아먹는다고 속이고 밤중에 아는 형 공장에서 만들었어."

경찰은 그 무기에 '지팡이형 단검'이라는 이름을 붙였다. 비파형 청동검이나 세형 청동검처럼 고풍스러운 냄새가 나는 이름이었다. 등산용 지팡이 끝에 붙어 있는 뚜껑을 돌려 열면, 15센티미터의 대검 칼날이 나타났다. 30만 원을 받고 그 무기를 함께 만든 다윗의 선배는 한 달 뒤 총포·도검·화약류 등에 관한 관리법 위반 혐의로 구속되었다.

"그래, 그거 들고 어디까지 갈 거냐?"

"짜식……."

다윗이 또 웃었다. 라면 냄비에 걸려 있는 그의 그림자가 흔들렸다.

"너도 알겠지만 나는 기표하고 달라. 앞날이 막막하긴 했지만 손에 기름때 묻혀가며 개미 새끼처럼 살 수도 있었어. 기표는 세종파를 만들지 않았어도 어떻게든 사고를 쳤을 거야. 첨에 대장이 조직을 만들자고 했을 때 난 정말 빠지고 싶었다. 기표만 아니었으면 시작도 안 했을 거야. 기표가 같이 하자는데 별도리가 없더라. 처음에 살인한 뒤에도 기표를 말려서 예전으로 돌아가볼까 생각도 했어. 지방 같은 데로 뿔뿔이 흩어져서 쓰레기처럼 살아가면 어떨까……. 하지만 병수를 죽인 후에는 어쩔 수 없었어. 정말 어쩔 수 없었어. 돌아갈 데가 없었다. 기표가 가자는 데로 따라갈 수밖에 없었어. 그랬다, 정말 그랬다. 죽음? 그런 건 각오하고 있어.”

다윗은 이세종에게 대장이라고 말했다. 나는 다윗의 입에서 대장이라는 호칭을 듣는 순간 그들이 너무 먼 곳까지 와버렸다는 것을 실감했다. 그러나 그것을 인정하기는 싫었다.

“다윗아, 아직 안 늦었다.”

“늦었어, 병신아. 너도 알고 있잖아?”

“자수해라. 자수하면 정상참작이라는 것도 있다.”

“닥쳐, 새끼야. 우리를 만만하게 보지 마. 니 얘기라면 껌벅 죽던 호구들이 아니야. 우리는 차돌처럼 단단해졌다.”

“뭘 했는데? 해병대 갔다 왔냐?”

“작년 가을부터 넌 하루도 못 버틸 일을 우리는 매일 했다. 이가 갈릴 정도로 일을 했어. 내가 고등학교 때려치우고 별의별 씨발스러운 짓을 다 해봤지만 그때처럼 힘든 적은 없었다.”

병수를 죽인 후 이세종은 당분간 공사판에서 일하며 범행 자금을 벌자고 제안했다. 그때는 분당 신도시 건설의 마무리 작업이 한창이었다. 1988년 노태우 정부는 일산, 분당을 포함한 수도권 5개 신도시 건설 계획을 발표했다. 수도권 베드타운의 역사가 거기서 시작됐다. 1989년 어느 일요일, 분당 신도시 모델하우스가 공개됐다. 이날 분당으로 가는 국도는 처음 겪는 차량 행렬로 몸살을 앓았다. 운전자들이 오징어를 씹으며 경적을 울렸다. 100미터를 전진하고 한 시간씩 기다렸다. 앞차가 간격을 1미터만 벌려도 그 뒤 차의 창문이 열리고 욕이 쏟아졌다. 사람들은 차를 버리고 걷기 시작했다. 초로의 부부도 있었고 신혼부부도 있었다. 그중에서 유일하게 제정신을 가진 건 아이들이었다. 아이들은 부모의 등에 업히거나 갓길을 걸으며 집에 돌아가자고 울음을 터뜨렸다. 사람들은 수확이 끝난 들판 사이로 땀을 뻘뻘 흘리며 걸었다.

1993년 건설 경기가 살아나며 신도시 공사에도 가속이 붙었다. 그해 가을부터 세종파는 분당 제14지구 신축 현장에서 일했다. 당나귀를 닮았다는 들판에 당나귀의 털처럼 무성하던 논밭들이 뒤집혔다. 이곳저곳에 콘크리트 구조물이 모습을 드러냈다. 해가 떠 있는 동안에는 어디에나 흙먼지가 자욱했다. 낮이 잦아들고 탄천의 검은 물이 석양을 반사할 때, 들판은 정적과 피로에 휩싸였다.

"그땐 독이 바짝 올라 있었지. 노가다 일이라는 게 술이 안 땡길 수가 없거든. 그렇게 술독에 대가리가 썩어버리면 평생 공구리 냄새나 맡고 살 팔자가 되는 거야. 젊은 놈들은 용돈벌이만 하고 깨끗이 현장을 떠야 돼. 근데 우리는 3천만 원을 모으기로 맹세했거든. 돈을 아끼려고 맨날 라면만 먹고 술집 주변엔 가지도 않았어. 비가 오는 날에도 휴일에도 서로 나서서 일을 달라고 했어. 그렇게 모은 돈을 전부 한 통장에 몰아넣었지. 아저씨들이 우리더러 독사 새끼들이라고 했다니까. 그 정도였어."

불곡산 너머에서 여명이 다가오면 세종파는 온몸에 달라붙어 있던 추위를 털고 합숙소를 나섰다. 무좀에 찌든 발가락에 진물이 흘렸다. 세종파는 때에 절어 딱딱해진 군용 나일론 양말을 발에 끼워 넣으며 3천만 원을 떠올렸다. 그 돈을 생각하면 구멍 난 '돕바'를 입고 찬바람을 맞아도 춥지 않았다.

"그때 내가 처음으로 종 세 개를 그려봤어. 깃발은 만들 생각도 안 했을 때지. 나는 그걸 화이바 안쪽에다 새겼어. 하도 힘들고 무서워서, 부적으로 만든 거야."

세종파는 '화이바'를 쓰고 아슬아슬한 '아시바'를 올라갔다. 발밑에 또 다른 화이바들과 분당의 하늘이 웅크리고 있었다. 바람이 심하게 불면 콘크리트 잔해 사이로 날아다닐 것 같았다. 죽음과 삶의 간격은 단 몇 센티미터에 불과했다. 다윗은 두렵지 않았다. 다윗의 화이바 안쪽에는 세 개의 종이 울리고 있었다. 건물 꼭대기에서 '함마'나 각목이 떨어지면 종소리가 위험을 알려줄 것 같았다.

겨울에 세종파는 더 독하게 일했다. 언 땅에 앉아 보름달 카스테라와 우유를 마시는 간식 시간이 하루 중 가장 달콤한 시간이었다. 고통을 참을수록 분노는 예리해졌다. 언제라도 이세종의 손짓 한 번이면 세종파는 분노의 날을 꺼내어 적들의 심장에 꽂을 수 있었다. 건설사 간부들이 검은 그랜저를 끌고 나타날 때마다 세종파는 그들을 도륙내고 싶은 욕망을 참으며 입술을 씹었다.

"우리가 일만 한 줄 알아? 공부도 했어. 그것도 아주 열심히. 난 생처음으로."

일이 끝나면 세종파는 '함바'에서 라면을 먹고, 조립식 패널로

지은 합숙소로 돌아갔다. 합숙소를 덮고 있는 군용 모포가 세종파의 흙먼지를 뒤집어썼다. 세종파는 자기들끼리 속삭였다. 주로 이세종이 이야기를 했고 다윗이 노트에 받아썼다. 다윗의 엉성한 글씨가 가득한 그 노트는 경찰이 아지트를 수색할 때 증거물로 압수되었다.

"뭘 공부했는데?"

"우리는 인질을 죽일 때까지 정중하게 예의를 갖춰 말하기로 했어. 인질만이 아니라 다른 사람들한테도 말을 함부로 하지 않기로 했어. 양아치들이나 말을 함부로 하는 거지. 우린 양아치가 아니니깐. 잘 때는 가슴을 풀어 헤치고 자기로 했다. 배신하려면 우리들 가슴을 다 찌르고 가야 돼. 그러지 않으면 지옥까지 쫓아가는 거지. 그리고 사람 죽이는 걸 무서워하지 않기로 했어. 넌 시체가 두렵냐? 시체는 두려운 게 아냐."

"시체는 살 떨리게 무서운 거야. 병수가 귀신에 들린 것도 시체 때문이야."

"병수는 겁이 많았어. 애초에 잘못 끌어들인 거야. 들어봐. 시체는 똥하고 같은 거야. 똥은 아무것도 아니야. 그냥 음식 찌꺼기야. 시체도 음식이 만든 껍데기야. 우리는 시체를 겁내서는 안 돼. 죽일 수 있는 의지가 필요하거든."

"의지?"

"그래. 의지를 키우려고 야밤에 공동묘지 가는 훈련도 했다. 의지가 가장 중요하거든."

"겨우 그런 걸 배웠냐?"

"비꼬지 마, 새끼야. 난 지금 진지해. 살아오면서 이렇게 진지한 적이 없어. 나는 상상도 하지 못한 걸 배웠어. 아니 예전부터 알고는 있었는데, 그게 이상한 거라는 걸 깨달았다. 생각해봐. 경찰은 요즘 한국병이 어쩌고 신한국이 어쩌고 하면서 사회 기강을 잡겠다고 난리를 치잖아. 하지만 진짜 무서운 건 사회 혼란이 아니야. 조폭이나 도둑놈들이 아니라고. 오히려 사회 혼란을 욕하는 놈들이 무서운 거야. 집에선 가족들한테 잘하고 사람들한테 인정도 베풀고 소년 소녀 가장 돕기에 기부금도 척척 내는 놈들이 말이야, 회사에 가면 한 푼이라도 더 챙기려고 아랫놈들 닦달하고 빽 없는 직원들만 자르고 부정부패를 저질러. 부동산 장사를 해서 떼돈을 벌고 자식 놈들은 오렌지족이 되고. 그게 당연한 건 줄 알아. 이런 게 무서운 거야."

"세종이 형한테 배운 거냐?"

"그래. 대장한테 배웠다. 대장한테만 배운 건 아니고 우리끼리 얘기하고 신문도 보면서 알아냈다. 의지만 있으면 알 수 있는 문제야."

"말끝마다 의지, 의지 하는데, 그 의지 가지고 뭘 할 거냐?"

"괴물 같은 세상에선 누군가 괴물이 돼야 돼. 유전무죄, 무전유죄, 알지? 괴물이 되는 것밖에는 길이 없어. 괴물한테는 모든 게 다 허용돼 있어. 사람도 죽일 수 있어. 어쩔 수 없는 희생이지. 우리가 졸부나 오렌지족 뱃살에 두려움을 박아 넣을 때, 그때 세상이 바뀌는 거다. 니가 예전에 말했듯이 지강헌이 얼마나 세상을 많이 바꿔놨냐? 우리도 그 길을 따르는 거야."

"니들이 뭔데?"

"우리는 선택받은 사람들이야."

그 말은 농담이 아니었다. 다윗은 몇 겹의 신념으로 자신의 죄의식을 둘러싸 질식시켜버렸다. 나는 그 신념을 깰 언어를 찾지 못했다.

"김다윗, 정신 좀 차려. 나는 여기 올 때 어쩌면 니들이랑 같이 살 수도 있겠다고 생각했어. 하지만 니들은 완전히 미쳐버렸어. 현실을 봐. 당장 광화문 한복판에 가서 니 몰골이 어떻게 생겼냐고 물어봐. 너는 그냥 버러지 같은 놈이야. 나도 그렇고."

다윗이 내게 다가왔다. 내 말은 다윗의 신념에 적중하지 못했다. 다윗은 내게 와서, 정말 답답하다는 표정으로 고개를 갸우뚱하며, 암흑의 핵심에 있는 말을 꺼냈다.

"믿지 않으면 아무것도 보이지 않아. 생각해봐. 사람들은 뭐든 믿어야 살어. 수십억의 사람들이 수십억 개의 믿음을 가지고 산단 말이야. 돈을 믿고 사랑을 믿고 가족을 믿고, 하다못해 지네 집에서 키우는 똥개라도 믿어. 그게 진짜인지 아닌지는 상관없어. 그냥 믿는 거야. 믿어야 살 수 있으니까. 하느님도 마찬가지야. 하느님이 진짜인지 어떻게 알아? 우리도 그냥 믿는 거야. 믿고 끝까지 가보는 거야."

"그 끝에 뭐가 있을 거 같으냐?"

"그런 건 상관없어. 어차피 돌이킬 수 없으니깐."

나는 라면을 반쯤 남기고 젓가락을 놓았다. 다윗은 조금도 흔들리지 않았다. 나는 지하실에 있는 시간이 예상보다 길어져 영원이 될지도 모른다고 생각했다. 다윗이 계속 떠들었다. 나를 만나길 기다리며 그 많은 이야기들을 가슴에 쌓아둔 것 같았다.

"결국 3천만 원을 모았지. 그 이상을 모았어. 이 집을 전세 내서 개조할 때도 우린 라면만 먹었다. 한 푼이라도 남으면 무기를 사 모으려고 했어. 우린 아지트만 완성되면 크게 한탕 할 줄 알았어. 그러려고 그 좆같은 날들을 견딘 거니까. 그런데 대장은 지하실에 철창을 만드는 것도 하지 말라고 했어. 유치하게 뭔 짓 하는 거냐고. 기표랑 내가 깃발을 만든다고 했을 때도 반대했어. 깃발 따위로 세상이 바뀌는 게 아니라고. 우리는 우기고 우겨서 겨우 다 해냈지. 지하실을 만든 뒤로 대장은 밖으로만 떠돌았어. 사업에 쓰려고 중고 르망을 샀는데, 그걸 몰고 자기 혼자 쏘다니는 거야. 우린 조급해 죽겠는데 말이야."

"어쨌든 결국 납치를 했잖아. 그것도 거물을."

나는 옆방의 인질이 듣지 않도록 목소리를 낮췄다. 인질이 우리 이야기를 다 들었을까. 내가 세종파의 친구라는 사실을 알고 배신감을 느꼈을까.

"우리는 방구석에 모여 앉아서 뭘 할 건지만 궁리했어. 한번 상상해봐라. 양수리 일대에는 별장이 많으니까 거길 습격하자느니, 강남의 러브호텔에 가서 빠구리 치는 년놈들을 끌고 오자느니, 찐득찐득한 방 안에서 그런 얘기만 하고 있는 걸 말이야. 대장은 밤늦게 들어와서 우리가 묻는 말에 대답도 안 하고 돈을 더 모아야 한다고만 했어. 1인당 10억씩 모을 때까지 일을 계속하자는 거야. 우리 같은 놈들이 돈을 버는 거 자체가 세상에 복수하는 거라고. 대장은 계속 공사판을 돌아다니자고 했어. 물론 우리가 반대했지. 또 그짓을 할 생각을 하니까 눈이 뒤집히더라고. 자기 말이 안 먹히니까 대장은 엉뚱한 계획을 세우기 시작했어. 작년에 광주 농협에서 억대 금고털이 사건이 있었어. 보안공사랑 연결된 경보선을 자르고 철제문을 부순 뒤에 금고 보관실 출입문 손잡이를 빼낸 거야. 그렇게 문을 열어서 금고를 부수고 현금만 훔쳐 달아났어. 대장이 그런 걸 해보자는 거야. 의미 없는 짓이지."

"의미? 별장이나 러브호텔을 터는 거랑 금고를 터는 게 뭐가 달라?"

"생각해봐. 농협 돈은 농사꾼들이 뼈 빠지게 일해서 모은 돈이잖아. 그걸 왜 훔쳐? 우리가 그러려고 모였나? 그것만이 아니야. 대장은 곧 신용카드 시대가 온다며 카드회사에서 회원 정보를 훔쳐서 위조 카드로 현금을 빼내자고도 했어. 자기가 잘 아는 사기 조직이 있다는 거야. 우리 같은 놈이 카드 위조에 대해서 뭘 알아? 그런 게 정말 미친 짓이지."

이세종이 자기가 뱉은 말에 역습을 당하고 있다는 것을 나는 그
때 깨달았다. 이세종이 합숙소에서 학습을 하자고 제안한 이유는
세종파의 머리에 신념을 심어주기 위해서였다. 신념이 없었다면
그렇게 혹독한 내핍을 견딜 수도 없었을 것이다. 이세종은 세종파
를 이용해 돈을 벌고 싶었다. 수단을 가리지 않고 돈을 버는 것이,
응급실 침대에 누운 어머니를 집으로 데려오게 만든 세상에 복수
하는 길이라고 이세종은 생각했을 것이다. 세종파는 이세종이 뱉
은 말을 자양분으로 삼아 더 큰 괴물이 되었다. 이세종은 자기가 놓
은 덫에 걸렸다.

"그래서 대장 몰래 납치를 했어. 그걸 우리는 단독 작전이라고
불러."

나는 예전의 다윗보다 지금의 다윗이 더 단단한 이유를 발견했
다. 다윗은 이름을 붙이는 능력을 길렀다. 이세종을 대장이라 부르
고, 자신을 선택받은 자라 부르고, 살인을 의지라 부르고, 범죄를
사업이라 부르고, 납치를 단독 작전이라고 부르며, 다윗은 행동에
의미를 부여했다. 어떤 사태에 이름이 붙으면 그 사태는 이름의 의
도대로 굴러간다. 이름은 미신이다. 이름은 제 신도들을 파국에 몰
아넣을 때까지 믿음을 강요한다.

"처음엔 돈을 뜯어내서 무기를 장만하려고 했어. 그런데 신문에
기사가 실리니까 겁이 덜컥 나더라. 게다가 너까지 나타났어. 이젠
돈을 받아내는 건 불가능해."

"결국 죽일 거냐?"

"맞아."

"나까지?"

"그건 모르겠다."

"죽여라. 고통 없이 죽여라. 인질도, 나도."

그 말은 진심이었다. 그때 나는 삶에 대한 애착을 버렸다. 감당할 수 없는 거대한 이야기들이 한꺼번에 내 안으로 쳐들어와 숨을 쉴 수가 없었다. 바깥세상으로 돌아간다 해도 정상적인 삶을 살 수 있을지 자신이 없었다. 남은 인생이 영원히 이 지하실에 붙들려 있을 바에야 죽는 게 낫다고 나는 생각했다. 삶에 대한 애착을 버리니 마음이 차분해졌다. 돌파구는 닫혔다. 출구 없이 지글지글 끓기만 하는 저 바깥세상보다 이 지하실이 더 편했다. 다윗이 말했다.

"모든 게 잘못됐다. 너도 여기 오지 말아야 했어. 우리도 힘들어. 칵 뒈져버리고 싶은 마음을 간신히 붙들고 있는 거야. 애초에 돈을 받아냈으면 그걸로 무기를 사서 최종 목표를 달성하려고 했다. 그러면 좋았을 텐데……."

"최종 목표가 뭐냐?"

"파출소를 습격해서 총을 탈취하는 거야. 그런 다음에 방송국을 점령하고 인질을 협박해서 생방송으로 우리가 하고 싶은 얘기를 다 해버리는 거지. 지강헌이 하지 못한 일을 우리가 마무리 짓는 거야."

나는 머리를 쥐어뜯었다.

“그거…… 그거였구나. 진작에 눈치챘어야 했는데…… 그거였어. 씨팔. 그게 가능할 거 같아?”

“우리한테는 이미 다이너마이트가 있어. 대장이 탄광에서 훔쳐온 거야.”

“그런 짓을 하고도 도망칠 수 있을 거 같아?”

“없지, 물론. 우리는 자폭한다. 이건 기표랑 나만 알고 있는 거야. 대장은 당연히 안 된다고 하겠지. 칼로라도 협박해서 끌고 갈 작정이다. 진웅이는 경찰서 습격한다는 건 알고 있어. 얘길 듣고 엄청 좋아하더라. 경찰 죽이는 게 소원이었다고……. 그놈은 총을 탈취해서 우리가 유유히 빠져나갈 줄 알아. 자폭한다고 하면 미쳐서 날뛰겠지. 마지막 순간까지 말을 안 해줄 거야.”

“그러든지 말든지. 하나만 물어보자. 왜 나한테 이런 얘길 다 하는 거냐? 진웅이한테도 안 하는 얘기를.”

“넌 들어야 돼. 왠지 그런 생각이 들어. 넌 살아남을지도 모르고, 살아남는다면 이 이야기를 기억하고 있어야 돼.”

“왜?”

“야 이 새끼야. 나도 무서워. 내가 무서운 게 뭔지 알아? 칼 맞고 총 맞는 게 무서운 게 아냐. 우리가 이렇게까지 개지랄을 떠는데, 날마다 지옥 불구덩이에 떨어져서 온몸을 지지는데, 까맣게 잊혀진다는 게 무서워. 우리가 아무것도 아닌 게 무서워. 그 생각만 하면 잠이 안 와. 그 생각을 하면 끝도 없는 구멍으로 떨어지는 거 같

아. 으깨질 순간만 기다리면서 허공 속에 계속 떠 있는 거 같단 말이야. 지강헌처럼 사람들이 우리를 기억했으면 좋겠어. 악마로라도 기억했으면 좋겠다고."

다윗이 등을 돌렸다. 지팡이를 끌며 문으로 다가갔다. 나는 소리쳤다.

"니가 왜 선택받은 인간이 아닌지 알려주지. 니가 죽인 사람들을 봐. 이 개새끼야, 눈이 있으면 좀 보라고! 그 사람들이 부자들이냐? 오렌지족이야? 여공이 무슨 잘못이 있냐? 걔 월급이 얼마나 되겠냐? 우리보다 더 불쌍한 애잖아. 병수는 또 무슨 잘못이 있어? 걘 부모한테도 버림받은 애잖아. 너밖에 의지할 사람이 없는 애. 넌 그런 사람들을 죽였어. 그래놓고 뭐? 죽일 수 있는 의지? 넌 빌어먹을 의지를 그런 데에다 썼어. 너랑 기표랑 세종이 형은 눈물도 피도 없는 살인마일 뿐이야!"

다윗이 피식 웃었다.

"대장이 돌아왔다. 대장하고 진웅이는 널 못 죽여서 안달이야. 인질보다 먼저 죽여야 한다고 난리야. 기표랑 내가 간신히 막고 있다. 죽여도 자기가 죽일 테니까 건드리지 말라고 기표가 대장이랑 싸우고 있어. 자기 모르게 건드리면 집을 다 불태워버린다고까지 했다. 그러니까 너도 살아봐라."

"살기 싫다고 했잖아."

"살아봐."

다윗이 나갔다. 철문이 잠겼다. 나는 다시 시멘트와 전등 빛과 어둠에 갇혔다.

잠이 든 걸까. 지하실에서는 잠이 든 건지 정신을 놓고 있는 건지 분간이 되지 않았다. 꿈과 현실을 가르는 장막이 투명해졌다. 옆방에서 웅성거리는 소리가 들렸다. 나는 꿈의 장막을 뚫고 현실로 돌아왔다. 세종파가 인질을 심문하고 있었다. 그것이 마지막 심문일 거라고 짐작하며 나는 철문 틈에 귀를 대고 대화를 엿들었다. 목소리가 낮아지면 몇 개의 단어만 들렸고 목소리가 높아지면 누구의 음색인지 짐작할 수 있었다.

"말만 잘 들으면 죽이지 않습니다……. 걱정 마시고……."

"살려주세요. 돈 때문에 그래요? 집에 전화할게요!"

인질은 절박했다. 인질도 본능적으로 이것이 마지막 기회임을 아는 것 같았다.

"아니 아니…… 전화…… 그러면 안 되죠……. 우리를 화나게 하면……."

"아무 말도 안 할게요. 정말이에요!"

"트렁크에 있는 돈, 보석…… 그거 말고 딴 데 감춘 돈이…… 그렇죠?"

세종파는 인질의 그랜저도 가져왔다. 달동네 밑의 거주자 우선 주차 구역 어딘가에 놓여 있을 것이다.

“없어요. 돈은 집에 있어요! 집에!”

“야 이 새끼야! 넌 지금 명을 재촉하고 있어! 트렁크에만 5백만 원이 있었어! 돈이 없다고? 죽고 싶은 거냐?”

강진웅의 목소리였다. 그만, 그만……. 누군가 강진웅을 제지했다. 이세종이나 기표일 것이다.

“진실하게 답변하십시오……. 그게 당신을 위하는…… 돈이 더…….”

“통장에…… 몇천만 원…… 드릴게요! 다 드린다니까요!”

“통장은…… 어디…….”

“집에…….”

“이런 개새끼가!”

강진웅이 또 소리쳤다.

“당신 말을 믿겠습니다. 한 가지만 묻죠. 살고 싶습니까?”

기표였다. 기표는 단어를 또박또박 끊어가며 최후의 질문을 던지고 있었다. 예…… 살려주세요……. 인질이 말했다. 기표가 목소리를 높였다.

“그렇게 살아서 뭐합니까? 아버지가 불쌍한 사람들 피 빨아서 번 돈을 여자들한테 펑펑 쓰고 살면 뭐합니까? 그렇게 벌레처럼 살면 뭐할 겁니까?”

기표는 돈만을 노리고 인질을 납치한 것이 아니었다. 기표는 세종파의 세번째 살인에 단죄의 의미를 담고 싶어 했다. 기표가 가장

하고 싶던 일은 죽음을 앞둔 인질에게 왜 그렇게 사냐고 소리치는 것이었다. 납치극을 시작한 후 기표는 계속 어떤 의미에 집착했다. 기표와 다윗에게 무의미만큼 끔찍한 것은 없었다.

"죄송…… 다시는……."

인질이 말했다. 세종파가 지상으로 올라갔다. 불길한 예감을 느낀 인질이 내게 말을 걸었다.

"이봐요! 거기 있어요? 어떻게 되는 거죠? 저놈들…… 이상해요!"

"믿고 기다려보세요. 아직 시간이 있어요."

"이봐요! 좀 어떻게 해봐요!"

인질은 계속 내게 같은 질문을 던졌다. 나는 대답하지 않았다. 나는 정적이 다시 돌아오기만을 바랐다. 인질이 울기 시작했다. 작은 흐느낌이 끈질기게 내 고막을 간지럽혔다. 나는 귀를 막았다.

시간이 얼마나 흘렀는지 모른다. 날짜를 잊어버렸다. 지하실의 시간은 휘어져 흐르거나 멈춰 있거나 역주행했다. 모든 것이 고정돼 있는 곳에선 시간이 느껴지지 않는다. 느껴지진 않지만 존재한다. 그게 무섭다. 시간은 정체를 감춘 채 나를 압박하며 가슴 밑바닥에 고여 있던 불안감과 공포를 끌어냈다. 나는 잠의 장막 뒤로 퇴각하기 위해 무진 애를 썼다. 인질은 울음을 그쳤다. 나는 커피숍에서 혜진을 만나던 때를 더듬었다. 그녀의 허벅지에는 솜털이 나 있었고 이마엔 땀방울이 맺혀 있었다. 나는 왜 여기로 왔을까. 나를 여기로 내몬 동력은 무엇일까. 지금은 밤일까, 아침일까. 여기 온 지 한나절쯤 지난 걸까.

계단을 내려오는 소리가 들렸다. 지팡이를 끄는 소리도 들렸다. 다윗이었다. 다윗은 철창이 있는 방의 철문을 열고 물을 틀었다. 쏴아 하는 소리가 지하실의 벽을 타고 울려 퍼졌다. 다윗이 인질에게 무슨 말을 했으나 물소리에 가려 들리지 않았다. 인질이 울부짖는 소리만 들렸다.

"안 돼! 왜 죽여! 돈 준다니까! 왜 이래? 살려줘! 제발! 난 오렌지 족이 아니야! 진짜야! 부탁이야! 제발 살려줘! 놔! 놔!"

그때 다윗은 인질을 씻겼다. 인질의 검은색 캐주얼 바지와 여름 재킷을 벗기고 페라가모 셔츠를 벗기고 속옷도 벗겼다. 칼에 찔린 허벅지의 붕대를 벗기고 피딱지가 앉은 상처 부위를 씻었다. 발가락 사이의 때를 벗기고 사타구니와 고환과 항문도 씻었다. 샴푸를 발라 머리를 감기고 수건으로 물기를 털어냈다. 인질은 저항 없이 흐느꼈다. 씻는 부위를 바꿀 때마다 다윗의 팔을 붙들고 살려달라고 애원했다. 나중에 다윗은 그것이 인질을 위한 의식이었다고 말했다. 다윗은 철창에 들어서자마자 당신은 몇 시간 뒤에 죽는다고 말했다. 고통 없이 죽여줄 테니 깨끗한 몸으로 최후를 맞으라고 했다. 나는 그때 다윗이 인질을 물고문하는 줄 알았다. 나는 귀를 막고 물소리로부터 멀어지기 위해 몸부림쳤다. 인질이 저항했다면 어땠을까. 다윗의 쇠파이프 같은 손가락을 깨물기라도 했으면 어땠을까. 그랬다면 인질은 그 자리에서 죽었을 테고, 나도 살아남지 못했을 것이다.

물소리가 그쳤다. 다윗은 인질에게 옷을 입히고 철창의 빗장을 잠갔다. 몇 초 뒤에 철대문이 닫히고 계단을 오르는 발자국 소리가 났다. 그리고 또 정적이었다. 인질은 아무 말도 하지 않았다.

세종파가 다시 지하실로 내려왔다. 나중에 시각을 따져보니 1994년 8월 21일 밤 1시경이었다. 8월 20일 저녁 6시부터 다음 날 밤 1시까지, 그 7시간이 내가 살아온 날보다, 또 앞으로 살아갈 날 보다 더 길었다. 계단에 여러 명의 발소리가 섞여 들렸다. 계단 앞 에서 강진웅이 말했다.

"언제 시작할까요?"

이세종이 대답했다.

"지금 바로 시작해야지. 기표가 한다고 했다. 아까 말한 대로 음 주 교통사고로 위장할 거니까 몸에 자국 남게 때리지 마. 찌르지도 말고."

"동진이 형은요?"

"…… 몰라, 씨발."

옆방의 문이 열렸다. 철창의 빗장이 풀렸다. 인질이 울부짖었다. 숨 쉴 틈도 없이 이어지는 비명이 문틈으로 흘러들었다. 마지막으 로 계단을 내려오는 발소리가 들렸다. 기표였다. 기표는 걸음과 걸음 사이에 꽤 긴 여운을 두며 내 방으로 다가왔다. 무언가 망설이는 듯했다. 문이 열리자 온몸이 땀에 젖어 있는 기표의 후줄근한 형체가 보였다. 앞머리가 이마에 붙어 있고 얼굴이 번들거렸다. 기표는 벽에 기댄 채로 멍하니 나를 보았다. 눈이 큰 기표가 저렇게 멍하게 무언가를 보고 있으면 슬퍼 보였다. 나는 말했다.

"결국…… 끝나는구나."

기표가 웃었다. 미간을 찡그린 채로 입꼬리만 올렸다.

"씨팔, 상황이 더럽게 돼버렸다. 나도 어쩔 수가 없다."

"나도 죽이냐?"

"글쎄…… 너 하기에 달렸지."

나는 한숨을 쉬었다. 죽음이 눈앞에 다가오기 전까지 나는 삶에 대한 애착을 버렸다고 생각했다. 착각이었다. 세종파가 내 목숨을 향해 달려드는 순간, 나는 미친 듯이 살고 싶어졌다. 죽음에 이르기까지의 고통도 무서웠고, 나라는 존재가 완벽하게 지워지는 것도 무서웠다. 내가 숨 쉬고 움직이고 꿈꿨던 세계가 나와 함께 절멸하는 느낌이었다. 무서워서 덜덜 떨렸다. 손에 칼이 있다면 기표건 다윗이건 닥치는 대로 베고 찔러서 목숨을 이어가고 싶었다. 바깥세상보다 차라리 지하실이 편하다는 느낌도 거짓이었다. 기회만 보인다면, 세종파의 방어벽에 몇 미리의 구멍이라도 뚫린다면, 나는 단숨에 철문을 넘어 달동네를 내려가 차들이 쏟아지는 대로로 달려갔을 것이다. 기표가 물었다.

“죽으면…… 편안할까?”

나는 대답했다.

“죽으면 이런 짓 할 필요가 없어. 잡힐까 두려워하지 않아도 돼. 차라리 다 죽자. 고통 없이 죽자. 더 이상 죽이지 말고 죽자.”

기표가 달려와 내 멱살을 쥐었다. 숨이 막힐 만큼 있는 힘을 다해 쥐었다. 눈가에 경련을 일으키고 입을 씰룩거렸다. 거실에서 나를 때릴 때와 달리 자신을 통제하지 못할 정도로 흥분해 있었다. 기표는 자신의 약한 고리를 찔렸고, 내 말에 매혹을 느꼈기 때문에 끔찍하게 분노하는 거라고 그때 나는 생각했다. 하지만 지금 돌이켜보면 기표는 내게 어떤 제안을 하기 위해 일부러 분노한 척한 것 같다. 기표의 분노는 나와의 협상에서 유리한 고지를 선점하기 위한 포석이었다. 기표가 소리쳤다.

“난 너란 새끼를 잘 알아. 죽고 싶다고? 우쭐대고 싶은 거지. 수면제라도 씹어 먹으면서, 난 너희들처럼 개같이 살진 않아, 자랑이라도 하고 싶은 거야. 죽음이 두렵지 않은 척하면 특별한 사람처럼 느껴지기도 하겠지. 하지만 그런다고 사람이 달라지냐? 책에서 몇 줄 읽은 거 갖고 떠들어대지만, 너도 구질구질한 인생일 뿐이야. 죽어버리면 장례 치를 돈도 없는 어머니만 고생시키는 거야. 니 혼자 편하자고 병신 짓을 하는 거라고!”

숨이 막혀 소리를 낼 수 없었다. 기표가 계속 소리쳤다.

“그래, 씨발새끼야! 죽어버리자고? 세상이 왜 이럴까 징징대다가 아파트 옥상에라도 올라가서 합동으로 뛰어내리자 이거지? 그렇게 골이 깨져서 뒈지고 나면 세상이 불쌍해할 거 같으냐? 아이고 씨발 우리가 몹쓸 짓을 했구나, 그럴 거 같아? 천만의 말씀! 우리가 죽은지도 모를 거야. 안다고 해도 범죄자들이 사라졌다고 좋아하겠지. 노야, 노! 놈들을 기쁘게 해주고 싶은 생각은 전혀 없어! 난 세상을 화나게 하고 싶어. 놈들이 무서워서 미쳐버리는 꼴을 보고 싶어. 그게 안 된다면, 치명타를 날릴 수 없으면, 생채기라도 내주고 싶어. 최소한 가려워서 긁는 꼴이라도 보고 싶다고! 너도 니 아버지처럼 살 거냐? 우리 아버지들이 어디 인간처럼 살았냐? 정말 드럽고 쫀쫀하게 살았잖아. 안 그래? 밖에 나가면 비루먹은 개새끼처럼 굽실굽실하다가 집에만 오면 호랑이 행세를 하면서 식구들을 들들 볶았잖아. 내 말이 틀려? 생각해보면 아버지도 그렇게 개지랄 몸부림을 치면서 힘들었던 거야. 세상이 원하는 대로 살아야 했으니까. 아버지도, 그 아버지의 아버지도, 또 그 아버지도. 난 그렇게 안 살아. 최소한 내 흔적이라도 남기고 떠날 거야. 나는 절대 세상 놈들을 용서하지 않아. 나는 세상에, 이런 지랄 같은 세상에, 복수할 거야! 반드시!"

기표가 물러섰다. 숨을 씩씩거리며 화를 가라앉혔다. 기표가 평정을 되찾기까지는 몇 분의 시간이 필요했다. 나는 가만히 서서 기표의 말을 기다렸다.

"너도 살아. 살아남아. 내가 도와줄게."

"살 수는 있는 거냐? 내가?"

"인질이…… 니 손에 죽고 싶다더라."

나는 그 말의 의미를 바로 깨닫지 못했다. 몇 분의 침묵을 건너, 그 말의 음모와 악의가 다가왔을 때 나는 미칠 것 같았다. 이번에는 내가 통제력을 잃었다. 수십만 촉의 전구가 폭발하여 지하실이 섬광에 휩싸이는 것 같았다. 그 순간 내 안의 이질적인 감정들이 충돌했다. 살고 싶다는 욕망과 살인에 대한 역겨움, 기표와 나를 이곳에 몰아넣은 세상에 대한 분노, 몰아넣는다고 몰려버린 세종파에 대한 분노, 특히 모든 것을 시작한 이세종에 대한 증오, 어머니에 대한 연민, 맥주를 홀짝거리며 책을 읽던 내 자취방에 대한 그리움, 앞으로 시작될 날들에 대한 두려움, 당장 무엇을 해야 할지 모르는 막막함, 무엇이 옳은가에 대한 망설임, 이런 감정들이 섞여 아우성 쳤다. 나는 말했다.

"그건 안 돼…… 차라리 죽여라. 그게 낫겠다."

온몸이 떨렸다. 뒷목이 뻣뻣해지고 이가 부딪쳤다. 나는 티셔츠를 들어 올려 배를 내밀었다.

"지금 찔러라, 개새끼야. 니가 어떻게 나한테…… 나한테 이럴 수가 있냐? 자, 여길 찔러."

나는 배를 할퀴었다. 손톱에 살점과 피가 끼었다. 나는 소리쳤다.

"자, 내 배를 갈라라. 갈라서 내장을 던져라. 이런 씨팔, 이런 개 같은……."

기표가 내 팔을 붙들었다. 손아귀에 악력이 가득 담겨 있었다.

"진정해, 잠깐이면 돼. 잠깐 시늉만 내란 말이야. 그래야 살 수 있어. 나머지는 내가 다 알아서 할게. 대장이랑 진웅이한테 널 살릴 구실을 주란 말이야. 알았어?"

"기표야……."

"인질은 어쨌든 죽어, 병신아. 너까지 죽을 필요는 없잖아. 내가 시키는 대로만 해. 날 믿어."

나는 기표의 악력에 끌려 유치장이 있는 방으로 갔다. 유치장 침상 옆에 의자가 놓여 있고 인질이 거기에 묶여 있었다. 나처럼 마르고 긴 얼굴이었다. 옆머리를 짧게 쳐서 더 길어 보였다. 인질은 비명을 지르지 않았다. 강진웅이 입을 벌려 소주와 양주를 부었다. 인질이 토하면 머리를 뒤로 젖히고 술을 부었다.

"토하지 마. 널 고통 없이 죽이려고 이러는 거야. 우리도 너 같은 새끼 죽이고 싶지 않아. 이 지지리도 복도 없는 새끼! 아, 더워!"

강진웅이 외쳤다. 그 외침은 콘크리트 벽에 부딪치고 튀어나오며, 복수라도 하듯 모두의 귀를 물어뜯었다. 잊고 있던 더위가 갑자기 찾아왔다. 열대야의 열기가 인질의 토사물 냄새와 섞여 터질 듯이 팽팽해졌다. 소주 두 병과 양주 한 병이 인질의 위 속으로 들어갔다. 인질의 팔다리가 흐느적거리고 동공이 풀렸다. 기표와 내가 다가갔다. 인질은 미끄러지는 동공을 간신히 붙잡아 나를 보았다. 그리고 입을 달싹거렸다. 살 수 있다고 속삭이던 옆방의 동료가 지금 자신의 목숨을 거두기 위해 손을 뻗고 있다는 것을 인질이 알았을 리 없다. 인질은 아무 말도 하지 않았지만, 나는 그가 유언을 던지고 싶어 한다고 느꼈다. 살아라, 넌 살아라……. 내게는 인질이 그런 말을 하는 것 같았다. 살아라, 넌 살아라…… 넌 좋겠다, 개새끼야…….

기표가 세 겹으로 싼 검은 비닐봉투를 내게 주었다. 나는 손이 떨려 봉투를 떨어뜨렸다. 강진웅이 소리쳤다.

"형씨, 죽고 싶어? 수틀리면 너도 회 쳐버린다."

기표가 속삭였다.

"이러면 죽어. 흉내만 내."

이세종과 강진웅의 귀에 들리지 않는 속삭임이었지만 한 자 한 자에 절박한 강세가 들어 있었다. 나는 봉투를 집어 들었다. 기표 등 뒤에서 다윗이 말했다.

"그래, 잘한다."

이렇게 더워 죽겠는데, 따다다닥, 따다다닥. 내 이가 부딪치는 소리가 지하실을 메웠다. 내 몸의 기관이 내는 소리인데도 시끄러워 정신을 차릴 수 없었다. 나는 봉투를 인질의 머리에 씌우고 두 손으로 인질의 얼굴을 감쌌다. 봉투는 얇았다. 인질이 숨을 들이켜면 꺼지고 숨을 내쉬면 부풀어 올랐다. 인질의 입김에 손바닥이 따뜻해졌다. 인질의 오뚝한 코, 움푹 꺼진 눈, 날카로운 턱이 손바닥에 걸렸다. 나는 토할 것 같았다. 턱 밑으로 침이 줄줄 흘렀다. 이세종이 소리쳤다.

"야, 꽉 붙잡아야지, 꽉! 저 새끼도 회 쳐버려!"

기표가 나를 밀어내고 대신 인질의 목을 졸랐다. 봉투가 터질듯이 부풀어 오르고 가라앉고 또 부풀어 올랐다. 인질이 몸부림쳤다. 기표가 이를 악물고 계속 목을 조였다. 다문 입 사이로 끙, 하는 소리가 났다. 악마가 정말 거기에 있었다.

나는 다시 옆방에 갇혔다. 두 손바닥을 내밀고 보이지 않는 누군가에게 말했다. 내 손을 봐, 이 빌어먹을 손들을 봐, 내가 원한 게 아냐, 내가 꿈꾼 게 아냐. 내 손에는 아직도 인질의 숨결이 영원히 지워지지 않을 얼룩으로 묻어 있었다. 내 의식은 경사면에 놓여 있었다. 정신을 집중하지 않으면 자꾸 미끄러져 현실도 환상도 아닌 암흑 속으로 떨어지려 했다. 나는 의식과 사투를 벌였다. 경사면에서 의식의 손을 놓아버리면 영원히 현실로 돌아오지 못할 것 같았다. 인질의 목소리가 들렸다. 넌 좋겠다…… 개새끼야…… 넌 살아라……. 병수가 봤다는 유령이 바로 이런 종류일 거라고 생각했다. 유령은 외부가 아니라 내부에 있으므로 퇴치할 방법이 없다. 나는 바닥에 누워 태아의 자세로 웅크렸다. 뭔가 아늑한 기운이 느껴졌다. 끔찍한 악몽이 시작될 거라고 각오하며 나는 의식을 놓아버렸다. 나는 잠이 들었다. 꿈에 고향의 바다가 나타났다. 거품을 잔뜩 문 파도가 자갈 해변을 사그락사그락 울리며 몰려오고 빠져나갔다. 그곳은 나만의 고향이 아니라 내 친구들과 가족들과 모든 인류의 고향인 것 같았다. 나는 태고의 따뜻한 바다 위를 헤엄쳤다. 캄브리아기의 징그러운 생물들이 촉수를 휘두르며 내 옆을 스쳤다. 악몽은 없었다.

세종파는 인질을 남원의 수분재 국도 아래에 버리기로 계획을 세웠다. 내가 아지트로 오기 전 기표와 강진웅이 이미 현장을 답사했다. 지리산 자락을 돌아가는 수분재 국도는 깎아지른 벼랑과 급커브가 이어지는 곳이었다. 8월 21일 새벽 2시, 세종파가 시신에 재킷을 입히고 양말과 구두를 신겼다. 강진웅이 시신을 침낭으로 싸서 거주자 우선 주차 구역에 있는 그랜저 뒷좌석에 실었다. 음주 운전 사고로 위장해야 했기 때문에 토막을 내진 않았다. 강진웅은 그랜저를 몰고, 기표는 르망을 몰고 수분재 국도로 달려갔다.

새벽 5시 40분, 동이 틀 무렵 기표와 강진웅은 인적이 드문 수분재 국도 하행선의 급커브 지점에 도착했다. 까마득한 계곡 밑에서 안개가 기어올라 그랜저와 르망의 후미를 덮쳤다. 기표가 그랜저를 몰고 벼랑 끝에서 급정거하여 10미터가량의 스키드 마크를 만들었다. 녹슨 가드레일이 깨지고 오른쪽 앞바퀴가 허공에 걸리는 순간, 그랜저가 들들 가래 끓는 소리를 냈다. 그랜저 차창에 여명이 비쳤다. 기표는 식은땀을 흘렸다. 눈앞에 허공이 다가오고 몸이 중력을 잃어 어디론가 끝없이 빠져드는 느낌이 죽음일 거라고 기표는 말했다. 스키드 마크를 만든 뒤 강진웅이 인질을 운전석에 앉히고 그랜저를 밀어 벼랑에 빠뜨렸다.

돌아오는 길에 교통순경 한 명이 국도변에서 손을 흔들었다. 강진웅이 르망 앞좌석 밑에 감춰놓은 회칼을 집었다. 경찰을 죽여보는 것이 강진웅의 소원이었다. 순경은 차창에 고개를 들이밀고 전방에 교통사고가 났으니 경광봉을 흔들어달라고 말했다. 기표와 강진웅이 모두 나와 지나가는 차에 경광봉을 흔들었다. 경찰이 고맙다고 악수를 청했다.

기표와 강진웅이 수분재로 달려가고 있을 때 다윗이 지하실로 내려와 나를 깨웠다. 나는 태고의 바다에서 빠져나왔다. 바닷물과 해초가 사라지고 콘크리트 바닥이 드러났다. 내 신경줄은 병수의 것보다 질겼다. 잠에서 깨니 인질을 죽인 것이 먼 과거의 일인 것 같기도 하고 현세가 아니라 전생의 일인 것 같기도 했다. 산다는 건 참 질긴 일이었다. 나는 수십 년 동안 잠들어 있다가 깨어난 사람처럼 어리둥절한 채로 지하실을 둘러보았다. 다윗이 물었다.

"괜찮냐?"

"멍해."

"다행이다. 그렇게 단련되는 거야. 나도 첨엔 그랬다."

나는 대꾸하지 않았다. 다윗이 말했다.

"넌 인제 올라와도 돼. 날 따라와."

나는 다윗을 따라 지하실을 나왔다. 감옥 문이 열리고 찬란한 햇살이 쏟아지는 영화 같은 일은 일어나지 않았다. 문 너머는 또 어둠

이었다. 1층 현관으로 가는 계단을 오르며, 스물두 해 동안 길들여
졌으나 이제는 낯설게 느껴지는 삶의 냄새들, 젖은 흙냄새와 음식
쓰레기 냄새와 풀잎 냄새를 맡았다. 다닥다닥 붙은 산기슭의 집들
이 보였다. 이렇게 가까이 있는데도, 오른쪽 집은 출근을 위해 잠을
자고 왼쪽 집은 방송국을 점령하기 위해 살인을 한다는 것이 믿기
지 않았다. 나는 거실로 들어갔다. 이세종이 나를 보고 놀란 표정을
지었다. 나는 건넌방으로 들어가 이불을 덮고 누웠다. 지하실의 습
기에 시달린 척추가 묵직했다. 다윗이 내 옆에 누우려 하자, 이세종
이 쫓아냈다.

"넌 안방에 있어. 나는 동진이 이 새끼한테 다짐을 받아둬야겠다."

다윗이 나갔다. 나는 이불 위에 앉아 이세종의 말을 기다렸다.

"그래, 크크크. 이젠 우리랑 함께할 거냐? 크크크."

이세종이 웃었다. 나를 조소하는 것 같기도 하고 동정하는 것 같
기도 한 이상한 웃음이었다. 마르고 갈라진 논바닥에 바람이 스칠
때 나는 소리였다.

"모르겠어요. 하지만 도망가진 않아요. 안심하세요."

"다행이군, 다행이야……. 지옥에 온 걸 환영한다, 크크크."

그제야 나는 이세종의 웃음소리가 자신에 대한 조소이고 동정이
라는 것을 알았다. 나는 물었다.

"형은 어떡할 거예요?"

"형이라니. 난 대장이야."

"대장은 어떻게 할 거냐고요."

"뭘 어떻게 해? 대장 노릇 하는 거지. 크크크."

이세종이 갑자기 입꼬리를 내리고 눈살을 찌푸렸다. 나는 목소리를 낮췄다.

"기표랑 다윗이 무슨 생각 하는지 알잖아요? 걔들은 대장이랑 갈 길이 달라요."

이세종이 한숨을 쉬었다.

"동진아…… 너 그때 생각나냐? 작년 여름에 내가 널 때렸을 때 말이야."

"그…… 재수생……."

"그래. 그때 내가 재수생을 죽이려고 그랬던 게 아니야. 나는 이미 세종파를 만들려고 작심하고 있었는데 널 끼워주긴 싫었다. 널 싫어해서가 아니라 널 위해서 그랬어. 그래서 일부러 니가 싫어할 만한 일을 벌이고 널 쫓아냈던 거야. 너는 이런 일을 하기엔 뭔가가 좀 부족해. 그랬다간 병수처럼 미쳐버렸을 거다. 널 끌어들이면 반드시 말썽이 생겨. 갈 길이 다르면 애초부터 다른 길을 가야 돼. 너도 알고 있었겠지?"

이세종이 위로나 조언을 듣고 싶어 한다고 나는 생각했다. 아무리 부질없는 말이라 해도, 이세종은 세종파가 아닌 다른 누구에게 위안을 얻고 싶어 했다. 나에 대한 배려를 상기시키는 이유는 그것 때문이었다. 이세종은 외로웠다. 기표와 다윗은 이세종과 말을 섞으려고 하지도 않았다. 나는 이세종의 면상에 대고 소리치고 싶었다. 니가 자초한 일이잖아! 다 너 때문이야, 이 야비한 새끼야! 그러나 나는 입을 다물었다. 어떤 비난도 변명도 부질없는 짓이었다. 나는 눕고 싶어서 되는대로 떠오르는 말들을 지껄였다.

"그럼 여기서 나가면 되잖아요. 애들이 찾지 않는 먼 데로."

"어디로 가냐? 쟤들은 나한테 교육을 받았어. 지옥까지 따라올 거다."

"따라올 수 없는 데로 가면 되잖아요."

"그게 어디냐? 크크크, 미국? 크크크."

"감옥도 있죠."

"자수하라고? 여기서 죽나 사형 받아 죽나, 똑같이 개죽음이야."

"아니, 다른 죄를 저질러서 가면 되죠. 한 1년쯤 썩을 폭행죄나 절도죄 같은 거. 설마 애들이 감옥까지 쫓아오진 못하겠죠. 중대한 혐의를 숨기려고 그렇게 하는 사람도 많아요."

"크크크."

"애들이 나중에 큰 사고를 쳐도 대장은 발각되지 않을 거예요. 대장 이름을 불 애들은 아니죠."

"아냐, 불 거야. 불고도 남아."

"대장이 배신했다고 생각하니까 그러겠죠. 실수로 감옥에 갔다고 생각하면 불지 않을 거예요. 의리는 있는 애들이니까."

"넌 진짜 어떻게 할 거냐?"

"전 끝까지 가볼 거예요. 도망치기 싫고 도망칠 수도 없어요."

나는 정말 그렇게 생각했다. 부천의 풀밭에서 기표와 다윗이 느꼈을 자포자기의 절망감을 나는 느꼈다. 나는 이미 심연에 빠져 있었다.

"쓸데없는 소리 그만하고 잠이나 자자."

이세종이 거실로 나갔다. 나는 누워서 꿈과 현실을 왕복했다. 이번에는 신정동의 황톳물이 나타났다. 그 물도 따뜻하고 아늑했다. 물에 퉁퉁 불은 외삼촌의 시체, 뼈와 살가죽만 남은 누나의 시체, 식칼을 든 이세종 아버지의 시체, 내가 간직하고 있던 죽음의 이미지들이 나를 무심하게 스쳐갔다.

기표와 강진웅은 오전 11시경 돌아왔다. 고속도로 휴게소에서 밥을 먹고 왔다고 했다. 강진웅은 나를 보고 싫은 기색을 감추지 않고, 내가 들으라는 듯 큰 소리로 기표에게 불평을 했다.

"형, 죽일려면 제대로 죽였어야 돼. 봉투로 코하고 입만 막았어야지, 목을 조르면 어떻게 해? 목에 빨간 자국이 남았잖아. 경찰이 발견하면 어떡할래? 누가 벌벌 떨어가지고…… 일이 씨팔 이렇게……."

경찰은 발견하지 못했다. 다음 날 오후 3시, 수분재에서 도로 공사를 하던 인부 중 한 명이 18미터 낭떠러지 아래에 찌그러진 그랜저를 발견했다. 추락 당시의 충격으로 심하게 훼손된 청년의 변사체가 그랜저 안에 있었다. 관할 청운경찰서는 변사자의 신원을 확인하고, 단순 교통사고로 처리해 검찰에 보고했다. 변사자 아버지가 압력을 넣었다. 담당 검사는 서울에서 실종된 변사자가 지방에서 혼자 죽은 것이 의심스러우니 사체와 차량 상태, 보험 여부를 재조사하라고 지시했다. 흉기 등에 대한 타살 흔적이 없고 금품 및 지갑을 도난당한 흔적도 없어서 경찰의 내사는 잘 진척되지 않았다.

이세종은 자신만의 방식으로 난관을 돌파했다. 인질을 죽인 이틀 뒤인 1994년 8월 23일, 동네 선배가 이세종에게 자기 집의 연탄보일러를 고쳐달라고 부탁했다. 건실하고 재주 많은 젊은이들로 소문나 있던 세종파는 동네의 자질구레한 민원을 많이 받았다.

이세종은 저녁 7시 30분에 선배의 집으로 갔다. 집 안이 조용했다. 이세종은 연탄아궁이로 가지 않고 안방 문을 열어 술이나 먹을 거리가 있는지 두리번거렸다. 중학생 나이의 여자아이가 자고 있었다. 이세종은 안방 앞에 있는 짧은 툇마루에 앉았다. 해가 떨어지고 있었다. 대문의 그림자가 마당을 넘어 툇마루와 안방 문까지 핥았다. 어둠이 찾아와도 더위는 계속될 것이다. 8월 내내 열대야가 이어지고 있었다. 이세종은 안방 벽에 걸린 시계를 보았다. 분침이 35분을 가리키고 있었다. 이세종은 안방으로 들어가 아이 앞에 앉았다. 아이가 땀을 흘리며 코를 골았다.

시계의 초침이 또 한 번 일주했다. 선풍기가 웽웽거렸다. 이세종은 아이의 연두색 추리닝 바지를 끌어내렸다. 아이가 잠에서 깨어 비명을 질렀다. 이세종은 아이의 비명을 막지 않고 문밖으로 퍼져나가도록 방치했다. 아이가 일어났다. 이세종이 아이를 쓰러뜨렸다. 아이가 손등을 물었다. 이세종은 아이의 뺨을 때리며 배 위로 올라탔다. 버둥거리는 아이의 팔을 제압하고 이세종은 시계를 보았다. 7시 40분이었다. 아이가 계속 비명을 질렀다. 귀가 멍멍해질 정도로 크고 날카로운 소리였다. 이세종이 아이의 티셔츠를 들췄다. 아이의 배가 공포로 출렁였다. 이세종은 한참 동안 아이의 배 위에 앉아 있었다. 7시 45분이었다.

주인이 돌아왔다. 주인의 면전에서 이세종이 아이의 뺨을 또 한 대 때렸다. 주인은 신발도 벗지 않고 안방으로 달려가 조카딸을 겁탈하려는 짐승의 목덜미를 발로 찼다. 이세종이 쓰러지자 주인이 계속 발길질을 했다. 주민들이 몰려들었다. 7시 55분, 파출소 순경 두 명이 이세종에게 수갑을 채웠다.

이세종은 순경들에게 양팔이 붙들린 채로 상도동 골목을 내려갔다. 계단식 골목 양옆에 주민들이 전송 인사라도 하듯 도열했다. 기표도 끼어 있었다. 행복슈퍼에서 파출소가 있는 왼쪽으로 방향을 틀기 전, 이세종과 기표의 눈이 마주쳤다. 기표는 눈도 깜박이지 않고 이세종을 노려보았다. 이세종이 그에게 미소를 지었다. 아랫도리가 주책없이 불끈불끈 서는데 난들 어떡하냐, 이세종은 그렇게 말하고 싶었을 것이다.

이세종은 강간미수 혐의로 기소되었다. 피해자는 중학교 2학년인 집주인의 조카였다. 우발적인 범행이고, 피해자의 미약한 반항에 범행을 중단했으며, 피해 정도가 경미하고, 도주하지 않고 잡혀 범행 일체를 자백했으므로 형량이 무겁진 않을 거라고 변호인이 이세종에게 말했다. 어머니가 사건 직전에 이세종이 준 통장을 깨서 합의금과 소송 비용을 마련했다.

이세종이 끌려간 뒤, 기표는 다윗과 강진웅에게 말했다.

"서두르자."

총은 어디에 있는가

나는 9월 20일자 조간신문의 복사본을 보고 있다. 이날 신문들의 1면은 기사도 사진도 레이아웃도 똑같다. 1면 메인 사진으로 서대문경찰서 형사실의 풍경이 실려 있다. 1면 머리기사의 제목은 '사상 최악 연쇄살인 집단 체포' 등이다. 1면 하단에 추석 연휴 귀성길 혼잡이 예상된다는 기사가 실려 있다.

나는 사진을 본다. 세종파가 긴 탁자 뒤에 일렬로 서 있다. 맨 왼쪽의 서기표는 해바라기 무늬가 있는 흰색 반바지에 하늘색 점퍼를 입었다. 그 옆의 강진웅은 두꺼운 허벅지가 드러나는 면 반바지에 검은색 민소매 티를 입었다. 강진웅이 해변에 놀러 가는 것 같은 복장을 한 이유는 집에서 잡혔기 때문이다. 강진웅 옆에 김다윗의 머리통이 껑충 솟아 있다. 김다윗은 흰색 면 남방의 단추를 세 개

풀어 가슴을 드러내고 군청색 긴바지를 입었다. 맨 오른쪽의 전혜
진은 검은색 바지와 핑크색 블라우스를 입었다. 허리에 주름이 많
이 잡히고 밑단이 잘록한 디스코형 바지가 그해의 유행이었다. 소
매에 거창한 레이스가 달린 블라우스는 인조 실크 재질로 보였다.
그런 천은 다림질하면 매캐한 냄새가 난다.

세종파 앞의 테이블에는 녹색 테이블보가 깔려 있다. 증 1호, 증
2호, 증 3호, 증 4호 등이 적힌 종이 팻말과 함께 무기가 전시됐다.
미군용 단검 네 개, 전기충격기, 망원렌즈가 달린 사냥용 공기총,
일본도 네 개, 지팡이형 단검, 무전기, 다이너마이트 스물한 개와
전기식 뇌관 열네 개가 놓여 있다. 당시 어떤 기자는 이 많은 무기
로 쿠데타를 하려고 했던 거 아니냐고 농담을 했다.

세종파에게 무기를 공급해준 무기 밀매상 이정복은 지금 광주
농성동의 전자제품 대리점에서 일하고 있다. 그를 불러내는 일은
무척 힘들었다. 그는 세종파와 관련된 기억이라면 모조리 망각의
분쇄기에 갈아 땅에 파묻고 싶어 했다. 다윗이 구치소에서 종종 미
안해했으며, 최후의 순간에도 그에게 용서를 빌었다고 전한 뒤, 나
는 간신히 약속을 잡았다.

이정복은 다윗이 다니던 공장 선배의 친구였다. 광주에서 고등
학교를 졸업한 후 서울로 올라와 한동안 여러 공장을 전전했다.
1993년부터는 청계천의 손 작은 사채업자 밑에서 심부름을 하며
용돈을 벌었다. 이정복은 일숫돈을 받기 위해 매일 청계천 골목을

돌아다녔다. 일수놀이를 하는 사람은 많이 돌아다니고 많이 들어 지역 사정에 밝을 수밖에 없다. 1994년 당시 이정복은 청계천의 어리고 건방진 터줏대감이었다.

"청계천이 어떤 곳이었는지 댁도 알잖소. 상가의 물건을 다 모아서 항공모함도 만들 수 있는 곳이었어요. 상인들이 일치단결하면 인천에 항공모함을 띄우고 그 위에 마징가제트를 올려놓을 수도 있었어요."

이정복은 일수 수첩을 들고 이 일대를 돌아다녔다. 특히 청계천 8가 삼일고가도로 밑에 있는 황학동 시장이 재미있는 곳이었다. 골동품, 전자제품, 시계, 보석, 공구, 양복, 품목을 헤아릴 수 없는 상품들이 쌓여 있었다. 당시 쏟아져 들어오기 시작한 중국산 의류는 웬만한 재킷도 5천 원에 살 수 있었다. 식민지 시대 화장대는 3~5만 원, 축음기는 1만 원 정도였고, 비닐 포장도 뜯지 않은 비디오테이프가 2500원이었다. 이런 화려한 상품 시장 밑에 지하 시장도 있었다. 주로 장물과 미군 부대에서 흘러나온 무기류를 파는 시장이었다. 상인들은 일수 수첩을 끔찍하게 싫어했다. 이정복은 어느 시장 어느 매장에 일수 대신 받을 만한 값비싼 물건이 있는지 줄줄 외웠다. 매대에 진열하는 물건이 있고 골방에 숨기는 물건이 있었다. 골방에 숨긴 물건이 진짜 돈이 되는 물건이었다. 이정복은 그런 물건들을 필요로 하는 수상한 인간들에게 선을 댔다. 일수업자가 주는 용돈보다 쏠쏠한 금액이 들어왔다. 1994년 초 이정복과 동거를 시작한 전자상가 경리가 그해 여름에 임신했다. 큰돈이 필요했던 이정복은 더욱 장사에 열을 올렸다.

"8월 말에 다윗이 만나자고 연락을 했어요. 자주 가는 청계천 지하 다방에서 만났죠. 무기를 왕창 사고 싶어 하는 호구가 나타났다면서 목록을 보여주더군요. 어마어마했어요. 내가 지구 정복을 하고 싶은 놈이냐고 물었죠."

9월 23일, 경찰은 나흘 동안 방치해놓은 이세종 소유의 르망 트렁크 안을 뒤져서 무기 목록을 찾아냈다. 목록에는 적외선 망원경 40×2=80만 원, 저소음총 120×3=360만 원, 조립식 탄창 2백만 원, 활궁 40×2=80만 원, 표창칼 + 단검 8×3=24만 원, 일본도 80×3=24만 원, 도청 장치, 무전기, 수갑, 마취총이 순서대로 적혀 있었다. 그 위에 이정복의 국민은행 계좌번호를 적은 메모가 붙어 있었다. 당시 기표는 무기에 집착했다. 왜 그렇게 많은 무기가 필요하냐고 물으면, 무기가 많을수록 마음이 놓인다고 말했다.

"어쨌든 그 목록을 보고 있으니 돈 냄새가 났어요. 크게 한탕 하겠다 싶었죠. 범죄 집단에 가담할 생각은 전혀 안 했어요. 경찰도 나중에 인정한 사실이에요. 난 아무것도 모르고 무기만 구해준 거예요. 그렇다고 무기를 다 구해줄 순 없고 되는대로 시늉만 냈죠."

이정복은 땀을 뻘뻘 흘리며 황학동 상가를 돌아다녔다. 며칠 뒤 그의 수중에 무전기, 가스총, 전기충격기가 들어왔다. 총은 구할 수도 없고 구할 생각도 하지 않았다. 다윗에게 전화를 걸어 구한 무기

목록을 불러줬다. 다윗은 총을 고집했다. 형, 총이 중요해. 총이 핵심이야!

"그래서 당장 총을 구할 수 없으니 공기총이 어떠냐고 물었죠. 엽총을 물어보길래 엽총은 경찰서에 맡겨놓고 필요할 때만 써야 하니까 공기총으로 하라고 했어요."

살인 무기로 쓰일 거라곤 상상도 하지 못한 채, 이정복은 총포상에 직접 가서 신분증을 제시하고 사냥용 공기총을 구입했다. 다윗이 무기를 인수하기 위해 세운상가 앞으로 달려왔다.

"다윗이랑 햄버거를 먹으면서 무기가 든 가방을 건네줬죠. 500만 원을 달라니까 다윗이 깎을 생각도 안 하고 선뜻 건네주는 거예요. 합해서 200만 원도 안 되는 물건인데. 참 어수룩한 놈이었죠. 내가 하도 미안해서 누구한테 받은 백화점 고객 명단을 줬어요. 장사할 때 쓰면 재미가 쏠쏠할 거라고 말해줬죠. 그게 탈이 난 거요. 내가 졸지에 강남의 적이 됐어요."

강남의 한 백화점이 1200명의 이름, 주소, 전화번호, 거래 금액을 39페이지에 걸쳐 레이저프린터로 출력한 서류였다. 누군가가 이름들 옆에 빨간 볼펜으로 동그라미, 세모, 가위 표식을 그렸다. 백화점 우수 고객 명단이 아지트에서 발견됐다는 보도가 나가자 고객들이 백화점에 항의 전화를 했다. 백화점 본사에 찾아가 고객 카드를 돌려줄 것을 요구한 고객도 있었다. 동그라미가 살인 대상자였다는 소문이 퍼졌다. 일부 고객들은 자신이 동그라미인지 세

모인지 가위인지 밝히라고 백화점에 요구했다. 고객 명단에 올라 있던 고위 관료, 국회의원, 유력 인사들이 명단 내용이 흘러나가지 못하도록 경찰과 언론사 데스크에 압력을 넣었다. 10월 1일, 백화점은 고객 명단 유출 경위를 추적하고 고객의 항의에 적절한 대책을 마련하기로 합의했다고 발표했다. 언론은 강남에 대한 오해가 무차별 살인극을 낳을 뻔했다고 진단했다. 최근 몇 년간 강남 집값이 수직 상승하면서 강남과 강북을 양극화시키는 기사가 많이 나오는데, 사실 부동산 투기로 돈을 번 사람은 극소수이며 대치동에 살고 있는 의사와 변호사들도 자수성가한 사람들이 많다는 내용의 사설이 한 신문에 실렸다.

다윗이 무기 가방을 들고 왔을 때 기표는 무기가 너무 비싸다고 투덜거렸다. 숫자가 가득한 명단은 쳐다보려고도 하지 않았다. 한 번 읽어보라고 다윗이 채근했다. 기표는 한참 들여다본 후에야 숫자들의 의미를 짐작했다. 쳇, 하루에 700만 원을 쓴 새끼도 있네! 기표는 명단을 장롱 속에 던졌다. 기표에게는 명단보다 최종 목표로 다가가는 길을 찾는 게 중요했다.

문제의 명단은 압구정점 신용판매과에서 여행을 시작했다. 1994년 4월 DM 발송 업무를 담당하는 23세의 여직원 김씨가 사무실에서 복사할 때 이면지로 쓰이는 종이들을 읽어보고 그중의 한 묶음을 떼어 직장 동료였던 강씨에게 넘겨주었다. 강씨는 다른 백화점 판촉과에서 일하면서 명단의 가치를 알게 된 천씨에게 넘졌다. 천씨는 통신 판매 사업을 막 시작한 애인 곽씨에게 선물로 주었다. 곽씨는 명단의 고객들에게 전화를 걸어 반응이 괜찮은지 시큰둥한지에 따라 이름 옆에 빨간 볼펜으로 동그라미, 세모, 가위 표시를 했다. 일숫돈을 받으러 온 이정복에게 곽씨는 일수가 밀린 걸 봐달라는 뜻으로 명단을 넘겼다. 이정복이 무기 가방에 그 명단을 담아 다윗에게 주었다. 경찰은 1200여 명의 고객 명단이 단순한 고객 명단이 아니라 거래액까지 적힌 대외비 성격의 명단(그리고 이면지로 쓰이던 명단)이라는 점을 중시해, 업무상 비밀 누설 혐의로 김씨, 강씨, 천씨, 곽씨를 입건했다.

나는 고객 명단이 우연히 사회의 은밀한 부위를 찔렀다고 생각한다. 세종파는 뒷걸음치다 우연히 강남이라는 고환을 밟아버렸다. 세종파가 체포되고 사회가 곧 붕괴될 것처럼 정치인들이 호들갑을 떤 이유도, 이후 세종파가 침묵의 금기에 묶인 이유도, 거기가 급소였기 때문이다.

"무기를 넘긴 후에도 종종 다윗한테 연락이 왔어요. 총을 좀 구해달라고. 그래서 부산에 가면 구할 수 있다고 말해줬죠."

"물어보고 싶은 게 있습니다. 이것 때문에 뵙자고 했어요. 정말 총을 구해줄 수 있었습니까?"

"없어요. 부산에 내려가면 출장비만 빼먹고 나머지 돈은 돌려줄 생각이었어요. 이봐요, 난 무기 밀매상이 아니라니까요."

이정복은 세종파가 체포된 후 광주의 집으로 피신했다. 경찰은 세종파의 범죄를 간접적으로 사주한 무기 밀매상을 잡기 위해 혈안이 돼 있었다. 9월 22일, 경찰이 이정복의 계좌번호를 찾기 하루 전 『한영일보』가 무기 밀매상 이씨의 정체를 단독 보도했다. 기사에서는 브로커 이씨가 김다윗의 증언처럼 40대 중반이 아니라 20대 초반이며 본가는 광주에 있고 대방역 부근에서 자취를 하며 서류상 무직이지만 청계천 사채업자의 심부름꾼으로 일했다고 폭로했다. 신문에 자신의 기사가 나온 날 이정복은 안방에서 이불을 뒤집어쓰고 벌벌 떨었다. 아버지가 캐묻자 이정복이 사실을 털어놨다. 아버지, 제가 세종파 공범이래요!

아버지는 다음 날 이정복을 끌고 서울지방경찰청으로 갔다. 현관 앞에 소란이 일었다. 스포츠형 머리에 자주색 체크 바지를 입은 이정복은 사진기자들이 플래시를 터뜨리자 옷과 손으로 얼굴을 가렸다. 175센티미터의 호리호리한 체격을 가진 이정복 옆에 땅딸막한 노인이 굽실대며 눈물을 흘렸다. 기자 양반들, 잘 좀 봐주십쇼! 내 아들 놈은 범죄를 저지를 배짱도 없는 놈입니다! 경찰은 이정복의 집을 압수수색하여 일수 장부만 찾아냈다. 장부에는 상인, 다방 주인, 분식집 주인, 식당 종업원이나 말단 공무원까지 하루 2~3만 원 일수를 찍는 실상이 적혀 있었다.

"다윗이 총을 자꾸 찾을 때부터 불길한 예감이 들었어요. 가스총이나 전기충격기는 애들 장난감이지만 총은 다르죠. 이 돌대가리가 뭔 짓을 벌이려고 이러나, 의심이 가는 거예요. 근데 그땐 내 주변에 지칠 정도로 이상한 놈들이 바글댔으니까 그러려니 하고 넘어갔죠. 그때 뒷조사를 했어야 했는데……."

자식을 수렁 속에서 건져낸 아버지는 두 해 전에 세상을 떠났다. 이정복은 두 아이의 아버지가 되었다. 커피숍을 나서며 이정복이 말했다.

"집행유예를 받았수다. 내 참 더러워서……."

더위와 가뭄이 갈수록 난폭해졌다. 태풍도 한반도를 피해 갔다. 망원렌즈가 달린 가스 충전식 5밀리미터 구경 6연발 공기총은 늘 아지트의 거실에 놓여 있었다. 햇살이 쏟아지는 거실에 앉아 기표는 무명천으로 총신과 방아쇠와 개머리판을 닦았다. 니스를 칠한 참나무 개머리판이 반짝거렸다. 총신은 햇빛에 몸을 태운 듯 검고 날씬했으며, 살상이라는 행위에 걸맞지 않게 섹시한 주둥이를 내밀고 있었다. 공기총을 다 닦고 난 뒤에도 기표는 흠집이 나진 않았는지 몸체 곳곳을 탐색했다. 땀 한 방울이라도 총신에 떨어지면 기표는 한숨을 쉬었다.

이따금 거실에 아무도 없을 때 기표는 총을 비스듬히 들고 거울 앞에 섰다. 거실의 정적 속에 혼자 서서 기표는 거울 속에 서 있는 사내와 대결했다. 나는 가끔 기표의 등 뒤로 몰래 다가가 거울을 훔쳐보았다. 거울에 내 머리통이 나타나면 기표는 짜증을 부렸다. 나는 기표가 등을 돌리기 전, 찰나의 순간에 어른거리는 거울 속 기표의 얼굴을 기억한다. 거울 속의 기표는 손자국들의 정글에 숨어 거울 밖의 세계를 탐하는 눈이 큰 사내였고, 공기총이 아니라 AK-47을 들고 금방이라도 튀어나올 것 같은 전사였다. 기표는 사내를 노려보았다. 때로는 화를 내는 것 같기도 했다. 그때 기표의 표정은 그가 얼마나 은밀하고 진지한 시간을 통과하고 있는지 말해주었다.

"공기총을 아예 핥아 먹어라."

"아 씨발, 총이 있어야 되는데. 진짜 총이……."

무기 밀매 시장은 부산, 군산, 인천 등 미군 기지와 항구가 가까운 곳에서 번성했다. 외항선의 출입이 잦은 외항들도 밀매에 적합했다. 이정복의 말대로라면 총은 멀리 부산에서 세종파를 기다리고 있었다. 감천항에 어둠이 깔리면 털이 복슬복슬한 러시아인들이 부두를 서성인다. 지하철 입구에도 러시아어 안내문이 있는 도시니, 러시아 선원들을 수배하는 건 식은 죽 먹기다. 브로커와 함께 다가가 총 쏘는 시늉을 하면 몇 명쯤은 관심을 보일 것이다. 운이 좋으면 러시아 마피아들이 애용하는 소형 기관총을 얻을 수도 있다. 선원이 이름과 연락처를 적고 다음에 보자, 빠이빠이 손을 흔들 것이다. 세종파가 그의 등 뒤에서 외칠 것이다. 총검이 부착된 AK-47 자동소총이나 우지기관총, 독일제 권총 스미스 앤드 웨슨 38, 실탄 100발! 오케이? 기표는 매일 이런 환상에 젖었다.

나는 세종파가 총을 갖게 되는 순간 최종 목표를 더 멀리 밀어붙일 것이라고 생각했다. 어떤 장면이 벌어질지 뻔했다. 각자의 손 안에 총이 있는데 그들이 자폭으로 생을 끝내진 않을 것이다. 점점 연장되는 파국이 나는 두려웠다. 무기 브로커가 총을 구할 능력이 있는지, 정말 부산으로 내려갈 생각인지, 나는 기표와 다윗에게 매일 물었다.

"무기는 충분하지 않냐?"

"아냐. 총이 있어야 돼. 한 자루만 있으면 돼. 그래야 자신 있게 파출소를 털지. 한 자루만 있으면 권총 서너 자루가 생겨. 그리고 무기도 이걸로는 부족해. 한탕만 해서 돈을 번 다음에 총을 사서 끝장내야지."

"다이너마이트가 있다며?"

"그건 최후에 쓰는 거고, 새끼야. 요즘 꿈을 자주 꿔. 순경들이 내 발밑에 무릎을 꿇고 살려달라고 사정을 하는 거야. 그러면 나는 가늠쇠에 그놈들의 머리통을 하나씩 올려놓고 심호흡을 해. 숨을 멈추고 손가락에 조금씩 힘을 주다가, 탕!"

기표는 공기총으로 사람을 쏘는 흉내를 냈다.

"잠에서 깨면 진짜 방아쇠를 당긴 감촉이 느껴져. 아침에 손가락을 문질러본다니까."

그때 기표는 격렬한 섹스를 마친 표정이었다.

세종파는 다음 인질을 납치할 장소를 골랐다. 성공하든 실패하든 한 건만 하고 최종 목표로 뛰어들 계획이었다. 더 시간을 끌면 발각될 가능성이 컸다. 누군가 백화점 고객 명단 이야기를 꺼냈지만 기표가 고개를 저었다. 명단에 적힌 주소로 찾아가 경비가 삼엄한 고급 주택이나 빌라의 담장을 넘어 인질을 잡는 건 불가능해 보였다.

〈9시 뉴스〉에서 양평의 러브호텔이 불륜의 온상이라는 보도를 본 뒤, 우리는 르망을 타고 양평 국도를 세 번이나 답사했다. 88고속도로를 지나 양평 국도변 주유소에서 유턴을 반복하며 범행 장소와 도주로를 지도에 표시했다. 도로 끝에는 탁 트인 강변에 카페와 러브호텔의 네온사인이 반짝였다. 처음 답사를 하던 날, 기표와 다윗은 도로를 질주하는 고급 승용차들을 보며 환호성을 질렀다. 차들은 인적이 드문 강변 근처에 이르면 강바람을 쐬기 위해 속도를 줄였다.

1994년 7월 14일, 폭염과 가뭄이 한 달째 계속되자 식수난과 정전 사태가 전국에서 벌어졌고 시도교육청들은 단축 수업을 결정했다. 7월 18일, 광주 인근 저수지들이 바닥을 드러내면서 개구리들이 창자를 내밀고 물 위로 떠올랐다. 개구리들은 타들어가는 저수지 가장자리에 하얀 띠를 만들었다.

7월 21일, 부산 시민들의 상수원인 물금 취수장이 폭염으로 급격히 늘어난 남조류의 습격을 받았다. 물은 진한 녹즙 같았다. 7월 22일 서산 간척지가 타들어가자 도청과 재난관리본부는 경운기를 총동원해서 저수지의 물을 퍼 올렸다. 농작물들이 계속 말라 죽었다. 7월

23일, 한전은 전력 예비율 3퍼센트 선이 붕괴됐다고 발표했다. 내무부는 제한 송전 위기라며 전 국민의 절전운동을 호소했다.

8월 4일, 고급 승용차로 여자들을 납치해 알몸 사진을 찍고 성폭행한 야타족 대학생 홍씨 일당이 검거됐다. 일회용 카메라, 명품 시계, 잭나이프, 명품 립스틱 등 증거물을 늘어놓은 책상 앞에서 하와이언 남방을 입은 홍씨가 고개를 숙였다. 이렇게 더운데 야타족이라니 서민들 가슴만 답답해집니다, 라고 뉴스 앵커가 마무리 멘트를 했다.

9월 1일, 가뭄 뒤에 농산물 파동이 왔다. 배추가 한 포기당 8천 원에 육박했다. 경방필백화점은 고랭지 배추를 포기당 500원에 제한 판매하는 행사를 열었다. 배추를 쌓아놓은 백화점 후문 앞에 주부들이 인산인해를 이루었다. 아줌마들은 장바구니를 피켓처럼 머리 위로 높게 쳐들었다.

9월 14일 새벽 1시, 우리는 양평 유원지로 가는 국도변의 작은 주유소에 모였다. 바람이 축축하고 미적지근했다. 땀에 젖은 목덜미로 모기가 달려들었다. 9월인데도 밤 기온이 내려가지 않았다. 이날 우리에게는 30만 원을 주고 빌린 2.5톤짜리 포터 트럭이 있었다. 포장을 씌운 트럭 짐칸에 등을 기대고 우리는 커피를 마셨다. 트럭 좌석 밑에는 가스총, 무전기, 전기충격기, 야구방망이, 칼, 공기총이 쌓여 있었다. 인질이 될 낯선 누군가를 향해, 하와이언 남방을 입은 오렌지족과 배꼽티를 입은 애인, 혹은 배가 불룩한 졸부와 핫팬츠를 입은 젊은 애인을 향해 강진웅이 중얼거렸다.

"빨리 와라…… 씹새들…….”

유철용은 경기도 안양시에서 전기 부품을 납품하는 공장을 운영
했다. 1992년 말에 이어진 중소기업의 줄도산 사태 때도 공장은 그
럭저럭 돌아갔다. 1993년 초에 자금 사정이 어려워져 기술력이 있
는데도 현금이 돌지 않았다. 신규 대출이 끊기고 시장에 8개월짜
리 어음만 돌아다녔다. 1994년 봄 무렵부터 회사가 정상화됐다.

1994년 9월 11일, 중학교 2학년인 아들 유현석이 가출했다. 유
철용이 이유를 물었다. 아들은 집이 싫어서가 아니라 학교가 싫어
서 가출을 했다고 대답했다. 몸이 약하고 마음이 여린 아이였다. 같
은 반의 왕따가 전학 가자, 아이들이 말이 없는 유현석을 새 왕따로
찍었다. 쉬는 시간마다 도시락이 엎어지고 우유팩이 터지고 체육
복이 사라졌다.

유철용은 아들을 며칠간 학교에 보내지 않기로 결심했다. 전학
을 가자고 했으나 아들이 거부했다. 전학을 가더라도 왕따였다는
사실이 알려지면 더 괴롭힘을 받는다는 게 이유였다. 유철용은 부
아가 치밀어 잠을 잘 수 없었다. 아들도 잠을 못 자긴 마찬가지였
다. 그날 밤 12시, 유철용은 양평에서 바람이나 쐬고 돌아올 작정
으로 아들을 그랜저에 태웠다.

유철용의 그랜저가 차창을 열고 다가왔다. 속도가 적당히 느렸

다. 우리는 모두 트럭에 탔다. 기표와 내가 앞좌석에 앉고 다윗과 강진웅은 짐칸에 앉았다.

"경기도 넘버네요, 돈 좀 있겠는데? 회 쳐버립시다."

기표의 무릎에 놓인 무전기에서 짐칸에 있는 강진웅의 목소리가 흘러나왔다. 기표가 트럭을 몰고 그랜저를 추격했다. 간간이 다른 차들이 우리의 트럭과 유철용의 그랜저를 추월하여 질주했다.

"형, 뭐해요? 지금 합시다!"

강진웅이 무전기로 범행을 재촉했다.

"기다려 새끼야. 아직 아냐."

기표가 말했다.

그랜저는 카페촌이 보이는 지점에서 샛길로 빠졌다. 인적이 없는 샛길 끝에는 단독주택 서너 개가 모여 있었다. 억새가 무성한 길 중간에 그랜저가 멈췄다.

"저 새끼들 카섹스 하나?"

기표가 중얼거렸다. 그때 유철용은 아들을 달래고 있었을 것이다. 내가 아버지에게 한 번도 들어본 적 없는 인생의 교훈들을 유철용이 아들에게 가르쳐주고 있었을 것이다. 누구나 인생의 한 모퉁이에서, 사람 없는 놀이터나 빈방이나 한밤의 화장실에서 숨이 끊어지도록 울어본 경험이 있다. 시간이 모든 것을 해결해준다. 시간을 이길 수 있는 것은 어디에도 없다. 살이 떨어져나가는 것 같은 아픔도 그때뿐이며 사람을 죽이고도 아무렇지 않게 살 수 있다. 아이를 낳는다면 내가 해주고 싶은 말들을, 유철용이 아들에게 해주었을 것이다.

"지금 치자!"

기표가 무전기로 명령을 내렸다. 포터 트럭이 그랜저의 후미를 막고 헤드라이트를 하이빔으로 올렸다. 기표가 가스총과 전기충격기를 들고 운전석으로 달려갔고 다윗은 조수석으로 갔다. 나는 그랜저 뒤에 섰다. 강진웅이 내 옆에 따라 붙었다. 아지트 1층으로 올라온 후 강진웅은 줄곧 나를 감시했고 이세종도 내가 부추겨 탈출시킨 거라 믿었다. 헤드라이트 불빛 때문에 유철용은 우리의 검은 실루엣밖에 볼 수 없었을 것이다.

"타이어가 터진 거 같은데요."

기표가 차로 다가가며 소리쳤다.

"펑크라니요. 펑크가 왜 납니까."

유철용이 차 문을 열고 나왔다. 기표가 가스총을 쏘았다. 유철용이 얼굴을 감싸 쥐고 외쳤다.

"현석아, 도망쳐! 현석아……."

기표가 유철용의 뒷목을 전기충격기로 지졌다. 유철용이 쓰러져 기절했다. 조수석을 확인하던 다윗의 표정이 어두워졌다.

"기표야…… 애야…… 애가 있어……."

순간 우리는 움직임을 멈췄다. 억새가 바람에 흔들리며 쓱싹쓱싹 울었다.

“애라니? 애새끼가 이 시간에 왜 나와?”

기표가 조수석을 보았다. 반바지를 입은 작은 아이가 몸을 떨고 있었다.

“아이, 씨팔!”

기표가 차 지붕을 주먹으로 때렸다. 차체가 흔들렸다.

“야, 어쩔 수 없다. 아저씨는 트럭에 싣고 애는 그랜저에 태워서 가자. 동진아, 넌 그랜저에 타.”

강진웅이 유철용의 팔다리를 덕트 테이프로 묶었다. 다윗이 그를 들어 트럭 짐칸에 실었다. 유철용이 움직이지 않는데도 강진웅은 전기충격기로 뒷목을 한 번 더 지졌다. 나는 머뭇거렸다. 기표가 소리쳤다.

“빨리 타, 개새끼야. 시간이 없어. 애는 안 죽여! 안 죽인다고! 이제 와서 어쩌란 말이야.”

나는 아이를 안고 뒷좌석에 앉았다. 기표가 그랜저를 몰았다. 다윗이 트럭 짐칸에 앉아 유철용을 지키고, 강진웅은 트럭을 몰아 기표의 뒤를 쫓았다. 유일하게 면허증이 있는 기표가 다윗과 강진웅에게 훈련의 일환으로 운전을 가르쳤다. 내 품 안에서 아이가 떨었다. 유난히 뼈대가 가늘고 작은 아이였다. 나는 아이의 가슴을 토닥였다. 작은 심장이 쉴 새 없이 콩닥거렸다.

“넌 이름이 뭐냐?”

아이가 대답하지 않았다.

“괜찮아. 나쁜 사람 아니야. 이름이 뭐야?”

“유…… 현…… 석…….”

“몇 학년이야?”

“중2요.”

“중학생이야? 초등학생 아니고?”

“예.”

“잘 들어. 우리는 아빠랑 얘기만 할 거야. 뭐 좀 물어보고 그냥 돌려보낼 거야. 그러니까 무서워할 필요 없어. 알았지?”

아이가 계속 떨었다. 나는 아이의 머리를 쓰다듬었다. 샤워를 한 지 얼마 안 되는 듯 샴푸 냄새가 났다. 기표는 주먹으로 운전대를 치면서 투덜거렸다.

“니미 씨팔, 되는 일이 없어. 이 새벽에 애새끼는 왜 데리고 나와?”

새벽 1시에 아빠와 아이가 양평을 돌아다니리라곤 우리는 상상도 하지 못했다. 양평 국도를 달리는 차 안에는 오렌지족과 졸부들밖에 없는 줄 알았다. 가장 안전한 길목에 함정이 있다는 것을, 가장 단단한 지면 밑에 추락이 있다는 것을 그때 우리는 알지 못했다. 기표가 무전기를 들고 지시를 내렸다.

“앞에 검문소가 있다. 검문하면 우리가 먼저 박살낸다. 인질은 괜찮냐?”

다윗의 목소리가 나왔다.

“응, 걱정 없어.”

강진웅의 목소리도 나왔다.

"알겠습니다."

아이가 몸을 둥글게 말고 계속 떨었다. 갓 태어난 강아지를 안고 있는 느낌이었다. 양평 국도에는 안개가 가득했다. 차창에 뿌옇게 김이 서렸다. 나는 유리에 방, 송, 국, 세 자를 썼다. 이유는 모르지만 아이가 우리의 갈 길을 알면 좋겠다고 생각했다. 나는 손바닥으로 글자를 지웠다. 유리창의 투명한 구멍 너머로 안개에 싸인 도로와 불빛들이 드러났다. 창문의 안과 밖은 화해할 수 없는 두 개의 세계였다. 유리 한 장이 암흑과 빛을, 아군과 적군을 가르고 있었다. 이토록 선명한 이분법을 나는 이전에도 이후에도 본 적이 없다.

르망과 트럭이 달동네 앞의 거주자 우선 주차 구역에 도착했다. 기표가 그랜저를 주차 구역에 댔다. 강진웅은 트럭을 아지트로 올라가는 샛길 앞에 바짝 댔다. 트럭 짐칸의 포장이 엄폐물 구실을 했다. 다윗이 인질을 어깨에 메고 지하실로 들어갔다. 기표가 다윗의 뒤에서 부축했다. 나는 아이를 안고 기표의 뒤를 따랐다. 강진웅은 나와 아이를 감시하기 위해 맨 뒤에서 걸었다.

계단 앞에서 쿵 소리와 신음 소리가 났다. 발을 헛디딘 다윗이 계단에 넘어졌다. 그의 어깨에서 떨어진 유철용은 계단 밑으로 굴렀다. 아우 아퍼! 다윗이 소리쳤다. 유철용이 계단 밑에서 꿈틀거렸다. 강진웅이 달려가 유철용의 뒷목을 전기충격기로 또 지졌다.

"그만 지져, 새끼야. 아저씨 목이 무슨 부침개냐?"

기표가 성을 냈다. 양평에서 아지트 지하실까지 오는 내내 기표
는 신경질을 부렸다. 다윗이 유철용을 철창 바닥에 설치된 침상에
뉘였다. 나는 유철용 옆에 아이를 앉혀놓고 등을 토닥였다.

"오늘 밤은 여기서 자라. 아빠는 곧 깨신다. 무서워하지 마. 내일
이면 집에 가. 알았지?"

아이가 고개를 끄덕였다. 나는 유철용을 포박한 덕트 테이프를
뗐다. 우리는 지상으로 올라가 잠을 청했다. 강진웅은 내가 도망치
지 못하도록 거실에 대자로 누워 잠을 잤다. 그는 매일 그 자리에서
그런 자세로 잤다. 나는 옆에 누운 기표에게 말했다.

"기표야, 애는 안 된다. 알지?"

"알았어, 새끼야. 잠이나 처자."

기표가 돌아누웠다. 나는 기표의 어깨를 잡아당겨 얼굴을 내게
향하도록 하고 쌍꺼풀진 두 눈을 노려보았다.

"야 씨발, 우리가 아무리 미쳤어도 애는 그러지 말자."

"알았다니까."

우리는 옅은 잠을 자고 아침 일찍 일어났다.

9월 4일 아침 7시 30분, 우리는 라면 냄비를 들고 지하실로 내
려갔다. 유철용이 깨어 앉아 있었다. 상고머리에 새치가 많은 40대
중반의 남자였다. 아들은 유철용의 무릎을 베고 잠들어 있었다. 우
리가 철문을 열고 들어올 때 유철용은 우리의 얼굴을 교대로 바라

보며 나이, 성격, 조직 내의 서열을 탐색했다. 그 짧은 만남만으로도 유철용은 기표가 리더라는 것을 파악했다. 그는 아들의 머리를 침상에 내려놓고 기표에게 말했다.

"애가 천식이 좀 있어요. 충격을 받아서 밤새 헐떡였어요. 약을 좀 부탁합니다."

"알겠습니다."

유철용의 뒷목은 강진웅이 전기충격기로 지진 자리마다 벌겋게 물집이 잡혀 있었다. 우리는 철창의 빗장을 풀고 아이가 깨지 않도록 조용히 들어갔다. 다윗이 라면 냄비를 철창 바닥에 내려놓았다. 유철용이 기표에게 물었다.

"원하는 게 뭡니까? 돈이지요?"

"예, 돈만 원합니다. 목숨은 살려드립니다. 1억만 주십시오."

"회사가 많이 어렵습니다. 부도 위기는 벗어났는데, 아직 현금이 돌진 않아요. 이리저리 다 긁어서 8천만 원은 드릴 수 있습니다. 며칠 말미를 주신다면 1억을 채워보겠지만, 질질 끌고 싶지는 않으신 것 같군요. 저는 솔직한 사람입니다. 믿어주십시오."

차분한 말투였다. 발음이 분명하고 말끝을 흐리지 않았다. 목소리를 높이지 않아도 상대를 설득하는 힘이 있었다. 상대를 협상에 끌어들이고 자신이 원하는 결론으로 몰아가는 데 익숙해 보였다. 기표가 다윗을 철창 밖으로 끌고 나와 의견을 물었다. 다윗이 속삭였다.

"그래, 8천만 원밖에 안 나올 거 같다. 그거라도 건지자."

기표가 도로 들어와 유철용에게 말했다.

"저희가 누군지 모르시죠? 최대한 신사적으로 대하겠지만 우리 중 누구라도 한번 화가 나면 끝까지 가버립니다. 진짜 8천만 원이 전부입니까?"

유철용이 우리 모두를 돌아보며 말했다.

"젊은이들, 내 말 좀 믿어주십시오. 나도 뒷골목 출신입니다. 젊을 땐 하도 배가 고파서 남의 물건을 훔친 적도 많습니다. 돈을 준비하겠습니다. 절대 경찰에 신고하지 않겠습니다. 그러니 제발 여기 우리 아들, 아들만이라도 살려주십시오. 이 어린 것이 살아갈 날이 얼마나 많습니까. 나는 사업하는 사람이니까 확실한 걸 좋아합니다. 종이와 볼펜을 가져다주십시오. 각서를 쓰겠습니다."

다윗이 1층에서 종이와 볼펜을 가지고 내려왔다. 유철용이 막힘없이 썼다. 경찰은 나중에 르망 트렁크에서 이 각서를 발견하고 언론에 공개했다.

요구하시는 정도는 이해합니다만, 저의 형편상 긴급으로 마련할 수 있는 금액은 4800만 원뿐입니다. 통장을 확인해보시면 알겠지만 별로 없습니다. 회사 자금을 빼서라도 8천만 원을 원하시는 방법대로 현금으로 준비할 테니 선처 바랍니다. 저도 근근이 마련한 회사이오니 꼭 살려서 어엿한 중소기업을 만들어야 하지 않겠습니까. 이번 15일날 돈을 막지 못하면 부도 위험이 있습니다. 원하는 방법대로 다 하고 운수 소관으로 돌리고 돈은 또 벌면 되니까 그리 아까워하지 않겠습니다. 경찰에도 알리지 않겠으니 여기 있는 제 아들을 해치지 않겠다고 약속해주십시오. 돈을 전해주는 방법은 이렇습니다. 제 친구더러 언제 어디까지 돈을 마련해 나오라고 해서 전달받고 혹 의심스러우면 사전에 저와 약속해서 제 아들을 가까운 곳에 잡고 있다가 돈을 전달받으면 놓아주십시오. 부탁드립니다. 이상의 말씀은 남아의 약속으로 꼭 지키겠습니다. 나도 뒷골목 출신으로 돈 벌기 어려워 이러는 줄 잘 압니다. 한 가정의 가장으로서, 또 한 회사를 운영하는 사장으로서 인격적으로 대우해주시면 최대한 협조하겠습니다.

나는 그 글을 읽고 감탄했다. 문장이 좋은 건 아니었지만 감정에 호소하는 요령을 알고 있었다. 이 각서의 가장 탁월한 점은 세종파의 의도에 복종하는 척하면서 협상의 세부를 자신의 의지 아래 두는 것이었다. 각서는 친절하게도 납치범들이 가장 고심하는 돈의 전달 방법까지 알려주었다. 유철용은 각서를 쓰는 짧은 순간에 기지를 발휘하여 돈을 자신이 직접 건네받는 시나리오를 짰다. 지하실을 떠나 친구에게 가방을 전달받기까지 유철용은 납치를 알리거나 탈출할 기회를 만들 수 있었다. 유철용은 아내의 안위를 걱정하여 돈의 전달자를 친구로 정했다. 그것은 타당한 염려였다. 애초 세종파는 돈을 받자마자 전달자를 죽일 계획이었다.

모든 절차가 빠르게 진행됐다. 유철용은 추진력이 대단했다. 납치 사건은 시간을 끌수록 인질에게 불리하다는 걸 아는 눈치였다. 오전 10시, 기표와 강진웅이 유철용과 함께 돈 받을 장소를 답사했다. 유철용은 여의도 고수부지에서 회사 경리부장을 만나겠다고 말했다.

"돈을 받는 장소는 굴다리 아래가 좋아요. 사방이 훤하게 트여서 무슨 일이 있어도 도망가기 편합니다."

기표와 강진웅은 돈을 전달받는 굴다리의 위치를 확인하고 그동안 세종파가 대기할 장소를 찾았다. 차를 주차하는 곳에서 굴다리가 정면으로 보여야 했다. 그래야 유철용과 경리부장을 감시할 수 있고 도주하더라도 추격하기 쉬웠다.

유철용은 고수부지의 공중전화 부스에서 경리부장에게 전화를 걸었다. 기표와 강진웅이 그의 양팔을 붙들었다.

"공사장에서 소장이랑 소주 한잔하고 가다가 사고를 냈어. 젊은 친구들인데 말이 통하더군. 그중 한 명이 심하게 다쳤는데 현금 8천만 원이면 없던 일로 하겠다네. 부채 상환용으로 마련해둔 현금 있지? 응, 그거랑 그거랑 더해서 현금 8천만 원만 만들어주게. 은행에 말 좀 잘하고. 며칠 내로 돌려줄게. 응. 내가 언제 약속 안 지키는 거 봤나? 여의도 고수부지로 오면 돼. 응, 선착장에서 100미터쯤 아래, 매점 옆에 있는 굴다리. 알아, 알아. 집을 팔아서라도 다시 채워놓을 테니 걱정 말고. 별일 없지? 꼭 좀 부탁해."

통화가 끝나자 기표가 시간을 확인했다.

"6시 59분도, 7시 1분도 아닌 정각 7시여야 합니다. 여기에 아들 목숨이 달려 있습니다."

우리는 낮 1시경 점심을 먹었다. 중대한 작전이 있는 날이니 꼭 밥을 지어 먹어야 한다고 기표가 말했다. 지하실의 유철용 부자에게도 천식약과 함께 밥과 김치와 오이무침이 놓인 밥상을 기표가 직접 내려보냈다. 점심을 먹고 우리는 무기를 점검했다. 다윗이 아지트 거실에 전기충격기, 무전기, 지팡이형 단검, 미군 대검을 늘어놓았다. 나는 이날 처음으로 다이너마이트라는 물건을 구경했다. 장롱에 들어 있던 나무 상자에서 갈색 나무토막과 검은 쇠뭉치와 복잡하게 꼬인 전선이 나왔다. 폭약 전문가들은 세종파가 가지고 있던 다이너마이트의 위력 계수가 웬만한 3~4층 건물을 통째로 날릴 수준이라고 말했다. 다윗은 꼬인 각선을 이리저리 뇌관에 연결해보다가 고개를 저었다.

"안 되겠어. 이건 너무 어려워."

기표가 놀랐다.

"야, 빨리 연구해봐. 난 이것만 믿고 있었단 말이다. 맥가이버가 왜 이래?"

다윗은 지하실로 가서 유철용에게 다이너마이트를 보여줬다.

"공장 사장이니까 좀 알 거 같은데, 이거 어떻게 연결시킵니까?"

"당신들 발파 작업을 한 번도 해본 적 없구먼. 근데 이걸 어떻게 입수했어요?"

유철용이 각선과 뇌관과 스위치를 정렬했다.

"당신들 대체 뭘 할려고 그래요? 이게 얼마나 무서운 물건인지 알고나 있소? 이 징그럽게 생긴 쇠붙이가 뇌관이요. 근데 이건 폭발 지연 장치가 없는 전기식 뇌관입니다. 뇌관 윗부분에 점화 장치가 달려 있어요. 다이너마이트 스물한 개를 다 터뜨리면 이 집 정도는 가루가 될 거요. 그러니까 내 말인즉슨, 스물한 개를 다 뇌관에 연결시키면 당신들도 날아가버린단 말이요. 폭파를 할 때는 전문가가 다이너마이트의 양을 정확하게 계산해야 해요. 자, 뇌관을 연결시키는 방법은 이렇게 직렬과 병렬이 있는데, 그것도 전선과 뇌관의 저항을 계산할 줄 알아야 제대로 폭파시킬 수 있어요. 내가 대충 연결 시범을 보였소만, 이것도 정확하진 않습니다. 당신들을 위해서 하는 말인데, 이거 절대로 쓰지 마슈. 뭘 모르고 썼다간 악어 아가리에 머리통을 넣는 꼴이 된다는 걸 명심해요."

다윗이 뇌관을 만지작거렸다. 유철용이 소리쳤다.

"뇌관도 만지면 안 돼요! 점화 장치가 있다니까! 터지면 손이 날아가요!"

오후 4시, 세종파가 나갈 채비를 했다. 강진웅이 유철용을 끌고 왔다. 유철용이 현관 앞에서 울음 섞인 목소리로 외쳤다.

"현석이는? 애를 잡고 있다가 놔준다고 했잖소? 나도 약속을 지킬 테니 그쪽도 약속을 지켜주십시오, 제발."

유철용은 아들이 없으면 가지 않을 태세였다. 기표가 한참 망설이다가 강진웅에게 말했다.

"데려와라."

"형."

"데려와. 사내대장부가 약속은 지켜야지."

강진웅이 아들을 데려왔다. 한낮에 본 아이는 더 작고 왜소했다. 바람이 불면 산기슭 아래 행복슈퍼까지 날아가버릴 것 같았다. 우리는 인질과 아이를 거실에 세워둔 채 무기를 조금씩 날랐다. 기표와 다윗과 강진웅이 교대로 왕복하며 무기를 르망 뒷좌석에 쌓았다. 유철용이 내게 말했다.

"반창고 있습니까? 뒷목이 쓰려 견딜 수가 없어요. 있으면 좀 씁시다."

나는 싱크대 위의 선반을 뒤져 반창고를 갖다 줬다. 유철용은 반창고를 바로 붙이지 않고 머뭇거렸다. 나는 그가 세종파의 움직임을 살핀다는 걸 알았다. 유철용은 세종파가 무기를 나르느라 한눈을 판 틈을 타 각서를 쓸 때 사용한 볼펜을 꺼내, 빠른 손놀림으로 거즈 위에 글자를 쓰고 뒷목에 붙였다. 나는 유씨의 움직임을 모른 척했다. 나는 유씨의 속임수를 방조한 것이 양심의 목소리 때문이었다고 말하고 싶지만, 바로 그 양심이 이렇게 말하는 것을 허락하지 않는다. 내 방조는 유씨의 생명을 살려야 한다는 양심 때문이 아니라 무기력 때문이었다. 체포로 끝나든 자폭으로 끝나든, 당시 내게는 빨리 끝나는 것만이 중요했다. 현관문을 열고 들어오던 강진웅이 소리쳤다.

"어이 형씨, 잠깐."

유철용과 내 가슴이 동시에 내려앉았다. 강진웅이 반창고를 떼어 글자를 확인했다. 흘림체로 '납치'라고 쓰여 있었다.

"이럴 줄 알았어, 개새끼. 착한 아버지처럼 굴더니. 세상에 착한 아버지가 어딨어?"

강진웅이 유철용의 가슴을 찼다. 유철용의 허리가 싱크대 모서리에 부딪쳤다. 유씨의 척추가 아귀를 딱 맞춘 듯 싱크대의 모서리에 박히는 장면을 나는 아직도 간직하고 있다. 척추와 모서리가 하나가 되며 쿵 소리를 냈다. 지하실의 기억은 이어지는 사건들의 계열체가 아니라, 악몽 같은 이미지들로 흩어져 있다. 이날 싱크대의 모서리는 유철용이 죽을 때까지 허리를 펴지 못하도록 만들었다. 아이가 울음을 터뜨렸다. 아이는 강진웅 앞에 무릎을 꿇고, 제 아버지 대신 용서를 빈다는 듯 손을 마주 잡았다. 강진웅이 아이를 밀치며 유철용에게 다가갔다.

"야, 때리지 마! 돈 받을 때까지 들키면 안 돼!"

기표가 소리쳤다. 유철용은 바닥에 엎드린 채로 숨을 헐떡였다. 기표가 유철용에게 다가가 말했다.

"약속을 어겼죠?"

유철용은 대답하지 못했다.

"어겼으니 벌을 받아야죠. 눈에는 눈, 이에는 이로."

기표가 강진웅에게 아이를 도로 지하실에 가두라고 지시했다. 유철용이 기표를 보았다. 나는 그때 그의 표정을 제대로 묘사할 수 없다. 어떤 언어로도 설명할 수 없다. 그것은 그냥 절망 너머의 절망이 담긴 표정이었다. 기표가 유철용에게 말했다.

"걱정 마십시오. 돈을 받고 우리가 안전하다고 느끼면 그때 다 풀어드리겠습니다."

유철용이 흐느꼈다. 운명의 여신이 출구 앞에서 그를 걷어찼다. 나와 유철용과 아이까지 감시할 뻔했던 강진웅은 아이를 철창에 집어넣은 뒤 안도하는 표정이었다. 순간 강진웅을 공기총으로 쏘고 싶었다.

오후 5시, 유철용이 르망에 탔다. 운전석에 기표가, 조수석에 내가, 뒷좌석에 다윗과 강진웅이 유철용 양옆에 앉았다. 르망은 국도로 접어들어 구청을 향해 달렸다. 오랜만에 타보는 차 안에 앉아 나는 현기증을 느꼈다. 내 앞을 빠르게 스쳐 지나가는 건물과 사람들이 모두 낯설었다. 아지트에 온 지 한 달도 안 되어 나는 세상으로부터 분리됐다고 느꼈다.

차가 구청을 지나 장승백이 사거리를 통과할 때 뒷좌석에서 펑하는 소리가 터졌다. 귀가 윙윙거려 몇 초 동안 말소리가 안 들릴 정도로 큰 폭발음이었다. 차 안에 연기가 퍼졌다. 유철용과 김다윗이 기침을 했다. 기표가 급브레이크를 밟아 뒤차와 추돌 사고를 일으킬 뻔했다. 뒤차가 미친 듯이 경적을 울렸다.

"야, 뭐야?"

기표가 차를 다시 출발시키며 물었다.

"으…… 손이 나갔어."

다윗이 신음했다. 나는 뒷좌석을 살폈다. 다윗의 허벅지 옆에 뇌관 뭉치가 떨어져 있었다. 뇌관 꼭대기에서 연기가 흘러나왔다. 뇌관을 만지다가 사고를 낸 것 같았다.

"뭐냐고."

"뇌관이 터졌어."

다윗은 왼손을 가슴에 대고 이를 악물었다. 손이 날아가지 않은 게 다행이었다. 유철용은 반창고에 글자를 쓰다 들켰을 때의 표정 그대로 허공을 보고 있었다. 강진웅이 놀라서 입을 벌렸다.

"우와, 이거 대단하네."

기표가 차를 돌렸다.

"씨발, 뭐 되는 일이 없어. 씨발, 씨발, 씨발. 왜 돌아가면서 삽질들이냐."

연기가 차 안에 가득 찼다. 화약 냄새가 났다. 어릴 때 딱총 놀이를 하며 맡았던 알싸한 냄새였다.

"숨을 못 쉬겠다."

기표가 창문을 살짝 열었다. 연기가 차창 밖으로 실선을 그리며 빠져나갔다. 인도를 걷던 사람들이 우리를 쳐다보았다.

"여기 납치범 있다고 광고를 하는구만."

강진웅이 키득거렸다.

"넌 입 닥쳐. 죽기 전에."

기표가 창문을 닫고 아지트를 향해 질주했다. 급가속과 급정거를 하는 차 안에서 우리는 이리저리 흔들렸다. 안전벨트를 매지 않은 다윗과 강진웅이 차창에 머리를 부딪쳤다.

우리는 아지트 거실에서 다윗의 상처를 살폈다. 왼손바닥 껍질이 벗겨지고 벌겋게 부어올랐다. 벌써 큰 물집이 잡히기 시작했다. 기표가 소독약을 바르고 압박붕대를 감았다. 고통이 심한지 다윗의 얼굴이 하얗게 질렸다. 다윗과 다이너마이트 상자를 거실에 놔두고 나머지는 고수부지로 가자고 기표가 말했다.

"내가 잘못해서 아이를 데려가지 못하는 건 이해합니다. 그런데 지하실 공기가 애 몸에 안 좋아요. 철창에서만 꺼내주세요."

유철용이 다윗에게 말했다. 다윗이 고개를 끄덕였다.

우리는 다시 여의도로 출발했다. 차가 노량진 수산시장을 지나 강변을 달렸다. 우리는 모두 말이 없었다. 수산시장을 지날 때 비린내가 났다. 수족관에서 펄떡이는 광어와 우럭과 갯장어, 그것들을 그물로 건져 살을 바르는 상인들의 장화와 면장갑을 나는 떠올렸다. 한강이 햇빛을 받아 반짝거렸다. 아름다웠다. 보도블록을 걷는 행인들은 아직도 반팔 남방이나 민소매 티 차림이었다. 그해 여름의 더위는 꼬리를 질질 끌며 초가을까지 이어졌다. 나는 행인들 속으로 뛰어들었으면 좋겠다고 생각했다. 그들과 함께 걷고, 더위를 불평하며 목덜미의 땀을 닦고, 편의점에서 사이다를 사서 마시고, 강변의 벤치에 앉아 노을을 기다리면 얼마나 좋을까. 나는 고개를 저었다. 자유는 짧다. 자유 너머에는 삶이 도사리고 있다. 세종파로부터 해방되는 순간 삶이 습격해올 것이다. 삶이 내게 복수할 것이다.

저녁 6시 20분, 고수부지에 도착했다. 햇살이 비스듬하게 기울었다. 우리는 차 안에서 약속 시간을 기다렸다. 아이들이 괴성을 지르며 강변을 뛰어다녔다. 고도가 낮아진 태양이 정면으로 우리를 노려보았다. 에어컨 출력을 올려도 땀이 쏟아졌다.

"아, 더워……."

강진웅이 차 문을 열고 나와 담배를 피웠다. 기표는 좌석을 젖히고 반쯤 누워 다리를 떨었다. 그의 바지춤에 단검의 손잡이가 삐죽 튀어나왔다. 어디에 어떤 자세로 있든, 우리의 시선은 전방의 굴다리에 고정돼 있었다. 시간이 천천히 흘렀다. 나는 라디오를 틀었다. 김종서의 〈지금은 알 수 없어〉가 흘러나왔다. 이젠 깨달아야 해, 이것이 운명인 것을……. 나는 김종서의 목소리가 불길하다고 생각했다. 김종서의 목소리는 사랑을 노래할 때도 그 사랑을 찢고 나올 듯 끝이 날카로웠다. 창밖에서 강진웅이 노래를 따라 불렀다.

그에게 잘 어울리는 노래 같다는 이상하고도 불쾌한 생각이 들었다. 디제이가 세 아이를 혼자 키우며 제과점을 열어 성공한 여성 애청자의 사연을 읽은 후, 영화 〈파워 오브 원〉의 OST 중 〈Mother Africa〉를 틀었다. 나는 이 곡을 정은임의 〈FM 영화음악〉에서 처음 들었다. 정은임 아나운서는 김남주 시인이 췌장암으로 사망했다는 소식을 울먹이며 전한 뒤 이 곡을 틀었다. 나는 음악을 들으며 잠 안 오는 새벽 3시경, 정은임의 쓸쓸한 목소리와 영화 평론가 정성일의 문어체 말투가 흘러나오는 내 자취방을 더듬었다.

기표가 우레탄을 바른 미군용 야전 단검을 꺼냈다. 7시가 가까워졌다. 더위가 조금 수그러드는 듯했다. 기표가 칼날로 손바닥을 긁고 비비며 나를 보았다. 그는 옅은 갈색의 홍채와 투명한 눈동자를 가졌다. 그의 눈은 찰랑거리는 갈색의 바다였다. 나는 늘 기표의 크고 맑은 눈을 부러워했다. 기표가 말했다.

"죽으면 다 같이 죽겠지만 살아남으면 써라."

"뭘 써?"

"우리 일을 다. 꾸미지도 말고 욕하지도 말고 있는 그대로 써. 넌 글 쓰는 거 좋아하잖아."

"나도 살 가망은 없는 거 같다."

기표가 메모지를 꺼내 숫자를 적었다.

"핸드폰 샀다. 이 번호 가지고 있어라."

나는 메모지를 받았다. 기표는 안심이 안 되는 듯 내 지갑을 꺼내 메모지를 찔러 넣었다.

"왔습니다."

유철용이 차문을 열었다.

"어허, 가만있어요."

중년 남자가 우리 맞은편에 차를 주차시키고 굴다리로 걸어가고 있었다.

"명심하십시오. 아들의 목숨이 우리한테 달려 있습니다. 가서 허튼 소리 하지 마세요. 이제 가십시오."

기표가 말했다. 유철용이 굴다리 밑으로 걸어갔다. 강진웅이 초초한 듯 차 밖에서 발을 굴렀다. 기표는 차창을 열고 강진웅에게 말했다.

"저 돈 주러 온 새끼 칠 준비 하고 있어라."

유철용은 굴다리 안으로 들어가 축축한 벽에 아픈 허리를 기댔다. 남자가 종이 박스를 들고 그에게 다가갔다. 남자는 그날 유철용과 나눈 대화를 경찰과 언론에 수백 번 되풀이했다.

"꼼꼼한 양반이 어쩌다가 그런 사고를 친 거예요?"

"돈은?"

"여기요."

"미안하다, 빨리 돌아가."

"뭐가 그렇게 급해요? 같이 갈까요?"

"됐어. 빨리 가."

남자가 돌아설 때 유철용이 복화술을 하듯 입을 움직이지 않고 속삭였다.

"납치."

"예? 나치요?"

유철용은 굴다리를 나서며 속삭였다.

"납치."

7년 동안 생사고락을 함께한 경리부장을 살려야 했다. 유철용은 뛰는 듯 걸어 우리에게 다가왔다. 돈을 전달받는 시간이 너무 짧아서 강진웅이 당황했다.

"형, 저 새끼 쫓아가요?"

유철용은 벌써 우리 앞에 있었다. 기표가 말했다.

"놔둬라. 사람들 눈에 띄겠다. 돌아가자."

남자가 스텔라의 시동을 걸고 있었다. 우리는 고수부지를 빠져나왔다.

화성기계 경리부장 최영일은 저녁 8시 30분경 안양 만석동으로 돌아가 만석파출소에 신고했다. 만석파출소는 안양 동부경찰서로 가보라고 했다. 최영일은 동부경찰서 형사계에 신고했다.

"사장님이 납치라고 말한 거 같습니다."

형사는 사건 발생 장소가 서울이니 영등포경찰서에 신고하라고 말했다. 최영일이 서장을 만나겠다고 고함을 지르자, 신고가 접수됐다. 동부경찰서는 관할 구역이 아니라는 이유로 경기경찰청에 상황 보고만 한 뒤 사흘이 지난 9월 17일 최영일을 다시 불렀다. 유씨 여자관계는 어떻습니까? 금전 관계는? 사채를 쓰진 않았습니까? 직원들과 원만하게 지냈나요? 앙심을 품은 친구는 없나요? 동부서는 유철용의 자작극이나 주변 인물의 범행 가능성에 초점을 맞춰 수사를 진행했다.

우리는 저녁 8시에 아지트로 돌아왔다. 다윗이 만일의 사태에 대비해 거실에 다이너마이트와 부탄가스 통을 놓았다. 압박붕대를 감은 왼손으로 라이터를 들고 오른손으로 다이너마이트를 치켜들었다. 쯧쯧, 기표가 혀를 찼다. 경찰이 오면 자폭하려 했다고 다윗이 말했다. 그 옆에 앉아 있던 아이가 아버지를 보고 반색했다.

"거 봐요. 우리 아빠는 거짓말하는 사람이 아니랬잖아요."

아이가 아버지를 안았다. 유철용은 아들의 등을 다독이며 말했다.

"인제 걱정 마. 다 끝났어."

강진웅이 유씨 부자를 지하실에 도로 가뒀다. 현관을 나서는 유씨에게 기표가 말했다.

"푹 주무십시오. 내일은 집에서 주무실 겁니다."

우리는 거실에서 술을 마셨다. 인질에게만 사용했던 싸구려 양주가 나왔다. 기표가 김치찌개를 끓였다. 멸치 냄새가 비렸지만 그런대로 먹을 만했다. 기표와 다윗은 8천만 원에 잔뜩 고무돼 있었다. 지난 1년간의 내핍과 막노동을 거쳐 그들은 눈에 보이는 성과를 거머쥐었다. 그들에겐 8천만 원이 고난의 증거이자 보답이었다. 양주에서 소주 맛이 났다. 양주가 아니라 소주를 증류해 만든 밀주 같았다. 인질은 이렇게 맛없는 양주를 기절하도록 마셨다.

"1600만 원만 떼줘라. 혜진이 술집에서 풀어주게."

기표가 말했다. 아무도 이의를 제기하지 않았다. 강진웅도 토를 달지 않았다. 그 역시 술과 승리에 취해 있었다. 우리는 어린 시절의 이야기를 나눴다. 다윗이 상도동의 공중화장실 얘기를 꺼냈다. 물이 귀한 계절에 집 변소가 넘치면 주민들은 공중화장실로 갔다. 화장실 문 앞에 긴 줄이 늘어서고 빨리 나오지 않는 누군가에게 불평이 터졌다. 무슨 대하소설 쓰시나? 똥 누는 소리가 문밖에 다 들렸다. 달동네 꼭대기에 살던 아저씨는 똥 소리가 너무 커서 대포라는 별명을 얻었다. 겨울방학 때 아이들은 학교로 똥을 누러 갔다. 기표와 다윗과 병수는 신문지를 한 장씩 들고 운동장을 가로질렀다. 운동장에 깔린 잔설에 아이들의 발자국이 찍혔다. 신문지로 밑을 닦으면 엉덩이에 활자들이 묻었다. 병수 똥구멍에 사진이 묻은 적도 있었다. 진짜 놀랐다니까. 사람 서너 명 얼굴이 찍혔어! 밑을 어떻게 닦았길래 그랬을까? 일부러 그랬을까? 어린 시절의 이야기는 오래가지 못했다. 우리의 추억에는 어느 장면에도 병수가 버티고 있었다. 분위기가 가라앉았다. 기표가 말했다.

"우리 영등포 신세계에 가볼까? 한 발씩 쏘지 뭐."

다윗이 고개를 저으며 말했다.

"기표야, 인질 얘기 좀 하자."

"그래."

다윗이 물었다.

"돈도 받았고 하니 약속대로 놔주는 게 어때?"

기표가 되물었다.

"신고하지 않을까?"

다윗이 말했다.

"신고는 안 할 거야. 자기 말은 지키는 사람이잖아. 집 전화번호, 주소 다 받아놓고 신고하면 쳐들어가겠다고 하면 되잖아."

기표가 망설였다. 반창고에 글자를 쓴 뒤 제로에 가까워졌던 유철용 부자의 생존 가능성이 기표의 망설임을 타고 조금씩 올라갔다. 내가 말했다.

"기표야, 그렇게 하자."

그 순간 강진웅이 술잔을 던졌다. 술잔이 벽에 부딪혀 산산조각 나며, 유리 조각과 양주가 튀었다. 강진웅이 일어섰다.

"지금 뭐라는 거야? 대장 말 잊었어? 목표를 달성할 때까진 누구도 믿지 말라고 했잖아. 엄마도 믿지 말라고. 목격자는 가차 없이 죽여야 한다고. 그게 옳은 거라고. 그 말이 틀려? 형들이 언제부터 그렇게 인정이 많아졌어? 돈 8천만 원 받았다고 성인군자가 된 거야? 그 정신으로 뭘 하겠다는 거야? 유철용이 저 새끼는 우리 얼굴을 다 보고 우리 얘기를 다 들었어. 뭐? 신고를 안 한다고? 미쳤어?"

강진웅이 다이너마이트 상자 옆에 있는 단검을 들었다.

"인질을 처단 안 하면 난 지금 여기서 자폭할 거야. 혼자 죽진 않아. 형들은 몰라도, 동진이 형, 저 새끼는 내가 저승으로 데려간다. 형들 둘이서 최종 목표고 뭐고 잘들 해봐."

강진웅이 칼을 높이 쳐들었다. 칼날이 형광등 불빛에 번뜩였다. 강진웅이 한번 작심하면 무슨 짓이든 한다는 것을 우리는 모두 알고 있었다. 나는 물었다.

"애도 죽이고 나도 죽이고 싶냐?"

강진웅이 내게 달려들었다. 단단한 어깨가 가슴팍으로 날아오는 순간 나는 팔을 내두르며 방바닥에 뒤통수를 부딪쳤다. 강진웅이 내 배 위에 올라타고 칼을 목에 겨눴다.

"니가 사람을 알아? 말해봐, 나약한 새끼야. 시체 앞에서 벌벌 떠는 새끼야. 잘난 척이나 할 줄 알지, 넌 아무것도 몰라. 사람을 믿냐? 약속? 의리? 웃기지 말라고 그래. 난 어릴 때부터 별별 씨발 짓을 다 겪어봤다. 돈 몇만 원 벌려고 길거리에서 변태 새끼한테 똥구멍까지 내줘봤다. 난 사람을 알아. 유철용이 저 새끼는 집에 돌아가자마자 경찰에 신고할 거다. 우리가 칼을 치우자마자 배신해. 그게 사람이야, 병신새끼야. 애는 다르다고? 애가 뭘 아냐고? 저 애새끼를 길거리에 놔둬봐라. 10분 안에 파출소로 달려갈 거다. 상식적으로 생각해봐 새끼야. 걔도 아지트 위치를 알아. 그럼 우리가 어떻게 될 거 같냐?"

강진웅이 칼을 든 손에 힘을 줬다. 칼끝이 목을 파고들었다. 조금만 더 힘을 주면 내 경동맥을 찢을 수 있었다. 칼날과 피부가 맞닿은 한 점이 저릿했다. 그렇게 작은 점에서 나온 통증이 온몸을 적시고 마비시켰다. 소름이 돋았다. 강진웅의 허벅지에 가슴이 눌려 숨을 쉬기 힘들었다. 가슴이 부풀면 강진웅은 일부러 다리에 힘을 주었다. 숨 쉴 때마다 강진웅의 입에서 나온 술 냄새가 났다.

기표가 말했다.

"그만해. 알았으니까."

다윗이 나와 강진웅을 떼놓았다. 강진웅은 계속 나를 노려보았다. 나는 혼자 건넌방으로 들어가 대자로 누웠다. 술판은 한 시간가량 계속됐다. 그들은 내가 듣지 못하도록 목소리를 낮추며 뭔가를 모의했다.

한 시간 뒤 기표가 방으로 들어왔다. 나는 물었다.

"정말 애도 죽일 거냐?"

"어쩔 수 없잖아. 너도 알잖아."

"애까지 죽여야 돼?"

"목표를 이루려면 희생자가 생길 수밖에 없어. 지금 애를 놔주면 우리가 그동안 쌓아놓은 게 다 무너져. 그건 절대로 포기할 수 없다."

"그 빌어먹을 놈의 목표."

기표가 누우며 말했다.

"많이 참았다. 우릴 모욕하지 마."

인질을 살펴보러 간 다윗이 뛰어왔다.

"기표야, 애가 이상해. 한번 봐라."

우리는 지하실로 내려갔다. 아이가 숨을 헐떡이며 괴성을 지르고 있었다. 유철용이 말했다.

"애가 천식이 심해졌어요……. 약을 먹여도 이러네요."

기표가 말했다.

"걱정 마십시오. 조금만 참으십시오."

유철용이 아이를 안고 속삭였다.

"미안하다…… 아빠가 잘못했다…… 미안하다……."

9월 15일 아침 7시 30분, 다윗과 강진웅이 지하실로 내려갔다. 기표가 나를 깨웠다. 나는 방에 있겠다고 말했다.

"한가한 소리 하지 마. 공기총을 쏠 거다. 니가 잡아. 마음의 준비를 해."

나는 수긍도 거부도 하지 않았다.

"목을 조르거나 칼을 쓰는 것보다 고통이 없어. 니가 총을 안 쏴도 어차피 아저씨는 죽어. 니가 총을 안 쏘면 진웅이가 너도 죽일 거다. 100퍼센트 확실해."

"진웅이라면 내가 죽일 수 있다."

"나는 진웅이가 필요해. 너보다 더 필요해. 넌 아무것도 아니야. 그걸 몰라?"

강진웅이 올라와서 말했다.

"형, 뺐었어."

"가자."

나는 기표에게 뒷덜미를 잡힌 채로 현관까지 끌려갔다. 현관 앞에서 나는 기표에게 부탁했다.

"애는 내가 손 못 댄다."

"알았어."

"제발 고통 없이 죽여라."

"그래."

강진웅이 고무 대야에 칼, 도마, 도끼를 담아 다시 내려갔다. 기표가 현관문 앞에 세워져 있던 공기총을 들어 능숙한 동작으로 탄알을 장전했다. 지하실 계단을 내려가며 기표가 말했다.

"곧 자폭한다. 우리 중 누군가는 살아남아야 돼."

철창의 문이 열려 있었다. 유철용이 의자에 묶여 화공 약품 냄새가 나는 양주를 삼키고 있었다. 아이는 침상에 누워 움직이지 않았다. 정신을 놓은 상태인데도 유철용은 계속 중얼거렸다.

"난 죽이쇼…… 애는 살려주쇼…… 약속 지키쇼……."

몸이 떨렸다. 이가 또 딱딱 부딪혔다. 수분재 벼랑으로 떨어진 인질의 목소리가 들려왔다. 넌 살아라, 넌 좋겠다, 개새끼야. 미쳐버린 더위가 아침부터 우리를 습격했다. 기표가 유철용의 관자놀이에 총구를 대고 내 손가락을 방아쇠에 걸었다.

"지금 약한 모습 보이면 안 된다. 그러면 모든 게 끝나버린다. 니가 어떻게 여기까지 살아남았냐? 그게 아까워서라도 포기하면 안 된다."

기표의 말이 잘 들리지 않았다. 대신 인질의 목소리가 내 귀에 쩽쩽 울렸다. 넌 좋겠다, 넌 살아라! 손가락이 떨렸다. 나는 땀을 삘삘 흘리며 무의식적으로 손가락에 힘을 주었다. 쏜다는 생각도 없었다.

"쏴라, 쏴!"

강진웅이 외쳤다. 공기총이 비명을 질렀다. 탕! 엄청난 격발음이었다. 밀폐된 장소에서 터진 총소리가 철문과 철창과 콘크리트 벽 여기저기에 부딪치며 메아리를 만들었다. 유철용의 관자놀이 앞에서 터진 총성이 몇 초 뒤에 철문 건너편에서 들리고, 다시 이 방으로 건너와 우리 뒤통수를 때렸다. 총알이 남긴 파동이 지하실 전체를 흐물흐물하게 만들었다. 그 총소리가 정확히 어떤 것이었는지 기억나지 않는다. 나는 엄청난 더위와 파동과 메아리, 구불구불 일렁이는 기표와 다윗의 얼굴만을 기억한다.

이 피의 의미는 무엇인가

"요즘은 어때요? 잘 지내요?"

이남훈 교수는 장발에 파마까지 해서 임상심리학자처럼 보이지 않았다. 그러나 그의 질문은 아무리 사소한 것이라도 심리학자의 면모가 묻어났다. 이남훈은 내게 외상 후 스트레스 장애를 묻는 것 같았다.

나는 이남훈을 청주교도소에서 만났다. 세종파에 대해서라면 아무것도 말하고 싶지 않은 내게 그는 꼬치꼬치 캐물었다. 첫번째 인질을 죽일 때 어떤 느낌이었느냐, 방아쇠를 당길 때 무슨 생각을 했느냐, 유철용이 죽은 후 지하실에서 세종파의 표정은 어땠느냐, 이남훈은 내 기억 중에서 가장 민감한 부분만 건드렸다. 나는 계속 속삭임이 들린다고 했다. 넌 살아라, 넌 좋겠다, 개새끼야……. 이런 속삭임을 들어본 적 있냐고 이남훈에게 되물었다. 이해합니다, 라고 이남훈은 말했다. 이해한다니, 나는 비웃었다. 교수 따위가 어떻게 나를 이해한단 말인가. 그날 그 지하실의 피비린내를 어떻게 알 수 있단 말인가.

10년 만에 만난 우리는 경기도의 한 대학 교수식당에서 떡국을 먹었다. 창문 너머로 어린 학생들이 배낭을 메고 지나다녔다. 벚꽃 한 그루가 보였다. 나는 대학생 시절 어슬렁거리던 교정을 생각했다. 이런 봄이면 문과대학 뒷길은 진달래와 벚꽃이 어우러져 아름다웠다. 진달래와 벚꽃의 시체들이 문과대학부터 미디어센터와 중앙도서관 뒷길까지 수북이 쌓여 있었다. 이남훈이 말했다.

"기억을 되살려서 글로 정리한다는 건 좋은 일이에요. 도움이 될 거예요.”

“그러면 마음도 나을까요?”

“쉬울 거라고 생각하지 마세요. 그렇다고 포기하지도 마세요. 인간은 나약해요. 심리학을 공부하면 인간의 정신이 유리그릇처럼 깨지기 쉽다는 걸 알게 돼요.”

이남훈은 고등학교 때 시골에서 전학 온 친구가 사투리 때문에 따돌림을 받다가 정신분열증에 걸리는 것을 보고 심리학자가 되기로 결심했다. 처음에 정신분열증을 연구하려 했으나 정신분열증 환자의 마음은 너무 불투명해서 들여다볼 수 없었다. 약물 치료가 최선이었다. 이남훈은 신경증의 세계에 사는 인간들의 인격 장애나 이상 행동을 연구하기로 결심했다. 특히 반사회적 인격 장애나 경계성 인격 장애에 호기심을 느꼈다. 15년간 연구한 많은 강력 사건 중 세종파 사건이 가장 충격적이었다.

이남훈은 세종파의 심리 분석을 검찰에 요청했으나 거절당했다. 세종파는 범행을 세부까지 기억하고 범행의 결과를 인지하고 계획했으므로, 심신 상실이나 심신 미약의 상태로 볼 수 없다고 검찰이 회신했다. 이남훈은 전적으로 학문적 관심 때문이지 세종파의 변호를 위해 심리 분석을 하는 것은 아니라고 해명했다. 국민의 충격이 매우 커서 사건을 빠르고 정확하게 처리하는 것이 급선무이므로 개별 학자의 호기심을 채워줄 여력이 없다고 검찰은 회신했다.

“변호인단에 부탁하진 않았어요. 형법상 세종파가 심신 상실의 이유로 면죄를 받을 가능성은 전혀 없었어요. 변호인단이 정신 감정을 의뢰할 필요도 없었고 법원이 받아들일 리도 없었죠. 세종파는 법적으로는 정상인이었습니다. 그래서 저는 흥미를 느낀 겁니다."

"걔들은 요즘 말로 사이코패스였나요?"

"아니에요. 세종파가 반사회적 인격 장애, 즉 사이코패스라고요? 한동네 친구들 사이에 사이코패스가 네 명이나 나왔다고요? 사이코패스들은 인내심이 없고 이기적인데, 서로 연대하여 조직을 만들고 학습과 훈련을 하고 혹독한 노동을 견뎌냈다고요? 그건 좀 아니에요. 사이코패스가 영화나 드라마의 소재가 되는 이유는 그만큼 대중의 두려움을 자극하기 때문이죠. 생각해보세요. 우리 주변의 누군가가 사람을 닥치는 대로 죽인다, 감정도 양심도 없지만 우리 앞에서는 있는 척한다. 여기서 중요한 건 누가 살인마인지는 아무도 모른다는 거예요. 하지만 우리 옆에 분명히 있어요. 이게 얼마나 극적이에요? 하지만 우리는 다른 증상에 더 관심을 가질 필요가 있어요."

이남훈은 범죄 양상이 시대에 따라 달라진다는 점에 주목해야 한다고 말했다. 1990년대에는 사회에 반감을 가진 젊은이들의 조직범죄가 유행했으나 2000년대에는 소외된 이상 성격자들의 무동기 범죄가 유행하고 있다.

"이 두 개의 범죄 양상을 같은 잣대로 보면 안 돼요. 죄다 사이코패스로 치부하면 안 된다는 거죠."

"그럼 세종파를 어떻게 봐야 되나요?"

"세종파는 90년대를 뒤흔든 조직범죄의 원형이자, 한국 범죄사상 가장 끔찍한 범죄 집단이에요. 세종파를 이해하려면 90년대의 밑바닥을 봐야 해요."

"밑바닥이요?"

"예. 특히 하층 계급의 20대를 봐야 해요. 90년대는 80년대와는 질적으로 다른 시대죠. 잘살아보세라든가, 독재 타도라든가, 이렇게 우리를 하나로 묶는 구호가 사라진 시대예요. 젊은 세대에겐 소비 자본주의나 빈부 격차만 보였죠. 사람들이 돈을 위해 아귀다툼을 하는 것만 보였어요. 실제로 90년대부터 양극화가 심해지기 시작했어요. 오렌지족이니 야타족이니 졸부니 하는, 그런 작자들이 주범으로 보였죠. 신세대니 X세대니 하는 말은 중산층의 일부 젊은이에 국한된 말이에요. 그 밑바닥을 이해해야 돼요. 그 무렵 하층 계급의 20대들은 박탈감에 젖어 있었어요. 가벼운 바람에도 비명을 지르는 아주 예민한 종이었죠. 이런 좌절의 분위기에서 세종파가 나왔고 막가파가 나온 거예요. 세종파는 어쩌면 시대의 희생양이었어요. 사회는 그들을 미워하기 전에 이해해야 돼요."

10년 전이라면 나는 이남훈이 내놓은 사회학을 거부했을 것이다. 그 사회학에는 동정이 스며 있었다. 소외자의 상실에 대한 이야기, 소외자를 이해해야 한다는 이야기, 슬프지만 따뜻한 결론으로 끝내는 이야기, 모두가 공감하는 그저 그런 이야기, 이런 것들은 모두 거짓이라고 10년 전 나는 생각했다. 진실은 따뜻하지 않다. 진실은 더 냉혹하게 표현되어야 한다. 우리 민주주의의 경계 밖으로 쫓겨난 사람들은 결코 돌아올 수 없다. 영원히 추방되어 사라진다. 그들은 온몸이 피투성이가 돼야 돌아올 수 있다. 사회는 그들과 목숨을 건 싸움을 벌어야 한다. 이것이 진실이다. 10년 전이라면 이렇게 외쳤을 것이다. 그러나 지금 나는 이남훈에게 필사적으로 고개를 끄덕이고 있다. 이남훈의 말이 유일한 희망이므로 살아갈 힘을 얻으려면 고개를 끄덕여야 한다는 생각마저 들었다. 문득 나는 세종파가 뿌린 피에 대해 듣고 싶어졌다. 그 검붉은 피, 그 넘쳐흐르는 피, 그 녹슨 쇠붙이 냄새가 나는 피비린내의 정체는 무엇이었을까.

"걔들이 사회에 반감을 가진 건 이해해요. 그땐 그게 일종의 유행이었어요. 하지만 왜 그렇게 잔인해졌을까요? 원래 그런 애들이 아니었는데요."

"폭력은 쌍방향적인 게 아니에요. 일방적인 거죠. 자신에게도 똑같은 폭력이 돌아올 수 있다는 것을 잊어버릴 때 폭력을 저지를 수 있는 거예요. 폭력은 저지르는 순간 자신을 정당화하며 점점 커져요. 그러니까 폭력은 총알처럼 한번 발사되면 멈출 수 없어요. 사람의 머리를 잘라서 손으로 드는 건 정상적인 인간이 상상할 수도 없는 겁니다. 세종파는 점점 폭력에 빠져들면서 감각을 잃어버렸어요. 감각의 상실. 이게 중요합니다. 이해가 안 가면 당시 세계를 놀라게 했던 보스니아 내전을 생각해보세요. 동진 씨도 교도소에서 보스니아 내전이 떠오른다고 했잖아요?"

내전 당시 비세그라드라는 작은 도시에선 밤마다 인종 청소가 벌어졌다. 보스니아는 유고슬라비아연합에서도 인종 구성이 가장 다양한 곳이었다. 티토 시절에는 세르비아계, 크로아티아계, 무슬림계 아이들이 함께 놀았다. 불과 몇 달 만에 세르비아계 민병대가 밤마다 아이든 여자든 가리지 않고 무슬림계 이웃들을 끌어내 다리 위로 데려갔다. 희생자들 중에는 자기 아이의 친구들도 많았다. 그들은 총을 쏘는 것보다는 다리 위에서 이웃의 목을 칼로 따서 집어 던지는 걸 좋아했다. 총알보다는 칼로 찌르는 게 복수의 쾌감을 극대화시켰기 때문이다. 학살자들은 육체에 대한 감각을 잃어버렸고, 그것을 정당화하기 위해 종교나 대의명분을 끌어들였다.

"학살자들은 감각을 잃어버립니다. 눈앞에 있는 증오의 대상을 자르고 벨 뿐이죠. 학살자의 머리에선 다른 인간이 돼지나 바퀴벌레로 바뀌어버립니다. 가장 무서운 것이 이 감각의 상실이에요."

이남훈은 나를 교문까지 바래다주었다. 헤어질 때 그가 〈양들의 침묵〉의 렉터 박사처럼 물었다.

"아직 속삭임이 들리나요?"

나는 스탈링 요원이 아니었다.

"아뇨, 이젠 안 들려요. 전혀."

강진웅이 아이를 회칼로 찔렀다. 비명이 여러 번 들렸다. 나는 아이를 보지 않고 인터폰 근처에 튀어 있는 유철용의 뇌수를 보았다. 유철용이 남긴 의식의 조각들이 벽면을 타고 조금씩 흘러내렸다.

"빨리 죽여, 새끼야!"

다윗이 아이를 도끼로 내리쳤다. 다윗의 큰 얼굴이 피투성이가 되었다. 기표와 다윗이 두 구의 시체를 옆방으로 옮겼다. 강진웅이 내 머리채를 잡고 얼마 전까지 내가 갇혀 있던 옆방으로 끌고 갔다. 나는 고개를 돌렸다. 강진웅이 내 목에 칼을 대고 소리쳤다.

"봐! 봐! 안 보면 너도 죽인다!"

강진웅은 나를 방 한가운데로 끌고 갔다. 나는 보았다. 인간이 어떻게 악마가 될 수 있는지를, 꿈에서조차 승리의 희망을 품지 못하는 패배자들이 어떻게 세상에 복수하는지를, 더 나은 세상은 불가능하다고 믿은 20대들이 어떻게 자신과 세상을 난장판 속에 던져버렸는지를, 나는 보았다.

다윗이 식칼로 유철용의 팔을 내리쳤다. 살이 갈라지지 않았다. 인간의 피부가 고무보다 질기다는 사실을 나는 처음 알았다. 강진웅이 메스로 살을 찢어 벌리고 다윗이 갈라진 틈을 도끼로 찍었다. 그제야 팔이 떨어져 나갔다. 아이의 시신도 똑같은 방법으로 해체됐다.

피가 강물처럼 콘크리트 바닥에 흘렀다. 피비린내가 진동했다. 지하실의 어둠과 섞여 피의 강은 검붉은 색으로 흘렀다. 아무도 피의 냄새와 색깔을 느끼지 못하는 것 같았다. 강진웅이 수도꼭지를 틀어 물을 끼얹고 빗자루로 쓸어 피를 하수구로 내보냈다. 피의 지류가 합쳐져 강이 되고, 지하실을 넘어 서울의 거리와 공원과 아파트로, 전 세계의 도시로 흘러넘치는 환상을 나는 보았다.

여기엔 아무것도 없었다. 피 한 방울 정당화할 논리도 없었다. 이것은 기표와 다윗과 우리 시대의 완벽한 파산이었다. 기표와 다윗이 가장 피하고 싶어 했던 진실은, 이 살인극에 아무런 의미도 없다는 것이었다. 처음에 나는 기표와 다윗이 거창한 의미를 쫓아다니다가 괴물이 되었다고 생각했다. 모든 범죄에 의미를 눌러 담아 터질 지경이라고 생각했다. 그것은 속임수에 불과했다. 그것은 이세종의 허풍이나 나의 술주정과 하나도 다르지 않았다. 기표와 다윗은 사건의 텅 빈 의미를 감당하지도 못할 구호로 채워놓았다. 기표와 다윗은 끔찍한 방식으로 세상에 칭얼대고 있었다.

토막 난 시신이 고무 대야에 담겼다. 아버지의 몸과 아들의 몸이 섞여 한 무더기를 이루었다. 세종파는 다들 히죽히죽 웃는 표정이었다. 기표와 강진웅이 대야의 토막들을 커다란 검은색 비닐봉투에 담았다. 아직도 울고 있는 듯한 아이의 머리를 기표가 들었다. 아직도 약속을 지키라고 호소하는 듯한 아버지의 머리를 강진웅이 들었다. 다윗이 회칼로 살을 잘라 삼켰다. 그때도 히죽히죽 웃고 있었다. 유철용과 유현석은 엉망으로 섞여 세 개의 비닐봉투에 담겼다. 강진웅이 테이프로 봉투를 밀봉했다.

　오후 4시, 기표가 혜진을 술집에서 풀어주기 위해 현금을 들고 나갔다. 강진웅은 거실에서 깡소주를 마셨다. 다윗이 말했다.

"그만 마셔라."

"형, 나는 못마땅해 죽겠어."

강진웅은 벌써 혀가 꼬여 있었다.

"넌 맨날 뭐가 그렇게 못마땅하고 마음에 안 드냐? 그만 마셔. 죽여버리기 전에."

"죽여? 흥, 그래. 죽이는 건 우리 전문이지. 근데 말야……."

"근데 뭐?"

"저 새끼 그냥 놔둘 거야? 저 새끼가 우리 일을 망칠 거야. 막판에 배신을 때릴 거라고. 난 알아."

강진웅이 나를 가리켰다. 다윗이 물었다.

"너, 아까 애를 왜 그렇게 찔렀냐? 내가 고통 없이 죽이라고 했잖아."

"그냥 찔렀어. 그냥 좋아서."

"그게 좋았어? 이 미친 새끼야."

"아우 씨팔, 다 지난 일을 갖고 왜 그래. 내가 묻는 말에 대답해. 저 새끼를 어떡할 거냐고."

"건드리지 마."

"오호, 순둥이 다윗이 건드리지 말라네. 그렇지, 그렇지. 건드리지 말아야지. 저 새끼 앞에서는, 주님의 어린양이 되는 다윗 형제님."

"너 나한테 개기냐?"

"저 새끼만 보면, 오, 나의 소설가님, 저희를 용서하소서…… 아주 씨발 영화를 찍어라, 영화를. 저 새끼가 머리를 쓰다듬어주면 개새끼처럼 헥헥…… 오, 내 님 더 만져주소서. 나 한 바가지 싸겠나이다……."

"너 나한테 개기냐고."

"그래, 씨발. 개긴다. 어쩔래?"

다윗이 소주병으로 강진웅의 머리를 쳤다. 혈류량이 많은 머리 가죽이 찢어지며 피가 흘렀다. 피가 또 강물처럼, 거실 바닥을 적셨다.

"가서 꼬매라."

다윗이 말했다. 강진웅은 칼을 들지 않았다. 출혈 부위를 수건으로 감싸고 동사무소 옆에 있는 상도기독병원으로 달려갔다. 나는 방에 누웠다. 다윗이 내 옆에 앉았다.

"지쳤냐?"

"몰라."

"난 지쳤다."

다윗이 한숨을 쉬었다.

"우리 아빠는 원래 착한 사람이었다. 술을 좋아했지만, 그런대로 괜찮은 사람이었지. 아빠가 중국집을 차렸을 때는 매일 밀가루 냄새가 났어. 달착지근하고 텁텁한 냄새. 그게 망해서 생선 장사를 했을 땐 비린내가 났지. 구역질나는 냄새. 하지만 아빠가 막노동을 시작했을 때부턴 아무 냄새도 나지 않았어. 내가, 아빠 크레파스 사주면 안 돼? 하고 살짝 물어보면 옆에서 엄마가 빽 소리를 지르지. 쓸데없는 소리 말라고. 그래도 나는 잠들기 전에 몰래 아빠한테 가서 귀에다 대고 묻는 거야. 아빠, 말로만이라도 괜찮으니까 그러겠다고 해줘. 그러면 아빠는 씨익 웃으면서 고개를 끄덕였지. 아빠는 며칠 안에 어디서 구했는지 헌 크레파스를 가져왔어. 쓰레기통을 뒤졌을지도 몰라. 그런데 손을 다쳤어. 뼈까지 심하게 다쳤대. 그래도 아빠는 새벽에 일을 나갔어.”

“그래서?”

“어느 날 밤에 자고 있는데 눈에 번개 같은 게 스쳐 지나갔어. 눈썹 위에 콧물같이 찝찔한 게 흘러내렸어. 피였지. 술에 취한 아빠가 엄마한테 던진 텔레비전 안테나가 나한테 맞은 거야. 피보다 무서운 건 아빠였어. 내가 눈을 떴는데, 웅크리고 있던 엄마한테 천천히 다가가잖아. 지금도 그때 아빠 눈이 생생하게 기억나. 만화에 나오는 유령들은 눈동자가 없이 퀭하잖아. 그거였어.”

다윗이 손바닥으로 눈을 가렸다.

“난 막 울었어. 아빠 하지 마, 아빠 하지 마, 하면서. 아빠가 고개를 홱 돌려서 그 눈으로 나를 봤어. 나한테 다가와서 발로 내 배를 찼어. 그 조그만 게 발로 찰 데가 어디 있다고 그랬는지 몰라. 명치 끝을 맞아서 갑자기 숨이 막혔어. 나는 울지도 못하고 방바닥에서 버둥거렸어. 아빠가 내 뒷덜미를 잡고 일으키더니 뺨을 막 때렸어. 쓸모없는 새끼라고 소리치면서. 뺨을 때리다 싫증나면 발로 차고,

그것도 싫증나면 막대기를 집어서 온몸을 때리고. 엄마가 엉금엉금 기어와서 날 안지 않았으면 죽어버렸을 거야. 엄마는 아빠의 발길질을 자기 등으로 막아냈어. 기침이 나더군. 엄마한테 안겨 기침을 하는데 목에서 피 냄새가 났어. 난 갑자기 막 토했어.”

다윗은 울음을 참고 있었다.

“그날 밤 꿈에 젖소가 나왔어. 옛날에 작은삼촌이 일하던 목장에 놀러 갔을 때 본 젖소였어. 나는 소가 너무너무 좋았지. 까슬까슬한 혓바닥이며 날 바라보는 큰 눈이며……. 소도 나를 좋아하는 것 같았어. 어릴 적엔 내 꿈이 수의사가 되는 거였어. 목장에서 소랑 같이 살려고 했어. 꿈에 나온 그 얼룩소는 우리 집 방에서 함께 살고 있었어. 근데 어딘가 아파 보였어. 제대로 일어서지도 못하고 앞발로 버둥거리면서 이불 위에 가서 눕는 거야. 소야 괜찮아? 하고 물어보면 소는 눈을 끔벅끔벅하면서 괜찮아 괜찮아, 하고 말했어. 엄마한테 소를 병원에 데려가자고 졸랐지만 엄마는 돈이 없다구, 안 된다구 했어. 소를 방 안에 눕혀놓고 마루에서 라면을 먹고 있는데 갑자기 소가 병이 싹 나은 것처럼 씩씩하게 걸어 나왔어. 기분도 썩 좋아 보였지. 소야 다 나았니? 물어보니까 대답도 안 하고 라디오를 틀어달래. 음악이 흘러나오니까 소가 나를 보면서 같이 춤을 추자는 거야. 나는 소의 목을 두 팔로 안고 같이 춤을 췄어. 부르스를 추는 것처럼 빙글빙글. 한참 그러고 있는데 소의 목이 축 늘어지는 거야. 소는 죽기 전에 마지막으로 나랑 춤추고 싶었나 봐. 나는 점점 힘이 빠지는 소의 목을 끌어안고 안 돼, 안 돼, 하면서 울었어. 제발 죽지 말아줘, 하면서. 아빠는 암에 걸려서 뒈진 게 아니라 그 날 날 때리면서 뒈진 거야. 최소한 나한테는.”

다윗이 울었다. 세종파가 빨리 최종 목표에 도달하지 못하면 지쳐버릴 거라고 나는 생각했다. 그들은 지쳐서, 서로를 죽일 것이다.

밤늦게 기표와 혜진이 아지트로 왔다. 술집에서 풀려난 후 혜진이 기표에게 남산 구경을 하자고 했다. 그들은 난생처음으로 남산 케이블카를 탔다. 발밑에서 가물거리는 서울의 불빛들이 아름다웠다고 혜진이 말했다. 땅 위에선 더럽고 구질구질한 서울의 거리가 남산 상공에선 그렇게 아름다운 걸 보면, 하느님은 높은 곳에서 세상을 만든 것 같다고 했다. 오빠도 있었네? 혜진이 나를 보았다. 기어이 왔네, 라는 표정으로 혜진이 웃었고, 기어이 와버렸어, 라는 표정으로 나는 따라 웃었다.

혜진은 눈이 부어 있었다. 기표가 남산 꼭대기에서 불빛들을 바라보며 세종파가 한 짓들을 모두 털어놓았다고 혜진은 나중에 말했다. 기표는 유씨 부자의 시신을 토막 낸 것까지 말했다. 기표가 말하지 않았더라도 혜진은 짐작하고 있었을 것이다. 병수가 죽은 것도, 인질이 죽을 거라는 것도 혜진은 직감으로 알고 있었을 것이다. 불길한 예감이 현실로 바뀌는 동안 혜진은 전망대의 손잡이를 붙들고 울었다. 예감은 눈에 보이지 않는다. 예감 따위는 다른 식으로 상상하거나 미화할 수 있고, 쉽게 부정할 수도 있다. 그날 혜진은 예감 대신 부정할 수 없는 단단한 사실들에 둘러싸였다. 오빠, 나 임신했어. 한참을 울다가 혜진이 말했다. 기표는 아무 대꾸도 하지 않았다. 담배 두 대를 필터까지 태운 뒤, 기표는 말했다. 힘들다……. 그것은 불행에 포위된 연인에게 던지는 최악의 위로였다.

기표와 혜진이 안방에서 자고 나는 다윗과 건넌방에서 잤다. 강진웅은 변함없이 거실 현관 앞에서 잤다. 나는 일어나 담배를 피웠다. 다윗이 거대한 머리통을 들썩이며 코를 골고 있었다. 나는 문가에 앉았다. 현관문 유리 너머로 작고 검은 하늘이 떠 있었다. 눈을 감지 못하는 밤들, 잠의 가운데 토막이 부러지고 온갖 상념의 구더기들이 기어 나와 뇌 속을 파먹는 밤들이 이어지고 있었다. 나는 혜진이 낳을 아이를 생각했다. 괴물들이 만든 아이는 괴물이 될까. 나는 왠지 순수하고 착한 아이가 나올 거라는 생각이 들었다. 독한 양잿물과 독한 염산이 만나면 순결한 소금이 되는 것처럼, 아이는 제 부모의 업보를 대신해 세상에 꼭 필요한 사람이 될 것 같았다.

나는 세종파의 아지트에 갇힌 날들을 헤아렸다. 28일이었다. 28일 동안 나는 거대한 원심분리기에 들어가 세상과 분리되어 세상 밖으로 튕겨져 나갔다. 이젠 세상으로 돌아간다는 생각만 해도 끔찍했다. 나는 자포자기의 편안함을 느꼈다. 뒤통수에 손바닥만 한 거즈를 붙인 강진웅이 악몽이라도 꾸는 듯 신음을 냈다. 나는 그 못생기고 우스꽝스러운 머리를 향해 중얼거렸다. 걱정 마라. 안 도망간다.

9월 16일 아침 8시, 다윗이 다친 왼손을 치료하러 간다고 했다. 기표가 다 함께 가자고 했다. 병원에 들렀다가 영등포에서 필요한 물건들을 사고 저녁에 노래방도 가자고 했다. 다윗이 기표에게 물었다.

"의사가 손을 왜 다쳤냐고 물어보면 어떡하지?"

"용접하다 다쳤다고 해."

혜진이 말했다.

"의사가 손을 용접했냐고 묻겠다."

강진웅이 나가지 않겠다고 고집을 부렸다.

"아 씨발, 대가리에 반창고를 붙이고 어디를 돌아다녀?"

우리는 나갈 채비를 했다. 강진웅이 기표에게 말했다.

"형, 동진이 형은 안 돼. 내가 없으면 누가 감시해? 절대 안 돼."

"걱정 마라. 내가 감시한다."

"안 돼. 나 또 미치는 꼴 보고 싶어?"

어차피 나갈 마음도 없었다. 나는 이글거리는 도심의 거리도 싫었고, 거기서 시시덕대며 사람들의 눈치를 보기도 싫었다.

"나도 안 갈래. 집에 있고 싶다, 정말로."

기표와 다윗이 망설였다. 혜진이 기표에게 귓속말을 했다. 기표가 내게 다가와 물었다.

"정말 안 갈래?"

"그래."

"혜진이 너랑 진웅이랑 둘이 있으면 불편할 거라고 그러는데?"

정말 그랬다. 강진웅과 단둘이 집에 처박혀 있는 것도 끔찍한 일이었다. 강진웅이 소리쳤다.

"왜? 내가 죽이기라도 할까 봐? 그럼 철창에 있으면 되잖아. 잠깐인데 뭐 어때? 내가 무서우면 다 잠가봐. 꽁꽁."

"넌 잠자코 있어, 새끼야."

강진웅의 말도 일리가 있었다. 강진웅과 함께 있느니 철창에 갇혀 있는 게 나았다.

"그래. 나 지하실에 있을게."

기표가 물었다.

"괜찮겠냐?"

"잠깐인데 뭐. 사실 그게 훨씬 편하다."

기표가 다윗과 혜진을 돌아보았다. 다윗이 고개를 끄덕였다.

"그럼 그렇게 해. 미안하다."

나는 기표를 따라 지하실로 내려갔다. 피비린내와 누린내가 아직도 남아 있었다. 비린 냄새였다. 인간이 흉골판과 복막 안에 감추고 있던 냄새가 대기 속에 풀어져 이리저리 맴돌면, 누구도 정상적인 감각을 유지할 수 없다. 게다가 공기는 텁텁하고 더웠다. 순간 나는 자청해서 지하실에 내려온 것을 후회했다. 기표가 왼쪽 철문의 자물쇠를 열었다. 나는 종 세 개가 새겨져 있는 옆방의 철문을 보지 않으려고 고개를 돌렸다. 그 문 뒤에는 유씨 부자의 몸이 세 개의 봉지에 담겨 부패하고 있었다. 우리는 철문 안으로 들어섰다. 철문에서 서너 걸음 뒤에 철창이 있었다. 기표가 철창의 빗장을 열었다. 나는 철창 안으로 들어가 침상에 앉았다. 다윗이 철창 바닥의 피를 빗자루로 쓸어냈지만 아직도 검은 자국이 남아 있었다.

"괜찮겠어?"

기표가 다시 물었다. 나는 고개를 끄덕였다. 기표는 철창의 빗장을 지르고 자물쇠를 잠갔다. 철컥 소리가 들렸다.

"빗장은 잠그지 마라. 답답하다. 철문만 잠가도 되잖아."

"그래, 그럼."

기표가 자물쇠를 풀었다. 열쇠를 자물쇠에 꽂아놓은 채로 빗장을 열었다.

"진웅이한텐 열쇠 안 맡겨. 내가 가지고 갈 거야."

기표가 철문을 열고 나가려다 돌아서서 나를 보았다.

"동진아."

"왜?"

"고맙다."

기표가 왜 내게 고마워해야 하는가. 내가 기표를 위해 해준 일이 무엇인가. 나는 그의 말에 분노를 느꼈다. 기표가 철문을 닫고 나갔다. 철컥, 철문이 잠겼다. 기표의 발자국 소리가 계단을 따라 이어지고, 지하실 문이 잠기는 소리가 나고, 정적이 찾아왔다.

나는 침상에 누웠다. 졸음이 왔다. 밤에 잠을 설친 대가로, 낮에

는 수시로 졸음의 습격을 받았다. 나는 인터폰을 보았다. 유철용의
뇌수가 검게 변색된 채 굳어 있었다. 흐려진 의식 속에서, 저놈들은
누굽니까, 첫번째 인질이 내게 묻던 말, 미안하다 미안해, 유철용이
아들의 귀에 중얼거리던 속삭임이 들려왔다. 인터폰에서 말소리가
들리는 것 같았다. 나는 숨을 들이켰다. 변기로 쓰라고 놓아둔 플라
스틱 통에서 지린내가 났다. 누구의 오줌일까. 다윗은 시체도 똥과
같은 거라고 말했다. 나는 옆방의 봉지에 담겨 있는 유씨 부자의 껍
데기들을 떠올리며 벽에 몸을 밀착시켰다. 설핏 잠이 들었다.

지하실 문이 열렸다. 문이 바닥과 마찰하는 소리가 계단을 내려
와 철문을 뚫고 철창까지 들어왔다. 나는 벌떡 일어났다. 강진웅의
목소리가 들렸다.

"나한테 열쇠가 없는 줄 알았지? 이히히히…… 병신 같은 새끼들."

강진웅이 계단을 내려왔다. 나더러 들으라는 듯 일부러 발을 쿵
쿵 구르며 계단을 디뎠다.

"널 처음 볼 때부터 죽이고 싶었어, 이 쥐새끼야. 경찰보다 널 먼
저 죽이고 싶었다고."

막대기가 벽과 부딪치는 소리, 금속이 바닥을 긁는 소리가 들렸
다. 지팡이형 단검이었다. 나는 무기가 될 만한 것을 찾아 두리번거
렸다. 다윗이 피를 청소하고 놔둔 빗자루밖에 없었다.

"이히히히…… 너도 봉지에 넣어줄게. 형들이 물으면 도망쳤다
고 하지 뭐. 밥 줄려고 문을 열었는데 쥐새끼처럼 튀어 나갔다고 하

면 돼.”

나는 무의식적으로 빗자루를 들어 천장에 달린 백열등을 때렸다. 백열등이 터지고 어둠이 몰려왔다. 어둠이 내 유일한 무기였다. 방문 틈으로 새어 들어오는 가는 전등 빛 외에는 아무것도 보이지 않았다. 나는 기어서 철창을 나와 철문 옆에 섰다. 방 안의 어둠에 적응하려고 눈을 끔벅이며 동공이 최대한 벌어져 강진웅이 보지 못하는 것을 보기를 갈망했다. 조금씩 사물이 눈에 잡혔다. 철창과 침상의 실루엣이 드러났다. 강진웅이 지껄였다.

“넌 깐죽대는 게 싫어. 이 말 하면 깐죽깐죽, 저 말 하면 깐죽깐죽, 깐죽이 새끼.”

나는 어둠에 시선을 집중시켰다. 빗장의 자물쇠가 보이고, 그 자물쇠에 꽂힌 열쇠가 보였다. 나는 자물쇠를 빼내어 손에 들었다. 강진웅이 웃었다. 소리가 빛보다 강하다. 빛이 없는 곳에서 소리는 더 강하다. 나는 어둠을 타고 번지는 강진웅의 웃음소리를 아직도 잊지 못한다.

“이히히히, 이히히히…….”

나는 어둠에 완전히 적응했다. 철문이 열리기를 기다리며 철문 옆에 선 채로 나는 서너 걸음 뒤의 철창, 철창의 열린 문, 빗장의 위치를 계속 주시했다. 강진웅이 문 앞에 섰다. 나는 철창의 자물쇠를 든 손에 힘을 주었다. 손바닥에 땀이 배어 미끌거렸다.

자물쇠가 풀리고 철문이 열렸다. 강진웅이 들어왔다. 지팡이형 단검을 치켜들고 있었다. 단검의 날카로운 끝이 보였다.

"어? 유치장이 열렸어? 너 이 새끼……."

나는 철문을 닫았다. 쾅 소리와 함께 복도의 전등 빛이 차단됐다. 강진웅의 눈은 어둠에 적응하지 못했다. 철창을 더듬거리며 허공에 단검을 휘둘렀다. 나는 바닥을 기어 강진웅의 등 뒤로 다가갔다. 강진웅은 순간적으로 방향감각을 잃은 것 같았다. 손에 잡히는 유일한 물건인 철창을 더듬거리며 철창문 쪽으로 다가가고 있었다. 나는 그가 철창문 앞에 서기를 기다렸다.

"나와, 씹새끼야! 비겁하게 숨지 말고!"

강진웅이 소리쳤다. 나는 그가 공포를 느끼고 있다고 생각했다. 강진웅은 지팡이형 단검으로 허공을 베고 찌르며 열려 있는 철창문 앞까지 갔다. 그곳에서 철창 속을 향해 단검을 찔러 넣었다. 그의 눈도 조금씩 어둠에 적응해가고 있었다. 강진웅이 철창문을 잡고 뒤를 돌아보았다.

나는 달려 나와 강진웅의 배를 찼다. 이를 악물고 혼신의 힘을 다해 발길질을 했다. 강진웅이 철창 안으로 쓰러졌다. 쓰러지는 순간 철창에 부딪힌 뒤통수가 텅 소리를 냈다. 나는 철창문을 닫고 빗장을 질렀다.

"야, 이 쥐새끼야!"

빗장에 자물쇠를 채울 때 강진웅이 단검을 뻗었다. 단검의 날이 내 목덜미를 스쳤다. 차가운 감촉이 지나가고 오한이 일었다. 나는 철창을 잠그고 철문을 잠그고 복도를 달렸다.

"야! 야! 야! 이 개새끼! 잡히기만 해봐! 창자를 꺼내서 씹어 먹을 거야아아!"

강진웅의 외침이 나를 쫓아왔다. 나는 계단을 올라 지하실 문을 밀었다. 열려 있었다. 나는 달려 나갔다. 햇살이 온몸을 찔렀다. 단검에 베인 목덜미에서 피가 흘렀다. 나는 멈춰 서서 눈을 감았다. 잠시 아지트로 돌아갈까 망설였다. 눈부신 햇살에 싸인 세상이 무서웠다. 강진웅과 함께? 언제까지? 대체 언제까지? 마음속의 목소리가 물었다. 나는 달렸다. 달동네의 아카시아 나무들이 쏙싹거렸다. 더운 바람이 목덜미의 상처를 핥았다. 바람과 함께 아지트의 지하실에서 보낸 비현실적인 시간들, 그 피비린내, 그 어둠과 습기와 무중력, 그 기이한 안락함과 해방감이 스쳐 지나갔다. 지하실에서 일어난 모든 사건, 희생자의 얼굴과 몸부림마저 환영처럼 느껴졌다. 현실이 아니었어. 악몽이었어. 마음속의 내가 소리쳤다.

나는 계속 달렸다. 큰길에 들어섰다. 큰길 왼편에 파출소와 동사무소가 있었다. 동사무소 뒤에 새마을금고가 있고 그 건물 2층의 상도기독병원에서 다윗이 치료받고 있을 것이다. 나는 파출소로 가지 않고 큰길 오른쪽으로 방향을 틀었다. 기표와 다윗이 무서워서 그랬을지도 모른다. 내가 세종파의 종범이라는 생각 때문일지도 모른다. 어쨌든 나는 무작정 달렸다. 숨이 턱에 차도록 달렸다. 다리에 힘이 풀리고 허공 속을 휘젓는 느낌이 들었다. 나는 길바닥에 넘어졌다. 손바닥이 까지고 찢어진 피부 속으로 잔돌과 모래가 들어갔다. 나는 다시 일어서서 국도변으로 나와 구청 앞까지 달렸다. 버스 정류장 앞에 택시가 정차해 있었다. 나는 택시 뒷좌석으로 뛰어들어 숨을 골랐다. 턱에 침이 흐르고 있었다.

"어디로 갈까요?"

택시 기사가 물었다. 나는 자취방을 떠올렸다. 지갑을 열어보니 3만 4천 원이 들어 있었다.

"남가좌동이요."

택시가 출발했다. 차창 밖으로 도로와 행인들이 흘러갔다. 햇살이 그들을 감싸고 있었다. 아무리 애를 써도 세상의 찬란한 빛과 색상을 감당할 수 없었다. 나는 눈을 감았다. 눈 밑이 뜨거워졌다.

나는 정오 무렵 자취집에 도착했다. 화분 밑에 감춰놓은 열쇠를 꺼내 현관문을 열었다. 집은 그대로였다. 거실을 활보하던 바퀴벌레들이 내 발자국 소리에 놀라 싱크대 밑으로 도망갔다. 싱크대 위에 내가 두고 간 삐삐가 전원이 꺼진 채로 놓여 있었다. 가스레인지 위의 냄비에는 아지트로 가기 전날 끓여 먹은 김치찌개가 썩어 있었다. 거실과 방은 먼지를 뒤집어쓴 채로 고요했다. 어머니가 사다 준 벽시계가 정적을 휘저었다. 그제야 나는 추석이 다가왔다는 것을 깨달았다.

나는 화장실에서 샤워를 했다. 벗겨진 손바닥과 찢어진 목덜미가 물에 닿아 쓰라렸다. 나는 화장실 바닥에 주저앉아 샤워기에서 쏟아지는 물줄기를 받았다. 몸에서 구정물이 나왔다. 문득 세종파가 이 집에 쳐들어올 수도 있다는 생각이 들어 벌떡 일어섰다. 그러나 기표도 다윗도 이 집을 알지 못했다. 그들은 내 영역을 침범하지 않는 것을 예의라고 생각했다. 그들은 내가 자신들과 다른 세계에 속해 있다는 사실을 인정하고, 내가 그들에게 올 때만 받아들였다. 나는 도로 주저앉았다. 차가운 물이 등판에 쏟아졌다. 나는 고개를 들었다. 물이 눈과 코와 입을 막았다. 나는 30분이 넘도록 물줄기 속에 잠겨 있었다.

샤워를 마치고 방으로 들어갔다. 머리를 말릴 생각도 하지 않고 이불을 폈다. 나는 잠을 자고 싶었다. 가능하면 잠의 밑바닥까지 내려가 한 달쯤 나오지 않을 생각이었다. 시계가 째깍거렸다. 한낮의 태양이 창문으로 햇살을 쏟았다. 나는 땀을 흘리며 잠이 들었다.

아버지의 의족이 보였다. 플라스틱과 철제로 만든 의족은 시커멓게 때에 절어 있고 가죽 끝이 닳아서 반질거렸다. 아버지가 벽에 걸린 의족을 꺼내 왼쪽 다리에 넣었다. 끙끙거리며 힘을 써도 잘 들어가지 않았다. 아버지가 나를 보았다.

"돈 좀 줘. 돈 좀."

"난 돈 없어요."

아버지가 허허, 웃으며 의족을 치켜들었다.

"우리 아들놈이 정신이 나갔나 봐."

의족에서 피가 떨어졌다. 그것은 첫번째 인질의 썩어가는 다리
였다. 하얀 뼈가 종아리 위에 삐죽 튀어나와 있었다.

"덜 잘랐잖아. 깨끗이 잘라야지!"

다윗과 강진웅이 다리를 차지하려고 싸웠다.

"그만들 해, 개새끼들아. 다리가 얼마나 아프겠냐!"

내가 소리를 질렀다. 기표가 도끼를 들었다. 도끼는 허공 위에서
바람을 가르고, 형광등 불빛을 눈이 아프도록 튕겨내고, 마침내 쨍
하는 소리를 내며 무언가를 내리쳤다. 그것은 유철용의 머리였다.
도끼날이 파고들자 머리가 미소를 지었다. 입술이 움직였다.

"넌 살아라. 넌 좋겠다, 개새끼야."

나는 소리쳤다.

"안 돼! 이건 너무하잖아. 잘 봐. 세상을 잘 봐. 세상은 백만 가지
슬픔에 잠겨 있고, 그래도 인간들은 어떻게든 버텨내고 있잖아. 그
래 나도 알아. 잘 알아, 개새끼들아. 사는 게 끔찍하게 힘든 일이라
는 건 알아. 인간이 터무니없이 약하다는 것도 알아. 하지만 이건
정말 아니잖아. 누가 너희한테 이럴 권리를 줬어? 누가 너희한테
모든 것은 가능하다고, 꿈은 이루어진다고 속삭였어? 그건 다 개소
리야. 내 말을 믿어. 안 돼, 안 돼!"

나는 눈을 떴다. 창문에 쏟아지던 햇살이 10분의 1로 줄어 있었
다. 방 안이 잠들 때처럼 뜨겁지 않았다. 저녁이구나, 나는 짐작했다.
나는 달아나려는 잠의 꼬리를 붙들고 더 깊은 잠으로 빠져들었다.

이번엔 극장이었다. 좌석 밑에 과자 봉지와 휴지가 쌓여 있는 삼류 동시상영관이었다. 나는 상도동 아지트에서 일어났던 일을 차례차례 관람하고 있었다. 실제가 꿈속에 재연되었다. 나는 스크린 속의 아지트를 노려보았다. 꿈이 실제와 같다면 외통수에 걸린 거라고 나는 생각했다. 꿈에서 깨어나도 꿈이고, 그 꿈에서 깨어나도 꿈이다.

스크린에 기표와 다윗의 얼굴이 나타났다. 그들은 유씨 부자의 조각들이 담긴 대야를 들고 울고 있었다. 어깨와 가슴을 흔들고 침을 질질 흘리면서 통곡하고 있었다. 핏물이 떨어지는 기표의 눈이, 유철용의 뇌수가 묻어 있는 다윗의 네모난 얼굴이, 스크린 밖의 나를 보았다.

"그래, 동진아. 우린 이거밖에 안 돼. 그러니까…… 제발 우리를 기억해줘."

나는 그들에게 말했다.

"알았다. 알았어. 알았으니까 그만 좀 울어."

나는 아지트에서 그들에게 말을 했어야 했다. 왜 그땐 말이 나오지 않았을까. 왜 그땐 너희들의 꿈은 어린애 장난이라고, 다이너마이트를 들고 불꽃놀이를 벌이다가 비웃음을 받으며 죽을 거라고, 죽고 나서도 조롱을 받을 거라고, 그러니까 전진인지 뭔지 하지 말라고 외치지 못했을까. 하지 못한 말들, 목젖에 달라붙어 떨어지지 않은 말들, 이제 그 말들을 할 차례였다. 나는 좌석에서 일어나 영

사기를 틀고 있는 누군가를 향해 외쳤다.
"할 말이 있습니다!"

5

조연들

종을 흔드는 아이들

"좋아 보이네. 다행이야."

고영춘은 내 얼굴을 보며 다행이라는 말을 반복했다. 나는 10년 전 그때의 핼쑥한 대학생이 아니었다. 시장에서 과일 상자를 나른 덕분에 얼굴은 검게 타고 팔뚝과 어깨에 근육이 붙었다. 고영춘은 인물의 됨됨이를 노동의 흔적을 통해 파악했다. 몸으로 세상과 부딪치며 살아온 사람들의 특징이었다.

고영춘은 경북 청도군 읍내의 종합고등학교를 졸업하고 상경하여 경찰 시험을 치렀다. 키가 크고 체격이 건장하여 박정희 정권 시절 청와대 경비대에 뽑히기도 했다. 박정희는 군인다운 군인이었다고 고영춘은 회상했다. 겨울밤에 근무를 서고 있으면 순시를 나온 박정희가 나이 어린 경비대원의 야상을 들춰 내복과 깔깔이를 제대로 입고 있는지 확인했다. 1994년 가을, 고영춘은 서대문경찰서 강력3반 반장이었다. 후배들을 위해 당직 근무를 자처하여 반장직을 맡은 뒤로 한 번도 명절 때 집에 들어가지 못했다. 고 반장은 경찰다운 경찰이었다. 지금은 정년 퇴임하여 일산 대화동의 아파트에서 장애가 있는 아들을 돌보며 살았다.

"10년은 너무 가혹했어. 그땐 사회 분위기가 그래서 시범 케이스로……."

"아뇨, 10년도 짧습니다."

나는 고영춘의 말을 잘랐다. 10년 전의 재판 과정을 그 앞에서 복기하긴 싫었다. 고영춘이 고개를 끄덕였다. 그는 10년 동안 많이 늙어 있었다. 머리가 반백이었고 목살이 늘어졌다. 경찰서 유치장에서 우리는 그를 아버지 대하듯 했다. 고 반장은 세종파의 몸에 남아 있는 노동의 흔적을 동정했고, 조사실에서 7천 원짜리 잡탕밥을 사줘 다윗을 감동시켰다. 다윗은 살면서 먹어본 가장 비싼 음식이었다며 다시 태어나면 경찰이 되고 싶다고 말하기도 했다. 두번째 현장 검증을 끝내고 돌아오던 날이 생각난다. 고 반장은 호송 버스 안에서 제일 입을 험하게 놀리던 다윗에게 묵주를 건넸다. 그때 세종파는 가진 자를 다 죽이지 못하고 잡힌 게 한이며, 다시 태어나도 똑같은 짓을 저지를 거라고 기자들 앞에서 떠들었다. 어머니 배 속에서부터 천주교 신자였던 다윗은 고 반장이 내민 묵주를 선뜻 받지 못했다. 받아, 마음이 좀 안정될 거야. 고 반장이 계속 권하자 다윗이 묵주를 받았다. 저도 주십시오. 기표와 강진웅이 손을 벌렸다. 세상을 또 한 번 놀라게 한 회개의 드라마가 시작되는 순간이었다.

"걔들은 순진한 애들이었어. 사람들이 하는 말을 곧이곧대로 믿고, 그 말대로 안 되면 토라지기도 잘하는 애들이었지. 그냥 애들. 자넨 조금 달랐어. 세상을 좀더 영리하게 살려고 했어. 그건 좋다 나쁘다의 문제가 아냐. 그냥 달랐던 거지."

1994년 9월 17일 새벽 2시, 고 반장은 전화벨 소리에 잠에서 깼다. 당직을 서던 정 형사의 말은 평소와 똑같이 더듬거리고 두서가 없었다. 무슨 어마어마하고 해괴한 제보 전화가 걸려왔는데, 제보자인지 자수자인지는 헷갈리고, 어쨌든 지금 경찰서로 오고 있다는 내용이었다. 그 어마어마하고 해괴한 사건이 뭐냐고 묻자 정 형사는 연쇄살인이라고 대답했다.

"그때는 십중팔구 경찰보다는 정신과 의사가 필요한 일이라고 생각했지. 진짜 어마어마하고 해괴한 사건인지 내가 알았겠어?"

고 반장은 형사실의 문을 열고 들어오는 순간 불길한 예감에 젖었다. 20대 초반의 젊은이가 야구 모자를 눌러쓴 채 앉아 있었다. 엉터리 제보를 하는 정신병자들은 보통 중년 남자들이었다. 고 반장은 특히 제보자의 눈빛이 인상 깊었다. 정신병자들의 눈빛처럼 퀭하지 않고 맑으면서도 슬퍼 보였다. 무슨 일이 나긴 난 것이라고 고 반장은 생각했다.

"저는 눈이 작아서 그렇게 안 보였을 텐데요."

"형사 생활을 오래 하면 눈빛만 보고도 저 사람이 거짓말을 하는지 진실을 말하는지 알게 돼. 자네를 보는 순간 가슴이 쿵 하고 내려앉았어. 연쇄살인이라…… 난 그때 세종파 같은 게 있을 거라고는 꿈도 못 꾸고 다른 놈을 생각했어. 그해 10대 뉴스에 세종파가 1등, 박한상이 4~5등 했고, 그놈이 8~9등쯤 했을걸 아마."

그의 이름은 온보현이었다. 경찰은 9월 초부터 그의 신상을 확보하고 공개수사로 전환할 것인지 저울질하고 있었다. 온보현은 1957년생으로 범행 당시의 나이가 38세였다. 전북 김제군에서 태어난 온보현은 부모가 서울로 돈 벌러 간 뒤 친척들의 도움을 받으며 혼자 국민학교를 졸업했다. 15세 때인 1972년, 부모가 있는 서울로 올라와 차량 정비공, 택시 운전사 등을 전전했고, 그사이에 폭행과 도로교통법 위반 등으로 전과 8범이 되었다. 1981년, 식구들에게 매질을 일삼던 아버지가 바람까지 피우자, 어머니가 목을 매 자살했다. 온보현은 아버지를 마구 때린 뒤 다시는 집에 돌아오지 않겠다는 혈서를 쓰고 가출했다.

세종파가 무기를 구입하던 8월 초, 온보현은 살인 계획을 세우고 살인 수첩에 "내 나이만큼 38명을 죽이겠다"고 적었다. 삼성운수 차고에 세워져 있던 스텔라 택시를 훔쳐서 번호판을 위조했다. 8월 28일, 온보현은 서울 암사동 네거리에서 여대생 한 명을 태워 근처 야산으로 끌고 갔다. 뒷문이 열린 틈을 타 여대생이 도망쳤다.

1994년 9월 1일 새벽, 수유리의 자취방에서 며칠 동안 숨어 지

내던 온보현은 택시 번호판을 바꾸고 다시 사냥을 시작했다. 다음 날 새벽 40대 여성을 태워 고향인 김제 야산까지 끌고 가, 자신이 파놓은 구덩이 옆에서 여자를 성폭행한 뒤 팔다리를 묶어 구덩이에 밀어넣었다. 여자가 남편 없이 아이 키우는 불쌍한 사람이니 살려달라고 애원하자, 온보현은 여자를 바로 죽이지 않고 숲 근처에서 잠을 잤다. 범인이 자고 있는 틈을 타 탈출한 여자는 인근 공사장 인부에게 발견될 때까지 달리고 또 달렸다. 온보현은 아침까지 숲 속에 숨어서 경찰이 택시를 견인하는 장면을 훔쳐보았다. 경찰은 5년 동안 수유리 근처에 산 택시 기사 이력서의 사진들을 뒤진 끝에 온보현이라는 이름을 파악했다.

9월 중순까지 경찰의 관심은 온통 온보현이란 미치광이에 쏠려 있었다. 9월 11일, 온보현은 올림픽대로에서 여대생을 칼로 위협해 택시에 태우고 강원도 횡성으로 끌고 가서 성폭행했다. 인질을 나무에 묶어두고 2차 범행을 위해 자리를 비운 사이에 여대생이 포박을 풀고 도망쳤다. 다음 날 20대 직장인 황 모 씨를 납치해 횡성으로 돌아온 온보현은, 인질이 도망친 걸 알고 분노해 황씨를 삽으로 때린 뒤 도주했다. 온보현의 첫번째 살인이었다.

내가 아지트를 탈출하기 3일 전인 9월 13일, 온보현은 19세 회사원 정 모 양을 태우고 김천 여관으로 가서 성폭행했다. 정양이 자신은 소녀 가장이며 아버지가 돌아가시는 바람에 혼자 식구들을 먹여 살려야 한다고 애원하자, 그는 감동의 눈물을 흘리며 다음 날

정양을 서울 고덕동 집 앞까지 바래다주었다.

9월 14일, 경기도 고양시 정신지체아동 특수교육기관에서 교사로 일하는 24세 최 모 씨를 서울 가락동에서 납치하려던 온보현은 최씨가 반항하여 손가락을 칼에 베이자 최씨의 배를 찔렀다. 경북 금능군 도로변에 최씨의 사체를 버린 뒤 온보현은 부상 치료를 위해 서울 천호동 여관에 은신했다. 그는 여관 침대에 누워 텔레비전으로 세종파라는 놈들이 서대문경찰서 형사실에 늘어서 있는 장면을 보았다.

세종파를 체포한 뒤 경찰은 발등이 뜨거워졌다. 자칫하면 이 괴물들의 세상이 경찰의 무능 탓이 될 수도 있었다. 경찰은 온보현 사건을 공개수사하기로 결정하고 대대적인 수배와 불심검문을 시작했다. 9월 27일, 온보현은 세종파 검거로 유명해진 서대문경찰서 입구에서 의경에게 자수하러 왔다고 소리쳤다. 경찰 조사 때에도 온보현은 세종파와 자신을 비교해보고 싶다며 같은 유치장에 넣어달라고 요구했다. 경찰은 거절했다. 온보현이 자수할 때 가져온 살인 수첩에는 요즈음 세종파 사건으로 사회가 떠들썩하지만 꼭 이 부분에서 세계 제일이 될 거라고 적혀 있었다. 그러나 우리는 첫번째 선고 공판이 있을 때까지 온보현이라는 놈이 무슨 짓을 저질렀는지 몰랐다. 기표와 다윗과 강진웅이 사형을 선고받던 날, 온보현은 서울지법의 다른 법정에서 사형을 구형받았다. 어쩌면 우리가 법정 복도에서 마주쳤을지도 모른다. 하지만 설사 그랬더라도 온보현이 감동했을 것 같지는 않다. 온보현도 그때쯤 주님의 어린양이 돼 있었다.

"자네 애기를 듣는 동안 등뼈부터 목뼈까지 소름이 쫙 끼치더군. 세종파에 비하면 온보현은 피래미였어. 세상이 미쳐간다고 생각했지."

나는 고 반장에게 기표의 핸드폰 번호가 적혀 있는 메모를 건네며 자수하겠다고 말했다. 고 반장이 나를 유치장에 넣었다. 경찰서 유치장에는 죽음의 그림자나 몽롱한 안개 같은 공기가 없었다. 원형 감옥처럼 중심을 향해 둥그렇게 늘어선 유치장들에는 단잠을 깨운 경찰을 향해 투덜거리는 피의자들이 누워 있었다. 나는 현실로 돌아왔다고 느꼈다.

"그날 새벽 내내 핸드폰 번호가 적혀 있는 기표의 메모를 봤어. 왜 자네에게 이런 단서를 남겼는지 궁금해지더군. 나는 종이에 대고 말해봐, 말해봐, 하고 속삭였어. 가끔 큰 사건을 만나면 그런 짓을 해. 미신 같은 거지. 기표가 미소를 지으며 뭔가를 속삭이는 것 같은데, 무슨 말인지 해독이 되지는 않았어."

날이 밝자마자 고 반장은 이동통신 회사에 핸드폰 번호를 조회했다. 소유주의 이름은 서기표, 나이는 23세, 직업은 무직, 주소는 서울시 동작구 상도3동 27-4번지였다. 통신 회사에 등록된 주소는 아지트가 아니라 기표의 집 주소였다. 서대문경찰서는 형사들에게 비상대기령을 내렸다.

9월 18일 새벽, 서대문경찰서 강력반 형사들로 구성된 검거반이 출동 준비를 했다. 내 증언에 따르면 아지트에는 공기총과 다이너마이트가 있었다. 특히 다이너마이트는 건물 한 채를 통째로 날려버릴 수 있는 양이었다. 형사들은 비장한 표정이었다.

"그때 후배 놈들이 집에 전화를 걸더군. 무슨 일이 있어도 놀라지 말라고, 사랑한다고, 아주 신파를 찍어. 그래서 내가 궁상떨지 말라고 했지. 나는 세종파가 그렇게 겁낼 만한 놈들은 아니라고 생각했어. 자네 말대로라면 며칠 후에 세종파가 경찰서를 습격하고 방송국을 점령했겠지. 하지만 무슨 수로? 뇌관의 연결 방법도 모르는 애들이 어떻게 다이너마이트를 설치해? 촛불처럼 심지에 불을 붙여서 달려드나? 군대도 못 간 애들이 권총 조준이나 제대로 했을까? 개들을 막는 건 한국전쟁 때 쓰고 버린 칼빈 소총을 든 예비군 몇 명이면 충분했을 거야. 총알이 나올지 의심스럽지만 대신 개머리판으로 때리면 돼. 군기 빠진 예비군을 믿지 못하겠다면 화장실 청소를 하는 아주머니들 몇 명만 모아도 돼. 그분들의 전투력은 상상을 초월하거든. 내 말은, 세종파가 경찰서를 습격했다면 무슨 수를 쓰든 비참한 최후를 맞게 됐을 거라는 거야. 기자들도 황당한 애기란 걸 알고 있었어. 신문에 경찰서 습격 애기는 쏙 빼고 강남백화점 고객 명단 애기만 나오던데."

고영춘의 집을 나오며 나는 감사와 속죄의 인사를 했다. 고 반장은 세종파 체포 뒤 곤욕을 치렀다. 체포의 영광은 잠깐이고 무능에 대한 질타는 오래갔다. 언론은 아지트와 차량을 늦게 수색했다는 이유로 비판 기사를 쏟아냈고 시민단체들은 '공안에는 귀재, 치안에는 둔재'라고 비아냥거렸다. 고영춘은 그 모든 비난을 자기 혼자 감수하고, 찾는 이 없는 이세종의 시신을 거둬 화장해줬다.

"감사하고 죄송합니다."

"자네도 고생 많았어."

돌아서는 내게 고영춘이 물었다.

"세종파 체포 후에 가장 힘들었던 때가 언제인지 알아?"

"모르겠습니다."

"세종파 애들의 끔찍한 말에 놀라거나 수사비가 결재 안 돼서 애를 먹거나 언론의 비난을 받거나 하는 건 별 게 아니었어. 제일 힘든 때는 젊은 애들이 삼삼오오 모여서 종 세 개를 흔들거나 가방에 달고 다닐 때야. 물론 나는 데모하는 애들을 싫어했어. 하지만 그때만큼은 피켓을 흔들고 짱돌을 던지는 애들이 훨씬 낫다고 생각했지. 종을 흔들고 이세종에게 위문편지를 보내는 애들은 정말 끔찍했어. 세상이 어떻게 되려고 이러나 싶었다고."

기표와 다윗은 내가 도망친 걸 안 뒤에도 태평했다고 한다. 내가 신고하지 않을 거라고 믿었다고 구치소에서 기표가 말했다. 유씨 부자의 시체를 경기도의 야산에 묻은 뒤, 만일의 사태를 대비해 기표와 강진웅이 동작경찰서 앞에 차를 대고 이틀간 망을 보기도 했다. 내가 동작경찰서로 갔다면 기표의 칼을 받았을 것이다.

9월 18일 저녁 9시, 세종파는 영등포의 노래방에 갔다. 대학가를 중심으로 노래방이라는 최첨단 놀이 문화가 번져가고 있던 때였다. 1990년대 초에 가라오케의 형태로 부산에 상륙한 노래방은 몇 단계의 진화를 거쳐 서울로 진격했다. 그때만 해도 영등포의 노래방은 시장 길목의 허름한 상가 건물에 드문드문 있었다. 카운터에서 500원짜리를 바꿔 노래방 기기에 투입하는 방식이었다.

그날 기표는 애창곡인 〈걸어서 하늘까지〉와 〈내일을 향해〉를 불렀다고 한다. 나는 아지트에서 기표가 이 노래들을 흥얼거리는 모습을 본 적 있다. 다윗과 강진웅이 노래를 부르지 않아 기표는 한 시간 내내 두 곡을 반복해 불렀다. 서대문경찰서에서 기자들과 인터뷰할 때 기표의 목소리는 기괴하게 쉬어 있었다. 살인마다운 목소리였다.

무심코 지나쳐버린 내 꿈을 찾아서 / 젖은 불빛 등에 지고 고개 숙여 걸어가다 / 버려진 작은 꿈들에 한숨을 던지네 / 나 어릴 적 꿈에 바라보던 세상들은 / 낯설은 꿈의 거리/ 내일을 향해서라면 과거는 필요 없지 / 힘들은 나의 일기도 내일을 향해서라면.

말이 없이 살아가라고 / 아주 쉽게 충고하지만 / 세상 사는 어떤 사람도 / 강요하지 못해 나에게 / 어둔 미로 속을 헤매던 과거에는 / 내가 살아가는 그 이유 몰랐지만 / 하루를 살 수 있다는 건 / 네가 있다는 그것 / 너에게 모두 주고 싶어 / 너를 위하여 / 마지막 그 하나까지.

9월 19일 아침 6시, 서대문경찰서 검거반의 차량들이 행복슈퍼 가로등 맞은편에 도착했다. 나와 고 반장이 탄 코란도 승용차만 주차 구역에 남고 나머지 차량들은 뒤편 골목에 숨었다. 간만에 가랑비가 내리는 날이었다. 1994년 여름을 뒤덮었던 가뭄과 더위도 막을 내리고 있었다. 세상에 영원한 것은 없다. 형사 여섯 명이 큰길을 건너 산기슭에 난 샛길로 올라갔다.

"애들이 아침에 일찍 깨요. 노가다를 해서 일찍 일어나는 습관이 들었어요."

나는 고 반장에게 말했다. 수갑이 손목을 조였다. 체포 작전에 동행하려고 수갑을 차던 순간, 나는 누군가 숨통을 막는 듯한 느낌을 받았다. 손목이 묶였을 뿐인데 온몸이 절망했다. 이 단순하면서도 영리한 기계 장치는 손을 움직일수록 손목을 파고들었다. 처음엔 넉넉했던 손목과 수갑 사이의 공간이 상도동에 도착할 때쯤엔 조금의 틈도 남아 있지 않았다. 나는 숨을 쉬기가 어려웠다.

차창에 김이 잔뜩 서려 있었다. 유씨 부자를 납치하던 날처럼 나는 차창에 의미 없는 글자를 쓰고 지웠다. 납치라 쓰고 지우고, 경찰서라 쓰고 지우고, 방송국이라 쓰고 지웠다. 차창에 넓고 투명한 구멍이 생겼다. 차창 너머로 형사들의 점퍼에 스며드는 빗방울이 보였다. 나는 처음으로 가을을 느꼈다.

"놈들이 일찍 깬대. 잘 살펴봐. 다이너마이트가 있으니 조심하고."

고 반장이 무전기에 대고 말했다. 형사들의 어깨가 아지트 담장에 나타났다. 형사들은 시민의 집을 염탐하는 도둑놈들처럼 보였다.

형사들이 갑자기 사라졌다. 기표가 대문을 열고 나왔다. 내가 부러워했던 크고 맑은 눈이 산기슭과 큰길을 탐색하고 있었다. 나는 등받이 밑으로 몸을 숨겼다.

"기표예요. 걔가 제일 먼저 일어나서 찬거리를 사 와요."

기표가 빠른 걸음으로 샛길을 내려와 코란도와 불과 5미터 떨어진 트럭으로 갔다. 나는 머리가 뻗친 기표의 뒤통수를 보았다. 형사들이 담벼락에 몸을 숨기며 그를 따라갔다. 고 반장의 무전기에서 범인이 트럭에 탔다는 보고가 쏟아져 나왔다. 트럭이 출발했다.

"트럭 잡아! 도로로 나가기 전에 잡아!"

고 반장이 시동을 걸며 무전기에 소리쳤다. 골목에 감춰놓은 미니밴과 승용차가 기표의 트럭을 추격했다. 고 반장이 제일 뒤에서 코란도를 몰았다. 국도로 진입하기 위해 기표가 트럭을 멈췄다. 승용차에서 형사 두 명이 뛰어나와 트럭 창문을 두드렸다. 기표가 창문을 내렸다. 형사들이 창틀을 잡고 무언가 말했다. 하찮은 구실을 붙여 트럭에서 내려달라고 요구하는 것 같았다. 기표가 가속페달을 밟았다. 형사들이 트럭에 매달려 끌려가다가 쓰러졌다. 트럭이 국도에 진입했다.

출근 시간이 다가와 노량진으로 내려가는 두 차선이 구청 앞에서부터 정체 상태였다. 기표의 트럭은 차량 행렬에 막혀 움직이지 못했다. 미니밴이 사이렌을 울렸다.

"중앙선 가로질러! 트럭 막아!"

고 반장이 소리쳤다. 경광등을 단 지프차가 중앙선을 가로질러 기표의 트럭 옆으로 다가갔다. 차들이 경적을 울려댔다. 기표가 트럭에서 뛰어내렸다. 트럭 옆의 지프차와 트럭 뒤의 미니밴에서 형사들이 쏟아져 나왔다. 차들은 계속 경적을 울렸다. 승용차들의 범퍼를 뛰어넘어 인도로 가던 기표의 뒷덜미를 한 형사가 잡았다. 기표가 2차선에 있던 승용차 앞 유리에 쓰러졌다.

"뭐야, 이거 뭐야?"

운전자가 창문을 열고 소리쳤다. 조수석에 있던 여자가 비명을 질렀다. 차들이 계속 경적을 울렸다. 형사가 기표의 팔을 꺾고 수갑을 채웠다. 차들은 수갑을 본 뒤에야 경적을 멈췄다. 기표는 자신의 침과 콧물을 앞 유리에 문지르며 고통스러운 표정을 지었다. 나는 코란도 조수석에 움츠린 채로 기표의 얼굴을 보았다. 우는 것 같았다. 형사가 기표를 일으켜 세웠다. 기표가 고개를 들어 코란도 쪽을 보았다. 나는 등받이 밑까지 움츠러들었다. 아랫입술을 깨물어 피가 흘렀다. 고 반장이 내게 말했다.

"괜찮아. 다 끝났어. 무서워할 필요가 없어!"

"이런 씨팔, 뭐가 괜찮아요? 씨팔!"

나는 고 반장에게 소리를 질렀다. 할 수만 있다면 수갑 찬 손으로 고 반장의 얼굴을 때리고 싶었다. 다이너마이트가 있으니 섣불리 아지트를 덮치지 말라고 출동하기 전 고 반장은 시경으로부터 지시를 받았다. 일단 구청 옆에 있는 상도2동 파출소로 가서 잔당들을 유인하자고 고 반장이 무전기로 지시했다. 검거반 차량들이 사이렌을 울리며 파출소 앞에 주차했다. 열쇠가 꽂힌 기표의 트럭을 누군가가 갓길에 세웠다.

"친구들을 팔아먹은 기분이야?"

고 반장이 물었다. 나는 코란도에 앉아 손톱을 깨물고 있었다.

"예."

"그럼 죄 없는 순경이 몇 명 더 죽었어야 했나? 다이너마이트가 폭발해서 밖에 있는 시민들도 죽었어야 해? 그게 옳아?"

나는 대답하지 못했다. 고 반장은 젊은 형사를 내 옆에 붙여놓고 파출소로 들어갔다. 젊은 형사가 물었다.

"지금 잡은 애가 대장이야?"

"예."

"이세종인가 뭔가 있다면서?"

"기표가 진짜 대장이에요."

나는 영등포구치소에 있는 이세종을 떠올렸다. 그는 형기를 마쳐도 상도동에 나타나지 않고 전국을 떠돌며 자신의 허풍에 넘어갈 어수룩한 놈들을 찾아 또 다른 범죄 집단을 만들었을 것이다.

"말세다, 말세야."

형사가 말했다. 형사답지 않게 머리가 길어 눈썹까지 뒤덮었다. 피로한 기색이었다. 눈이 충혈되고 핏발이 서 있었다. 나는 물었다.

“인제 어떻게 할 거죠?”

“전화해서 대장이 사고를 당했으니 파출소로 오라고 할 거야.”

그때 상도2동 파출소는 난장판이었다. 순경들이 뛰어다니고 행인들이 유리문을 기웃거렸다. 기표는 아무 저항도 하지 않았다고 한다. 고 반장의 말에 따르면 오히려 안도하는 눈빛이었다고 한다. 검거반은 세종파의 핸드폰으로 전화를 걸어 기표가 교통사고를 당했으니 파출소로 와달라고 했다. 기표가 가지고 있던 현찰 2백만 원을 보관하고 있으며, 파출소를 방문하면 돈을 돌려주고 병원 위치도 가르쳐주겠다고 했다.

아침 9시, 다윗과 혜진이 탄 르망이 파출소 앞에 도착했다. 혜진이 차문을 여는 모습이 보였다. 다윗이 혜진의 팔목을 당겨 도로 조수석에 앉혔다. 파출소 안이 어수선했고 주차된 차도 너무 많았다. 르망이 급발진했다. 형사들이 파출소 밖으로 뛰쳐나왔다.

르망은 구청 앞 도로를 달렸다. 순찰차와 지프차들이 그 뒤를 좇았다. 르망은 중앙선을 침범하여 장승백이 사거리로 내려갔다. 마주 오던 차들이 급정거하며 르망을 피해 오른쪽으로 방향을 틀었다. 경적과 사이렌이 울렸다.

르망은 출근길의 정체가 풀린 도로를 질주했다. 도로 표지판들이 차 지붕 위를 휙휙 지나갔다. 노들길로 접어드는 고가 앞에서 신호등에 걸렸다. 다윗은 신호를 무시하고 고가로 직진했다. 맞은편에서 좌회전을 하던 트럭이 급정거했다. 목재가 가득 실린 짐칸이 기우뚱했다. 트럭의 범퍼가 르망의 왼쪽 전조등을 긁었다. 고가 입구에는 고장 난 좌석버스가 견인을 기다리며 서 있었다. 버스의 뒤 범퍼에 처박히기 직전에 다윗이 핸들을 왼쪽으로 틀었다. 혜진이 앉아 있는 조수석 문이 버스의 옆구리와 마찰했다. 고가에는 차들이 거의 없었다. 르망과 추격 차량이 시속 160킬로미터로 달렸다.

다윗은 고가에서 추락해버릴 작정이었다. 혜진이 말려도 다윗은 가속페달에서 발을 떼지 않았다. 혜진이 울부짖었다.

"안 돼! 나 임신했어!"

다윗이 브레이크를 밟았다. 르망은 속도를 늦추며 인도로 돌진해 가드레일을 받았다. 앞으로 쏠리는 혜진의 몸을 다윗이 껴안았다고 한다.

다윗은 도주하기 직전 핸드폰으로 강진웅에게 전화를 걸어, 다 끝났으니 자폭하거나 도망가라고 말했다. 그때 이미 사이렌 소리가 아지트를 포위했다. 서울 전역의 순찰차가 다 모인 것 같았다. 강진웅은 어머니에게 내쫓기던 어린 시절로 돌아갔다. 어머니가 그날 번 일당을 주며 오지 말라고 말했을 때, 강진웅은 땅바닥에 엎드려 집 앞에 천막이라도 치고 살게 해달라고 빌었다. 새아버지가 널 때려죽일 거야. 쉼터로 가. 쉼터에서 살아봐. 어머니는 집으로 들어가 문을 잠갔고 강진웅은 휑한 공터에 남았다.

집 밖에서 두 손을 들고 나오라는 목소리가 들렸다. 강진웅은 지강헌이 아니었다. 유전무죄, 무전유죄를 외치고 유리 조각으로 목을 그을 수는 없었다. 강진웅은 기표나 다윗이 아니었다. 다이너마이트를 껴안고 자폭할 수는 없었다. 강진웅은 폭력으로 자신의 존재를 입증하는 나르시시스트일 뿐이었다. 집 밖이 더 소란해졌다. 구경꾼들의 웅성거림과 그들을 쫓아내는 확성기 소리도 들렸다. 강진웅은 옷장 바닥에 숨긴 세종파의 깃발을 꺼냈다. 다윗이 파란색 유화 물감으로 종 세 개를 그렸다. 종의 윤곽을 따라 퍼런 광택이 흘렀다. 기표와 다윗과 강진웅의 피가 그 위에 묻어 있었다. 강진웅은 거실에 누워 깃발을 덮었다. 공포탄 소리와 문이 부서지는 소리가 났다. 형사들의 팔꿈치가 가슴을 눌렀다. 강진웅은 이불을 덮고 잠을 청하는 것 같았다고 형사들이 기자에게 말했다.

9월 19일, 이세종은 하루 세 번씩 실내 스피커로 방송되는 라디오 뉴스에서 세종파 검거 소식을 들었다. 영등포구치소는 이세종이 불안 증세를 보여, 자해를 방지하기 위해 특별 관리를 했다고 발표했다.

9월 20일, 형사 두 명과 서울구치소 교도관 두 명이 초범들을 수용하는 이세종의 혼거실 문을 열었다. 맨 앞의 형사가 중범죄자용 가죽 수갑을 들고 있었다. 형사들은 이세종의 손목에서 팔꿈치까지 누런 가죽을 채우고 촘촘히 달린 쇠고리에 가죽 끈을 꿰어 힘껏 조였다. 이세종의 허리에도 복싱 챔피언 벨트 같은 두꺼운 가죽을 채웠다. 교도관들이 양손과 허리를 쇠사슬로 연결했다.

"내가 나갈 때까지 기다리지, 녀석들이 먼저 사고를 쳤군요."

이세종이 말했다. 형사들이 이세종의 양팔을 붙들고 사동 복도를 걸었다.

"어쨌든 우리 동생들 장하다!"

아무도 묻지 않았는데 이세종이 혼자 고함을 쳤다. 절도범, 강간범, 사기범들이 쇠창살 앞에 서서 이세종의 마지막을 구경했다. 이세종의 걸음걸이는 눈에 띄게 휘청거렸다. 이세종은 죽을 때까지 악마의 연기를 했다. 기자들 앞에서 자신이 악마라고 외쳤고 방송국 카메라를 향해 주먹감자를 먹였다.

세종파는 체포 직후 험한 말을 쏟아냈다. 인육을 먹었다, 러브호텔을 쓸어버리고 싶었다, 사람을 더 못 죽인 게 한이다, 그들이 하는 말들이 조간 1면과 사회면 머리에 실려 추석 연휴를 끝낸 가정으로 배달됐다. 특히 다윗이 심했다. 가장 과묵했던 다윗이 방언의 은사라도 받은 것처럼 정체와 깊이를 알 수 없는 말들을 지껄였다. 첫 현장 검증에서 어머니에게 할 말이 없냐고 기자들이 묻자, 죽이지 못해 한이라고 말했다. 다윗은 나중에 오렌지족과 야타족에 대한 질문인 줄로 착각했다고 자신의 말을 부정했다. 강남백화점 고객 명단이 파문을 일으켰다. 세종파의 최종 목표가 강남 부유층을 대상으로 한 연쇄 납치극이라는 보도가 나왔다.

세종파 검거와 거의 동시에 인천 북구청 세무 비리가 터졌다. 공공연한 비밀이었던 일부 지방세 담당 공무원들의 횡령 사실이 확인되었다. 세무 비리 수사가 인천을 넘어 서울로 전국으로 확대되었다. 9급 세무 공무원의 재산이 수십억대에 달했다.

정부는 연이은 비리와 흉악 범죄를 방지하고 사회 기강을 바로잡기 위한 대책을 마련하겠다고 발표했다. 시민단체들은 정부가 범죄와 비리 수사에 소홀한 채 학생운동 탄압에만 몰두한다면 정권 퇴진 운동도 불사하겠다고 경고했다. 여론의 반발에 직면한 청와대는 내각 개편을 검토했다. 9월 22일, 국회 내무위에서 여당 의원들은 세종파와 인천북구청의 세금 횡령 비리처럼 사회를 병들게 하는 황금만능과 인명경시 풍조를 박멸하기 위해서는 국민 모두가 분수에 맞는 생활을 하고 사회 전체의 이익에 기여해야 한다고 말했다. 야당 의원들은 내무장관과 경찰청장 사퇴를 요구했다.

피해자 유족들은 외로운 시간을 보냈다. 유철용은 건강생활보험, 운전자보험, 노후안심보험 등 세 개사 다섯 개 보험 상품의 사망보험금 1억여 원을 유족에게 남겼다. 아지트에서 자필로 쓴 유씨의 각서를 읽던 아내는 울부짖다가 혼절했다. 신문들은 "아내와 아들을 구하기 위해 세종파에게 건넨 절박하고 애절한 메모"라고 표현했다.

지난 신문을 보면 이 시기 한국 사회는 활활 타오르는 시장통이었다. 사람들이 불길에 휩싸여 괴성을 질렀다. 졸부와 오렌지족을 증오하던 사람들이, 그 증오의 배설물인 세종파를 보고도 부끄러워하지 않았다. 분노만이 온 나라를 뒤덮었다. 이 혼란의 와중에 작은 종 세 개를 딸랑거리거나 배낭에 달고 다니는 젊은이들이 나타났다. 세종파를 유행으로 소비하는 신세대들이었다.

서울 어느 거리의 인도에서도 종소리가 들렸다. 대학로, 신촌, 압구정동 등 젊은이들이 많이 모이는 거리는 종소리 때문에 시끄러울 정도였다. 이들은 종 세 개가 파란색으로 프린트된 티셔츠를 입고 다니기도 했다. 서울구치소에 세종파에게 보내는 위문편지가 쌓였다. 얼굴이 곱상한 이세종이 팬레터를 많이 받았다. 그의 인기에는 텔레비전 카메라를 향해 자기는 악마라고 외치던 당당함도 한몫을 했다.

종뿐이 아니었다. 체 게바라를 패러디한 이세종의 초상이 티셔츠에 등장했다. 베레모를 쓰고 AK-47을 든 이세종이 티셔츠 위에서 행인들을 노려보았다. 아무도, 당시에 인기를 끈 문화 평론가들도 이세종을 계급투쟁의 전사로 격상시키는 이 불손함을 언급하지 않았다. 이세종이 체 게바라의 옷을 입은 것은 졸부들의 이름이 적혀 있다는 강남백화점의 우수 고객 명단 덕이었지만, 이세종은 그 명단을 보지도 못했다.

경찰은 세종파의 상징물을 만들거나 구입하는 사람들을 경범죄로 단속하겠다고 발표했다. 세종파의 범행을 지지하거나 추종하는 단체를 만들면 형법상 범죄 단체 가입, 범죄 예비 음모 혐의나 사자에 대한 명예 훼손 혐의 등을 적용하겠다고 경고했다. 경찰의 단속이 시작되자 세종파 액세서리와 티셔츠가 거리에서 사라졌다.

그래서, 세상이 더 나아졌는가

"세상이 더 나빠져서 그래요."

박정훈 변호사는 10년 전보다 많이 말라 있었다. 뿔테 안경이 헐렁해 보였다. 광대뼈가 튀어나오고 머리숱이 줄었다. 어디 아프냐고 묻자 세상 때문이라고 대답했다.

"얼마 전에 연쇄살인범을 변호했거든요."

박정훈은 사형제 폐지론자였다. 1990년대부터 지금까지 각종 흉악범의 변론을 맡아왔다. 1994년에도 그는 국선변호인 네 명으로 구성된 세종파 변호인단 중 한 사람이었다. 세상이 점점 나빠졌다. 1990년대 흉악범들과 2000년대 흉악범들은 차원이 달랐다. 1990년대에는 아무리 죄질이 끔찍해도 변화되는 모습이 눈에 보였다. 죄를 뉘우치는 범인의 모습이 변론을 맡은 보람이라고 생각했다. 2000년대의 흉악범은 변하지 않았다. 그들은 다른 차원의 어둠에서 흘러나온 악당이었다. 얼마 전 박정훈은 유명한 연쇄살인범을 변호했다. 범인은 변호인 접견실에 다리를 꼬고 앉아서 자신이 피해자들을 어떻게 죽였는지 떠들었다. 망치로 때려죽이고 도끼로 토막 내고 임산부의 배를 가른 이야기들을 박정훈은 접견 내내 들었다. 범인은 미소를 지었다. 칼이 잘 들어가는 곳이 어디며 망치로 뼈를 부술 때 어떤 소리가 나는지 범인은 박정훈을 가르치려 했다. 피해자를 토막 내다 어린 아들의 전화를 받기도 했다. 박정훈은 살이 빠지고 악몽을 꾸었다. 사형제 폐지의 신념에 회의가 스며들었다. 범인을 만나러 갈 때마다 이런 개자식은 돌로 쳐 죽여야 한다는 외침이 마음속에 퍼졌다. 박정훈은 데카르트처럼 회의에 회의를 거듭했다.

"이제 회복됐어요. 결론은 하나죠. 나는 변호한다, 고로 존재한다."

"왜 사형제 폐지 운동을 하시나요? 꼭 묻고 싶었습니다."

"인류애나 생명 존중, 이런 건 아니에요. 난 법을 믿어요. 법을 믿지 않으면 존재할 수 없는 직업이니까요. 사형제는 법리의 구멍이에요. 사형제의 논리는 이미 오래전에 사형 선고를 받았어요. 법리로 해결할 수 없는 부조리가 형법의 꼭대기를 차지하고 있으면 법이 스스로 무너지지 않겠어요? 그걸 보고만 있을 순 없어요."

박정훈은 하나도 변하지 않았다. 그는 흔들리지도 지치지도 않았다. 그가 휴머니즘 때문에 사형제 폐지 운동을 벌인다고 말했다면 나는 그를 믿지 않았을 것이다. 그는 자신이 존재하는 의미를 알고 있고, 그 의미를 지키기 위해 사형제에 반대했다. 나는 안도했다.

"세종파는 아주 인상 깊었어요. 처음 접견한 때를 아직도 기억해요. 나는 그때 몇 마디 말로 세종파를 변화시킬 수 있다는 걸 알았어요."

1994년 9월 28일, 박정훈은 창문도 없고 교도관도 참관하지 못하는 서울구치소 변호인 접견실에서 세종파를 만났다. 접견실에 앉으면 외로웠다. 교도관이 문을 닫고 피고인과 자신만 남으면 앞으로 헤쳐 나가야 할 가시밭길이 떠올랐다. 기표가 제일 먼저 들어왔다.

"서기표는 생각보다 우울해했어요. 뭘 물어도 잘 대답하지 않았죠. 저는 그래서 전혜진 씨 얘기를 꺼냈어요."

경찰의 무능이 도마에 오른 때였다. 경찰은 그때 추가 범행과 공범을 찾느라 혈안이 돼 있었다. 형사들이 뒤늦게 르망 트렁크를 뒤져 유철용의 각서, 무기 구매 목록과 함께 하얀 가루가 든 봉지를 발견했다. 타다 남은 사람의 뼛조각 1.04킬로그램이 든 비닐봉투였다. 국립과학수사연구소는 사람의 머리뼈 일부로 추정되는 크기 0.5~2.5센티미터의 뼛조각 수백 개로 보인다고 감정 결과를 발표했다. 경찰은 추가 희생자의 유골로 보고 수사망을 재가동했다. 이세종이 아버지의 유골이라고 말했다. 우리는 이세종이 왜 유골을 트렁크에 싣고 다녔는지 알지 못했다. 아지트 1층 안방에서 신원이 파악되지 않은 이름이 적힌 성경책이 나왔다. 경찰은 공범이나 또 다른 피해자일 가능성을 조사했다. 다윗이 성당에서 받은 성경책이고 이름 따윈 아무 의미도 없다는 것을 나는 알고 있었다. 범인들이 공동으로 사용했던 쪽방의 옷걸이에선 제3자인 남자의 바지 한 벌이 나왔다. 검은색 바지 뒷주머니에는 세탁소에서 쓴 것으로 보이는 황 아무개의 이름이 적혀 있었다. 세탁소의 실수였다. 경찰은 증거물 추적과 함께 상도동 일대 가출인과 우범자 50명의 명단을 작성하고 최근 행적을 확인했다. 공범이 존재할지도 모른다는 소식에 사회가 또 한 번 술렁였다. 그러나 검찰 송치 전까지 경찰이 세종파에게 얻어낸 것은 남은 돈 몇천만 원뿐이었다.

"저는 서기표에게 경찰이 공범을 찾느라고 난리인데, 당신이 아무 말도 하지 않으면 불쌍한 사람들까지 연루된다고 말했어요. 그래도 입을 안 열어서 전혜진 씨를 생각해보라고 했죠. 당신이 진실을 말하지 않으면 그 불쌍한 아가씨가 어떻게 될지 모른다고."

기표는 혜진이 사건과 아무 관련이 없다고 말했다. 제발 믿어달라고 박정훈에게 부탁했다. 그럼 진실을 털어놓으라고 박정훈이 말했다. 기표가 사건 전모를 이야기했다.

"강진웅도 기억나요. 그 험상궂은 인상. 날 노려보는데 섬뜩하더군요."

강진웅은 형들이 하라는 대로 했고 죽어도 여한이 없다고 박정훈에게 말했다. 박정훈이 어머니와 누나 얘기를 꺼냈다. 세종파가 검거된 직후 어머니가 경찰에 연락을 했다. 본래 심성이 착한 아이였는데 자기 때문에 비뚤어졌다며 어머니는 수화기를 붙들고 통곡했다.

"어머니가 제 사무실에도 전화를 걸었어요. 경찰에 물어 번호를 알았나 봐요. 제발 사형만은 면하게 해달라고 부탁하더군요. 그리고 강진웅에게 꼭 이 말을 전해달라고 했어요. 엄마가 미안하다고."

강진웅도 박정훈이 묻는 질문에 답하기 시작했다. 강진웅은 어머니 애기를 들은 후에야 자신이 무슨 짓을 한 건지 깨달은 것 같았다.

박정훈은 나를 배웅하며 미안하다고 말했다.

"10년은…… 너무 길었죠? 안타깝게 됐어요."

"아닙니다."

"최선을 다했어요. 믿어줘요."

"알고 있습니다."

서울지법 417호 법정은 방청석이 190석으로 서울지법에서 가장 큰 재판정이었다. 신문 보도에 따르면 서울지법이 서소문 시대를 마감하고 서초동으로 이사한 이래 사회적 이목을 끈 굵직굵직한 사건 대부분이 다뤄진 곳이다. 1989년 문익환 목사, 임수경 씨, 서경원 의원 등이 이 방의 피고인석에 앉아 있을 때, 방청객들이 노래를 부르고 구호를 외쳐서 감치 명령까지 받았다. 1991년 수서택지 특혜 분양과 관련해 정태수 한보그룹 회장이 이 법정에 섰다. 정 회장은 당시 무죄를 선고받고 박수를 받으며 풀려났지만 몇 년 뒤 똑같은 자리에 서서 유죄 선고를 들었다. 1991년 12월엔 유서 대

필 사건의 주인공 강기훈 씨의 재판이 열렸다. 1995년엔 삼풍백화
점 이준 회장에 대한 공판이 열렸다. 이 회장은 이곳에서 징역 20년
형을 선고받았다.

1994년 10월 19일, 서울지법 417호 법정에서 세종파의 1심 공
판이 열렸다. 재판부는 집중심리제를 적용하여 구속 기소 한 달 만
에 세 차례 공판으로 1심을 마무리했다. 우리는 양팔에 중범죄자
용 가죽 수갑인 혁수정을 차고 법정에 들어왔다. 교도관 두 명이 포
승에 묶인 양팔을 끼고 피고인석까지 호위했다. 피고인석 뒤쪽에
열 명의 경비 교도대원들이 도열하여 세종파의 돌발 행동에 대비
했다. 재판부는 이례적으로 녹음기 설치를 지시해 피고인들의 모
든 진술을 녹취했다.

그때까지 나는 세종파와 철저히 분리됐다. 유치장에서도 구치소
에서도 나는 세종파와 같은 방을 쓰지 않았다. 현장 검증을 하거나
검찰 조사를 받으러 가는 호송 버스 안에서도 나는 맨 뒷좌석에 혼
자 앉았다. 재판을 받으러 갈 때 기표와 다윗은 나를 무심히 쳐다보
았고 그 눈에는 어떤 감정도 들어 있지 않았다. 이날 결심 공판 때
나는 기표와 처음으로 얘기를 나눴다. 나는 포승줄에 묶인 자리가
가려워 몸을 뒤틀고 있었다.

"왜 그래?"

기표가 물었다.

"존나 가려워."

기표가 웃었다.

"존나라니. 신성한 법정에서."

재판 30분 전부터 250여 명의 방청객들이 자리를 메웠다. 피해자 유족 몇 명이 기자들의 주목을 받았다. 출판계에서 꽤 유명한 작가들 몇 명이 맨 뒷줄에 앉아 있었다. 한 작가는 기표의 이야기를 수기 형식으로 다룬 소설을 내고 싶다고 말했다.

세종파의 가족은 신분을 숨겼다. 기자들이 방청석에서 강진웅의 어머니와 누나를 찾아냈다. 어머니는 새아버지와 이혼하고 대전의 식당에서 일했다. 전날 밤 막차를 타고 서울역에 도착한 강진웅 가족은 여관비가 없어 대합실의 긴 의자 위에서 눈을 붙였다. "진웅이가 사람을 잘못 만나서 저 지경이 됐어요. 무기징역이라도 살아서 계속 만날 수 있으면 오죽 좋겠어요." 어머니가 기자의 팔을 잡고 울었다. 강진웅은 자주 뒤를 흘끔거렸다. 어머니를 향해 고개를 끄덕이기도 했다.

나도 방청석에서 어머니와 아버지의 얼굴을 발견했다. 어머니가 억지로 밝은 표정을 지었다. 아버지는 다리를 절단하고 집에 돌아오던 날의 표정이었다. 공사판에서 사고를 당한 뒤 한 달 넘게 입원해 있던 아버지는 의족을 달고 돌아왔다. 내가 인사를 했지만 받아주지 않았다. 아버지는 안방에 누워 창문 밖의 하늘을 보다가 끙 소리를 내며 돌아누웠다. 그때 아버지의 얼굴을 나는 법정에서 다시 보았다.

변호인단은 법정에 들어서기 전 기자들에게 첫 단추를 잘못 끼워 억울한 사람들만 피해를 본 사건이라고 말했다. 박정훈 변호인은 이세종 말고는 모두 잘못을 뉘우친다고 써달라고 부탁했다. 변호인단은 이세종이 두 건의 살인에만 연루됐으며, 지하실에서 죽은 인질과 유씨 부자의 살인 교사 혐의가 없다는 주장을 펼 각오였지만, 법원은 살인 교사의 범위를 폭넓게 인정하고 있었다.

재판이 시작됐다. 이세종이 모두진술에서 말했다.

"이 사회의 모든 사람들은 우리를 단죄하기에 앞서 왜 우리가 목숨을 던져 이런 범죄를 저질렀는지 반성해야 합니다. 죽을 때까지 돈을 빼앗고 사람을 죽일 생각이었습니다. 조직 가입을 거절한 애들도 죽일 작정이었습니다. 지금 지옥에 가면 죄가 가벼워 말석밖에 못 차지할 겁니다."

방청석이 웅성거렸다. 우리는 이세종이 이제 와서 저런 반응을 보이는 이유를 이해하지 못했다. 우리는 죄를 깊이 뉘우치며 속죄의 길을 걷겠다고 모두진술을 짧게 마쳤다. 모든 범행 사실을 인정했지만 혜진의 공모 혐의만은 부인했다. 사전에 약속한 적도 없는데 우리는 같은 심정이었다. 유씨 부부를 납치 살해한 사실을 전혜진이 미리 알고 있지 않았느냐고 검사가 물었다. 나쁜 짓을 하는 건 알았겠지만 범행은 모르고 있었다고 기표가 말했다. 다윗과 강진웅도 집에 오기 전까지 혜진을 본 적 없다고 말했다. 검사의 추궁이 계속되자 강진웅은 지하실에 시체가 있다는 건 혜진이도 알고 있었다고 시인했다.

서울지검 강력3부 김광휘 검사가 논고문을 읽었다.

"세종파 일당의 범죄는 피고인들의 말대로 인간이기를 포기한 범죄다. 세상에 신과 악마가 존재한다면 이번 사건은 악마의 대리자들이 저지른 범죄다. 피고인들은 가난하고 소외된 계층에서 태어나 노력해도 잘살 수 없어, 부도덕하게 돈을 모은 '있는 자'들을 사회에서 없애기 위해 범행했다며 마치 자신들의 범행이 사회의 구조적 모순에서 파생된 것처럼 강변하고 있다. 그러나 두목 이세종이 작성한 회칙에도 잘사는 사람은 그냥 잘사는 것이 아니라 무엇인가 열심히 노력하기 때문이라고 적혀 있다. 이는 피고인들이 한탕주의와 배금주의에 탐닉, 결국 쉽게 떼돈을 벌겠다는 저열한 욕망 때문에 흉악 범죄를 저질렀다는 반증이다. 피고인들의 잔혹성은 살해 대상이 사람이라는 사실을 과연 인식하고 있었는지조차 의심스럽게 한다. 피고인들은 인질에게 살해 계획을 알려주고 목욕을 하게 한 뒤 죽였다. 빛과 통풍이 차단된 아지트 지하에 갇혀 있다는 사실만으로도 극도의 공포감을 느끼고 있었을 피해자가 살해된다는 사실을 알게 된 후 느꼈을 절망과 두려움은 형언할 수조차 없었을 것이다. 나이 어린 중학생까지 잔인한 방법으로 살해하고 시체를 토막 냈으며 그것도 모자라 김다윗은 인육까지 먹는 극악무도한 행위를 저질렀다. 여기에 친구 한동진을 억지로 범행에 끌어들여 파멸시켰다. 그러나 한동진 역시 거부 의사를 명확히 밝히지 않았고 유씨 부자 납치에 가담하는 등 여러 정황을 고려할 때 자발적 의사가 있었다고 판단된다. 피고인들은 범죄 대상도 인원 수와 대상을 정하지 않고 '있는 자'를 모두 죽이기로 했다. 두목 이세종은 검찰 조사에서 1인당 300명은 죽여야 한다고 생각했다고 진술하기까지 했다. 피고인들의 몰인간적 행태와 개전의 정이 없는 언행, 자신의 행위를 정당화하기 위해 사회로 책임을 돌리는 철면피한 태도를 볼 때 이들은 개선 가능한 범죄자일 수 없다. 앞으로 유사 범죄가 재발하지 않도록 법의 엄정한 칼로 피고인들을 사회에서 영원히 제거, 법이 살아 있음을 보여주어야 한다."

다음 날 신문에 '악마의 대리인'이 제목으로 뽑혔다. 법의 엄정한 칼로 사회에서 영원히 제거한다는 검사의 말이 무슨 의미인지 우리는 알고 있었다. 그러나 우리는 담담했다. 검사는 이세종, 서기표, 김다윗, 강진웅에게 살인, 사체 유기 및 손괴, 범죄 단체 조직죄 등의 혐의를 적용해 사형을 구형하고 내게 징역 15년을 구형했다. 전혜진에게는 범죄 단체 가입 및 사체 손괴 혐의만을 적용해 징역 5년을 구형했다.

이세종은 최후 진술에서 세상이 가르친 대로 했을 뿐 후회는 없다고 말했다. 기표는 극형에 처해져도 달게 받겠다고 말문을 연 뒤, 전혜진이 술집에서 말로 형용할 수 없는 비참한 생활을 하는 것을 보고 돈을 벌면 세상의 모든 술집 여자들을 풀어주기로 마음먹었다며 선처를 호소했다. 다윗과 나는 피해자들에게 사죄하고 싶다고 말했다. 강진웅은 어려서부터 사랑을 받았다면 이 자리에 서지는 않았을 것이라고 말했다. 어머니가 그를 지켜보고 있었다.

10월 31일 오전 10시, 서울지법의 같은 법정에서 선고 공판이 열렸다. 이세종은 결심 공판 때와 마찬가지로 고개를 꼿꼿이 세우고 입정했다. 서울형사지법 합의22부 재판부는 각자의 생년월일만을 확인하고 간단하게 인정 심문을 마친 뒤 판결문을 낭독했다.

"피고인들의 자백과 관련 증거들로 볼 때 피고인들에 대한 범죄 사실은 유죄로 인정된다. 피고인들은 소외된 환경에서 자라나 부도덕한 가진 자들을 제거하기 위해 범행을 저질렀다고 주장하나, 어려운 환경에서 자란 많은 젊은이들이 역경을 이기기 위해 노력하고 훌륭한 사회인으로 살아가고 있는 것을 생각할 때 책임 전가에 불과하다. 피고인들의 범행 동기는 인명을 희생해 재물을 강취해서라도 잘살아보겠다는 한탕주의와 부유층에 대한 맹목적 질시에서 비롯된 것으로 볼 수밖에 없다. 피고인들의 살인 행각은 상상할 수 없는 인간성 말살의 만행으로, 범죄로부터 사회를 방어하고 물질문명의 발달과 더불어 심화된 인간성 상실에 경종을 울리기 위해 사형을 선고한다. 피고인들의 성장 환경에 안타까운 면이 있고 미숙한 20대 청년임을 참작하더라도 범행의 무차별성과 잔혹성, 유가족들이 평생 겪어야 할 엄청난 고통, 전 국민이 불안을 넘어 좌절감마저 느끼게 했던 사회적 반향 등을 고려하면 극형으로 다스리지 않을 수 없다."

재판부는 이세종, 서기표, 김다윗, 강진웅에게 사형, 내게 정상 참작 사유를 인정하여 징역 10년, 전혜진에게 징역 3년에 집행유예 4년을 선고했다. 맨 왼쪽에서 멍한 표정을 짓고 있던 혜진이 옆자리에 앉은 교도관에게 뭔가를 속삭였다. 집행유예가 무슨 뜻이냐고 묻는 것 같았다. 너는 풀려난다고 교도관이 말하자 혜진이 한숨을 쉬며 눈물을 흘렸다. 이세종은 호송차에 타기 전 방청객과 기자들을 향해 고함을 질렀다. "전두환, 노태우는 무죄인데 왜 나만 유죄냐? 세상 참 좆같다!" 아직도 지강헌의 흉내를 내고 있었다. 누구도 그의 말에 귀 기울이지 않았다.

나는 구치소로 돌아가는 내내 10년의 의미를 생각했다. 호송 버스 차창 밖으로 가을의 풍경이 지나가고 있었다. 행인들이 반팔 티와 배꼽티 대신 사파리 점퍼를 입고 걸었다. 신비로웠다. 그 이글거리던 더위도 시간의 흐름에 밀려 무장 해제된다는 건 기적이었다. 세상에 영원한 것이 없다는 건 참 좋은 일이다. 나는 차창 밖으로 흘러가는 풍경에 빠져 있었다. 10년 동안 세상은 차창 밖의 거리와 행인들처럼 내게서 달아날 것이다. 사건들은 우리 주위를 광속에 가까운 속도로 스쳐 지나간다. 그것들은 순식간에 빠르게 이동하여 우리의 손이 닿지 않는 먼 곳에서 명멸한다. 누군가 과거로 사라지는 사건 중의 하나를 휙 낚아채어 우리 눈앞에 세울 때 그것은 현재가 된다. 담론의 구름이 몰려들고 수많은 의미와 진실이 쏟아지기 시작한다. 나는 내가 해야 할 일을 깨달았다. 10년 후의 나는

10년 전의 나를 끄집어내어 또 다른 법정에 세울 것이다. 나는 한 시대의 파산에 대해 쓸 것이다. 우리가 왜 파국을 끌어안고 살았는지, 왜 좌절로 몸부림쳤는지, 왜 지워졌는지, 왜 피투성이가 되어 돌아왔는지, 나는 쓸 것이다. 나는 번쩍거리는 사명을 느끼고 환희에 젖기까지 했다. 앞 좌석에서 기표와 다윗이 고개를 숙이고 있었다.

회개의 드라마

김신명 집사는 비대한 남자였다. 뱃살이 세 겹으로 접혀 있었다. 파란색 와이셔츠가 접힌 곳에 끼어 불편해 보였다. 뱃살의 주름 속은 평생 햇빛을 보지 못해 이끼가 끼어 있을 것 같았다. 다윗이 뚱뚱한 남자라고 했으니, 그는 10년 전에도 비대했고 10년 후에도 뱃살을 착실히 불려갈 것이다.

1994년에 김신명은 서울 강남구의 한 장로교회 집사였다. 지금도 같은 교회의 권사로 활동하며 필리핀과 인도네시아 선교를 지원하고 있다. 김신명은 세종파의 첫 현장 검증 보도를 보다 텔레비전을 꺼버렸다. 태연히 범행을 재연하는 범인들의 얼굴에 분노를 느끼고 소파에 누워 눈을 감았다. 파헤쳐진 산기슭과 거기서 나온 유골, 세종파의 마른 얼굴이 떠올랐다. 그들은 모두 광대뼈가 튀어나와 있었다. 그들의 얼굴이 가난했던 자신의 청년 시절과 겹쳐졌다. 젊은 시절 김신명은 53킬로그램의 뼈만 남은 약골이었고 돈이 되는 일이라면 닥치는 대로 했다. 막노동, 술집 종업원, 우유 배달, 복덕방 잔심부름, 기회가 닿으면 좀도둑질까지 했다. 새벽에 혼자 자취방으로 들어갈 때마다 울음을 참았다. 부동산 사무실을 열어 성공할 때까지 김신명은 달동네 사글세, 옥탑방, 반지하 월세방을 전전했다. 세종파의 광대뼈와 그 밑에 고인 그늘이 또 떠올랐다.

김신명은 벌떡 일어나 기도를 드렸다. 진정한 기독교인이라면 가장 흉악한 인간들을 회개시켜야 한다는 주님의 목소리가 들렸다. 그날부터 교회 신도와 목사를 설득했다. 뜻 있는 신도들이 그를 중심으로 뭉쳐 '세종파 전도 특공대'를 만들었다. 특공대가 힘을 모아 세종파에게 회개를 권하는 편지와 1인당 영치 한도액 3만 원을 보냈다.

결과는 놀라웠다. "가난을 핑계 삼아 세상을 저주하고 모든 것에 반항하며 닥치는 대로 악행을 저지르다 지금은 벼랑 끄트머리까지 쫓겨와 있습니다. 앞으로의 재판과 관계없이 열심히 살겠습니다." 서기표가 답장을 보냈다. "저 같은 죄인도 하나님께서 모든 죄를 용서해주실까요?" 김다윗이 물었다. "아침저녁 제 손에 돌아가신 분들의 영령을 위해 기도하고 있습니다." 강진웅이 적었다. 교회에 30통이 넘는 세종파의 답신이 이어졌다. 구치소 당국도 세종파의 개심에 놀라, 교화위원 자격으로 김신명에게 면회를 허락했다.

"참 대단했지요. 얼마 전까지 자기들이 악마라고 하던 애들 아닙니까? 그런 반응이 올 거라곤 상상도 못했어요. 더 신이 나서 전도 사업에 열을 올렸지요. 김다윗을 만난 게 그즈음입니다."

1994년 11월 1일, 김신명은 서울구치소 면회실에서 다윗을 만났다.

"별말 없었어요. 하나님을 받아들이고 간절히 기도하라고 말했어요. 김다윗이 묻더군요. 자기 같은 것도 하나님이 받아주시냐고. 나는 반드시 받아주신다고 말했어요. 그때 김다윗의 표정이 어땠는 줄 아세요? 사탕을 받은 어린애 같았어요. 환하게 웃는데, 그렇게 천진난만할 수가 없어요. 저런 애가 어떻게 그런 끔찍한 짓을 저질렀나 싶었어요."

11월 중순, 눈이 크고 예쁘장한 아가씨가 교회를 방문했다. 너무 앳돼 보여 김신명은 처음에 고등학생인 줄 알았다. 혜진이었다. 혜진은 1심 선고가 나기 전에 무거운 형을 받아도 기표의 아이를 낳아 기르고 싶다고 검찰에 진정서를 냈다. 먼저 출소하면 아기 아빠를 밖에서 기다리며 살 테니 기표가 극형만은 면하게 해달라고 진정서에 덧붙였다. 구치소에서 나온 후에는 기표의 가족을 찾아 기표 대신 용서를 빌었다. 기표의 아버지는 그녀를 문간에서 내쫓으려 했고 아기를 위한 어떤 지원도 거부했다. 혜진은 김신명에게 고맙다고 했다. 다음번엔 기표도 만나달라고 부탁했다.

"그 아가씨가 왜 저를 찾아왔는지 모르겠어요."

"기표도 회개하길 바랐나 보죠."

"그래서 서기표도 면회했어요. 면회할 필요가 없더군요. 성자처럼 변해 있었어요."

"그 아가씨를 위해 기도도 해주셨어요?"

"예. 손을 잡고 속죄의 기도를 했죠. 아가씨가 울더군요. 펑펑 울어서 놀랐어요."

나는 혜진의 마음을 이해할 수 있었다. 그녀는 외로웠을 것이다. 세상 누구도 그녀의 손을 잡아주지 않았다. 가족이란 건 애초에 없었고 기표의 가족마저 그녀를 내쳤다. 임신한 몸으로 술집에 나갈 수도 없었다. 김신명을 찾아온 건 기표의 회개를 바래서가 아니라, 누구에게라도 위로를 받고 싶어서일 것이다. 하루에도 수십 번씩 아이를 뗄 것인가 고민했을 것이다. 기표와 혜진은 수십 통의 편지를 교환했고 그해 겨울 혜진의 마지막 편지를 끝으로 연락을 끊었다.

"서기표는 그 아가씨, 이름이 혜진이었던가, 그 아가씨 안부를 계속 묻더군요. 말라 보이더냐, 우울해 보이더냐, 옷은 따뜻하게 입더냐, 등등이요. 아가씨를 많이 좋아하는 것 같았어요. 저는 서기표와 함께 아가씨를 위해 기도를 올렸어요."

기표는 그때 혜진과 아기에게 끝없이 집착하고 있었다. 하느님만 아니었다면 기표는 탈옥이라도 했을 것이다.

세종파가 회개했다는 소식이 신문과 방송을 통해 전국으로 퍼졌다. 교화위원에게 던진 한마디 한마디가 전역으로 생중계되는 것 같았다. 신문사 논설위원들은 악이 끝내 선을 이기지 못했다는 논조의 칼럼을 썼다.

나는 1심 선고 공판이 끝난 후부터 대법 확정 판결을 받기 전까지 다윗과 같은 거실을 썼다. 서울구치소는 세종파가 회개했으므로 굳이 나를 그들로부터 격리시킬 필요가 없다고 판단한 듯했다. 우리 옆방에는 기표와 강진웅이 있었고, 이세종은 계속 독방을 썼다.

다윗은 원래의 착한 심성으로 돌아왔다. 인육을 먹거나 인질을 씻기거나 피해자의 가족이 불쌍하니 죽이겠다고 말한 것도 모두 그의 순수한 심성 때문이었다. 천사도 악마도 똑같은 심성에서 나왔다는 것을 나는 알고 있었다. 악마와 천사는 한 걸음 차이였다. 다윗은 모든 재소자들에게 공손하게 인사하고 운동 시간을 빼면 하루 종일 기도를 올렸다. 나는 다윗이 내미는 전도의 손길을 거절하느라 진땀이 날 지경이었다. 이세종처럼 나도 신을 받아들이는 데 거부감을 느꼈다. 이세종과 나는 지옥의 끝에 이르지 못했고 피로 정화되지 못했기 때문에 그런 게 아닌가 하는 불순한 생각이 들었다.

교화위원과 목사를 만나면서도 다윗은 가끔 불안해했다. 나 같은 놈도 구원받을 수 있을까? 신을 받아들이지도 못하는 내게 다윗은 종종 물었다. 다윗은 기도에 기도를 거듭했고 마침내 확신에 이르렀다. 김신명 집사를 만나기 전에 다윗은 이미 하느님으로부터 자신이 거듭났다는 응답을 얻었다. 김신명은 가볍게 고개를 끄덕여주는 것으로 임무를 다했다. 아지트 지하실에서 자기가 선택받은 인간이라고 말하던 다윗과 주님의 사람으로 거듭났다고 말하는 다윗이 나는 멀어 보이지 않았다. 다윗은 언제나 자신의 의미를 찾으려 필사적이었다.

김신명이 다녀간 날 밤, 다윗이 나를 깨웠다. 차분한 목소리였다. 허공을 보고 있었다. 꿈에 젖은 표정이었다. 다윗이 속삭였다.

"주님을 봤어."

"잠이나 자."

"진짜 봤어. 멀리서 빛이 다가왔어. 난생처음 보는 환한 빛이. 성당에서 보던 예수님의 조각상이 무지개에 싸여 있었어. 나는 뭔가 물어보려고 했는데 목이 막혀서 말이 안 나왔어. 예수님은 가시 면류관을 쓰고 십자가에 못 박혀 피를 흘렸어. 아주 많이."

기표는 혜진의 걱정만 했다. 운동 시간에 만나면 혜진이 어떤 음식을 좋아했다느니 감기에 잘 걸려서 걱정이라느니 술집에서 풀어줘서 다행이라느니 따위의 사소한 기억들을 털어놓았다. 우리가 대꾸하지 않으면 멍하니 허공을 쳐다보다가 물었다. 아기가 커서 어떤 사람이 될까? 우리는 대답하지 못했다. 기표는 혜진을 위해 기도하고 열심히 편지를 썼다. 혜진의 편지가 끊긴 후에는 하느님에게 매달렸다.

세종파가 회개의 드라마를 쓰자 세상이 조용해졌다. 지난 신문을 읽다가 나는 놀랐다. 세종파가 사형 선고를 받고 주님에게 귀의하면서부터 신문 지상을 뒤덮던 분노의 목소리들이 사라졌다. 졸부와 오렌지족에 대한 분노도, 흉악범과 비리에 대한 분노도 한순간에 진압되었다. 세종파가 자신과 세상의 모든 죄를 대속하여 지옥의 불길에 던진 것 같았다. 비극은 끝났고 세상은 안전해졌어, 라는 목소리가 신문의 행간에 숨어 있었다.

그리고 쾅! 성수대교가 무너졌다. 1994년 10월 21일 아침 7시 40분이었다. 다리는 빗물에 젖어 있었고 출근하는 차량들로 북적였다. 사람들의 눈앞에서 거대한 상판이 솟구쳤다. 다리가 성냥개비처럼 무너졌다.

그리고 쾅! 쾅! 겨울엔 가스가 폭발하고 이듬해엔 삼풍백화점이 무너졌다. 한국 경제의 샴페인 잔은 3년 후 외환 위기로 박살났다.

최후

조영철 교위는 정수리를 중심으로 둥그렇게 머리가 벗겨진 사내였다. 멀리서 보면 교황의 하얀 주케토를 쓴 것 같았다. 깡마르고 키가 작았다. 교정장, 계급장, 소속장, 흉장을 덕지덕지 달고 근속 기장 두 개를 늘어뜨린 군청색 교도관 정복을 입은 사진을 그가 보여줬을 때, 나는 구속복을 입은 죄수를 떠올렸다.

조영철은 중학교를 마치고 경북 문경의 시골집에서 가업을 이어 오미자를 재배했다. 유신헌법이 이빨을 드러낼 때 큰 뜻을 품고 상경하여, 매형 집의 다락방에서 두 조카가 남긴 밥을 먹으며 막노동을 시작했다. 막노동으로 돈이 모이면 검정고시 학원에 나갔다. 어느 겨울, 검정고시 합격의 승리감에 취해 있던 새벽, 천장을 기어 다니던 쥐들의 발소리가 잦아들고 빈대가 장판 밑으로 몸을 숨길 때, 그는 학원 강사의 충고에 따라 교도관이 되기로 결심했다.

조영철은 하루에 한 끼나 두 끼만 먹고 돈을 모아 자습서를 샀다. 학생들이 버린 참고서를 학원 쓰레기통에서 주웠다. 낮에는 막노동이, 밤에는 수면 부족이 몸과 정신을 괴롭혔지만 그때만큼 행복했던 적은 없었다. 청송제1보호감호소가 청송교도소로 이름을 바꿀 때쯤 그는 보안과의 교사시보가 되었다.

주근, 야근, 비번의 3교대 사동 근무가 이어졌다. 친지나 친구의 경조사도 챙길 수 없는 생활이었다. 발자국 소리가 상하좌우에서 쿵쿵거리고 화장실 물을 내리면 천지연 폭포 쏟아지는 소리가 들리는 관사에서도 그는 불평하지 않았다. 가문비나무와 소나무가 우거진 청송의 계곡을 산책하면 어떤 안도감이, 운명의 덫에서 헤어났다는 희열이 그를 흥분시켰다.

수면 리듬이 깨져 무거운 몸을 끌고 그는 출근했다. 밤 근무 때는 어둠에 덮여 있는 사동 복도에서 살찐 쥐들이 튀어나와 다리 사이를 지나갔다. 그는 쥐들의 출입구와 도주 경로를 한 달 만에 간파했다. 간간이 미국 바퀴벌레들이 우람한 날개를 펴고 날아올랐다. 교도소는 인간만 제외하곤 모든 생명이 풍요로운 생활을 이어가는 곳이었다.

사동은 너무 춥거나 너무 더웠다. 겨울엔 내복을 두 겹 세 겹 껴입고, 뜨거운 물이 담긴 물통을 안고 근무했다. 문제는 여름이었다. 노출된 피부 어디나 쥐나 바퀴벌레 못지않게 통통한 모기들이 날아들었다.

새벽 6시, 기상나팔이 울어대면 긴 밤 근무가 끝난다. 인원 점검을 하고 쓰레기 청소를 위해 모든 거실 문을 연다. 교도관들이 도둑님이라고 부르는 재소자들은 갑자기 분주하고 초조해진다. 그들은 세상의 모든 불만을 어깨에 진 것처럼 기분이 나빠 보이고 관구실로 간다느니 몸이 아프다느니 거실을 탈출하기 위한 핑계를 짜낸다. 출역수들을 공장에 보내고 나면 관사로 돌아갈 시간이 다가온다. 그렇게 그는 청송에서 6년을 보낸 뒤 경기도 의왕시 포일동에 신축된 서울구치소로 근무지를 옮겼다.

서울구치소에서 근무할 때 맞선을 네 번 보았다. 선을 주선한 친척들은 그를 공무원이라고만 소개했다. 그는 휴일 오후의 햇살을 등지고 앉아, 자신이 교도관이라는 사실을 알고 낭패감에 젖는 아가씨들에게 작별 인사를 했다. 네번째 맞선에서, 그는 씩씩하게 커피숍으로 걸어 들어가, 중견 가방 회사의 경리 아가씨가 인사할 틈도 주지 않고 연설을 시작했다. "저는 교도관입니다. 죄수들을 단속하는 공무원이죠. 저는 이 직업에 자부심을 느낍니다. 국가와 사회의 안녕을 위해 봉사하는 일 아니겠습니까. 정년 퇴임 때까지 이 길을 갈 겁니다. 풍족하게 살지는 못해도 굶지는 않을 겁니다. 저와 살고 싶으시면 한 가지만 약속해주십시오. 어려운 사람들을 도우며 살겠다고." 6개월 뒤 조영철은 결혼식을 치렀다.

포근하고 가랑비가 내리는 봄날이었다. 조영철은 빨간색 리놀륨을 깐 커피 테이블 뒤에서 자기 이야기에 취해 있었다. 그의 목소리는 묵직한 바리톤이었다. 그의 이야기는 문단과 장을 나누지 않은 5천 매짜리 장편소설이었고 누군가 치고 들어갈 쉼표나 마침표도 없었다. 누범 수용자 사동에서 발견된 무기들, 징벌방 근무의 혹독함, 사동 복도에 진동하는 땀 냄새, 겨드랑이 냄새, 입 냄새, 지린내, 수용자들의 자해 협박, 싸움을 말리다가 맞을 뻔한 기억, 지금은 한결 좋아진 근무 환경, 그러나 걸핏하면 진정서를 휘갈기는 죄수들, 퇴직하기에 앞서 인생을 돌아보는 회한이 쏟아졌다. 이야기 끝에 조영철이 덧붙였다.

"누구나 인생에서 한 번쯤은 바닥으로 떨어집니다. 그땐 무언가를 얻어서 다시 올라와야 합니다. 그렇지 않으면 죽음뿐이에요. 그게 인생이란 거죠. 나는 밑바닥 인간들을 누구보다 많이 보아왔습니다. 우리 인생은 철창 안에 처박혀야 제대로 보이게 마련이죠."

"저도 인생을 압니다."

나는 청주교도소에 있었다고 말했다.

"청주요? 아, 좋은 데 계셨네요."

조영철은 동료들이 기피하는 사형 집행도 마다하지 않았다. 형 집행이 끝나면 총무과에서 수당을 받았다. 교도관들은 사형 집행일에 귀신이 집에 들어오지 못하도록 여관에서 잠을 잤다. 조영철은 돼지고기 삼겹살을 들고 집에 가서 식구들과 구워 먹었다. 미신 따위는 조영철에게 중요하지 않았다.

"누군가 해야 할 일이라면 내가 해야죠. 다 사회의 안녕을 위해 하는 일이니까."

1995년 11월 2일의 사형 집행이 끝난 후에도 조용철은 가족과 삼겹살을 구웠다. 고기를 씹으면서 조영철은 이세종의 표정을 떠올렸다.

"뭔가 찜찜했어요. 무죄라고 호소하는 것도 아니고, 절망에 빠져 울부짖는 것도 아니고, 회개하는 것도 아니고, 뭔가 끝을 흐리는 듯한, 이런 말 하긴 그렇지만 똥 싸다 만 듯한, 그런 느낌이었죠. 이유를 알 수 없지만 이세종은 형벌이 부당하다고 생각하는 것 같았어요. 그런 참혹한 범죄를 저지르고도, 감히 형벌이 과하다고 생각할 수 있을까요? 이세종의 얼굴이 눈에 밟혀서 그날은 잠을 자지 못했어요. 잡히지 않은 진짜 두목, 진짜 악마 같은 놈이 있었던 게 아닐까요?"

나는 고개를 저었다.

"공범은 없습니다."

조영철은 그날의 사형 집행 과정을 내가 들을 필요 없는 것까지 세세히 이야기했다. 나는 고문을 받는 것 같았다. 그의 이야기가 끝나기 무섭게 나는 자리에서 일어섰다. 조영철이 말했다.

"내가 이세종에 관한 비밀을 말해줄까요? 기자들도 모르는 건데요."

나는 도로 앉았다.

"미결수 사동에 김정도라는 놈이 있었어요. 강간범이었죠. 그 자식은 자기가 죄를 저지른 걸 기억도 못 해요. 1995년 여름에 일하던 식당 야유회에 참석했다가 만취했는데 눈을 떠보니 여관방이었고 한 여자가 울고 있었대요. 여직원 손목을 잡고 3차를 가자고 조른 것까지는 기억나는데, 그 이후가 기억이 안 난대요. 강간치상 혐의로 기소됐죠. 김정도는 경찰 조사에서 모르긴 몰라도 강간을 저지르진 않았을 거라고 말했어요. 경찰도 검찰도 교정 당국도 하다 못해 김정도 자신도 그 말을 믿을 수는 없었죠. 절도 2범에 강간미수 전과까지 있었으니까 아무리 회개를 한다 해도 정상참작을 받기는 어려웠죠. 김정도는 부지런하고 싹싹해서 교도관들한테 잘 보였어요. 사동 청소부로 일했죠. 그런 일을 하려면 교도관들한테 인정을 받아야 한다는 건 댁도 알죠? 여튼 김정도는 미결수 사동 복도를 오가며 세종파와 여러 번 마주쳤죠."

세종파는 조용했다. 거실에서는 늘 무릎을 꿇고 기도를 하거나 성경책에 코를 박고 있었다. 한밤중엔 괴로운 꿈을 꾸는지 헛소리를 해대고 뒤척거리기도 했다.

"하지만 김정도 표현을 빌리면 이세종은 늑대 새끼였어요. 늘 인상을 찌푸리고 재소자들과 말 한마디 나누지 않았어요. 편지지에다 뭔가를 끄적거리기도 했는데, 우리는 그게 뭔지 알 수 없었어요."

1995년 9월에 어머니가 면회를 왔다. 어머니는 울기만 했고 이세종은 앉아만 있었다. 어머니는 큰 여행 가방을 들고 어디론가 떠나는 채비를 하고 있었다. 그날 이후 이세종의 어머니를 봤다는 사람은 없다. 나중에 기자들이 어머니가 살던 집에서 보따리를 찾아냈다. 이세종이 어릴 적 받았던 상장들이 그 안에 가득 들어 있었다. 어머니의 보물이었다.

"그날 저녁에 김정도가 거실로 들어가려고 사동 복도를 걸을 때, 창살 너머로 이세종이 등을 웅크리고 있는 모습이 보였대요. 모포를 뒤집어쓰고 있었지만 김정도의 눈은 못 속이죠. 이세종은 울고 있었어요. 이를 악물고 소리를 죽여가면서. 모포를 덮은 어깨가 들썩들썩했대요. 다음 날 이세종은 어머니가 영치금으로 준 2만 6천 원을 교도관에게 줬어요. 자기한텐 쓸모가 없으니까 딱한 사정이 있는 재소자에게 주라고 말했어요. 그리고 맙소사, 이세종이, 그 늑대 새끼가, 김정도 대신 사동 청소를 해보겠다고 자원을 했어요."

1995년 5월 28일, 대법원은 세종파에 대한 사형을 확정했다. 나는 10년형을 확정 받고 청주교도소로 이감됐다. 1995년 11월 2일, 서울구치소의 흰색 이중 담장과 망루에 새벽부터 하얀 서리가 끼었다. 겨울의 진군을 알리는 얼음의 결정체들이 담벼락에도 창틀에도 운동장에도 내려앉았다. 이날 세종파 전원에게 아침 운동을 허락하지 말라는 명령이 내려왔다. 매일 틀어주던 아침 음악 방송도 나오지 않았다. 미결수 사동 복도에는 추위와 정적만이 기승을 부렸다.

사형수가 이날을 눈치채지 못하도록 구치소는 한 달 전부터 수시로 비슷한 분위기를 연출하고 사형수들을 접견실로 부르곤 했다. 그걸 이 세계에선 연습이라고 불렀다. 그러나 이날을 눈치채지 못하는 사형수는 없었다. 사형 집행일 전날 밤에는 평생 단 한 번만 허락되는 꿈을 꾼다. 환한 빛 속으로 들어가는 꿈이다.

이날 형 집행 시설이 갖춰진 전국 구치소에서 세종파 다섯 명을 포함한 열아홉 명의 흉악범이 교수형을 받았다. 하루에 형이 집행된 사형자 수가 역대 최다를 기록했다. 이 기록은 2년 뒤인 1997년 12월 23일, 스물세 명 집행으로 깨지게 된다. 독재정권들이 보유했던 사형 기록을 김영삼 정권이 연달아 격파했다. 재난과 비리가 계속되어 민심이 흉흉하던 시절이었다. 법무부는 흉악 범죄자들에 대한 엄정한 법 집행으로 경각심을 고취시키고 사회 기강을 새롭게 하기 위해 형을 집행한다고 발표했다.

제일 먼저 하늘색 수의에 빨간 번호표를 단 기표가 끌려왔다. 교도관 두 명이 기표의 양팔을 잡고 미결수 사동 복도를 걸었다. 뿌드득, 기표의 하얀 운동화에서 나는 소리, 또각또각 교도관들의 구두

에서 나는 소리가 복도의 정적을 깼다. 교도관들이 접견실 반대편
으로 걸어가 평소에는 굳게 닫혀 있는 3동 동문의 빗장을 열었다.

복도의 어둠 뒤에 푸른색 페인트를 칠한 큰 철문이 보였다. 교도
관들의 표정이 굳어지고 기표의 양팔을 잡고 있던 손아귀에 힘이
들어갔다. 사형수들은 이 철문 앞에만 서면 갑자기 주저앉거나 살
려달라고 울부짖었다. 그러나 기표는 망설임 없이 걸어 들어갔다.

가로 2미터, 세로 4~5미터쯤 되는 길쭉한 콘크리트 방이었다.
창문이 없어 어둑했다. 백열등이 모든 사물에 긴 그림자를 그렸다.
마룻바닥에서 크레졸 냄새가 기어올라왔다. 방의 뒷면에 긴 탁자
두 개가 놓여 있고 여기에 구치소장, 보안과장, 서기, 검사, 종교인
들이 앉아 있었다. 모두가 각자의 정복을 입었다.

그들 정면에는 나무 의자가 놓여 있었다. 기표가 입회석을 마주
보며 그 의자에 앉았다. 기표의 머리 위, 어슴푸레한 허공 속에 교
도관들이 넥타이라고 부르는 밧줄이 늘어져 있었다. 시커멓고 반
질반질했다. 신축 시설인데도 교수형이 법제화된 1894년의 것을
그대로 쓰고 있나 착각이 들 정도였다. 밧줄 양옆에 교도관 두 명이
열중쉬어 자세를 취했다.

구치소장이 일어나 인정 심문을 시작했다.

"2138번 성명 서기표, 주소 서울시 상도4동 28-1번지, 강도 살
인, 시체 유기 및 손괴, 범죄단체조직 및 가입 혐의로 대한민국 형
법에 따라 사형을 선고받았습니다. 인정하십니까?"

“네.”

기표가 대답했다. 소장이 자리에 앉았다. 구치소 안에서 그에게 세례를 주었던 목사가 일어났다. 목사는 성경 구절을 읽고 죄인의 구원을 갈구하는 기도를 올린 뒤 기표에게 마지막으로 하고 싶은 말을 물었다.

“지난날 사회를 어지럽히던 살인자 서기표가 예수님의 종이 되었다고 전해주세요. 그리고 이 세상 서로를 존중하며 아껴주는 마음을 가지고 사랑을 베풀면 저 같은 죄인은 태어나지 않을 것이라는 것도 잊지 말고 전해주세요. 피해자 가족들에게 용서를 빕니다. 큰 죄를 짓고 이곳에 왔지만 이곳에서 구원을 얻게 돼 기쁩니다.”

기표는 장기 기증 서약을 입에 올리지 않았다. 혜진과 아기에 대해서도 언급하지 않았다. 입회인들이 모두 기표를 보았다. 60촉 백열등이 기표의 머리 뒤에서 불타고 있었다. 후광처럼 보였다. 기표는 최후 진술을 마치고 입회석을 훑어보았다. 논고문에 ‘악마의 대리인’이라는 표현을 넣었던 서울지검 김광휘 검사의 얼굴에 1초 정도 시선을 주었다. 그를 원망하는 표정은 아니었다. 시선을 돌리기 전 기표는 딱딱한 미소를 지었다.

기표가 다시 자리에 앉았다. 교도관 두 명이 열중쉬어 자세를 풀고 기표의 손발을 묶었다. 서기표의 머리에 하얀 용수가 씌워졌다. 교도관들은 미리 기표의 키와 체격에 맞게 밧줄을 조율해놓았다. 기표는 키가 큰 편이었으므로 밧줄을 짧게 당겨놨다. 기표가 일어섰다. 의자가 바닥에 깔린 레일을 타고 뒤로 미끄러졌다.

조영철 교위는 올가미 뒤편의 움푹 파인 공간에서 다섯 명의 교도관과 함께 정자세를 취하고 있었다. 이때가 가장 긴장되는 순간이었다. 사소한 실수가 큰 스캔들을 낳을 수 있었다. 천주교의 최고 성직자도 이런 실수에 놀라 사형제 폐지 운동에 나섰다. 김수환 추기경은 마산 주교로 있던 시절 사형 집행 도중 밧줄이 끊어져 죄수가 바닥에 떨어지는 것을 직접 보았다. 그 죄수는 머리에 피를 흘리며 다시 올가미에 목을 걸었다. 바닥이 열리는 때가 사형 집행의 꼭짓점을 차지하는, 가장 민감한 순간이었다. 조영철 교도관은 허연 맨살을 드러내고 있는 정수리 부근을 신경질적으로 긁었다.

집행을 알리는 신호등이 켜졌다. 다섯 명의 교도관들이 일제히 앞에 놓인 빨간 버튼을 눌렀다. 엄지손가락 다섯 개가 춤을 추듯 리듬을 타고 동시에 버튼으로 내려앉았다. 김영삼 정부는 교도관들의 죄의식을 덜어주기 위해 버튼을 여러 개 만들어 누가 실제 집행자인지 알 수 없도록 했다. 죄수를 눈으로 보며 긴 지렛대처럼 생긴 포인트를 잡아당겨야 했던 옛 시절은 야만스러웠다. 직방형의 콘크리트 방에 설치된 레일과 버튼과 신호등은 죄의식을 미끄러뜨리는 민주주의적인 기계 장치였다. 바닥이 열리는 텅 소리와 함께 기표의 몸이 사라졌다.

목뼈가 부러지지 않은 기표는 쉽게 숨을 놓지 못했다. 10여 분이 흘렀다. 기표는 계속 묶인 다리를 버둥댔다. 교도관들이 올가미를 풀고 의사가 사망 선고를 내렸다. 의사가 문을 열고 나가는 소리가 위층까지 들렸다. 의사는 일부러 구두 뒤축을 바닥에 쿵쿵 내리찍고 있는 것 같았다.

김다윗과 강진웅은 평온한 최후를 맞았다. 사형이 확정된 뒤 한동안 우울증에 빠져 말을 잊었던 강진웅은 최후 진술 대신 찬송가를 불렀다.

이세종은 9시 35분에 끌려왔다. 얼굴이 창백해 더 여성스러워 보였다. 도톰한 입술을 다물고 사방을 노려보았다.

"최후로 할 말이 있습니까?"

교수대를 등지고 신부가 물었다.

"할 말은 없지만 남자가 자기가 한 말은 끝까지 지켜야 하지 않겠습니까?"

이세종은 세종파의 방아쇠였다. 이세종 자신은 오발탄이었다. 잠시 침묵이 흐른 뒤 이세종은 마지막 말을 덧붙였다.

"어머니에게 내가 새 인생을 건다고 전해주십시오."

이세종은 다시 작은 목소리로 중얼거렸다.

"엄마……."

이세종이 최후에 떠올린 단어는 신이 아니라 세상이 그에게 남긴 단 하나의 미련, 어머니였다. 이세종은 천국이 아니라 어머니의 행성에 먼저 가서, 어머니를 기다릴 작정이었다. 이때 그의 얼굴은 매우 창백했다.

이세종은 9시 55분에 올가미를 목에 걸었고 곧 숨을 거뒀다. 168센티미터의 작은 체구가 가볍게 생명을 놓았다. 이세종은 최후까지 자신에게 부과된 형벌을 받아들이지 못했다. 이세종은 자신의 운명에 분노했다. 이날 이런 태도를 보인 사형수는 열아홉 명 중단 한 명뿐이었다.

이세종, 서기표, 김다윗, 강진웅, 온보현, 일가족 다섯 명을 살해해 암매장한 이 아무개, 강도 6범 최 아무개, 살인 및 강도 박 아무개, 초등학생 아들 앞에서 어머니를 강간한 강도 강간 2범 배 아무개, 어린이 유괴 살해 이 아무개가 이날 최후를 맞았다.

형 집행 직후 가족과 종교단체들이 시신들을 찾아갔다. 인수자를 찾지 못한 이세종과 온보현의 시신은 서울구치소에 24시간 보관된 뒤 벽제시립묘지에 임시 매장됐다. 고영춘 반장이 나중에 이세종의 시신을 화장해주었다. 이세종의 어머니는 영원히 나타나지 않았다.

역사의 반복은 때로 역겨울 정도로 외설적이다. 그것은 기괴한 쾌락의 형태로 나타난다. 1994년 당시 최정수는 열여덟 살이었다. 그와 죽이 맞는 네 명의 친구들 중엔 당시 열다섯 살인 아이도 있었다. 이들은 최정수가 스무 살이 되던 1996년 가을, 세종파를 흉내 내 막가파를 결성했다. 막가는 인생이라는 뜻이었다. 막가파는 부녀자 납치, 강도, 아리랑치기 등 수단을 가리지 않고 돈을 모았다. 조직원들을 전국 유흥업소에 취직시켜 거대 폭력 조직을 만드는 게 최종 목표였고 외제차를 타고 다니는 부유층이 범행 대상이었다.

1995년 10월, 경찰은 도난 신고된 소나타 차량을 검문했다. 차 안에 다섯 명의 아이들이 타고 있었다. 검문소 경찰관이 이들을 강남경찰서로 인계했다. 이들의 행동에 수상함을 느낀 강남경찰서 박 모 경위가 가장 나이가 어린 열일곱 살 이 모 군을 조사실에 따로 불렀다.

"너희들 사람 납치했지?"

"예. 납치해서 죽였어요."

아이가 하도 쉽게 범행을 털어놓는 바람에 박 경위는 반신반의했다. 아이가 말한 대로 경기도 화성군 송산면의 한 염전 소금 창고에 도착해 땅을 파자 사람의 어깨가 보였다. 계속 땅을 파들어가니 40대 여성의 고개가 옆으로 꺾인 채로 꼿꼿이 서 있었다. 죽은 사람을 선 자세로 묻는 것은 매우 어려운 일이다. 막가파는 시체를 보며 아무렇지도 않은 듯 산 채로 매장했다고 말했다. 혼다 어코드를 타고 새벽에 귀가하던 단란주점 주인이었다.

막가파는 세종파처럼 화끈하게 살고 싶어 했고 강령도 모방했다. 다윗은 회개하기 전에 세종파와 같은 조직, 더 심한 조직도 있을 것이라고 예언했다. 비극의 시작은 지강헌이었고 끝은 세종파였다. 그 뒤는 공허하고 끔찍한 희극이었다.

1999년엔 '식인종 조폭'이라는 별명으로 유명해진 영웅파가 탄생했다. 영웅파는 세종파를 흉내 내 동료 조직원을 토막 살해하고 내장을 먹었다. 두목 이순철의 애인에게도 고기를 먹였다. 배신을 막기 위한 의식이었다.

6
종의 비명

우리는 어떻게 적을 용서할 수 있는가

2005년 6월 28일 오후 5시, 나는 안양시 만석동 거리를 걸었다. 만석파출소 사거리 뒤편 공터에 누군가 무허가로 깻잎을 심었다. 깻잎 밭의 경계에 낡은 양옥집이 서 있고 그 너머로 새로 들어선 아파트촌이 시작된다.

시멘트 블록을 격자로 쌓아 올린 담벼락은 군데군데 헐어 있었다. 낮은 담벼락 너머로 보이는 집의 외벽은 벽돌마다 때와 이끼가 묻어 적록색을 띠었다. 고개를 굽혀야 지나갈 수 있는 낮은 철문은 빗장도 없이 열려 있었다. 이 집에 들어가지 않으면 이 집이 인테리어 잡지나 지방 신문에 '아름다운 저택'으로 소개되는 이유를 알 수 없다.

정원은 밖에서 짐작하는 것보다 넓었다. 건물의 벽돌 창틀에 연

자주색 로즈제라늄 화분 네댓 개가 놓여 있다. 제라늄이 길쭉한 꽃잎 다섯 개를 벌렸다. 건물 왼쪽에 지름 2미터 정도의 낮은 연못이 파여 있는데 수면 위에 새하얀 수련이 오므라들고 있었다. 반질반질한 수련 이파리에 덮여, 연못은 둥그런 녹색 유리처럼 보였다.

연못 앞에 나팔꽃과 접시꽃이 웃고 있었다. 잎겨드랑이의 꽃대에 매달려 있는 나팔꽃은 때 이른 더위에 지쳐 보였다. 현관을 마주 보는 오른편의 양지바른 땅에 키 1미터 정도의 재스민과 라벤더가 피어 있다. 노란 재스민과 연보라색 라벤더가 강렬한 향기를 내뿜었다. 그들 사이로 동그란 이파리에 노란 꽃을 단 한련화 덩굴이 촉수를 뻗쳤다. 덩굴은 얌전히 지지대를 타거나 다른 꽃나무들의 머리채를 붙들거나 마당에서 뛰어놀았다. 털이 복슬복슬한 금잔화 줄기는 황색 두상화를 한 개씩 매달았다. 금잔화 옆에 달리아가 정열적인 붉은색 꽃잎을 산발한 채 노란 암술을 곧추세웠다. 달리아는 스페인의 투우사나 그가 죽인 황소를 연상시켰다.

정원의 왼편과 오른편에 수북한 꽃들은 애석하게도 조연이나 엑스트라에 불과했다. 이 정원의 지배자는 한복판에서 태양광을 정면으로 받고 있는 각양각색의 장미다. 장미의 기세, 장미의 다양성, 장미의 오만함이 정원을 지배했다. 대기에 깔리는 묵직하고 짙은 향기, 허브티 찻잔에서 피어오르는 것 같은 산뜻한 향기, 향수처럼 날카로운 향기가 사람을 취하게 했다.

정원의 정면에 높이 1.5미터의 철제 아치가 서 있었다. 가시 없는 덩굴장미가 아치의 전면을 휘감았다. 검붉은 소륜 장미 100여 송이가 덩굴 사이로 고개를 들었다. 아치 앞에는 종을 헤아릴 수 없는 붉은색, 흰색, 분홍색, 오렌지색, 연갈색 정원 장미들이 대륜과 중륜의 만개한 송이들을 뽐냈다. 장미들은 자신의 자태를 포기하지 않으면서, 서로의 권위를 침범하고 모욕하면서 기묘한 조화를 이루고 있었다. 고대 아시아와 유럽 문명이 르네상스 이후 난잡하게 동침하며 다른 질감의 아름다움을 잉태한 혼혈의 역사가, 이 정원에서 만개했다.

유철용의 부인 정현심은 장미 묘목 앞에 허리를 웅크리고 앉아, 고리 모양의 골을 따라 비료를 주고 있었다. 해가 기울었다. 정현심은 나풀거리는 흰 모자를 벗고 노을이 시작되는 하늘을 보았다. 얼굴이 작고 주름이 많은 중년 여인이었다. 그녀의 주름은 나무의 나이테처럼 모진 세월을 증명했다.

"오셨어요?"

정현심이 내 얼굴을 살폈다. 내 눈과 코와 입으로 시선을 옮겨가며 10년 전 법정에서 본 얼굴의 흔적을 파냈다. 나는 어떤 표정을 지어야 할지 몰라 당황했다. 울 수도 웃을 수도 없었다. 내 얼굴은 표정 없이 구겨졌다.

그녀가 꽃잎 끝이 말린 연갈색의 장미를 만졌다. 비교적 최근에 일본에서 개발된 사하라 품종의 장미였다.

"이게 내가 제일 좋아하는 장미예요. 쓸쓸해 보이고 어딘가 상처를 지닌 것 같아요. 색상이 사하라 사막의 모래 빛이래요. 꽃말은 마지막 사랑이고요. 사막의 모래 빛도 마지막 사랑도 업체의 상술일 테지만, 어쩐지 그럴듯하잖아요.”

그녀가 정원을 가로질러 현관으로 나를 안내했다. 어둑한 실내에 벗어놓은 옷이나 잡동사니들이 널려 있었다. 천국의 통로를 지나 인간들의 토굴로 돌아온 느낌이었다. 그녀는 사하라의 꽃잎 색깔 같은 연한 커피를 내왔다.

“정원이 좋습니다.”

“봄이라서 그렇죠. 겨울에는 쓸쓸해요. 영원한 꽃은 없죠.”

“어떻게 이런 정원을 만드셨습니까?”

“남편이 죽은 뒤에 막막했어요. 보험금을 받았지만 딸의 장래를 위해 비축하기로 결심했죠. 그마저도 야금야금 갉아먹어서 이젠 얼마 남지도 않았어요. 정신을 추스르고 나서 파출부 일을 나갔어요. 집에 돌아오면 온몸이 해파리처럼 부들부들했지만 잠을 잘 수가 있어야죠. 술을 먹었어요. 처음엔 소주 반병, 그다음엔 한 병, 그다음엔 두 병을 먹었어요. 나중엔 술이 아니면 살 수가 없었어요. 파출부 일을 나가서 마루를 닦다가도 소주를 홀짝거렸죠. 그게 들통 나서 몇 번 쫓겨나고, 결국 소개소에서도 받아주지 않는 지경에 이르렀어요. 그렇게 몇 년이 지난 어느 날 밤, 술을 먹고 잠이 들었는데 몸이 침대에서 붕 뜨는 걸 느꼈어요. 20센티미터 정도 허공에 떠서 천천히 시계 방향으로 돌다가 침대로 다시 내려왔어요. 뭔가 악마 같은 것이 속삭이는 느낌이 들었어요. 잠에서 완전히 깨 있었으니까 절대로 꿈은 아니었어요. 그때 술을 끊기로 결심했죠."

"술을 끊기 힘드셨을 텐데요."

알코올중독자가 술을 끊는 건 목숨을 끊는 것보다 힘들다고 나는 들었다.

"술을 마시지 않으려고 정원에 꽃을 심기 시작했어요. 이것저것 심어보다가 장미에 푹 빠지고 말았어요. 가꾸면 가꿀수록 놀라울 만큼 오만하면서도 아름답고 슬픈 꽃이에요. 꽃들이 자라고 피고 지는 걸 보면서 마음이 가라앉았어요."

"다행입니다."

나는 진심으로 다행이라고 생각했다. 스스로 수렁에서 헤어 나온 그녀에게 감사했다.

"남편과 현석이가 죽은 지 10년이 되는 날이었어요. 10년이면 강산도 변한다잖아요. 사건 뒤에 한 번도 보지 않았던 옛날 앨범들을 꺼냈어요. 남편과 아들의 사진을 하나하나 들여다보고 입을 맞추고 가슴에 품었어요. 정원에서 장미꽃들이 날 부르는 것 같았어요. 나는 달려나가서 비비안이나 사하라의 잎사귀들을 쓰다듬으며 말했어요. 여보, 미안해……. 현석아, 엄마가 지켜주지 못해서 정말 정말 미안하다……. 마음속에 잔뜩 응어리진 것이 풀어지는 느낌이었죠. 난 울면서 계속 속삭였어요. 여보, 잘 있지? 현석아, 거기서 행복하지?"

사건이 터진 뒤 그녀를 가장 괴롭힌 것은 죄의식이었다. 자신이 좀더 영리하게 행동했다면, 경찰을 다그치고 사방팔방으로 남편을 찾아 나섰다면 살릴 수도 있지 않았을까. 그런 생각이 그녀를 미치게 만들었다.

"화가 나서 어쩔 줄을 몰랐어요. 영안실에서 남편과 아이의 시신을 봤어요. 시신이 아니라, 그건, 그건 그냥…… 덩어리 같은 거……. 차라리 시신이 온전하게 남아 있었다면, 그놈들이 남편과 아이를 어떻게 다뤘고 어디를 다쳤는지 알 수 있었다면, 이 끔찍한 고통에서 해방될 수 있을 것 같았죠. 차라리 당신 친구들이 살아 있기를 바랐어요. 지하실에서 놈들이 무슨 말을 하고 짓을 했는지 계속 따져 묻고 영원히 저주하며 살 수 있으면 좋겠다고 생각했어요. 하지만 남편도 아이도 그놈들도 다 세상을 떠났잖아요. 이젠 밤마다 생생하게 살아나서 날 괴롭히던 기억들도 점점 희미해져가요."

남편의 관자놀이에 방아쇠를 당긴 게 나라는 것을 그녀도 알고 있다. 그 사실을 떠올린 순간 정원의 장미향에 쇳가루 냄새가 섞이며 피비린내로 변해갔다. 나는 현기증을 느꼈다. 내 눈앞에 그날 밤의 지하실이 살아 돌아왔다. 백열등 불빛이 보이고 방아쇠를 당기는 내 손가락과 초점 잃은 눈으로 아들을 살려주소, 외치는 유철용의 얼굴도 보였다. 나는 숨을 쉴 수 없었다. 미친 듯이 분노해서 정현심을 때리고 싶다는 생각마저 들었다.

"무슨 할 말이 있어서 왔나요?"

석양이 물들었다. 해거름에 맡는 장미의 향기는 더 진했다. 나는
말했다.

"절 용서하실 수 있겠습니까?"

"용서요? 내가 어떻게 당신을 용서할 수 있겠어요. 나 자신을 용
서하는 데만 10년이 걸렸어요."

"죄송합니다."

무역회사 경리로 일하는 딸이 돌아왔다. 누구냐고 묻는 듯 고개
를 갸웃거리자 정현심이 딸의 귀에 속삭였다. 딸의 얼굴이 일그러
졌다. 나는 가겠다고 말했다. 정현심이 손을 흔들었다. 딸은 등을
돌렸다. 나는 그들 모두에게 허리를 굽혀 인사했다. 옅은 어둠이 그
들의 표정을 가렸다.

나는 만석동 거리를 계속 걸었다. 신시가지에 도착했다. 어둠이
내려오고 아파트에 불빛이 반짝였다. 나는 아파트 단지 입구에 있
는 공원 벤치에 앉았다. 이 공원에는 무슨 이유인지 가로등이 들어
오지 않았다. 나는 어둠에 잠겼다. 어디선가 된장찌개 냄새가 났다.
흙냄새와 이슬에 젖은 풀잎 냄새도 났다. 봄은 냄새의 계절이다.

이남훈 교수에게 속삭임이 들리지 않는다고 한 말은 거짓이었
다. 나는 매일 밤 듣는다. 넌 살아라, 넌 좋겠다, 첫번째 인질의 목
소리, 유철용의 호소, 아이의 비명, 어둠을 타고 흘러오던 강진웅의
웃음소리, 세상에 복수하겠다는 기표의 외침도 들린다. 소리만이

아니다. 지하실에 진동하던 피비린내와 누린내도 맡는다. 그럴 때면 나는 칼을 들고 나가서 누구라도 베고 찌르고, 닥치는 대로 죽이고 싶다. 이 고통이 언제 끝날지 알 수 없다는 사실이 더 고통스럽다. 기표나 다윗 중 한 명만 살아 있다면 좋겠다고 생각했다. 누구든 나와 똑같은 상처를 가진 사람과 이야기한다면 속삭임도 냄새도 사라질 것 같았다.

나는 혜진의 태어나지 못한 아이를 생각했다. 태어났다면 열한 살이 되었을 것이다. 아이의 낙태를 막았어야 했다. 아이의 출산을 도왔어야 했다. 이 슬픈 세상에 왜 나오려 하는지 모르겠지만, 아이들은 태어나고 자라고 세상을 살아낸다. 나는 아이가 지금 이 벤치 내 옆자리에 앉아 있는 장면을 상상했다. 제 부모를 닮아 눈이 큰 아이다. 아이는 다리를 흔들고 이슬에 젖은 모래를 차며 묻는다. 아빠는 어떤 사람이었어? 나는 대답한다. 순진한 사람이었어. 너무 순진해서 엄청난 실수를 저질렀어. 실수라는 걸 알았을 땐 너무 늦었지. 명심해라. 너는 쉽게 분노하지도 절망하지도 말아라. 그건 죄악이란다.

나는 얼굴을 감싸고 심호흡을 했다. 마음이 진정됐다. 그렇게 한참을 어둠 속에 앉아 있었다. 졸았던 것 같다. 눈을 잠시 감았다 뜬 것뿐인데 긴 잠에서 깨어난 듯, 하루 종일 울다가 정신을 차린 듯 허탈해졌다. 나는 배낭에서 CD플레이어를 꺼내 노래를 들었다. 장혜진의 〈1994년 어느 늦은 밤〉이었다. 구치소 어딘가에서 나는 이 노래를 처음 들었다. 이 노래를 들으면 혜진에게 편지를 쓰는 기표의 모습이 떠오른다. 김동률이 군대 가기 전날 장혜진, 김현철과 함께 녹음한 노래라고 했다. 김동률이 군대를 가고 장혜진이 발라드의 여왕으로 등극하던 그때 우리는 무엇을 했던가. 우리는 너무 어렸고, 너무 극단적이었고, 자신의 운명을 너무 쉽게 휘둘렀다. 안녕 20대, 나는 중얼거렸다. 그렇게 어설픈 모습이라면 백만 번 다시 태어나도 오지 말게 해달라고 신에게 부탁하고 싶었다. 백만 번 노인으로 환생하게 해달라고 빌고 싶었다. 하지만 다시 생각해보니 우리는 그 시대를 사랑했던 것 같다. 우리는 겁이 날 만큼 그 시대에 미쳤었다. 그 시대가 떠들었던 자유와 번영의 허풍을 믿었고, 절망에 빠져 자신과 세상을 내동댕이쳤다. 우리는 그 시대의 주술에 붙들렸다. 언젠간 그 시대에 작별을 고할 날이 올 것이다. 하지만 아직은 아니다.

이날 저녁 이후 줄곧 나는 쓴다는 것에 대해 생각하고 있다. 내가 왜 쓰는지 대답하기 위해, 내가 지금 쓰는 이 글이 무엇인지 알기 위해, 이 글의 마지막 단락을 채울 단어들을 사냥하기 위해, 나는 한동안 밤거리를 쏘다녔다. 사람들은 10년 전보다 더 무표정하게, 더 빠르게 걷는 것 같았다. 그들의 얼굴을 구경하고 집으로 돌아갈 때는 늘 작은 24시간 편의점에 들러 담배를 샀다. 낯익은 20대 초반의 아르바이트 학생이 카운터에 서서 한결같은 어조로 인사를 했다. 대학생이냐고 물으니 그렇다고 했다. 등록금을 벌기 위해 아르바이트를 하냐고 물으니 이깟 돈으로는 용돈도 안 된다며 웃었다. 그는 냉소적이고 영리하게 세상을 살고 있는 것 같았다. 세상이 온통 추악한 거짓말이라는 사실쯤은 알고 있지만 살아남기 위해서라면 기꺼이 속아 넘어가주겠다는 눈빛으로, 그는 담배의 바코드를 찍었다. 그의 영리하고 냉소적인 젊음을 보며 내 글이 무엇인지 깨달았다. 내 글은 편지였다.

모든 글은, 일기마저 편지다. 이 단락에까지 이르렀다면 당신은 내 편지를 받은 사람이다. 당신은 이 글이 부정확한 기억과 과장에 의존하고 있다고 비웃을지도 모른다. 중요한 사실은 의도적으로 왜곡돼 있고 중요하지 않은 사실은 실수로 왜곡돼 있다고 불평할지도 모른다. 그렇게 당신이 불평하는 사이, 나는 내 안에 부서져 있는 1994년 어느 늦은 밤의 기억들을 당신의 가슴에도 배달했을지 모른다. 당신이 내 편지의 술수에 걸려들었으면 좋겠다. 어느 날 갑자기 길을 걷다가 괴상한 이미지의 파편에 가슴을 찔린다면 당신은 내 편지를 기억해야 한다. 그리고 이런 질문을 던져야 한다.

우리는 어떻게 우리의 적을 용서할 수 있는가. 누가 용서의 권한을 주었는가. 용서하는 것이 정말 옳은가. 그게 가능하긴 한가. 어느 철학자는 말했다. 우리는 이런 질문들에 대해 답을 가지고 있지 않다. 다만 우리의 적을 더 많이 이해할수록, 그에게 받은 상처를 더 많이 성찰할수록, 불가능한 용서를 아주 조금 가능한 것으로 만들 수 있다고 추측할 뿐이다. 용서는 망각이 아니다. 그래서 고통스럽다. 용서하기 위해 우리는 과거를 기억해야 하고 숙고해야 하고 다시 상상해야 한다. 기억은 진리에 다가가는 길이다. 지금 우리가 불안하다면 과거에 팽개치고 온 것들을 도로 가져와야 한다.

나는 만석동의 벤치에 앉아 있던 나에게 다가간다. 하루가 잠시 절명하는 시간이다. 분주한 낮이 끝나고 흥청거리는 밤이 시작되기 전, 하루는 잠시 눕는다. 벤치 밑에 깔린 단단한 어둠 위에 연약한 어둠들이 차곡차곡 쌓인다. 오래전부터 나는 이런 저녁과 밤의 경계를 좋아했다. 쌓여가는 어둠 속에 앉아 있으면 시간이 정지되고 세계로부터 단절된다. 찬란한 피로가 느껴진다. 벤치에 앉아 고개를 숙이고 있는 내 어깨를 쓰다듬으며 나는 속삭인다. 괜찮아, 이제 다 끝났어.

축축한 바람이 불고 흙먼지가 인다. 나는 고개를 드는 나를 본다. 그 얼굴은 점점 하얘지고 광대뼈가 튀어나오고 세상의 불만을 다 짊어진 듯 쓸쓸해진다. 10년 전 스물두 살 말라깽이 대학생의 얼굴이다. 나는 당황하여 주위를 돌아본다. 스물네 살의 이세종이 나타난다. 검은 쫄쫄이 티셔츠를 입고 더벅머리를 연방 쓸어내린다. 해바라기 무늬가 들어간 반바지와 하늘색 점퍼를 입은 기표가 이세종의 뒤를 따른다. 남방의 단추를 풀어 가슴 근육을 드러낸 다윗도 나타난다. 미색 면바지에 파란색 남방을 입어 대학생처럼 보이는 병수가 다윗과 어깨동무를 한다. 배꼽티와 핫팬츠를 입은 스무 살

혜진이 그 옆에서 깔깔거린다. 허리가 다시 잘록해지고 가슴이 올라가고 머리가 찰랑거린다.

딸랑딸랑.

작은 종소리가 들린다. 맑고 명랑한 소리다. 아주 멀리서 아기가 웃는 소리 같다.

뎅. 뎅. 뎅.

종소리가 크고 육중해진다. 이세종, 서기표, 김다윗, 신정수, 전혜진의 모습이 종소리의 파동에 일렁인다. 종소리가 내게 돌진한다. 친구들의 형체가 산산조각 나 밤하늘로 사라진다. 세상은 종소리만이 존재하는 암흑이 된다.

한국에서 대중소설을 쓰는 사람에게, 특히 스릴러 소설을 쓰는 사람에게 1990년대는 좋은 소재라고 생각한다. 그 시대는 지나간 시대와 다가오는 시대 사이에 놓인 긴 터널이었다. 지나간 시대의 입구 저편은 아득했고, 출구에서 흘러나오는 새 시대의 소음들은 도착적으로 들렸다. 사람들은 불안과 공포에 휩싸여 눈을 질끈 감고 어둠 속을 달렸다. 대중의 불안과 공포는 스릴러 작가의 일용할 양식이다.

『1994년 어느 늦은 밤』은 지존파에 관한 소설이 아니다. 지존파의 범행에서 몇 개의 모티브를 가져오긴 했지만, 세종파는 지존파와 질적으로 다른 가상의 범죄 집단이다. 나는 1990년대의 맥락에서 지존파를 파내어 그 자리에 가상의 범죄 집단을 심어놓고 어떤 암종으로 자라는지 관찰하고 싶었다. 그래도 이 소설에서 사실인 것과 허구인 것을 가려내고 싶은 독자가 있다면 간편한 해결책을 제시하고 싶다. 모든 것은 허구다. 모든 것은 당신이 지난 밤 꾼 악몽의 파편들이다.

나는 이 이야기를 첫번째 소설로 구상했었다. 여러 번 다시 썼고, 이것과 전혀 다른 버전을 블로그에 띄우거나, 또 다른 버전으로 문학상에 응모하기도 했다. 그렇게 사건과 구성과 시점을 이리저리 흔든 이유는, 어떤 버전도 스릴러 소설로서의 완성도가 떨어진다고 생각했기 때문이다. 결국 나는 이 이야기에서 내가 맡은 역할이 여기까지라는 자포자기의 결론에 이르렀다. 아직 여기까지가 내 한계다.

그러므로 이것은 거친 소설이다. 앞으로는 더 스케일이 크고 장르적 완성도가 높은 소설을 쓰리라 기대한다. 그러나 이것은 미래에 내가 쓸 소설들을 포함해 가장 애착이 가는 소설로 남을 것 같다. 정확히 뭔지는 모르겠지만, 『1994년 어느 늦은 밤』에는 내가 왜 소설을 쓰는지에 대한 나만의 대답이 들어 있기 때문이다.

소설을 쓰기 위해 『한국 주거의 사회사』(손세관 공저, 돌베개, 2008), 『서울 도시계획 이야기』(손정목, 한울, 2003), 『목동 아줌마』(이철용, 동광출판사, 1989) 등 서울 재개발의 역사에 대한 책들을 참조했다. 1990년대의 사회적 맥락에 대해선 일일이 출처를 밝힐 수 없는 수많은 신문 기사들을 참조했다.

부족한 소설을 출간해준 자음과모음에 감사한다. 특히 바쁜 와중에도 애정 어린 조언을 아끼지 않은 심진경, 복도훈 편집위원, 편집을 맡은 박소이 씨에게 감사드린다. 이 소설을 읽는 밤은 으슬으슬 추웠을 것이다.

2012년 4월
유현산

1994년 어느 늦은 밤

초판 1쇄 인쇄 2012년 4월 18일
초판 1쇄 발행 2012년 5월 3일

지은이   유현산
펴낸이   강병철
주간   정은영
책임편집   박소이
편집   황여정 장지희 신주식
제작   고성은
마케팅   조광진 장성준 김상윤 이도은 박제연
홍보   전소연
E-콘텐츠사업   정의범 조미숙 이혜미

펴낸곳   (주)자음과모음
출판등록   2001년 5월 8일 제20-222호
주소   121-840 서울시 마포구 서교동 396-33번지
전화   편집부 02) 324-2347 경영지원부 02) 325-6047
팩스   편집부 02) 324-2348 경영지원부 02) 2648-1311
이메일   neofiction@jamobook.com
홈페이지   www.jamo21.net

ISBN 978-89-544-2722-7 (03810)